本课题受到2016年度教育部人文社会科学研究青年基金项目
“中日文化交流视阈下的井上靖研究”（项目批准号：16YJC752008）的资助

2018年度大连外国语大学学科建设专项经费资助项目

何志勇 著

井上靖

中日文化交流视阈下的井上靖研究

井上靖于 **1957** 年第一次到访中国，至 **1988** 年的 **31** 年间，共来华 **27** 次之多。既有促进中日文化交流的友好访问，又有漫游中国各地为文学创作寻找素材、提供历史依据的考察旅行。

在中国最受关注的是他的中国题材历史小说，其中尤以

《天平之甍》《敦煌》《楼兰》《苍狼》《杨贵妃传》《孔子》

等作品为代表。

中国戏剧出版社

图书在版编目（CIP）数据

中日文化交流视阈下的井上靖研究 / 何志勇著 . —北京：
中国戏剧出版社，2020.7
ISBN 978-7-104-04975-3

Ⅰ . ①中… Ⅱ . ①何… Ⅲ . ①井上靖（1907-1991）
—文学研究 Ⅳ . ① I313.07

中国版本图书馆 CIP 数据核字 (2020) 第 123923 号

中日文化交流视阈下的井上靖研究

责任编辑：黄艳华
责任印制：冯志强

出版发行：中国戏剧出版社
出 版 人：樊国宾
社　　址：北京市西城区天宁寺前街 2 号国家音乐产业基地 L 座
网　　址：www.theatrebook.cn
电　　话：010–63381560（发行部） 010–63385980（总编室）
传　　真：010–63383910（发行部）

读者服务：010–63387810
邮购地址：北京市西城区天宁寺前街 2 号国家音乐产业基地 L 座 (100055)

印　　刷：鑫海达（天津）印务有限公司
开　　本：787mm × 1092mm　1/16
印　　张：21.375
字　　数：306 千
版　　次：2020 年 7 月　北京第 1 版第 1 次印刷
书　　号：ISBN 978–7–104–04975–3
定　　价：120.00 元

前言

本书即将完成之际，世界发生了新冠肺炎疫情，笔者放弃返乡过节，宅在家中为完成本书做最后冲刺，度过了一个特别的春节。疫情无情人有情，国际社会也纷纷施以援手。在日本捐赠给湖北的救援物资中，包装纸箱上写着的“山川异域，风月同天”一行字引起了国人的注意。这句话源自《唐大和尚东征传》。唐朝时期，日本派遣僧人荣睿、普照来中国招请戒律法师鉴真，鉴真在与他们会面时说道：“昔闻南岳思禅师迁化之后，托生倭国王子，兴隆佛法，济度众生。又闻，日本国长屋王崇敬佛法，造千袈裟弃施此国大德众僧，其袈裟缘上绣着四句曰：山川异域，风月同天，寄诸佛子，共结来缘。以此思量，诚是佛法兴隆有缘之国也。今我同法众中，谁有应此远请，向日本国传法者乎？”最终鉴真决定自己亲自前往日本传法，从而开启了一段中日古代友好交流的艰辛旅程。鉴真东渡日本传播佛法是中日两国人民家喻户晓的历史，也是中日友好交流的实证，但是大家往往忽略的是，鉴真的事迹能够为大家所熟悉离不开一位日本作家，他就是本书的研究对象——井上靖。

日本作家井上靖（1907—1991年）于1950年获得芥川龙之介文学奖（日本纯文学大奖），登上日本文坛，在其40年的创作生涯中，发表了散文诗462首，中短篇小说270部，长篇小说74部，随笔、杂文等2000余篇，获得了日本几乎所有的文学奖项，并于1976年获得日本政府颁发的文化勋章，被誉为“置于文坛顶峰的大师”。

井上靖其人、其作均与中国存在着密切的关系。本书就是以井上靖与他的文学作品为研究对象，尝试从五个方面分析探讨井上靖与中国的关系及其文学作品中的中国元素，在中日文化交流的视阈下对井上靖文学进行全面的解读。

井上靖不仅是一位产量颇丰的作家，其作品题材也非常广泛。以小说为例，既有爱情题材，又掺杂家庭伦理内容，既有引发全民追捧的社会小说，也有展现自我人生的传记作品，而其中最为引人注目的是取材于外国历史的历史小说。井上靖之所以深受广大中国读者喜爱，在中国学界中也有一定的研究氛围，很大程度上离不开他创作的《天平之甍》（描写鉴真东渡传法）、《敦煌》《楼兰》等一系列中国题材的历史小说。这些小说不仅是井上靖与中国之间的纽带，也是井上靖浩如烟海的作品中最具特色的部分，具有极高的研究价值。

井上靖历史小说中的中国元素也是其作品在中国得到大规模译介的原因之一。据笔者的粗略统计，井上靖作品在中国大陆地区的译作或译本共有73种，其中具有代表性的中国题材作品，如《天平之甍》《敦煌》《杨贵妃传》《孔子》等作品还拥有多种复译本。改革开放之前，井上靖是除日本无产阶级作家小林多喜二之外，唯一被广泛译介到中国的日本作家。改革开放后至今，井上靖作品的译介也在中国的日本文学译介中占据一席之地。可以说，井上靖的中国译介体现了新中国成立以来我国外国文学翻译史的一个缩影，有必要对其展开深入的研究。

谈到井上靖本人与中国的关系，最主要的体现莫过于他的中国访问与中国旅行。井上靖于1957年第一次到访中国，至1988年的31年间，共来华27次之多，既有促进中日文化交流的友好访问，又有漫游中国各地，为文学创作寻找素材，提供历史依据的考察旅行。井上靖的旅行是“二战”后中日文化交流的实证，也是作家在现实与想象的交错光影中进行的观察与观照之旅。因此，当我们从中日文化交流的视角审视井上靖及其作品时，其中国访问与旅行是无法避开的重要课题。

井上靖与中国的关系不限于作品中的中国题材，也不只有27次之多的访华之旅，如果将视角聚焦于文本内部，我们还会发现，其笔下塑造的中国形象也促进了中日在文化层面的认知交流。井上靖塑造的“中国”既来源于史书文献上的记载，也在作家的虚构想象下折射出日本近代以来对中国的建构演变。探究井上靖笔下中国形象的具体特征与文化来源，有助于我们进一步认识他者眼中的自我，增进中日两国彼此的相互理解。

井上靖的中国题材作品中有相当一部分以丝绸之路为舞台，他创作的小说《敦煌》以及参与的中日合作纪录片《丝绸之路》都在战后的日本社会上引发了轰动一时的“丝路热”。考察井上靖对丝绸之路的文学建构以及中日对丝路文化的不同认知不仅是井上靖研究的重要组成部分，也在我国提出“一带一路”倡议的当下，具有一定的现实意义。

以上就是本书主要解决的五个方面的问题。每一个方面自成一章，每章由2～3节构成，彼此既相互联系，又有一定的独立性，读者既可以从头至尾通读，亦可选择感兴趣之处跳读。

本书还制作了一些附录，包括“井上靖作品中国译介年表”“井上靖访华记录”“井上靖海外经历年表”与笔者进行的三个“访谈实录”，希望为大家进一步了解井上靖以及促进井上靖研究的深入开展尽绵薄之力。

本书在写作过程中得到了门下几名研究生的鼎力相助。尤其是第五章“井上靖与丝绸之路”的两节内容主要由张冰和毕凤泽执笔，笔者做了适当的润色。另外，附录制作中的翻译与整理工作，也完全仰仗毕凤泽、郭冬雪、万文艳三位研究生以及本科生王好好同学的协助，在此由衷表示感谢！

最后，笔者虽然从事井上靖研究一十五载有余，但因工作繁忙，疲于奔命，加之惰性作祟，因此书中难免疏漏、不当之处，恳请各界专家学者批评指正，不吝赐教！

2020年2月10日

于滨城大连书香园

目　录

序章　井上靖与中国

1950年2月，43岁的井上靖凭借小说《斗牛》获得日本昭和二十四年度第22届芥川龙之介文学奖。芥川文学奖是日本的纯文学大奖，井上靖的获奖成为其正式登上日本文坛的标志。翌年5月，井上靖辞去每日新闻社出版局书籍部副部长[①]的工作，专职从事写作。自此直到1991年去世的40年间，井上靖笔耕不辍，创作了大量的文学作品，期间获得了日本艺术选奖文部大臣奖、艺术院奖、每日艺术大奖、野间文艺奖、读卖文艺奖、新潮日本文学大奖等日本几乎所有的文学奖项，20世纪80年代还一度成为诺贝尔文学奖的热门人选。

井上靖生于明治四十年（1907年），一生经历了明治、大正、昭和、平成四个年代，见证了日本近现代的发展历程。但是，他属于大器晚成型作家，比他小两岁的太宰治和中岛敦在1945年日本战败前已经是日本家喻户晓的知名作家，而井上靖是在1956年发表现代小说《冰壁》后才一跃成为畅销作家，被日本民众认识。如果将1945年作为日本文学史近代与现代的分界点，那么井上靖无疑是日本现代作家，井上靖研究学者福田宏年甚至评价其小说作品具有日本现代小说史的功能[②]。

井上靖的研究离不开中国视角。虽然井上靖的文学作品包括诗歌、自传、现代小说、历史小说、游记、随笔等多种体裁，甚至还有少量的戏剧作品，但

① 按井上靖自己的说法，自己当时在新闻社是一个“下来的记者”，井上靖：「過ぎ去りし日日」，『井上靖全集』（第23卷），東京：新潮社，1997年，第83頁。

② 福田宏年：『増補井上靖評伝覚』，東京：集英社，1991年，第335-336頁。

在中国最受关注的是他的中国题材历史小说，其中尤以《天平之甍》《敦煌》《楼兰》《苍狼》《杨贵妃传》《孔子》等作品为代表。这些作品的存在屏蔽了中国文化语境与学界视野对井上靖其他类型作品的关注与认知，甚至忽略了大量井上靖取材于中国的游记散文和诗歌，从而导致井上靖在中国往往被符号化为《天平之甍》《敦煌》等中国题材小说的作者。作家形象的符号化并不鲜见，我们在提及川端康成时也会首先想到他的代表作《雪国》，但就井上靖而言，这种符号化定位却打上了深深的“中国”印记，促使中国读者与文学批评家在解读井上靖作品时总会不自觉地将其与“中国”联系在一起进行思考。这种倾向不仅限于中国，在日本的读者中也有一定程度地存在。日本学界往往立足于日本国文学批评的立场，还拘泥于井上靖文学既不属于纯文学，也不算作大众文学的“中间小说”之文学史定位，着眼于井上靖作品中的抒情性与大众性。但是，日本广大读者对井上靖的印象则不仅仅是《冰壁》的作者，也是《敦煌》的作者、《孔子》的作者。2012年8月，井上靖长子井上修一来到中国参加兰州大学举办的中国日本文学研究会第13届年会，这届年会的主题是“西域·遥远的回响——井上靖与中国”，众多中外学者就井上靖文学进行了学术演讲，修一先生还在大会上围绕自己父亲作品的文学性进行了题为“王子与孤儿”的基调讲演。修一先生看到中国有这么多学者从事井上靖研究，感慨地说道：“井上靖的研究在中国。”

在井上靖的作品中，我们关注的是其中国题材的历史小说，实际上还应包括中国游记，这些游记是井上靖与中国关系的重要组成部分，关涉井上靖如何认识与描写中国的重要问题，因此，笔者将在后文中设专章详细论述井上靖的中国游记。但无论是历史小说，还是游记，其中都有一个重要的地域性主题，那就是“西域”。那么，井上靖的西域情结从何而来？他为什么对西域如此情有独钟？这是笔者首先要探讨的问题。

第一节　井上靖的西域情结

井上靖对西域的兴趣始于高中时代。“读高中的时候，我开始阅读有关西域的游记作品，这个习惯一直保持到现在，即使在今天，一有西域方面的书籍出版，我便按捺不住地买来看看。或许这属于兴趣、嗜好之类，但是我也因此创作了一些以西域为作品舞台的小说。”①

1932年，井上靖从九州帝国大学（今九州大学）退学，同年4月进入京都帝国大学（今京都大学）文学院哲学系。井上靖入学前2年的1930年，该文学院教授、日本东洋史学家桑原骘藏退休，再往前4年的1926年，开创“京都中国学”的日本东洋史学家、与桑原骘藏一起被称为京都大学学术双璧的内藤湖南也退休了。井上靖进入京都大学文学院，在京都大学东洋学的熏染下，对西域的兴趣与关注得到了进一步的加强。

> 我关注西域这个地方始于在京都大学上学的时候。当时的专业是美学，但我并不上学，每天在寄宿的家里无所事事，便读了很多西域方面的书籍。我也记不清为什么要读那些书，好像是偶然读到的一本勾起了兴趣，之后便一发不可收拾，一有空就读这方面的书……
>
> 现在回想起来，当时的学术界正流行着“西域热”，出现了许多西域学者。如果称为“西域学者”不合适的话，也可以叫作研究西域问题的东洋史学者，对于我这么一个学生来说，他们的名字都是那么光彩夺目……
>
> 这些学者的书激发了我对西域的热情，对我而言，西域是一个“无法到达”的地方，是一个不能轻易触碰的圣域。“西域”这两个字本身就带有一种“禁止入内”的感觉，因而充满了神秘感与难以言表的魅力。
>
> …… ……
>
> 正因为学生时代经受了这种西域的洗礼，所以我才创作了几部取材于

---

① 井上靖：「西域に招かれた人々」（あとがき），『井上靖全集』（第27巻），東京：新潮社，1997年，第583頁。

西域史、以西域为作品舞台的小说。①

井上靖到底从何时开始涉猎西域方面的书籍，他自己似乎也没有记清楚，一会儿说是高中时代，一会儿又说在京都大学时期。总之，出现于大正末昭和初（20世纪20年代左右）的“西域热”对井上靖形成西域情结产生了较大的影响。

日本当时的“西域热”是多种因素共同作用的结果。大正末昭和初，日本不断展现出向中国大陆扩张的强烈意愿，并于1931年发动“九一八”事变，侵占中国东北。作为中国大陆的最深处——西域，因为其遥不可及的地理位置而充满着一种浪漫主义色彩，极大地激发了日本民众对西域的好奇与憧憬。因此，青年井上靖对西域产生一种“既是兴趣，又是嗜好”的情感，与当时日本的社会背景与文化意识形态有着千丝万缕的联系。

青年时期对西域的好奇与憧憬之情在日本战败后发生了变化。日本战败后的3年时间里，井上靖独自在大阪生活。面对战后社会的一片狼藉，他用写诗的方式抚平自己心中的伤痛。他曾自白道：“不被任何人打扰的日子里，我开始想写点东西。战争结束的同时，我不由得想述说自己，那种心情难以抑制。”②在自传《逝去的岁月》中，井上靖将这一时期称为“不可思议的时期”，并从这3年间创作的28首诗中选取了最能代表当时心境的3首诗置于文中。这3首诗分别为《流星》《北国》和《漆胡樽》，分别节选如下：

流　星

我闭着双眼，头枕瓦砾，额头上已经不会再有东西落下。与那转瞬即逝的小小的祭祀失之交臂。仿佛在战乱的荒芜中逝去的我的青春，我也不可能知道那颗星星去向何方。不过，留驻在我的眼中久久无法消逝的是那颗独自脱离恒星群陨落寰宇的星星在生命终结时令人惊异的纯洁。

---

①井上靖：「私の西域紀行」（二、木乃伊と木簡），『井上靖全集』（第28卷），東京：新潮社，1997年，第15-16頁。

② 井上靖：「過ぎ去りし日日」，『井上靖全集』（第23巻），東京：新潮社，1997年，第83頁。

北　国

地面满是瓦砾与烧焦的杂草，在此之上急速地建起一座由简陋的棚屋组成的城市。烧毁前，这里小路纵横，到处是老字号药店，古朴而安静。如今，那小城风光已荡然无存，再难寻觅……确实，只有在夜晚，这座由棚屋临时拼凑起来的北国城镇，拥有着日本从前任何一座城市都不曾拥有过的表情，仿佛是星光下的殖民地。

漆胡樽

又过去了2000年。突然，一扇门被推开，秋日阳光照射进来。那是这个国家战败沉沦的日子里虚无的阳光。日益聚集过来的人群，眼中充斥着饥渴与疲惫，可怜地在寻找着什么。孤傲中渗透着一抹哀愁的漆胡樽胜过所有与之并排摆放在一起外观华丽典雅的王室珍宝，不经意地钻进人们的内心，挥之不去。只有那燃尽了伟大梦想后在陨石表面残留的无情印痕，才能神奇般地给这个已经丧失了悲伤的国家的人们带来些许内心的安详。

在某种意义上，战败意味着丧失之前拥有的事物，因此自然会产生找回逝去之物的情感。井上靖在这3首诗中所展现的正是这种找寻逝去的悲情。《流星》中逝去的是作者在战争中度过的青春；《北国》中悲伤于因战败和美国占领而丧失的国家独立；《漆胡樽》中寻觅的是战争摧毁的民族文化与传统。

《漆胡樽》是井上靖第一首取材于西域的诗歌，诗中的“漆胡樽”脱离了行进在西域荒漠中的驼队，经过几千年时间穿梭，漂泊至今，终于在“二战”后展现于世人面前，残留于表面的“无情印痕”正是延续了千年的文化象征，使这首散文诗具有了文化永恒的主题。井上靖面对战后社会文化与传统的贫瘠荒芜，开始将目光投向文化发源地的西域，借此展现自己对文化与传统回归的渴望。

一般而言，大规模的社会变革之后，必然会产生文化回归的现象。法国大革命之后，法国人开始追求异国情调，社会上一度出现“东方热”，其背后是革命期间文化与传统遭到极大破坏，社会文化的断层在革命后亟须弥补，人们在心理上对文化与传统产生了强烈的渴求。在法国人看来，遥远的东方是其文化的源头，与此相对，在战后的日本人心中，那片“禁止入内”的圣域——西域则成为他们心中的文化发源地。此时的井上靖心中仍然蕴藏着高中时代对西域的好奇与憧憬，同时，他开始将西域看作文明东渐的起点以及追溯日本文化源头的终点，这就是井上靖心中的西域形象在战后发生的变化。

第二节　井上靖的“西域”与“中国”

笔者简单梳理了井上靖从青年时期到战败初期对西域的基本认识与变化。这里既有大正末昭和初日本“西域热”时代背景下井上靖对作为神秘圣域的西域产生的一种莫名的好奇与憧憬，又有在战败的文化荒原上重新向西域求索日本文化源头的历史责任感。那么，井上靖的西域认识与他的中国认识之间有着怎样的联系与区别呢？笔者认为至少有两点可以说明二者的关系：第一点，井上靖取材于中国历史的历史小说，往往与西域存在着深刻的联系，即使作品内容与西域无关，但在精神内核上却是彼此相通的；第二点，在西域与中国并存的历史小说中，井上靖笔下呈现出明显的西域倾向，即往往对西域持肯定与憧憬的态度，而对中国则有否定与排斥的倾向。

关于第一点，笔者试以《天平之甍》为例加以说明。1957年发表的《天平之甍》是井上靖的第一部长篇历史小说。在此之前，井上靖的长篇小说都是现代题材小说，其顶峰是1956年发表并一度洛阳纸贵的《冰壁》。井上靖同时期的历史小说以中短篇为主，而且都没有引起太大的反响，包括《漆胡樽》（1950年）、《异域人》（1953年）、《僧行贺的泪》（1954年）。前两部作品的故事舞台都是西域，最后一部《僧行贺的泪》则与《天平之甍》关系紧密，均取材于古代日本派使遣唐的历史。从作品发表的连续性来看，《天平之甍》既是之前一系列中国题材小说的延续，又是井上靖在《冰壁》取得的成功，跻身畅销作家行列之后，希望在历史题材上有所突破而寄予了厚望的一部作品。《天平之甍》在发表的第2年获得1958年日本艺术选奖文部大臣奖，可以说是得偿所愿。不仅如此，这部作品还奠定了井上靖与新中国的关系，使他在中国也获得了广大的读者，并受到中国政界、文化界、学术界的关注，这是井上靖始料不及的事实。但是，这样一部重量级的历史小说，其作品舞台主要集中在中国本土，并不包括西域。小说描写了鉴真6次东渡的经过，从日本到中国，从洛阳到长安，从扬州到海南，从广州到宁波，宛如横跨日本海，环游长江南北的大旅行，但就是没有"西域"。尽管在描写广州的珠江时提到了来自婆罗门、昆仑、波斯的商船，但显然井上靖并无意在此停留，很快又让主人公普照回到江浙。更何况广州只能算作海上丝绸之路的起点，与那深远空旷、戈壁荒漠的陆路西域似乎没有什么联系。但是，如果我们从文明发源地的视角来观照《天平之甍》的"中国"与井上靖笔下的"西域"，就会发现，《天平之甍》中也存在一个源头，那就是日本佛教文化的来源地，这与作为日本文化发源地的"西域"在本质上一脉相承。因此尽管小说描写的是"中国"，但在精神内核上，《天平之甍》也可称为西域类型的小说。

第二点是关于井上靖笔下的"中国"与"西域"的对比问题。结论就是井上靖的作品中明显存在着"西域倾向"，即抬高"西域"的价值与意义，而相对地否定"中国"。实际上，日本学界对井上靖的作品分类中有一类叫"西域物"，即西域题材作品，但没有"中国物"的说法。笔者在前文中多次提及的"中国题材作品"的分类是在中国的外国文学批评语境中才有的叫法，体现了中国学者的研究立场，同时我们也并不排斥"西域题材作品"的称呼，只不过我们没有认真地思考过二者的区别，反而往往将二者等同视之，认为"中国题材"中包含着"西域题材"。因此，《杨贵妃传》可以与《楼兰》《敦煌》等"西域小说"一起归入"中国题材小说"。

实际上，《杨贵妃传》既不能算作井上靖的代表作，也不似《天平之甍》那般在精神内核上与西域小说存在一致性。1955年至1960年，井上靖连载长篇历史小说《淀殿日记》，这是井上靖描写传奇女性一生的重要作品，作品获得野间文艺奖。在此之后，井上靖创作了一系列以女性为主人公的小说，包括《明妃曲》（1962年）、《杨贵妃传》（1963—1965年）以及《永泰公主的项链》（1964年）。因此，《杨贵妃传》是《淀殿日记》之后井上靖向女性题材的又一次挑战，但由于其具有迎合读者趣味的大众文学倾向，所以并没有获得日本文学批评界的关注与评价。但《杨贵妃传》在中国却很受欢迎，证据就是20世纪80年代中国接连出现了5个《杨贵妃传》的中译本，文艺杂志《新蕾》还推出“长篇小说专号”，专门加以译介。《杨贵妃传》在中国的广泛译介是井上靖本人意想不到的结果，除了受到20世纪80年代中国改革开放与中日关系友好交往的历史背景的影响，《杨贵妃传》“中国题材作品”的标签也起到了至关重要的作用。但无论如何，《杨贵妃传》实质属于《淀殿日记》为首的女性题材作品中的一般作品，与那些包含追溯文化源头主题的中国题材作品截然不同。

当然，从情节内容与作品舞台来看，《杨贵妃传》确实可以被称为“中国题材作品”，更何况，其创作还与井上靖的中国西安旅行有着密切的关系。但是，仍然有一点不容忽视，即中国题材小说不能完全涵盖西域小说。比如短篇小说《圣者》的作品舞台是当时苏联控制下的“西域”，而不是中国的新疆地区。至于描写成吉思汗一生的史诗巨著《苍狼》就更难以简单将其划归为“中国题材”。

实际上，井上靖的着眼点在于“西域”，而非“中国”。他并不在意笔下的“西域”到底属于现代的哪个国家，他所描写与追寻的是那片充满神秘与浪漫色彩的文明源头，他的眼中只有地域空间的“西域”，没有政治主权范围下的“中国”。所以，当我们中国学者在民族意识下谈论井上靖“中国题材”的西域小说时，往往忽略了非中国的西域小说与游记散文，从而也就很难全面而深刻地抓住“西域物”的本质。

现在，我们再回到最开始要说明的有关“西域”与“中国”的对比问题，就容易理解井上靖为什么存在“重西域、轻中国”的倾向了。

小说《异域人》的主人公班超被朝廷派往西域，几十年间，他通过战争与强权经略西域，将西域纳入汉朝政权的辐射范围内。然而，当晚年解甲归田，回到洛阳时，班超的容貌发生了巨大的改变，甚至被小孩子们戏称为“胡人”，班超终究成了无法真正回到“中国”的人。小说《明妃曲》创造性地阐释了昭君同意嫁给匈奴的原因，她在途中的自杀并非出于对祖国的眷恋，而是因为对西域匈奴王子深深的爱。换言之，王昭君因为对“西域”的痴迷与爱恋而弃“中国”于不顾。《宦者中行说》中的主人公中行说在离开大唐出使匈奴之前说道：“若遣吾赴匈奴，必无益于汉。”一语成谶，他在到达西域后终生服侍匈奴，为其对付唐朝出谋划策。另外，《狼灾记》中即使变成一只狼也要与异域的神秘女子厮守一生的秦将陆沈康、《昆仑玉》中为了探究黄河源头而放弃回归中原最后消逝于西域的玉石商人都呈现出明显的“西域倾向”。至于西域小说的代表作《楼兰》与《敦煌》中的西域情结更是自不待言。

在这些作品中，“西域”是东西方文明的交汇地，这里有着多民族绚丽多彩的文化，也有着残酷的战争与严酷的自然环境，这些积极因素与消极因素互相融合，交织成充满无限魅力的广袤地域。“西域”不仅来自史籍文献中的文字记载，更是作家通过丰富的想象力编织创造的属于他自己的“西域”。

与充满魅力的“西域”相反，井上靖笔下的“中国”虽然拥有高度的文明，但缺乏迷人之处，在“西域”的反衬下被疏离、被否定。这一点从井上靖的历史小说中往往出现舍弃中国、前往西域的情节设计上可见一斑。

总之，西域之于井上靖是青年时期憧憬的异域，是战败后试图寻觅逝去文化传统而追索的秘境源头，又是一系列西域小说中展现的有别于“中国”的充满魅力的广阔地域。这三种西域形象交织成井上靖的西域形象与认知，并贯穿在他的历史小说与游记散文中，成为永不消逝的作品主角。

第一章　井上靖的中国题材作品

第一节　中国题材作品概述

前文提及，井上靖中国题材作品从体裁上来说不仅仅指大多数研究者关注的历史小说，还有许多游记散文，要想更加全面地解读井上靖作品中的中国形象，离不开对其游记散文的深入考察。更何况，井上靖的历史小说与游记散文之间并非毫无关系，反而存在同一个基本要素，从而使二者你中有我，我中有你，相融相生，有时甚至难以辨别。这个要素就是旅行。

"二战"结束后的1945年8月至1948年11月，井上靖独自一人生活在大阪，妻子儿女在乡下避难未归，战败阴霾下独自求生的井上靖发表了一系列诗歌，其中有一首叫作《漆胡樽》的诗歌描写了古代来自西域的一件生活器物穿越漫长的历史时空，最终来到现代人面前的传奇旅程。3年后的1950年1月，井上靖凭借前一年发表的小说《猎枪》与《斗牛》一举获得日本第22届芥川文学奖，之后他全身心投入创作之中，3月在《文学界》发表现代小说《比良山的石楠花》，4月在《新潮》发表小说《漆胡樽》，这是井上靖获得芥川奖之后创作的第一部历史小说。

小说《漆胡樽》通过丰富的想象，具体呈现了诗歌《漆胡樽》中描写的旅行，用沉稳冷峻又不失历史浪漫的笔触勾画出漆胡樽这一西域地区游牧民族驼背上的生活器物从古代西域流转至现代日本的历史经过，成为井上靖历史小说的开端，同时也是井上靖西域小说的发轫之作。

井上靖在创作历史小说的过程中往往没有实际到访过小说中描写的地域。他的第一次国外旅行是1957年10月作为日本中国文化交流协会第二次访华日本文学代表团成员到访中国。访华前两月，井上靖已经发表了其历史小说的奠基之作《天平之甍》。在此之后发表的《楼兰》（1958年7月）、《敦煌》（1959年1—5月）的作品舞台虽然是中国的新疆与河西走廊地区，但在第一次访华之中，井上靖并未踏足中国的西部。尽管在文学创作时没有亲身前往故事的发生地进行实际考察，但井上靖在小说中却描写了许多以中国或西域为舞台的旅行。兹简要罗列各历史小说的内容，以说明小说中的旅行要素。

《漆胡樽》（1950年）：漆胡樽从西域流转至日本的旅行；
《异域人》（1953年）：班超前往西域经略的旅行；
《僧行贺的泪》（1954年）：僧人行贺赴唐求法之旅；
《天平之甍》（1957年）：鉴真的渡日之旅与日本5位留学僧的求法之旅；
《楼兰》（1958年）：楼兰人跨越几代人的归乡之旅；
《敦煌》（1959年）：宋朝秀才赵行德寻觅西夏文字的西行之旅；
《洪水》（1959年）：汉朝将领索劢征服西域自然的旅行；
《苍狼》（1959年）：成吉思汗证明自我的征战之旅；
《狼灾记》（1961年）：秦将陆沈康在异域的神奇之旅；
《明妃曲》（1963年）：王昭君出嫁西域匈奴之旅；
《宦者中行说》（1963年）：中行说出使西域匈奴之旅；
《昆仑玉》（1967年）：寻找于阗国宝玉的旅行。

以上12部历史小说中，有10部描写了与西域有关的旅行，《僧行贺的泪》与《天平之甍》中的旅行虽然与西域无关，但如前文所述，其描写的“中国”与“西域”之间存在着相通之处，都被塑造成文化的发源地，因此也属于西域类型的小说。

除此12部作品，以中国或西域为作品舞台的历史小说还有《杨贵妃传》（1963年2月—1965年5月）、《永泰公主的项链》（1964年）、《褒姒的微笑》（1964年）、《圣者》（1969年）与《孔子》（1987年6月—1989年5

月），这些作品中只有《孔子》描写了旅行。

《杨贵妃传》连载期间，井上靖曾三次到访中国，期间访问了作品的舞台——西安。井上靖说这“是小说《杨贵妃传》的幸运”[①]。在旅行中，井上靖漫步西安古都，远眺终南山和秦岭，途经灞河、浐河、渭河与沣河，参观昔日杨贵妃生活的华清宫，这些旅途所见在井上靖塑造历史形象的过程中发挥了重要作用。然而，小说的内容中却没有旅行。短篇小说《永泰公主的项链》的创作灵感来源于井上靖1963年西安之旅中参观乾陵附近的永泰公主墓的经历，但小说与《杨贵妃传》一样，虽然创作与实地旅行有关，但作品内容却与旅行无缘。

小说《褒姒的微笑》的内容取自《史记》，这种取材于古代典籍的创作方法与日本近代作家芥川龙之介历史小说的创作方法如出一辙。井上靖的印度题材历史小说《僧伽罗国缘起》取自《大唐西域记》，同样是印度题材的《罗刹女国》虽然未点明出自哪部典籍，但开篇就写道：“这则故事的开头为‘很久以前，宝州治下的小岛上有一座雄伟的钢铁城堡，那里居住着500名罗刹女’”，虽然不知道“这则故事”具体指什么，但可以推测这篇历史小说是有据可依的。这种依据原典的创作方法是井上靖的惯用方法之一，但这些神话传说色彩浓厚的历史故事中都没有出现旅行的情节。

《圣者》中也没有旅行。小说的舞台应该是今天新疆的西面、哈萨克斯坦一带，在1991年以前这里是苏联的领地。井上靖在访问新疆之前，已经分别于1965年、1968年、1971年和1973年4次赴苏联境内的西域地区旅行，《圣者》的创作应该与前两次西域之旅有一定关系。就像《杨贵妃传》和《永泰公主的项链》一样，越是实际进行了旅行，内容中越是没有旅行的元素。

在井上靖的历史小说中，创作过程中有多次实地的旅行考察，而且内容中也描写了旅行的中国题材作品只有他的最后一部长篇历史小说《孔子》。小说在创作前与创作过程中，井上靖先后6次来到中国的河南、山东等地进行了实地

---

① 井上靖：「『楊貴妃伝』の作者として」，『井上靖全集』（別巻），東京：新潮社，2000年，第226頁。

的旅行考察，这些考察之旅不仅成为《孔子》创作的前提基础，而且还构成了作品的重要组成部分。这种现象在其中国题材作品中虽然仅此一例，但如果把目光放到井上靖整个历史小说的范围，则会发现，包括韩国题材的《风涛》、俄罗斯题材的《俄罗斯国醉梦谭》以及美国题材的《海神》等作品都与《孔子》一样，作品外部是实际的考察之旅，作品内部是主人公的周游之旅。相比较而言，《孔子》在现实之旅与虚构之旅的结合度上是最为紧密的一部历史小说，因此尤其值得我们深入探讨。

关于井上靖历史小说与旅行的关系，我们先告一段落。接下来，笔者梳理一下井上靖的游记散文。

井上靖的第一次访华是1957年。实际上，这不是井上靖第一次出国。井上靖的第一次出国是1923年16岁时前往处于日本殖民统治下的台湾探望在台湾卫戍医院担任院长的父亲，并在台湾度过了一个暑假。因为当时的台湾是日本的殖民地，所以井上靖或许没有出国旅行的感觉。第二次出国是1937年“七七事变”之后不久，井上靖应征入伍，作为侵华日军中的一员前往中国河北，后因严重的脚气病于次年1月返回日本，历时4月有余。关于这次出征，井上靖创作了几篇与之相关的短篇小说和诗歌，最重要的是留下了从军过程中的日记。井上靖的夫人井上芙美女士去世后，在其遗物中发现了这本日记。在征得井上靖遗属的同意后，《新潮》杂志于2009年第12期全文刊载了这本行军日记。关于井上靖的从军经历，笔者在后面的章节中将进行深入探讨，这里想说明的是，井上靖的第二次出国也并非旅行性质，因此1957年的首次访华可以说是井上靖国外旅行的开端。之后，井上靖于1961年与1963年接连访问中国，但因为中国国内的“文化大革命”运动，他的访华活动受到了严重阻碍，第四次访华则拖延到11年后的1974年。这11年的阻隔并没有阻挡住井上靖探访西域的步伐，1965年，他第一次前往苏联境内的西域地区进行旅行，1968年进行了第二次西域之旅，之后的1971年与1973年还两度前往阿富汗旅行。这4次旅行形成了5篇游记作品，分别为《第一次西域纪行》①（1965年12月—1966年8月）、《第二次西域纪行》（1968年12月—1969年5月）、《阿富汗纪行》（1971年）、《东方古代遗迹遍访》（1974年）与《亚历山大的征途》（1974年1月—1975年6月）。1977年4月，井上靖再次西行，游览了埃及、伊朗和伊拉克，并创作了《从埃及到伊拉克》（1977年8—9月），与上述5篇游记合编成书，于1977年9月出版了他的第一部游记集《丝绸之路的遗迹之旅》，这也是井上靖在书名中第一次使用“丝绸之路”。

《丝绸之路的遗迹之旅》的后记中写道：“本书应该收录中国境内的西域游记。但是眼下，外国旅行者还无法进入那片区域。”②后记的日期是1977年7月，令井上靖没有想到的是，1977年8月，井上靖就实现了自己平生第一次新疆之旅。这之后便一发不可收拾，1978年第一次敦煌之旅；1979年第二次新疆之旅，同年又随NHK纪录片《丝绸之路》摄制组再访敦煌；1980年第三次到访新疆，这次仍然是作为NHK摄制组的顾问，不同的是这次前往的是南疆地区，也是井上靖第一次与最后一次到访南疆。在中国新疆与河西走廊的5次旅行再次成为井上靖创作的源泉，形成了《敦煌与我》（1980年）、《探访玉门关与阳关》（1980年）、《河西走廊之旅》（1980年）与《漫游丝绸南路》（1980年）4篇游记，这些作品首先收录于NHK摄制组编写的丛书《丝绸之路》中，之后与1977年出版的《丝绸之路的遗迹之旅》合为一体，于1982年出版了新潮文库版的《丝绸之路的遗迹之旅》。

值得一提的是，井上靖感到很遗憾的是没有去过楼兰。为了弥补这个缺憾，他依据历史文献创作了游记式散文《神秘的楼兰国》，并收录于NHK编《丝绸之路》与文库版《丝绸之路的遗迹之旅》之中，这篇文章在其他依据实

① 日文书名为“第一回西トルキスタン紀行”，“トルキスタン”英文为“Turkestan”。按《新明解》解释，指亚洲大陆中部的干旱少雨地区，分为中亚与中国新疆两部分。井上靖对西域的地理判断也是基于这种划分，他将前者称为“苏联境内的西域”，将后者称为“中国境内的西域”或“新疆”。

② 井上靖：「遺跡の旅・シルクロード」（あとがき），『井上靖全集』（第27巻），東京：新潮社，1997年，第586頁。

际旅行创作的游记中显得别具一格，以史实文献的叙述为主，抒发了作者对楼兰的一种浪漫情怀，这种写法与那些历史小说之间也有异曲同工之妙。

井上靖有在旅途中写日记的习惯，经常是边走边写，手不离笔。中国的5次旅行留下了大量的日记，井上靖据此创作了日记体的游记，从1978年至1981年，以《我的西域纪行》为题进行连载，后于1983年出版单行本，1987年发行文春文库版。

1984年，77岁的井上靖第4次来到新疆，访问了乌鲁木齐与哈密，之后创作了游记《哈密之旅》，于1985年分两期在《文学界》连载，但是没有收录在1987年文春文库版的《我的西域纪行》。

当我们再次把视线移回井上靖的中国题材历史小说时会发现，1965年井上靖第一次西域旅行之后，只有1967年的《昆仑玉》与1987年的《孔子》中描写了旅行，而二者之间相隔的20年时间里，旅行从井上靖的中国与西域题材小说中销声匿迹，甚至连小说这种体裁也逐渐被描写旅行见闻的游记所取代。可以说，从20世纪60年代中期至80年代中期，描写西域与中国见闻的游记成为井上靖最具代表性的作品群。

旅行将想象、憧憬与梦幻变为了现实。旅行之前可以凭借心中所想任意驰骋想象，谱写神秘而浪漫的西域传奇；一旦踏上那片干燥而辽阔的大地，现实驱散了梦幻，作者再也无法任由思绪漫天飞舞，而是落回大地，关注四周，逐一记下旅途中人与事的点点滴滴。因此，旅行是从想象向记录、虚构向现实的转折点，它一头连着井上靖史诗色彩的西域小说，一头通往用脚步丈量出来的游记。

第二节　中国题材作品的创作特征

一、游记式的历史小说

在上一小节中，笔者论述了井上靖以中国或西域为作品舞台的小说中常常包含着旅行的要素，其描写的旅行往往蕴含着追溯文明源头的主题，并且，这些小说大多是在作家实地旅行之前完成。但井上靖在1965年进行了第一次西域之旅后，这种描写旅行的历史小说急遽减少，只有1967年的《昆仑玉》与1987年的《孔子》中存在旅行的内容。《昆仑玉》的作品舞台是中国境内的西域，即新疆地区，井上靖的第一次新疆之旅是在该作品发表10年后的1977年，因此，《昆仑玉》与其他历史小说一样，也属于实地旅行前依据史料与凭借想象完成的作品。既然这种倾向是井上靖中国题材历史小说的一个共同的基本特征，那么就有必要对作品中旅行的虚构方式进行一番考察。

井上靖第一篇描写旅行的作品并不是小说，而是诗歌《漆胡樽》。他为什么在最初用诗歌这种体裁来想象追溯文明源头的旅行呢？

旅行由线性的时间与空间构成，描写旅行往往对应小说或游记这种便于线性叙述时间与空间的体裁，从而给读者造成一种现实感，仿佛作品中描写的旅行真实存在。但是诗歌则不然，尤其是抒情诗，往往具有超越时空局限的跳跃性，历来不是描写旅行的最佳选择。然而，井上靖选择了诗歌这种样式，这或许与当时作家所处的社会背景有一定关系。

诗《漆胡樽》创作于1947年。1945年8月至1948年11月的大约三年半的时间里，井上靖独自一人在大阪度过，体会着战败后的苦闷，经历着精神上的痛苦与挣扎。在此期间，他创作了一系列诗歌作品，却没有写过一篇小说。

> 我们从写作开始，之所以是我们，是因为这么做的不仅是我，其他人亦如此。我痴迷地作诗、发表，不知停歇。当时有不少杂志愿意发表我的

诗，《火之鸟》《航海表》《栅》《秋樱》《文学杂志》《诗文化》等，这些杂志也仿佛着了魔一般。这么说或许不准确，应是办杂志的人着了魔。于是和我一样着了魔的人都在这些杂志上发表诗作。①

在战争时代度过青春年华的井上靖只能用诗歌的形式抒发战败后的苦楚，在他的周围也存在着一大批以诗歌来慰藉灵魂的诗人们。在这样一种社会背景与文化氛围中，诗歌或许是最适合的一种表达方式。诚然，诗歌并不适合描写旅行，但是井上靖创作的是散文诗，本质上虽然也是诗，但其表达的自由程度要比抒情诗大得多。

我觉得自己的作品与其说是诗，更像是防止诗跑掉而将其收藏起来的小匣子。……从这个意义上说，这些文章都不是诗，而是非常方便取用的保存器，是显得有些繁琐麻烦的诗歌备忘录。②

井上靖的散文诗就是这种盛满了诗歌精灵的小匣子，是便于随时取用的保存器。因此，散文诗中描写的旅行虽然简洁，但在时间与空间的描述上，它与小说、游记发挥着几乎相同的功能。

井上靖描写旅行始于战后初期的散文诗，但这个时间并不长，1950年，他获得芥川文学奖之后，其创作的重心便从诗歌转移到小说，之前在散文诗中得以展现的旅行开始出现在小说中，最早的一篇便是改编自诗歌《漆胡樽》的小说《漆胡樽》。《漆胡樽》有同名的两篇作品，一篇是诗歌，一篇是短篇小说，二者在情节上相同，所以也可以看作是一部作品的两种形式。《漆胡樽》是井上靖非常重要的一部作品，既是井上靖战后发表的第一首诗歌，也是获得芥川奖后第一部历史小说。内容上，既有西域，又包含中国，最后指向日本，展现了文明由西至东的流传过程。作品的基本情节是传奇色彩的时空大旅行；形式上，诗歌与小说并存，将抒情与叙事、虚构与写实有机地结合在一起。可以说，《漆胡樽》奠定了井上靖之后创作的历史小说在情节内容与创作形式等

①井上靖：「過ぎ去りし日日」，『井上靖全集』（第23巻），東京：新潮社，1997年，第85頁。

②井上靖：「北国」（あとがき），『井上靖全集』（第1巻），東京：新潮社，1995年，第586頁。

方面的基本模式，在他浩如烟海的作品群中具有特殊的地位与独有的价值。

小说中描写现实中没有实际经历过的旅行时，必然需要一定程度的虚构。井上靖虚构的依据往往是历史文献。简言之，描写旅行的作品由历史文献中的历史记忆与基于文献进行的虚构两部分构成。历史记忆增强了作品的历史厚重感，虚构则是小说的基本条件，二者结合使井上靖笔下的旅行兼具历史的现实性与虚构的奇幻色彩。

井上靖的虚构以未发生的旅行为前提，甚至有的时候，实际发生的旅行也不能用来否定作家的虚构。

1978年5月，井上靖第一次访问敦煌，此时距离小说《敦煌》发表已经过去了19年之久。回国后，井上靖发表游记散文《站在小说〈敦煌〉的舞台》，文中有这样一段话：

> ——小说中描写的城镇形象与现在的城镇有什么区别？
>
> 回国后，多次有人向我提出这个问题。
>
> ——那里有酒泉，却不见远古的肃州。那里有安西，却不见昔日的瓜州①。那里有敦煌，却再没有沙州。
>
> 我总是这样回答。实际上亦是如此。小说《敦煌》中描写的肃州、沙州等城市如今已踪迹全无。瓜州只剩下残垣断壁。沙州也只有十几处城墙的残骸散布在空旷的原野中。②

小说中描写的是古代的敦煌，自然与今天的敦煌大不相同。但从上述的这段对话中，我们能感到井上靖在维护着自己依据历史记忆虚构出来的敦煌形象。今天的酒泉不见肃州，今日的敦煌难觅沙州，而那些昔日繁华的边境城市就存在于作者的想象之中，仿佛这想象是作者跨越时空亲身经历过一般。不仅是敦煌等河西走廊城市，井上靖对西域的虚构也表现出强烈的维护意识。

---

①地名“瓜州”在清康熙时期改称“安西”，2006年8月恢复古名“瓜州”，全称“酒泉市瓜州市”。井上靖访华时，仍称“安西”。

②井上靖：「小説『敦煌』の舞台に立ちて」，『井上靖全集』（别巻），東京：新潮社，2000年，第207頁。

在我写这些小说的时候，我从未想过要前往小说的舞台——新疆维吾尔自治区，也不认为能去看看。正因为那里是一片禁止入内、恍如隔世的圣域，才催生了小说中的构思。

但是这十几年来，我开始产生如果能去看看就去看看的想法。自从多次受邀访华以来，我在作品中描写的那些地方不断地诱惑我前往探查。但同时，我也并非没有过犹豫。天山、昆仑山、塔里木盆地、塔克拉玛干沙漠，这些地名从我学生时代开始就非常熟悉，至今已有40多年。对这些地方，我有我自己的想象，并依据这些想象创作了不少小说。这些想象都是通过阅读书籍与游记作品在我的心中自然而然形成的，其本身已经具备了某种真实感。长久以来维持着这些想象绝非易事，所以心中难免产生不愿去改变它的想法。①

小说中的西域是虚构的产物，但其形象却来源于作家心中固有的想象，因此虽然是虚构，但于井上靖而言，却仿佛现实一般鲜明。小说中描写的旅行就是前往这种虚实相间的西域的旅行，它一方面强化了西域想象的真实性，一方面也在这种真实性的烘托下使历史小说看上去就像是描写真实旅行的游记。从这种意义上说，井上靖描写旅行的历史小说是一种游记式的历史小说。

然而，一旦踏上了真实的旅途，作家的想象则受到了限制，虚构描写旅行的历史小说逐渐被详细记录现实旅行的游记所取代。虽然也存在依据现实旅行见闻的历史小说，但小说内部已经没有旅行的元素。《杨贵妃传》与《永泰公主的项链》便是这样的两部作品。大概是因为描写杨贵妃不幸一生的宫廷大戏与试图解开永泰公主墓被盗真相的市井杂谈失去了追溯文明之源的主题，故而也就不需要旅行这个可以合理转变时空的便利工具了吧？

二、历史小说式的游记

探讨了井上靖历史小说的创作特点后，我们再来看看游记的特点。井上靖的历史小说中有不少虚构了旅行的情节，具有一定的游记色彩，那么游记中是

① 井上靖：「私の西域紀行」（二、木乃伊と木簡），『井上靖全集』（第28巻），東京：新潮社，1997年，第16頁。

否也具有历史小说的某些特点呢?

1965年的第一次西域之行对于井上靖而言，意义非凡。

> 我从学生时代开始就对文明东渐的道路上的亚洲沙漠与草原地带以及散落于其间的城市与遗迹抱有浓厚的兴趣。但真正踏入那片区域却是在昭和四十年，与情投意合的同伴在苏联境内的中亚各地进行了历时一个月的旅行。在我而言，青年时期的夙愿等到我58岁时才得偿所愿。①

这次旅行从5月5日一直持续到6月8日，回国后，井上靖立即着手游记的创作，并很快于当年12月至翌年8月，以《西域纪行》②为题在杂志《太阳》上分9期进行了连载。这就是井上靖西域游记的开端。井上靖的创作方向从此发生了转变，由之前以历史小说为主要体裁，虚构旅行情节，转变为采用游记的形式再现真实的西域之旅。

1966年1月开始连载的长篇历史小说《俄罗斯国醉梦谭》与第一次西域之行有一定的联系。而且，1968年的第二次西域旅行的目的之一就是对小说舞台的实地考察。与实际旅行密切相关，内容上又描写了旅行，这不由得让人想起井上靖最后一部长篇历史小说《孔子》，二者在创作手法上应该说是一致的。

与最初两次西域旅行存在互文关系的小说应该还包括1969年发表的《圣者》，但这篇小说中没有旅行，这与《杨贵妃传》《永泰公主的项链》在本质上是一致的，小说没有追溯文明源头的主题，也就不需要旅行的元素，而是通过虚构异域故事对现代社会进行文明批判。

实际的旅行促使井上靖形成了自我记忆，并激发了他的创作欲。这种自我记忆来源于亲身的旅行实践，所以具有排斥虚构的倾向。其结果便是通过发挥想象力、以虚构为主要创作手法的历史小说急遽减少。在此之前，井上靖一直将历史小说创作作为追溯文明之源的手段，在作品中虚构了一次次传奇之旅；

---

① 井上靖：「遺跡の旅・シルクロード」（著者あとがき），『井上靖全集』（第27巻），東京：新潮社，1997年，第585頁。

② 后改题为《第一次西域纪行》，整体修改后，又被收录于《丝绸之路的遗迹之旅》，东京：新潮社，1977年。

而今，游记承担起小说的功能，继续用旅行追寻文明的发源地，只不过这里的旅行是真实存在的。然而，以再现真实旅行为目的的游记并非是简单的时空追述，其中也有反映作者思想意图的有意设计，最典型的特征是游记中存在大量关于遗迹与河流的描写。

遗迹是文明的痕迹，是文明曾经辉煌的证据。尼雅遗址、米兰遗址等遗迹探访一直是井上靖旅行的主要目的。至于楼兰遗址，井上靖虽然未能实际到访，反而激发了作家的想象，井上靖一边引用昔日创作的小说《楼兰》中的片段，一边依据文献追溯楼兰的历史，创作了凭借想象而虚构的游记《神秘的楼兰国》，在他的游记作品中独树一帜。

河流也与文明有关。井上靖把河流看作孕育文明并延续至今的自然物，在西域与河西走廊的旅行中，他对河流的观察尤为细致，有时还会让车停在桥上，站在桥上眺望缓缓流逝的河水，独自陷入生命与历史的沉思，思索河流在文明发展中不可替代的意义。1981年3月至1985年5月，井上靖用5年时间分51期在《太阳》杂志上连载长篇游记《伫立河岸》，这是井上靖作品中连载时间最长、连载期数最多的作品。1986年，该连载发行单行本《伫立河岸——历史之河、沙漠之河》，其中描写的河流数量达50多条。

实际的旅行将保存文明的遗迹与孕育文明的河流作为重要的目的地，记录旅行过程的游记中自然会包含大篇幅描写遗迹与河流的内容。但从另一个角度看，这也是作者有目的安排行程的结果。因此，旅行不是纯客观的时空转换，它的行程路线总是有意或无意地通过旅行者的主观选择而呈现出千差万别的面貌。游记更是将这种个性化的旅途按照作者的意图重新进行编排，有时甚至会出现与实际旅途相悖的游记。因此，井上靖围绕遗迹与河流撰写的游记就不再是单纯的旅途实录，而是渗透着作家思想意识的有意编排。这种文本设计中贯穿的追溯文明源头的主题，与井上靖描写旅行的历史小说在本质上可谓一脉相承，共同折射出井上靖一以贯之的文明观与旅行姿态。

井上靖的历史小说与游记在内容情节上往往都包含追溯文明的旅行，同时在旅行时间上也存在相通之处。旅行者都有这样的心理体验，即实际旅行中的时间与回归日常生活后的时间在客观上虽然前后相连，但在感性认知上却仿佛相互间断，彼此排斥，有时甚至有恍如隔世的感觉。井上靖也不例外。他的游记作为旅途的记录，字里行间里体现着作家努力还原旅行经过的努力。但文字间也不乏探访遗迹、引经据典的描写，有时还会思绪飞扬，突然转到自己的历史小说中。因此，井上靖大概在现实的旅行时间中也经历着历史的时间，由此产生了一种幻觉，现实的旅行时间转变为了历史的时间，还原旅行经过的游记变成了想象历史时间的文本，游记在这种如梦似幻的时间误差中具备了历史小说的虚构性。

总之，描写实际旅行的游记是由旅途中的自我记忆与历史幻想共同构成的作品，而历史小说则由历史记忆与作家的虚构构成。虽然记忆与虚构的主体在游记与小说中互相易位，但在文本生成的基本构造上，二者却是相同的，即都是记忆与想象的结合体。因此，如果将井上靖虚构旅行的历史小说称为游记式的历史小说，那么，还原实际旅行的游记则可看作是历史小说式的游记。

三、虚实转换的追忆之旅

在前面的小节中，笔者的一个主要发现是井上靖取材于中国或西域的历史小说中往往虚构了旅行，作家在创作时并未真正到访过作品的舞台。这种写作倾向因1965年第一次西域旅行而发生转变，小说体裁逐渐被描写真实旅行的游记所取代。但是，22年后的1987年连载的中国题材历史小说《孔子》，不仅在内容情节中虚构了旅行，而且作家本人还多次来到中国进行实地的考察之旅，两种旅行并存于一部作品中，因此《孔子》具有一定的独特价值。在这一节中，笔者将围绕《孔子》谈一谈井上靖的虚构之旅与现实之旅之间的关系。

在创作前与连载过程中进行实地考察之旅的历史小说除了《孔子》之外，还有韩国题材《风涛》、俄国题材《俄罗斯国醉梦谭》与美国题材《海神》。

《风涛》与其他三部小说略有不同。这部小说是井上靖在“苍狼论争”后，主要依据历史文献采用尽量忠于史实而抑制虚构的方法创作完成的作品。虽然进行了实地的考察之旅，但也仅有一次，而且旅行对小说内容的影响并不明显。当然，考察之旅的见闻如果过多地体现在小说内容中，反而会造成不符合历史的印象。况且发起“苍狼论争”的大冈升平所批判的不在于是否进行考察之旅，而是针对小说在创作中对历史文献的使用方法。因此《风涛》的创作更多依赖的是历史文献。按井上靖自己的说法，他以池内宏的《元寇新研究》为主要参考资料，并时时查阅《高丽史》和《元史》，创作过程中非常在意忠于史实，严谨之程度有如历史学家一般。另外，《风涛》中并没有虚构的旅行情节，因此这部小说应属于“苍狼论争”这一特殊事件后井上靖尝试“还原历史”①的实验性作品，所以其他历史小说中常见的溯源主题在这篇小说中也难觅踪影。

《俄罗斯国醉梦谭》创作期间，井上靖于1965年与1968年两次前往苏联旅行，但第一次旅行似乎没有明确的考察之旅的目的，这次旅行的直接结果是井上靖的第一篇西域游记《第一次西域纪行》。第二次的西域之旅确实是为了创作该部小说进行的实地考察之旅，但小说的连载已经基本完成，仅剩下最后一章。《海神》的考察旅行也不多。1960年、1964年、1967年和1971年，井上靖4次前往美国旅行，但确定是为了作品创作而进行的考察之旅只有1964年和1971年的两次。《孔子》与这两部作品不同的是，在作品创作前和连载过程中，井上靖从1981—1988年的7年间，一共进行了6次考察旅行，这在其创作生涯中是独一无二的，《孔子》也因此成为井上靖考察之旅与文学创作之间关系最为紧密的作品。

20世纪七八十年代，中日关系得到了空前的发展，加之交通工具的进步，使井上靖的中国旅行变得更加方便与快捷。在中日定期航班开通之前，井上靖从东京到北京需要经由香港，花费大约3天时间，通航之后，天堑变通途，3小时便可从东京成田机场抵达北京，中日间的距离因此大幅缩短。另外，井上靖从1957年首次访华以来，逐渐成为中日关系的友好使者，1980年就任日本中国文化交流协会会

① 日文为“歴史其儘”，与“歴史離れ”（脱离历史）相对。这是日本近代作家森欧外提出的关于历史小说的两种创作倾向，后来成为历史小说的批评术语。在“苍狼论争”中，大冈升平批评《苍狼》为“脱离历史”的历史小说。

长之后，其访华身份进一步提升，每次来华都得到国宾级的接待。在中国文化部以及对外友协等部门的安排下，井上靖的旅行考察诉求均得以顺利实现。这些外在的客观因素都是实现《孔子》创作考察之旅的重要条件。

三部作品的创作都伴随了考察旅行，而且作品中都描写了虚构的旅行，《孔子》中甚至虚构了两次旅行。第一次是主人公蔫薑跟随孔子一行前往楚国的旅行；第二次是蔫薑独自一人重走年轻时的赴楚路，在旅行中追忆与孔子同行的种种往事。另外，三部作品在旅行的方向上均与文明的源头有关，《孔子》中的儒家思想、《俄罗斯国醉梦谭》中的俄国文化以及《海神》中的美国文化分别代表了文明的一极，因此三部小说都可以称为描写文明溯源之旅的游记式历史小说。

小说《孔子》既有文本外部的现实旅行，又有文本内部的虚构旅行，从而使构成历史小说的两个要素——历史记忆与作者虚构都发生了新的变化。在记忆上，除了来自史书文献的历史记忆，又加入了作者亲身经历的自我记忆，并作为小说中的第二次旅行描写的依据，成为小说的有机组成部分。由此带来的第二个变化是，虚构的依据既有历史记忆，也有作者的自我记忆。

《孔子》虚构了一个组织——孔子研究会。小说中描写的旅行是由研究会的主持人，即虚构的主人公蔫薑以“追忆”的形式向前来参加会议的学者亲口讲述的。换言之，旅行存在于蔫薑的记忆当中。但其他描写旅行的小说，比如《俄罗斯国醉梦谭》《天平之甍》《敦煌》等作品中描写的旅行都存在于小说情节发展的同步时间内。《孔子》中的旅行时间在过去，这与现实中井上靖先来中国考察，然后创作小说的时间关系相符，不过这不能看作《孔子》将旅行置于回忆中的决定因素，但这一点确实是《孔子》与其他同类小说之间的重要差别。另一个差别是，旅行情节完全是虚构的历史小说在叙述中往往在旅行出发前的憧憬与准备等内容上花费大量的笔墨，但《孔子》对出发前似乎毫无兴趣，直接描写旅途经历，甚至都没有清楚地交代旅行开始的时间。这一点也是井上靖开始实际旅行后其历史小说创作手法上的变化之一。另外，使用“追忆”这一叙述手法不由得让人与当时已经身患癌症的井上靖本人联系起来，

“追忆”中似乎也潜藏着井上靖在最后一部长篇小说中回顾自己一生的意图。

参加研究会的年轻人们向蔫薑询问孔子的话如何解释，蔫薑很少从正面加以回答，而是追忆往昔旅途中的经历，还原孔子说出这句话时的情景，始终没有给出明确的解释。小说中蔫薑会把参会人各自的解释罗列出来，在肯定其合理性的基础上，道出自己的理解，但绝不拘泥于一种结论。井上靖的这种写法表明，在他看来，理解的前提是清楚孔子所言产生的背景，而这个背景则蕴藏在对孔子师徒传道之旅的追忆当中。因此，追忆之旅成为参悟人生、理解儒家思想的修行之旅。而且，闭门不出地沉浸在回忆中还远远不够，蔫薑又亲自重游故地，通过实践性的追忆之旅努力诠释着孔子的教诲。如前所述，第一次旅行描写基本上是参考历史文献，但蔫薑独自一人的第二次旅行描写则来源于井上靖的中国考察之旅。通过这种组合，现实世界中的考察之旅成为小说中的虚构之旅，并作为悟道与溯源的旅行与另一个依据历史记忆形成的虚构之旅一起，构成了历史小说《孔子》的游记性格。

第三节　中国题材作品的创作方法

在上一节中，笔者从整体上观照井上靖的中国题材作品（包括历史小说与游记），从旅行的视角分析了作品在体裁样式、内容情节以及主题思想方面的特征，指出虚构的旅行演化为游记式历史小说，而现实的旅行在井上靖的笔下成了充满历史想象的小说式游记。另外，伴随实地考察之旅创作的《孔子》则通过主人公的“追忆”将虚构之旅与现实之旅连接起来。总之，不论何种旅行，都与“中国”、与“西域”有关，追溯文明源头的旅行在作品的内外，被实践，被描写。

如果说上面的论述是对文本的静态描述，那么在这一节中，笔者试图将视角从静态的文本转移到文本生成的动态过程，探讨井上靖的中国题材作品是怎样被创作出来的。一部作品的生成大概可以从作家内在的精神因素与作品外部的社会文化因素两方面进行考察。就井上靖而言，内在的精神要素可以从他的性格与成长经历中寻找；外在的社会文化因素则应重点考察“二战”后日本大众社会文化对其文学创作的影响。就历史小说的创作特点而言，历史文献对作品的生成具有非常重要的影响，同时井上靖与历史学者之间的互动也是不容忽视的一个方面。本节将围绕上述各个要素做一简要的考察。

一、“乡巴佬”井上靖与“落第”的赵行德

1. 落第经历与自卑心理

井上靖的父亲隼雄是一名军医，由于工作关系，经常辗转各地，因此年幼的井上靖被留在家乡汤岛，与名义上的祖母佳乃生活在祖屋后面的土仓里，直到13岁。佳乃去世当年的3月份，上小学六年级的井上靖从乡下的汤岛普通小学转学至城里的浜松普通小学，开始了人生中的第一次城市生活。之前成绩一直不错[①]的井上靖在城里的小学初尝到自卑和挫败的滋味。

> 在浜松的小学，每天都有备战升学的补习班，同学们的学习能力都比我这个在乡下悠闲散漫惯了的乡巴佬强得多。[②]

在竞争激烈的学习环境中，井上靖经历了生平第一次考试落第。转入浜松小学一个月后，他参加了升学考试，结果没有考上浜松中学。关于考试失利的原因，井上靖在《我的履历书》中有所提及。

> 当时正是升学难的年代，竞争比例达到4：1，而且，我这么一个从乡下小学转来的学生，不得不承认学习上差得很远。[③]

看来，在井上靖的意识中存在着乡下人特有的自卑感。井上靖研究专家福田宏年将这种自卑感看作井上靖的性格原点，在《增补井上靖评传觉》一书

① 井上靖在小学5年级之前，成绩一直非常优秀。除了4年级的手工课成绩是“乙”，其余成绩均是“甲”。参见“井上靖汤岛小学成绩表”，『新潮日本文学アルバム48井上靖』，東京：新潮社，1993年，第15頁。

② 井上靖：「帽子」，『井上靖全集』（第7巻），東京：新潮社，1995年，第153頁。

③ 藤沢全：『若き日の井上靖研究』，東京：三省堂，1993年，第256頁。

中，他进行了详细的说明。

> 在井上靖的文学作品中，这种自卑感是其精神内核的重要因素，首先体现在对城市事物的胆怯与畏惧上。[①]

福田认为这种自卑感与井上靖升学考试失利之间存在一定关系，他写道：

> 源于对城市的怯懦而产生的自卑感之所以不断加剧是因为升学考试接连不断的失利。如前所述，井上靖报考浜松一中落榜，耽误一年；中考时，四年级落榜山形中学，五年级落榜静冈中学，复读一年后才考入四高；高考时，未能考上九州帝国大学医学系，只能进入该校的文法系[②]；在九州帝大，井上靖仅仅学习了两年，又转入京都帝国大学，正常三年的学制，井上靖却念了四年才毕业。
>
> ……可以想见，对于少年井上靖来说，接连不断的考试失利给他带来了不小的精神打击。[③]

屡次的考试落榜使井上靖出身乡下的自卑感进一步固化为他的心理性格，这种性格后来在文学创作中也时常呈现出来，其中最有代表性的就是《敦煌》，在这篇小说中，考试落榜是整个故事的开端。

《敦煌》的主人公赵行德是“从家乡湖南的乡下来到京城开封”的乡巴佬。这种与作者相同出身的乡下人身份暗示了之后的落榜情节。福田宏年指出，自卑感是《敦煌》等作品的精神内核，一直存在于井上靖的作品中。因此，赵行德的乡下人身份与之后的落榜情节，都可以说是源自井上靖少年时期形成的自卑心理。

自卑感塑造了井上靖的两种人生姿态，一是旁观者，二是行动者。就前者而言，因为自卑低人一等，所以不愿与地位优越的人交往，远离他们从事的“大”事业，其结果表现为一种孤独感，在井上靖的作品中往往表象为“白色河床”。

---

①福田宏年：『増補井上靖評伝覚』，東京：集英社，1991年，第40頁。

②文学与法学合并的院系。

③福田宏年：『増補井上靖評伝覚』，東京：集英社，1991年，第42頁。

另一方面，虽然出身卑微，低人一等，但又想证明自己的价值，这种心理使井上靖成为一个行动者，在不为他人所关注的角落里全身心投入某件自己认定的事业。学生时代的井上靖对日益高涨的左翼运动漠不关心，醉心于柔道的训练，担任记者期间，他默默地抗拒战争，在15年的记者生涯中，有8年时间都在学艺部从事美术相关的采访工作。“二战”后，井上靖因作品《猎枪》而幸运获奖，从此专心创作，继续作为一名行动者笔耕不辍，直至生命的最后时刻。

与自卑感如影随形的还有挫败感，这也是影响井上靖性格形成的因素之一。如果没有在城市经历的挫败，那么由“乡下人”带来的身份自卑就未必显现于意识层面，挫败或使人消极厌世，从而成为旁观者；反之，为了克服与超越挫折，则要付出全身心的努力，从而转化为行动者。因此，挫败感与自卑感共同构成了井上靖的性格基础。

当然，拥有优越感的人也会经历挫折，不过优越之人往往因挫折而一蹶不振，相反，像井上靖这样具有天生劣势的人却能很快找到克服挫折的方法。

《敦煌》发表的时候正值日本1960年安保斗争即将开始之际。斗争以失败告终，日本左翼运动分化，整个社会普遍弥漫着挫败之感。因此有人将日本的20世纪60年代初期称为“挫败的季节”。虽然在时间上《敦煌》的创作在前，安保斗争失败在后，二者并不构成因果关系，但《敦煌》中隐含的挫败感在精神层面上与那个热血动荡的年代相通，这或许也是《敦煌》得到广大日本读者喜爱的原因之一。

不仅是《敦煌》，井上靖其他中国题材历史小说中的许多人物，都是既有自卑感，又为克服与超越挫折而毕生努力，成为不断证明自我的行动者。小说《苍狼》的主人公成吉思汗出于自己可能是外族后裔的自卑感，通过不断征战的行动来证明自己的苍狼血统。《天平之甍》中的留学僧业行意识到无论自己如何钻研学习也只能是一己所得，在浩如烟海的佛经典籍面前也只不过是沧海一粟，微不足道。他为自己白白浪费的时间感到懊悔不已，于是将一生奉献给抄写经书并带回日本的事业，以此来克服自己前半生的挫折。虽然在归国的途中，业行抄写的经书全部与他一起在风暴中沉入大海，但他的做法代表了中日文化交流史上千千万万名抄经人，其精神价值永驻人间。井上靖中国题材历史小说的这种人物塑造在《敦煌》中得到了充分的体现，主人公赵行德在经历了科举落第的挫折后，为寻找西夏文字与异域文明投入了自己的全部人生，最终成为在战乱中保护文明经典的行动者。

赵行德不仅是行动者，也是旁观者。他在科举落第后没有苦读三年、从头再来，而是远离科举考试的名利场，在无人关注的河西走廊留下了自己追寻文明的脚印，这种人生姿态正是井上靖作品中“旁观者”的生动体现。

现实生活中的挫折并没有打败井上靖，反而促使井上靖将自卑感转化为积极的反抗力，他付出了比其他人更多的努力，不断取得一个又一个成功。落榜浜松中学后，井上靖进入浜松师范学校附属小学的高等科[①]，与其他落榜的同学一起拼命学习。井上靖回忆道“母亲时常叹息说‘真没办法，毕竟是个乡下孩子’，老师也常批评道：‘你之前的小学教了什么？’，但我全身心地要维护那个让我愉快玩耍与放松生活的母校”[②]，这种维护的心理也是乡下学生自卑感中积极的一面。最终，井上靖经过一年的复读，以第一名的成绩考入县立浜松中学。为了维护某种事物，通过拼命努力而最终取得成功的经历后来在小说《苍狼》中转化为成吉思汗征战不断的一生。

2.“及第”与“西行”

考试落第激发了井上靖的斗志，成为他取得考试成功的原动力。但是，在小说《敦煌》中，主人公赵行德科举失败后却放弃了三年后再考一次的想法，径直向西而去。另外值得注意的是，赵行德虽然出身乡下，文中却看不出他具有自卑感，反而有着一股傲气。

> 之前的几次考试对赵行德来说都很容易。虽然每次考试都是千军万马过独木桥一般竞争激烈，但是赵行德却毫不在意，他一直坚信自己不可能成为落榜的举子。[③]

---

①相当于中国的复读班。

②井上靖：「帽子」，『井上靖全集』（第7巻），東京：新潮社，1995年，第153-154頁。

③井上靖：『敦煌』，東京：新潮文庫，1987年第48刷改版，1996年第68刷，第7頁。

正是因为心中的这份自信与骄傲，所以当因为错过考试时间而意外落榜时，赵行德心中的绝望之情无以言表。

> 赵行德的心中突然浮现出孟郊的那首七绝："春风得意马蹄疾，一日看尽长安花。"这是50岁的孟郊终于高中进士时的述怀之作。如今的赵行德，周围没有长安的牡丹花，盛夏的炎炎烈日照射在绝望而疲惫不堪的身体上。更令人烦恼的是下一次考试要再等上三年。赵行德漫无目的地走着，只有行走的双脚支撑着他的身体。不知不觉中，他走进了城外的市场。①

这段文本中，孟郊的诗句与炎炎烈日的描写与井上靖的自传体随笔《帽子》中的内容如出一辙。只不过《帽子》中是用在井上靖考上浜松中学时的心理描写上。得知考试及第的井上靖没有直接回家，而是与其他三名落第的伙伴去城外观看节日庆典。这时的井上靖心情无比高兴。

> 这是我来到浜松后第一次感到心情愉快的一天。因为既不用再学习，也不用再考试。春天的阳光那么温暖，迎面的微风轻轻拂过我的面颊。②

"春天的阳光"与舒适的"微风"让人联想到《敦煌》中引用的孟郊的诗句和照射在赵行德身上的阳光。只不过，落第时的阳光不再如春天那般温暖，而似盛夏般炎热，二者形成了鲜明的对比。

记录下井上靖及第后喜悦之情的文章此外还有一篇。经过一年的复读，井上靖终于考中第四高等中学理科甲等，当时的心情在其自传体随笔《五陵年少》中可见一斑。

> 春风得意马蹄疾，一日看尽长安花。这是孟郊50岁高中进士时的述怀之作。在经过复读之后，我也体会到不亚于古人的心情。那天我第一次戴上崭新的白边学生帽，漫步在金泽的街道上。
>
> …… ……

---

①井上靖：『敦煌』，東京：新潮文庫，1987年第48刷改版，1996年第68刷，第11–12頁。

②井上靖：「帽子」，『井上靖全集』（第7卷），東京：新潮社，1995年，第155頁。

> 我喜欢回想起入学那天仿佛夺取了天下一般在街道上昂首阔步的得意劲儿，那份得意在我的一生当中仅此一次。因此，显得不那么真实，如梦似幻。①

这段反映井上靖考试及第后得意之情的描写在《敦煌》中被用于突显赵行德落第时的绝望心情，这种人生经历的反用，其意图是什么呢？

井上靖的目的在于突出赵行德落第时的绝望心情。及第时越是高兴喜悦，落第时则越是悲伤沮丧，二者形成正比例关系。绝望的极致就是远行离开，从而为下文中赵行德的西行埋下了伏笔。读者并不知道井上靖的创作心理，所以难以体会到赵行德绝望的程度，感觉赵行德西行的动因并不充分。但井上靖对少年时期经历的落第与及第的心理落差深有体会，自传中及第后喜悦心情的描写，其背后潜藏着井上靖落第时失落至极的悲伤。井上靖将自己的经历投射到赵行德身上，从而为赵行德的西行提供足够的心理动因，只不过这种投射只有他自己能够体会，对于读者来说，难免有些费解。

3. 大火与瞌睡

通过前文的分析可知，乡下出身的自卑感暗示着赵行德的科举落第，井上靖及第后喜不自胜的得意之情反衬出赵行德落第后的绝望之感，进而为赵行德毅然西行提供了心理基础。

那么小说中考试落第的原因为什么是打瞌睡呢？井上靖落榜浜松中学的原因可以说是知识能力不够，乡下小学的教学质量无法与城里小学相比。但是考取四高的失利却不能归结于此，而是井上靖在沼津中学②学习期间与文学少年交往过密，经常出门旅行，或痴迷柔道，耗费大量时间进行训练，还任意旷课，导致学业荒废，成绩逐年下滑。至于没考上九州帝国大学的医学专业，虽然也有能力不够的因素，但更主要的是井上靖并不愿学习理科子承父业，因此与其

---

①藤沢全：『若き日の井上靖研究』，東京：三省堂，1993年，第345頁。

②考取浜松中学的第二年4月，井上靖转学至县立沼津中学。

说是落第，不如说是得偿所愿。[1]可以说，井上靖历次考试落第都并非偶然，而是存在着或客观或主观的原因。然而，小说《敦煌》中赵行德科举落第的原因却是“不经意的瞌睡”，这种行为对于参加科举考试、高度紧张的秀才们来说几乎是不可能出现的现象，那么井上靖为什么用这样一个意外来说明落榜的原因呢？这个原因源自井上靖怎样的生活经历呢？

据藤泽全考证，井上靖考中四高后不久的1927年4月21日，家里遭遇了一场火灾，房屋在火灾中全部烧毁。

> 昭和二年4月21日（周四）拂晓，租住的房子所在的街区发生了一场火灾。大火于凌晨3时30分左右首先从彦二区燃起，借助每秒15米的风速，火势不断加强，烧毁了一番町109户、二番町71户、三番町23户、四番町34户、五番町174户、六番町97户、七番町76户、八番町35户、岩根町9户、横安江町83户、里安江町9户、东马场町13户，共计733户房屋，直到清晨6时40分左右大火才被扑灭。过火面积达168平方千米，损失惨重，金泽商业学校被毁。这就是历史上的“金泽大火”或称为“彦三大火”。井上靖租住的房屋是彦三区四番町烧毁的34间房屋之一。火灾中家具器物全部未能来得及抢救出来，虽然房东也损失惨重，但井上家的损失有过之而无不及。[2]

火灾发生于凌晨3时30分左右，所以井上靖应该是从睡梦中惊醒，慌忙与家人一起从房屋中逃出来。睡梦中惊醒，痛失家财，当时内心的痛苦应该长久地留驻在记忆当中。这份苦涩的记忆投射在《敦煌》中，先是赵行德“不经意的瞌睡”，醒来后发现错过了考试的时间，“白衣公卿、一品白衫”的荣耀梦想如今全部化为泡影。一个是“春风得意马蹄疾，一日看尽长安花”、踌躇满志的井上靖，一个是“从未想过自己会考试落第”、前途无量的赵行德，作家与其笔下的人物都在睡醒时分失去了之前拥有的一切。

另外，赵行德的“瞌睡”并不是有意想休息片刻，而是因为“突然袭来一

①藤沢全：『若き日の井上靖研究』，東京：三省堂，1993年，第402−403頁。

②同上书，第348頁。

阵困意，于是闭上了双眼”，可以说是“突如其来的瞌睡”。同样，井上靖经历的火灾是深夜突然发生，也可以说是事先毫无防备的“突如其来的火灾”。因此，赵行德的瞌睡与井上靖遭遇的火灾，这两个表面上没有关联的事物，在“突如其来”的性质上存在着相通之处。

藤泽全在评述这场火灾对井上靖的影响时写道：“虽然受到如此灾祸，但井上靖学习生活的节奏并未因此被严重打乱。相反，随着时间的流逝，火灾留下的创伤被逐渐抚平，对井上靖而言，这段人生的‘得意’时期更多表现为充满朝气与活力的四高生活。”[①]可见，藤泽全并未过多地强调火灾对井上靖精神的影响。然而，尽毁房屋的大火无论对谁而言都是人生中难以磨灭的惨痛经历，笔者认为不应忽视其在井上靖精神世界中的存在。

在《敦煌》中，“火”的意象被描写得非常鲜明，文本中“大火”的描写似乎与井上靖经历的这场火灾有着微妙的联系，笔者试将小说描写与火灾情形对比如下：

> 他累得几乎不能动弹。在强烈的夕阳照射下，赵行德躺在草地上睡着了（“睡”的意象再次出现，预示着突如其来事件的发生）[②]。
>
> 不知过了几个时辰，赵行德被一阵阵骆驼与马的嘶鸣声惊醒（火灾中的井上靖被屋外的喊叫声惊醒），四周异常明亮，虽然是夜晚，但不远处的骆驼和马的身体红亮得仿佛被烈火灼烧一般（夜晚的大火照亮四周，周围的事物在烈火中呈现红色），到处传来喊天震地的叫声，声音异常清晰，遮蔽了其他的一切，甚至让人感到一种安静（井上靖逃到街道上听到的是人们的呼喊声，那声音久久萦绕心间，自然流露于这段沙漠战火的描写中）。
>
> 赵行德跑上了一个山丘望去，只见旷野的不远处一条火柱直冲云霄（火灾现场的冲天火柱）。火光中可见几支骑兵部队穿梭其间（火灾中的消防员队伍），旷野上正展开着两大军事主力部队的决战。但赵行德只能看到战场的一角，几支骑兵部队一会儿从黑暗中冲杀出来进入火光，一会

①藤泽全：『若き日の井上靖研究』，東京：三省堂，1993年，第349頁。

②括号中为本书作者对比灾情形的分析。

> 儿又从火光中躲进黑暗（消防部队在黑暗中救火的情景）。
>
> 突然，一束刺眼的火光照亮四周，紧接着从右边的山丘上冲起一道新的火柱，与此同时四周响起了惨烈的叫喊声（火灾中某处突然爆炸的情景）。赵行德清晰地看见在他前面的山丘上，一支由几百名骑兵组成的骑兵队自西向东疾驰而过，每一名战士都伏在马背上，四面响起雄壮的喊杀声（成批的消防员在火灾现场救火的情景）。
>
> 赵行德跑回露营地，牵马便走。其他的骆驼和马也从后面跟上来。他想尽快逃离战场，但心里这么想，实际上却很难办到。四周被火光照得通亮，他的周围到处是激烈的战斗，无数的士兵与战马在修罗场中厮杀。赵行德想躲进火光找不到的黑暗之处，但即便从火光中躲进黑暗，那里同样是血腥的战场，耳边不断传来射来的箭划破黑暗的声音。（井上靖逃离火灾的情景）

火灾的世界正像这战场一样混乱、明亮、惨烈。上面所引的这段以火为主角的战场描写与井上靖青年时代经历的火灾是何等相似！只有深深留在记忆中的火灾情景才能造就出《敦煌》这段生动精彩的战场描写。

二、战后出版的大众化趋势与井上靖的历史小说

1955年，日本产业综合生产指数突破“二战”前的最高水平，日本政府的《经济白皮书》宣称“战后恢复期结束”，自此日本在经济与社会的层面彻底摆脱了所谓“战后时代”，进入新的发展时期。这一时期的主要特点是大众社会的到来。1960年发生反安保运动，日本政府制定高速经济发展策略，这些事件极大地促进了日本城市化的发展与大众意识的形成，在文学上体现为大众文学的繁荣，这次文学潮流是继20世纪20年代初期大众文学第一次高峰之后的第二次大众文学的爆发式增长，其特点是与出版媒体紧密结合，形成文学与媒体的“合谋”关系。

20世纪60年代的大众文学深受大众传媒的影响。1923年，日本发生关东大地震，有关地震的报道大量出现在人们的日常生活中，大众传媒得到极大发展，并渐趋成熟，日本近代大众文学就是在大众媒体成熟的基础上形成的，

所以从一开始就与大众媒体紧密相连。20世纪60年代的大众文学潮流中，媒体的参与度更加明显，文学题材除20年代以来的“时代小说”之外，增添了“通俗小说”，进而出现介于纯文学与大众文学之间的“中间小说”，60年代中后期，其娱乐性更加突出，大众小说成为“大众娱乐”的一部分。这些演变都离不开大众媒体的引导。

小田切秀雄在论述20世纪60年代的日本文学时这样说道：

> 大众传媒已经成为现代人接触外界信息的眼睛与耳朵，并极大地促进了社会稳定。……在商业主义的环境中，文学创作的内在机制发生了巨大变化，对此有批评家提出纯文学与大众文学的界限正在逐渐消失的论调，或干脆指出纯文学已经消亡。其结果是大量作品不再反映作者内在的思想精神，成为了为娱乐服务、单纯讲究新奇手法的摩登之作。[①]

秋山骏评论道，小田切所说的“稳定”是经济发展与城市化的结果，这种稳定的社会状况带来了大众文学的繁荣，也让大众文学朝着过去与未来两个方向发展。[②]未来方向的代表是松本清张与他的推理小说。经历了战后混乱期的日本民众，之前经常目睹的是影响国家、民族发展的大事件，但当战后一切恢复安定之后，“没有事件的日常”成为生活的主要部分，这时“掩盖在日常下的不值一提的犯罪与日常生活中引发的小事件带来的犯罪反而能让人看清楚在日常生活的深处到底发生着什么，成了日常的探针”[③]，在这样的社会背景下，描写犯罪的推理小说成为大众文学的主流，丰富与娱乐民众生活的同时，也揭示出日常生活的本质，改造着人们对未来生活的构想。

与此相对，井上靖在20世纪五六十年代着眼过去，创作了大量的历史小说，可以说是这一时期大众文学过去方向的代表者。井上靖的历史小说，尤其是中国题材历史小说的创作一边与大众传媒紧密结合，一边与松本清张一样，不做宏大叙事，只着眼日常生活中的微小心理，解构宏大叙事的意义，捕捉掩藏在历史大事件背后的日常真实。

---

①松原新一ほか：『戦後日本文学史・年表』，東京：講談社，1979年改訂増補版，第367–369頁。

②同上。

③同上书，第377–381頁。

1. 历史之谜与日常化虚构——《明妃曲》与《永泰公主的项链》

1930年，《综合读物》作为《文艺春秋》的临时增刊发行，翌年4月成为月刊杂志。该杂志从发行之初就定位为大众文艺杂志，在1980年讲谈社出版的《大众文学大系（别卷）》中，将该杂志与《国王》《大众文艺》等杂志一起看作大众文艺的主要杂志。《综合读物》在促进大众文学发展与培育新人作家方面做出许多贡献，比如刊载1935年设立的大众文学奖——直木奖的获奖作品，1994年设立松本清张奖等。

1962年，《综合读物》为了迎合大众对文学的需求，设置推理小说新人奖，确立了主打推理小说的发展路线，充分反映了当时的社会文化背景。然而，1963年2月，《综合读物》在新春特大号的“本月的长篇小说”栏目上登载了井上靖的历史小说《明妃曲》。以推理小说为发展方针的《综合读物》为何在如此重要的一期杂志中登载井上靖的历史小说？《明妃曲》与社会上的推理热有着怎样的关联呢？下面，笔者将结合文本具体分析一二。

《明妃曲》的开篇略显冗长，作者花费很多笔墨，描写了匈奴的起源、性格及魅力，还有单于冒顿的轶事，以及宦官中行说的故事。这些叙述与描写看似冗余，实际却是为后文中作者虚构王昭君提供铺垫，比如，正是因为小说开篇对匈奴魅力的描写，读者才不会对后文中王昭君爱上单于王子感到突兀。再有，冒顿为了夺取单于王位甚至射杀了自己的父亲，这段匈奴轶事演变为后文中单于呼韩邪之子对王昭君的誓言：

> 如果我的父亲单于还要活上几年，到那时我只好杀死他。他知道我深爱着你，但却不愿将你割舍，那么必将有几支箭射穿他的胸膛。为了太阳、月亮和你，无论什么事，我都会去做。①

宦官中行说的故事并不很长，但宦官中行说被匈奴所吸引、抛弃汉朝的行为为小说中王昭君憎恨汉元帝，爱上单于之子的虚构提供了合理的解释。《明妃曲》发表四个月之后，小说《宦者中行说》在《文艺》杂志刊载，所以两部

① 井上靖：「明妃曲」，『井上靖全集』（第6卷），東京：新潮社，1995年，第461頁。

作品应该是井上靖在同时期创作的，在情节构思上一脉相承。

与《明妃曲》相关的作品还有《西域》。1962年6月，井上靖为了创作《西域》前往京都考察，从时间上看，基本吻合《明妃曲》的创作时间（1963年2月发表），因此两部作品也属于同时期构思的产物。《西域》作为筑摩书房推出的“绿化带系列作品”之一，由井上靖和历史学家岩村忍合著而成。该书的性质是历史类普及读物，而且是作家与历史学家共同完成，所以尽可能排除虚构成分。书中的“西域人物”一章中专门设“王昭君”一节，依据史书《汉书》中的“匈奴传”与中国古代元杂剧《汉宫秋》讲述了王昭君的一生，几乎没有作者的虚构。但是，在字里行间仍然能够读出一个小说家独有的视角。

> （这段历史中）仅有王昭君一人为后世所铭记难道是因为她的美貌，因为她是元帝后宫的一名佳丽吗？中国皇帝身边的女人，其遭遇确实容易激起人们的同情，但就王昭君的故事而言，只要想想王昭君、元帝和呼韩邪的人物关系，这里面已经充满了戏剧性。[①]

井上靖在创作《西域》时对这个三角关系的虚构冲动，后来在小说《明妃曲》中，表现为以王昭君、元帝、呼韩邪和他的儿子四个人之间错综复杂的关系。

深入历史的空白，以虚构进行合理的阐释，这是小说家处理历史的方法，而阐释的方法中更能显出小说家的本质。井上靖便是如此在历史的缝隙中展现着自己的阐释，他往往将掩埋在历史中的谜团与历史人物不为人知的心理作为自己的关注点，在不损害史实的前提下进行自己的虚构与想象。

《明妃曲》中，井上靖也在试图解开一个历史的谜团，即王昭君在前往匈奴的途中，为何会在汉匈边界的黑河投河自尽。小说中，作者借小说的叙述者田津岗龙英的话提出了自己的疑问。

---

①井上靖、岩村忍：『西域』（グリーンベルト・シリーズ15），東京：筑摩書房，1963年，第40–41頁。

> 《汉宫秋》中的王昭君似乎自相矛盾。她决意为国牺牲而远嫁匈奴，却又受不了离别之情而投河自尽，着实让人匪夷所思。①

《西域》与《明妃曲》都描写了王昭君的婚姻状况。

《西域》中写道：“有史记载，单于得王昭君，大喜。封号单于王昭君，是为宁胡阏氏。生一男，名伊屠智牙师，封为右日逐王。呼韩邪死后，嫁于呼韩邪之子，生两女。长女名须卜居次，次女名当于居次。这些记述恐怕都是事实。”②

《明妃曲》中写道：“这回献上的是元帝后宫的一名女子王昭君。为此，呼韩邪非常高兴。王昭君与呼韩邪之间生有一子，呼韩邪单于死后，又嫁给继承汗位的呼韩邪之子，生有两女。《汉书》中的记载只有这些。”③

二者除了语体略有不同外，都仅仅陈述了史书上较为可信的史实。但是“只有这些”史实，似乎不能充分说明在中原礼教文化中长大的王昭君为什么能够先后嫁给单于父子二人的原因，于是井上靖在小说《明妃曲》中试图通过自己的虚构探究王昭君的内心。

井上靖虚构了王昭君与呼韩邪之子的见面，并让王昭君爱上了这个“以凶暴残忍闻名”的匈奴男子。可是，当王昭君知道自己所嫁之人不是令她着迷的匈奴男子，而是男子70多岁的父亲时，她无法承受这种感情的打击，生活顿时失去了意义，于是决定投河自尽。被救回来的王昭君再次见到匈奴青年，二人相约等到老单于死后再结婚，于是王昭君再次燃起对未来的希望，从而违心隐忍地先嫁给了老单于。井上靖通过这样的虚构，解开了王昭君看似自相矛盾的自尽之谜。

如此一来，王昭君远嫁匈奴，并不是为了国家的和平，而是出于对元帝的憎恨与对匈奴单于之子的爱情，其自杀原因也由思国之愁，转变为爱情之恨。井上靖从而颠覆了一直以来被历代文艺作品塑造的“巾帼英雄”的宏大叙事，

---

①井上靖：「明妃曲」，『井上靖全集』（第6卷），東京：新潮社，1995年，第463頁。

②井上靖、岩村忍：『西域』（グリーンベルト・シリーズ15），東京：筑摩書房，1963年，第40頁。

③井上靖：「明妃曲」，『井上靖全集』（第6卷），東京：新潮社，1995年，第455頁。

将其转变为一位女性为爱自杀的日常事件，换言之，《明妃曲》中的王昭君不是历史中塑造的象征民族主义的伟大女性，而是在匈奴王子炽烈的充满爱情的目光中陶醉颤抖的一名普通女子。

井上靖通过这样的虚构，对历史谜团进行了独到的阐释，在展现文学真实性的同时，也与日本20世纪60年代的大众社会文化中因描写日常生活中的潜在内心而流行起来的推理小说之间找到了一致性，成为推理小说潮流中的历史推理的代表作。以推理小说为办刊方针的《综合读物》为什么在1963年的新春特大号的主推栏目“本月的长篇小说”中登载这部小说的原因大概就在于此。

同样是刊载于《综合读物》上的井上靖的历史小说《永泰公主的项链》也与《明妃曲》相似，具有揭开历史谜团、从大的历史叙事转向日常事件的倾向。小说内容很简单，在此笔者省略对文本进行具体细致的分析，而是用井上靖写的《赖育芳译〈永泰公主的项链〉序》来直接展示井上靖创作构思的经过，以此说明其内在的大众化倾向。

> 1963年秋，我在西安度过了几天。抽出一天时间，我参观了乾陵。在回来的路上，我参观了位于乾陵山脚处的永泰公主墓。这座墓穴刚刚发掘不久，还没有对外开放，在相关人员的特意安排下，我有幸得以进入。
>
> 永泰公主是一位不幸的公主，因为批判祖母武则天，而与丈夫武延基一同被武则天处死，年仅17岁。
>
> 我跟随向导进入长长的地下墓道，朝墓室走去。听向导说，墓道两侧原来有精美的壁画，现在已经移到陕西博物馆，如今看到的只是仿制品。
>
> 进入墓室的前室，那里有一个墓志铭，上书：
>
> 永泰公主，名李仙蕙，唐中宗第7位皇女。
>
> 久视元年封郡主，嫁魏王武延基，17岁崩。
>
> 初葬于长安郊外，神龙元年则天武后薨，中宗复位，遂陪葬乾陵。
>
> 据说这座墓被发掘后才发现曾经遭遇过盗掘。丢失了许多金器、银器，但是仍然残留上千件文物，包括唐三彩、壁画、石雕等，都是唐代的宝贵文物。
>
> 盗掘的痕迹显而易见。墓室入口的石门上方遭到了破坏，石棺上也清

晰地残留着锤子敲打的痕迹，墓室墙壁上还留有一个手套印记，应该是盗墓者留下的。

向导告诉我，盗墓者是从墓穴上方向下挖，盗洞准确地通到墓道，其挖掘经验让人惊异。

尽管准确进入墓道，但是盗墓者在地底漆黑的房间中破坏坚固的石门，光想一想也令人毛骨悚然。

结束中国旅行回国后，我想写一篇描写永泰公主的小说，解开千年来永泰公主的死亡之谜。于是我开始进行各种调查，但脑海中挥之不去的却是那伙进入永泰公主墓的盗贼。这伙盗墓贼有几个人，他们彼此什么关系，而且，这伙人中有一个人被关在墓室，困死其中。

于是我不由得创作了这篇名为《永泰公主的项链》的短篇小说。这篇小说不是以永泰公主为主人公，而是描写盗掘永泰公主墓的一伙儿盗墓贼。①

井上靖没有在武则天时期王权斗争的宏大历史背景中描写王权斗争的牺牲者永泰公主，而是描写了一伙儿盗墓贼盗挖公主墓的日常事件，从而解开了今天公主墓中盗掘遗存的来源之谜。因此，《永泰公主的项链》也可以说是井上靖用解谜式（与推理小说一样）的历史小说迎合20世纪60年代大众文学潮流的一部作品。这里没有大的历史咏叹，只有小的日常发现。

2. 为了女性读者——《妇人公论》与《杨贵妃传》

《妇人公论》是1916年由中央公论新社创办的妇女杂志。创办以来，秉承女性解放与独立的时代宗旨，在“二战”前与《主妇之友》《妇人画报》《妇人俱乐部》等并称为日本四大妇女杂志。

井上靖在《妇人公论》上连载长篇历史小说《杨贵妃传》前，已经发表了多篇小说和随笔。罗列如下：

1951年《秘密》（小说）

1953年《野间宏》

①井上靖：「頼育芳訳『永泰公主的項錬』序」，『井上靖全集』（别巻），東京：新潮社，2000年，第134-135頁。

《哥哥与妹妹》
1954年《爱抚》
1956年《哈拉和林》
1958年《因为是女人》
1959年《河口》（连载小说，至1960年，共17回）
《女性之美》
1960年《养之如春》（一周一句）
1961年《欧洲之旅》（连载游记，至1962年，共10回）
1962年《女儿结婚所想——赠给即将离开父母的女儿》
第一届女性文学奖选评：佳作《樱之花》
1963年《杨贵妃传》作者寄语
《杨贵妃传》（连载小说，至1965年5月，共28回）

1959年《河口》连载前，井上靖在该杂志主要发表面向女性的随笔。1960年，井上靖作为每日新闻社特派记者前往罗马参加第17届奥运会，随后周游欧美各地，历时4月有余。这段欧洲旅行的见闻形成游记发表在《妇人公论》上。《杨贵妃传》是井上靖发表在《妇人公论》上的第一篇历史小说，在该杂志1963年1月的新年特大号上，杂志用醒目的标题“井上靖的历史小说首次刊载本杂志”进行预告，同时登载了“作者寄语”：

> 这次我计划在本杂志上发表历史小说。在我的脑海中始终萦绕着日本和中国历史上出现过的各种各样的女性形象。其中有一个人，我想用自己的方法加以认识，去探寻她作为一名女性的生命方式。①

在新年特大号上进行预告，而且还添加了女性读者们非常熟悉的作家的寄语，可以说，《杨贵妃传》在发表之前，已经迎合了媒体的办刊策略，成为大众十分期待的小说。

然而，一直以来刊登井上靖的随笔、现代小说以及欧洲游记的《妇人公论》为什么决定刊载男性气质的历史小说呢？其中的一个原因是，20世纪60

①井上靖：「楊貴妃伝・解題」，『井上靖全集』（第15卷），東京：新潮社，1996年，第727頁。

年代大众社会中女性读者阅读兴趣的转移使杂志的办刊策略发生了变化。近代文艺评论家尾崎秀树对昭和三十年代（1955—1965年）的女性读者做过这样的论述：

> 家庭的电气化与厨房革命的实现使主妇的空闲时间大幅增多，进入昭和三十年代后，家庭主妇们也开始有时间阅读推理小说与时代小说。松本清张的推理小说引领了日本的阅读兴趣，除此之外，还在《无宿人别帐》（昭和三十二—三十三年）、《蜻蛉绘图》（昭和三十三—三十四年）等作品中展露出独到的创作手法，进而开始挑战现代史与古代史的谜团。推理小说的第一次战后派作家开始转向时代小说也是在这个时期。①

尾崎秀树所说的时代小说虽然与井上靖的历史小说略有出入，但是井上靖通过历史小说解读历史之谜，以迎合推理小说热潮也正是这个时期，因此，在这一时期创作的《杨贵妃传》正是主妇们闲暇之余消磨时间的理想选择。

《杨贵妃传》虽然是历史小说，却契合当时女性读者的阅读兴趣，因此能够在妇女杂志《妇人公论》上进行历时两年多28期的连载。同时，井上靖与《妇人公论》的关系以及杂志的宣传策略也对作品连载起到不可小觑的影响。

就在《杨贵妃传》连载期间的1964年3月，井上靖在《妇人公论》上发表了一篇小文。

> 我对这本杂志最佩服的地方是，无论什么评论、照片还是报道，该杂志一定是站在女性的立场上观察与思考，对于日本的女性来说，它为女性提供了思考的平台。
>
> 如今的杂志，无论是娱乐型，还是知识型，编辑都会无条件地倾其所能地向读者输入，难免有强加于人之感，但是这本杂志只是给读者思考的材料，然后与读者一起思考，具有这种办刊宗旨与批判精神的杂志在今天的日本可谓凤毛麟角。通过阅读这本杂志，读者能够感到自己思考、自己言说的喜悦。另外让我欣慰的是，这本杂志努力向读者传递真正的知识与

① 大仏次郎ほか：『大衆文学大系』（別巻），東京：講談社，1980年，第106頁。

道理，我觉得这是非常重要的。[①]

这段介绍可算是赞不绝口。井上靖除了《妇人公论》，在《主妇之友》《妇人画报》《妇人俱乐部》等杂志上也发表了大量作品，相较之下，反而在《妇人公论》上的登载略少一些，但是说出如此溢美之词的只有《妇人公论》。因此，笔者认为这与《杨贵妃传》的连载有一定关系，赞美《妇人公论》的办刊精神，也变相地肯定了正在连载的《杨贵妃传》的价值，从时间来看，小文发表的时间正介于《杨贵妃传》连载的中间（1963年2月—1965年5月），在读者已经有些审美疲劳的时期说这段话，也有进一步宣传小说的深层意图。所以对井上靖的这段话，似乎不能停留于表面的理解。

当然也应该看到，1965年是《妇人公论》创刊50周年，井上靖作为该杂志的长期约稿作者在此前说几句赞美之词也在情理之中，只不过时间上有些过早，提前了9个月，从日本的年度周期来看，4月份才进入下一个年度，所以3月份的这篇小文与翌年的创刊纪念似乎没有什么关系。另外，在1965年10月，井上靖又写了一篇题为《赞美〈妇人公论〉的足迹》的小文章，这次可以肯定是针对周年庆的，文中更有“我不惜向50岁的《妇人公论》奉上我的赞美与敬意”的语句。总之，井上靖的创作绝非“躲进小楼成一统”的孤独求败，而是时刻迎合时代与大众的需求，准确捕捉大众的期待视野，并与《妇人公论》这样的杂志建立紧密的关系，用《杨贵妃传》这样的作品为日本女性提供精神愉悦与思想感悟。

综上所述，在20世纪60年代日本进入大众社会的时期，伴随着大众传媒的发展，大众文学迎来新的时代，创作大量中国题材历史小说的井上靖成了大众文艺杂志争夺的作家。同时，成为时代宠儿的井上靖也积极主动地迎合时代需求，在文学创作上通过解决历史谜团与将历史事件矮小化的方式，展现文学的真实，从而与借助描写日常小事来揭示日常生活本质的大众文学主流样式——推理小说合力解构了战后的宏大叙事，使历史小说成为大众文学的另一个主要分支。

①井上靖：「『婦人公論』のすすめ」，『井上靖全集』（別巻），東京：新潮社，2000年，第355-356頁。

换言之，媒体发展催生的大众文学选择了井上靖，井上靖也通过与大众文艺杂志的合谋，以历史小说满足着日本民众的生活趣味，从这个意义上，井上靖也选择了这个大众化的时代。

三、两种“文献”与中国想象

井上靖曾回忆，他在京都大学求学期间阅读了大量西域方面的书籍，尤其是小说《敦煌物语》让井上靖形成了对西域城市的初步认知。战后，井上靖拜访京都大学人文科学研究所的藤枝晃教授请教敦煌的历史，决定创作小说《敦煌》，以解开敦煌的藏经洞之谜。之后，井上靖一边钻研敦煌与河西走廊的历史，一边请教藤枝晃教授，并运用自己的想象完成了小说的创作。创作期间，井上靖参考了大量历史文献，这从井上靖的小文《小说〈敦煌〉笔记》中可见一斑①。

历史小说《敦煌》的创作是作家想象与历史文献结合的产物。历史文献又可以进一步分为史书类文献与学者的研究成果，前者为史学经典，后者属于现代研究，往往与某位史学家紧密相关，所以也可以称为“活的文献”。两种文献与作家想象合力构成了小说中城市、自然、人物的造型，是井上靖历史小说创作的基本方法。本节中，笔者将围绕《敦煌》，探讨一下想象与文献的互动关系。

1. 作家与学者的合作

“二战”后，民众的读书欲望高涨，日本的出版业得到迅猛发展，为满足普通民众对知识与信息的渴求，出版商不断推出新的出版形式。1956年2月，新潮社创刊《周刊新潮》，自此周刊杂志成为大众阅读的主流媒介，在周刊杂志上连载小说成为当时作家们发表作品的首选阵地。与此同时，岩波书店等以出版书籍为主营的出版社也推陈出新，开始推出文库本与新书，这两种书籍开本小巧，便于携带，而且价格便宜，极大地方便了民众的阅读行为，进一步激

① 井上靖：「小説『敦煌』ノート」，『井上靖全集』（別巻），東京：新潮社，2000年，第210–212頁。

发了阅读兴趣，教育类与素养类的知识借助这种书籍形式得到迅速普及。《敦煌》连载于杂志《群像》，这是讲谈社创办的杂志，虽然不是周刊杂志，但是该杂志的目标读者不是知识分子，而是面向大众提供各种信息与知识，这与同时代的其他杂志具有相同的功能，深受广大读者的喜爱。①

出版界的这种变化，导致杂志连载小说的价值取向也发生变化。“二战”前以私小说为代表的纯文学已经很难立足，读者不仅希望从小说中获取思想与体会感动，更希望通过小说获得知识与信息。井上靖的创作正迎合了读者的这种需求。新闻记者出身、善于收集各种信息与知识的井上靖从《天平之甍》到《敦煌》，每一部作品都是既包含历史的浪漫，又在参考大量史书文献后盛入了丰富的历史知识。《小说〈敦煌〉笔记》中详细记述了《敦煌》创作过程中参考的文献，其中有史书、探险游记、学术著作和研究论文等，《敦煌》的知识属性从中可见一斑。

就井上靖而言，作者自己的知识收集之外，其与学者之间的合作也对小说创作产生了巨大的影响。如前所述，《敦煌》的创作就是在京都大学人文科学研究所藤枝晃教授的鼓励下开始的。而且，在执笔过程中，井上靖动辄联系藤枝晃请教各种历史问题。

> 在杂志上连载《敦煌》时，每月下旬的截止日期前，我几乎每天晚上都会给还在人文科学研究所工作的藤枝先生打电话。有时还是下半夜的一两点。打电话就是向他提各种问题，得到解答后，过一会儿我又拿起话筒。
>
> …… ……
>
> 现在想起来，创作《敦煌》的那段时期，真是一段无与伦比的愉快的经历。我仿佛拥有一个了不起的资料室，名字为人文科学研究所，我与它之间可以直拨电话，想来真是非常奢侈。②

包含丰富历史知识的历史小说满足了读者们的需求，《敦煌》通过这些知识，再次唤醒了日本民众对中国的憧憬与向往，并通过准确的知识能够更加真

①诸葛蔚东：《战后日本出版文化研究》，北京：昆仑出版社2009年版，第158、159、166、194页。

②井上靖：「『敦煌』作品の背景」，『井上靖全集』（別巻），東京：新潮社，2000年，第202頁。

实地感知中国。小说家主动接近学者的目的就在于此。那么学者们为什么也愿意接近作家，并协助作家进行文学创作呢？这里，笔者以《天平之甍》的创作为例，来说明学者安藤更生接近作家井上靖的意图。

如果井上靖没有遇到安藤更生，或许就不会有《天平之甍》这部名著。1957年1月11日，刚刚当上每日新闻社学艺部记者的松本昭收到了一份邀请，邀请人是当时红极一时的畅销小说《冰壁》的作者井上靖。松本昭诚惶诚恐地前往位于银座的一家河豚料理店与他见面，商量在中央公论上发表小说的选材问题。那天，松本昭向井上靖推荐了一个人，这个人是松本昭读早稻田大学时的恩师——安藤更生。

> 我在早大时有一位老师叫安藤更生。他热衷于研究唐招提寺的创建者鉴真和尚的研究，于是前往中国用了9年的时间完成了一本著作，原稿摞起来有1米来高。然而，日本战败后，安藤先生回国时却没能带回这些稿件。回国后，他一边在早大教学，一边重写著作，他的夫人帮助他打字，听说刚刚完成。井上先生以此为材料写一篇鉴真的传记小说怎么样？①

在当时的出版界，学者与作家由记者引荐互相认识的情况比较普遍，也是连载小说选材的一种基本方式。井上靖与松本昭会面6天后的1月17日，井上靖与安藤更生得以会面，两人边吃边谈，相见恨晚，不知不觉过了2个多小时。最后，安藤先生爽快地说道："我作为一介学者从事了鉴真研究，你能否作为一名小说家写一篇鉴真渡日的作品呢？我的资料可以无条件提供。"② 就这样，《天平之甍》的创作开始了。松本昭后来不无感慨地说："我都记不清带着井上先生去过多少次早大安藤先生的研究室了。"③

川西政明在《昭和文学史》中专门论述过安藤更生协助井上靖创作《天平之甍》的意图。

---

①松本昭：『人間復活　吉川英治、井上靖、池田大作を結ぶこころの軌跡』，東京：アールズ出版，2001年，第51頁。

②同上书，第52頁。

③同上。

读过了井上靖的短篇小说《僧行贺的泪》之后，安藤更生建议井上靖创作鉴真传。安藤更生的著作是纯粹的研究论著，在鉴真的学术研究上，可以说这本书达到了世界最高的水准。但是关于鉴真，安藤更生还有更多的奢求。

井上靖曾证实，他见到安藤时，《鉴真大和尚之研究》已经到了最后的收尾阶段。完成鉴真传意味着安藤多年夙愿的实现。但是，《鉴真大和尚之研究》作为学术论著，其发行的数量很有限，安藤的想法是让社会上更多的人了解他的研究。或者说是想让鉴真这个人物能够家喻户晓。文化这个事物，如果不经过一定程度的通俗化是无法传播久远的。只有将鉴真事迹写成小说，才能真正为日本人熟知。换言之，安藤更生是在仿效和辻哲郎向世人介绍奈良古寺的做法，为了向日本人传播一种精神，他把希望寄托在井上靖身上。对比一下《天平之甍》与《鉴真大和尚之研究》，可以说安藤更生实现了自己的愿望。①

综上所述，出版社将学者与小说家结合起来，二者怀有不同的目的，向大众社会的读者传递知识与信息。对《敦煌》的创作有巨大贡献的藤枝晃教授大概也出于与安藤更生同样的目的才能积极帮助井上靖。

《敦煌》发表两年后的1961年1月，作家大冈升平在《群像》杂志连载评论《常识的文学论》，第一期以“《苍狼》是历史小说吗？”为题，展开了对井上靖历史小说的批判。同年2月，井上靖就此进行回应，发表《关于我的作品〈苍狼〉》一文，文中写道：“小说家对历史的处理，应该是找到历史学者无法解释的地方，触及掩藏在历史深处的本质。”这句话可以看作井上靖的历史观，小说的题材虽然是历史，但绝不是按照史实原封不动地照搬，而是在史料文献的基础上形成自己对历史的认知，并结合作家的想象，塑造小说中人物、城市与社会的面貌。

《敦煌》发表后，井上靖接到了藤枝晃先生的电话。

先生是宽容的。他给我提供的资料，我大都任意使用，所以心中非常

①川西政明：『昭和文学史』（下巻），東京：講談社，2001年，第507頁。

担心先生是否会在意，但是先生对此只说了一句“写得好”，我当时感到了学者对小说家的一种包容。①

换言之，是井上靖的想象被学者提供的史料知识包容吧！因此井上靖是运用自己丰富的想象对历史学者提供的史料知识进行再建构，从而形成了生动有趣的历史小说。再建构的对象甚至不仅是史料文献上的史实，有时还在小说中塑造出以这些历史学者为原型的人物。安藤更生“二战”后回到日本，却未能带回耗时9年完成的研究著作，这一经历与《天平之甍》中抄写经书几十年，最终却与经书一同沉入大海的小说人物业行的经历何其相似！这种将学者的人格与人生经历写入小说的情况早在小说《比良山的石楠花》中就已出现，该小说的主人公原型就是井上靖的岳父、京都大学解剖学教授足立文太郎。因此可以说，井上靖塑造的中国形象，不仅来源于史书文献的知识，也有与专家学者的深入交流，甚至还包括学者本人的人格与经历，因此，井上靖笔下的“中国”与“活的文献”可谓息息相关。

2. 历史文献与虚构

《小说〈敦煌〉笔记》中，井上靖罗列了创作过程中参考的史料文献。其中，在描写宋朝都城开封府时参考了上海古典文学出版社出版的《东京梦华录》，平凡社出版的《中国古典文学全集》②，所以“中文读不懂的地方”，他参照了其中村松一弥的节译。可见，中国出版的《东京梦华录》是井上靖的创作依据之一，比如村松一弥节译中没有的“州桥夜市”在《东京梦华录》的“幽兰居士东京梦华录卷之二”那一段，原文如下：

出朱雀门，直至龙津桥。自州桥南去，当街水饭、爊肉、干脯。王楼前獾儿、野狐、肉脯、鸡。梅家鹿家鹅鸭鸡兔肚肺鳝鱼包子、鸡皮、腰肾、鸡碎，每个不过十五文。曹家从食。至朱雀门，旋煎羊、白肠、鲊

① 井上靖：「『敦煌』作品の背景」，『井上靖全集』（別巻），東京：新潮社，2000年，第202-203頁。

② 『東京夢華録』收录于『中国古典文学全集』（第32卷）（東京：平凡社，1959年）。笔者参考的是『中国古典文学大系』（第56卷）（東京：平凡社，1969年）。

> 脯、爒冻鱼头、姜豉剿子、抹脏、红丝、批切羊头、辣脚子、姜辣萝卜。夏月麻腐鸡皮、麻饮细粉、素签沙糖、冰雪冷元子、水晶皂儿、生淹水木瓜、药木瓜、鸡头穰沙糖、菉豆、甘草冰雪凉水、荔枝膏、广芥瓜儿、醎菜、杏片、梅子姜、莴苣笋、芥辣瓜儿、细料餶飿儿、香糖果子、间道糖荔枝、越梅、锯刀紫苏膏、金丝党梅、香枨元，皆用梅红匣儿盛贮。冬月盘兔、旋炙猪皮肉、野鸭肉、滴酥水晶鱠、煎夹子、猪脏之类，直至龙津桥须脑子肉止，谓之杂嚼，直至三更。①

开篇中的“朱雀门”为开封城的南门，出城后不久就到了“州桥夜市”。小说《敦煌》中，赵行德错过考试时间，无缘及第，信步而行，不觉间“来到了城外的市场”。时间是傍晚，正符合夜市开始的时间，所以作品中的“城外市场”应该就源于这里的“州桥夜市”。

我们再看看小说中关于“城外市场”的描写。

> 夜晚将至，狭窄的胡同里挤满了衣服脏兮兮的男女。道路两旁大都是些卖吃食的，到处都是用大锅烹煮或烤制鸡肉、鸭肉的小店。炒糊的味道、汗味和灰尘混杂在一起，四周弥漫着刺鼻的臭味。也有卖烤羊肉和烤猪肉的，烤好的肉都挂在房檐下吊着。②

这段描写中出现的食物有鸡肉、鸭肉、羊肉、猪肉，在“州桥夜市”中，鸡肉③料理有“梅家鸡”“鹿家鸡”“鸡皮”“鸡碎”“鸡头”，鸭肉有“梅家鸭”“鹿家鸭”“野鸭肉”，羊肉的菜肴有“旋煎羊”“批切羊头”，猪肉的有“旋炙猪皮肉”“猪脏”等。从中可知，作品中的食物与“州桥夜市”有一定关系。但是，“州桥夜市”中的烹饪方法以“炙”“煎”等大量用油的方法居多，小说中则是“用大锅烹煮或烤制”，“煮”和“烤”显得很有日本特

① 〔宋〕孟元老：《东京梦华录：外四种》，上海：上海古典文学出版社1956年版，第13—14页。

② 井上靖：『敦煌』，東京：新潮文庫，1987年第48刷改版，1996年第68刷，第12頁。

③ 村松一弥的节译中有“‘雞’乃‘鸡’”的注解，井上靖在《敦煌》的这段描写中首先提到的是鸡肉料理，应该是受此注解影响，而且对于日本读者来说，鸡肉也是最熟悉的食材。

色。关于烹饪方法，《东京梦华录》的“饮食果子”[①]一节中描写得最多，村松一弥的节译中在此有一个注释或许影响到了井上靖。

> “炒”（23），用少量的油加入适当的调料与汤汁炒制。
> “煎”（25），用大量的油炸制。
> “炙”（21），直接置于火上烤制。
> “烧”（19），与“炙”同，或炖煮至汤汁收干。
> “熟”（15），炖至烂熟。
> “煨”（27），文火慢煮。也写作“熬”。[②]

如此复杂的烹饪方式，很难用日语表现出来，所以井上靖虽然仅用了“煮”和“烧”，但紧接着写道：“炒糊的味道、汗味和灰尘混杂在一起”，以此来描写赵行德的嗅觉。

通过对比可知，井上靖对开封“城外市场”的描写与《东京梦华录》的“州桥夜市”中的叙述存在着一致性，一定程度上说明了小说的创作与历史文献之间的参考与被参考的关系。但是，小说依据史实的同时，也存在着作者的主观想象与文学虚构，在这一部分中最明显的虚构是对城外市场的描写带有一种厌恶之感，而这种情感在文献中却是没有的。其中“衣服脏兮兮的男女”一句在《东京梦华录》中难觅依据，相反，该书的“民俗”一节中有与之相反的叙述。

> 凡百所卖饮食之人，装鲜净盘合器皿，车檐动使奇巧，可爱食味和羹，不敢草略。其卖药卖卦，皆具冠带。至于乞丐者，亦有规格。稍似懈怠，众所不容。其士农工商诸行百户衣装，各有本色，不敢越外。谓如香铺裹香人，即顶帽披背；质库掌事，即着皂衫角带不顶帽之类。街市行人，便认得是何色目。[③]

---

①村松一弥的节译题目为「飲み物・食べ物・果物」。

②『中国古典文学大系』（第56卷），東京：平凡社，1969年，第23頁。

③〔宋〕孟元老：《东京梦华录：外四种》，上海：上海古典文学出版社1956年版，第29页。

虽然不能确定井上靖是否看过这段文章或者其节译，但是从“饮食果子”的节译处到“民俗”这段，中间仅隔5页，而且如此重要的展现开封城风土人情的文字，井上靖应该不会略过。文中写道食物：“装鲜净盘合器皿”，连乞丐“亦有规格。稍似懈怠，众所不容”，可见当时的开封城何等繁盛，何等秩序井然！但是，为什么在井上靖的印象中却是一个充满恶臭的污秽不堪之地呢？

近代日本对中国形象的文学认知大体可分为两种类型。一种以谷崎润一郎为代表，表现为赞美与享受，另一种则是芥川龙之介的《上海游记》中体现出来的轻蔑，在芥川眼里中国人穿着浅绿色的棉衣，扎着长辫子，随地站着小便，这些描写影响了之后日本文学中“上海题材”的整体取向，造成越是繁华发达的城市，越会令日本人产生坏印象，而有意遮蔽了好的一面。井上靖在《敦煌》中对开封城的描写或许也受到芥川《上海游记》及之后形成的蔑视、丑化中国的认知体系的影响。

实际上，在创作《敦煌》前，井上靖并非没有去过中国。那是1937年，井上靖作为士兵前往中国河北、天津，四个月后回国。河北与河南相邻，井上靖虽然没有到过河南的开封，但是战争中一定目睹了不少中国平民，在日军的进攻面前疲于奔命的中国百姓或许衣衫褴褛，或许脏乱不堪，而这些也可能构成了井上靖对开封景象的想象基础。

井上靖如此描写开封，除了上面所说的社会文化因素与个人经历之外，从小说的主题来看，似乎也有必要这样描写。赵行德作为一名学富五车的优秀青年，虽然因为打盹错过了考试时间而落第，但是如果坚持三年再考一次，那么也一定可以金榜题名。但是井上靖却想让他向西探寻，这在之前的章节中已经有过论述，井上靖赋予赵行德的动机是一名西夏女子递给他的布片上写的几个西夏文字，仅凭借几个陌生的文字就让赵行德放弃科举，放弃可能实现的大好前程，这个动机似乎还不够。

另外，上面引用的“民俗”段落之后，《东京梦华录》中进一步描写开封的民风，写道“加之人情高谊，若见外方之人为都人凌欺，众必救护之”①，

① 〔宋〕孟元老：《东京梦华录：外四种》，上海：上海古典文学出版社1956年版，第29页。

这不仅让人联想到赵行德解救西夏女的情节。但是，在小说中并不是“众救护之”，开封人都“不为所动”“一言不发”，文献中“人情高谊”的开封没有了，伸出援手的却是赵行德这个“外方之人”。井上靖不惜对文献进行如此的颠覆，目的在于将开封丑化，矮化现实世界，从而让赵行德对包括科举考试、登科及第在内的现世产生厌恶之感，从而为其决心西行探寻西夏文字进一步提供心理动机。

因此，丑化文献中繁华的开封，把淳朴、互助的民风写成冷漠无情看热闹的小市民，都是井上靖为了使小说情节合理化进行的有意虚构，在情节需要面前，文献史实甚至可以完全颠倒地使用，这也可以说是井上靖文学想象的一种特征。日本近代文豪森欧外在界定历史小说时，将其分为“保持历史原貌”与“脱离历史史实”两种情形，《敦煌》既有忠实之处，更有脱离之所，大冈升平认为《敦煌》不是历史小说大概也是针对其脱离史实的情节虚构而言的。

开封是恶臭的、脏兮兮的，与此相对，赵行德前往的河西走廊却是时而色彩缤纷，时而冷峻残酷，展现出别样的自然风光。

> 太阳完全没入沙漠的尽头，牦牛头形状的云朵被余晖照得通红，不一会儿那牛头便逐渐散开，颜色也随之改变。先是掺入了金泥般的耀眼的红色渐渐变成橙色，之后是朱红，最后颜色逐渐变淡，以致为紫色。等到那紫色完全融入天际，夜幕便如期而至。赵行德就是这个时候从部队营地出来，跨上骆驼。①

在沙漠傍晚的火烧云中，赵行德开始了命运安排给他的藏经使命，出发时的天边何等绚烂美丽。

> 赵行德原本以为甘州和凉州已经是偏远的边界城市，但来到肃州后才知道，与这里相比，甘州和凉州也算是近邻都城的宜居之地。肃州只有城内勉强能住人，一旦踏出城外，真可谓平沙万里绝人烟，只有一望无际毫无生气的沙海。②

①井上靖：『敦煌』，東京：新潮文庫，1987年第48刷改版，1996年第68刷，第209-210頁。
②同上书，第96頁。

与死神相伴的沙漠世界是一个远离都城开封、与世隔绝的绝对的空间。但是，无论是美丽的火烧云，还是严酷的沙漠之海，都是与开封所象征的俗世社会截然不同的自然空间。这里的主宰不是人类，而是自然，赵行德远离俗世人间，在自己无法主宰的伟大自然中找到了命运安排的人生使命，即在战火中保护经书，将其掩藏在敦煌的洞窟中。当做完这一切之后，赵行德才回想起开封，这时的开封显得那么美丽，那么令人怀念。

> 此时赵行德的脑海中突然浮现出都城开封热闹的街道。都城大街上穿着华丽的男女来来往往，车马穿梭其间，没有沙粒的微风吹拂着道路两旁的榆树。那里店铺林立，酒肆连排。从东角楼附近的闹市、昂贵的服装、书画和宝玉，到高高悬挂羊头的市场，挤着50多座小剧场的娱乐街，还有御街、潘楼街、酸枣门。①

这段描写依据的仍然是《东京梦华录》，但这里再也闻不到恶臭，再也看不到脏兮兮，只有留在异域的人对家乡的美好思念。这里的开封也不是现实的开封，而是作为赵行德心中家乡的象征，被重新加以建构。这种建构需要美化开封，虽然是情节的需要，但在客观上情节的虚构与文献的史实却不经意间达成了一致。

井上靖的历史小说大多有文献史实作为依据，但从未受其束缚。作家所看重的不是史实如何，而是小说的情节与自己的思索，尽管虚构情节有时与史实相悖，有时一致，但那些都不是小说家所关心的问题，井上靖在《敦煌》中要展现的是远离俗世的异域探险与生命的意义。

①井上靖：『敦煌』，東京：新潮文庫，1987年第48刷改版，1996年第68刷，第196頁。

第二章　井上靖作品在中国的译介

第一节　井上靖作品中国译介综述

井上靖作品的中国译介是考察井上靖与中国关系的重要组成部分，对其进行全面细致的归纳与总结必不可少。在这方面，学者卢茂君已经做了很深入的调查。她在其专著《井上靖与中国》第六章“作品在中国的翻译出版与学术研究”的第一部分，详细地介绍了井上靖作品在中国的翻译出版情况。据卢茂君考察，1962年《世界文学》第1、2期合刊中刊登的《核桃林》是井上靖在中国译介的开端，之后整理了从1963年至2002年的40年时间里井上靖作品在中国大陆与中国台湾的翻译与出版情况，并按时间顺序列举了同一作品在中国不同译本的出版信息，共整理了46部作品的共计73种译本。卢茂君注意到“许多译本中都以序跋、引言、出版说明和译者附言的形式对作者和所翻译的作品文本做出了介绍、评议、诠释和解析……具有不争的参考价值和借鉴作用”，所以她将“散见于不同时期的各种出版物上”的这些序跋等评介性文章共15篇汇集罗列于书中，为其他学者提供了便利。

应该说卢茂君的整理是迄今为止关于井上靖作品中国译介状况较为全面的考察，但在具体呈现上往往只是罗列出版信息与各种序跋性文章，没有对译本本身做进一步探讨，在重要代表作的译介问题上，也没有展开深入的论述，难免留有遗憾。故而，笔者在本节的考察将在此基础上，进一步整理井上靖作品的中国译本，包括2002年至今新出现的译本，同时对译本的选题意图、内容安排、装帧特点以及重要作品的译介情况，进行深入的考察，以期更加全面地展现井上靖在中国译介的面貌及特征。

一、井上靖在中国的处女作《核桃林》

井上靖第一部被译介到中国的作品，是《世界文学》1962年第1、2期合刊上刊登的《核桃林》。《世界文学》作为我国介绍世界各国优秀文学的重要文学期刊，一直在第一时间介绍国外代表作家的作品，这种办刊宗旨在今天仍然没有改变。但是这并非等于《世界文学》在刊登外国作品译作之前，其作品没有以其他形式进入中国，或者可以说，正是因为外国的原著已经通过某些渠道进入中国，在得到中国某些小众群体的关注之后，才成为《世界文学》的选题，从而经由翻译正式介绍给国内的广大读者。井上靖在日本的成名是1950年，他于当年获得昭和二十四年度第22届芥川文学奖。在1962年《世界文学》刊登《核桃林》之前的12年间，正是井上靖创作小说的高峰期。这一时期因为中日关系等历史原因，日本作家的作品很难进入中国是不争的事实，但是在1955年之后，中日两国开始有意识地积极进行接触，在政治上尚未打开局面之前，文化层面的交流就显得非常重要。事实上，从1955年开始，日本文化界的访华代表团逐年增多，井上靖本人也是在这股"中国热"中于1957年实现了战后第一次访华之旅。因此，在1962年《世界文学》刊登《核桃林》之前，井上靖的作品极有可能已经传到了中国。其中的一个例子就是1960年讲谈社出版的《敦煌》单行本在中国的"内部发行"影印本。

井上靖的《敦煌》初版单行本于1959年11月10日由讲谈社出版发行，1960年3月25日，同社发行了《敦煌》单行本的特制限定版。井上靖在1959年第二次访华时得到了周恩来总理的接见，总理表示他能用日语说出《天平之甍》的书名，含蓄地称赞了这本小说。可见，这一时期的国内虽然没有井上靖作品的译作，但是他的作品应该以原文的形式已经传入了国内，加之当时中日两国开始推动与鉴真有关的一系列活动，井上靖描写鉴真东渡日本的小说《天平之甍》备受国内瞩目，那么他的其他小说也必然会受到国内的关注，尤其是《敦煌》

《楼兰》这些以中国历史为题材的小说更是会很快进入国内。因此，在《核桃林》被译介之前，井上靖的一系列历史小说，应该已经以这种原作内部发行的方式进入了一部分公众的视野。

那么，《胡桃林》为什么是第一部被译介至国内的井上靖作品呢？这部作品最初发表在1954年5月1日出版的《新潮》杂志5月号，后来收录在1956年6月15日新潮社出版的短篇集《弃老》，是该短篇集收录的第一篇小说。1974年，新潮社出版的《井上靖小说全集》第10卷也收录了这篇小说。从时间看，《胡桃林》被译介到中国时的底本或者是杂志《新潮》，或者是短篇集《弃老》。一般来说不会直接找杂志上刊载的小说进行译介，所以应该是从短篇集《弃老》中的《胡桃林》进行的翻译。

短篇集《弃老》中共收录了9篇小说，第一篇为《胡桃林》，其余依次为《弃老》《谷德尔先生的手套》《湖中河流》《大洗之月》《俘囚》《山中少女》《花粉》《夏云》。从内容看，均是井上靖现代题材的小说作品。该短篇集的代表作品应该是书名所示的《弃老》，这部作品具有自传性的色彩，讲述了井上靖的家人中具有"遁世"倾向的亲人，呈现了一种超然的人生姿态与淡如水的人间情感。但是，当这部短篇集进入中国并进行译介时，《世界文学》选择的不是这部家庭小说式的作品，而是《胡桃林》。袁盛财在《井上靖在中国：译介与研究》中这样写道：

> 这个短篇表现了一个把灵魂出卖给金钱的人的必然结局，从而揭示出资本主义社会对人性的扭曲与摧残。它所表现的思想在井上靖的创作中具有代表性，也符合当时反资、反修的社会主义国家的文化选择。①

袁盛财从读者期待视野的角度诠释选择《胡桃林》进行译介的原因，具有较强的说服力。但为什么选择这部作品作为译介的第一部作品，而不是当时在日本更加具有影响力的《天平之甍》与《敦煌》？当然，这里面有长篇与短篇的选择问题，《世界文学》作为一本杂志，不可能翻译《天平之甍》与《敦

① 袁盛财：《井上靖在中国：译介与研究》，新余：《新余高专学报》2001年第3期，第21页。

煌》这样的长篇。但是，也完全可以进行节译。实际上，《世界文学》第二部介绍井上靖的小说就是长篇小说《天平之甍》，刊登于1963年第4期，因为是长篇，所以仅选译了该小说的第5章内容。可见，长篇并非不能作为《世界文学》的选题范围。如此看来，《世界文学》在译介井上靖作品时，首先考虑的不是这部作品在日本国内的评价，而是看这部作品是否符合中国的意识形态，只有政治正确的作品才能成为杂志选题的依据。《天平之甍》与《敦煌》中并没有意识形态方面的内容，而《敦煌》更是不能轻易向中国读者译介，因为其中关于西夏以及河西走廊的描写，有将西夏国视为独立国家的倾向，这在某种程度上与我国当时的中国史建构不相适应。所以，在选择井上靖进行译介时，政治意识形态的正确性决定了《胡桃林》成为井上靖在中国的处女作。

这种依据政治性是否正确、意识形态是否一致来决定译介选择的现象在世界翻译史上不胜枚举，在中国也并不鲜见。就井上靖而言，这绝非特殊的个例，而是通行的做法。在后来的楼适夷翻译《天平之甍》的过程中也存在同样的特点①。因此，井上靖的译介从一开始就从属于我国社会主义文化建设的一部分，成为服务于我国意识形态的翻译文学。扩而言之，井上靖本人也在这个过程中被我国的意识形态与文化精神所重塑，因此才有了后来作为中日友好使者的身份定位。

《世界文学》于1979年第3期刊登了井上靖获得芥川文学奖的代表作《斗牛》，文前有小说内容简介和作者小传，并用2页的篇幅介绍了井上靖的文学创作，作者头像速写由高莽绘制。在《作者小传》中，译者李德纯指出“井上的小说，能够选取一些有社会意义的题材，对日本资本主义社会的丑恶现象进行了讽刺和抨击。”②在后面的小说内容简介中，他进一步指出“关于津上与咲子的关系的描写，反映了资本主义的淫乱的男女关系，同时也表现了作品的某些颓废倾向”③。可见，在改革开放伊始，国内开始大量译介国外作品的过程中，

①具体参见本章下一节内容。

②［日］井上靖：《斗牛》，李德纯译，北京：《世界文学》1979年第3期，第164页。

③同上书，第106—107页。

在中国沉寂多年的井上靖再次出现在人们的视野，但同时，这种译介从一开始就沿用了1962年的做法，并没有选取井上靖中国题材的历史小说作为译介对象，而仍然以意识形态为准绳，把井上靖所谓揭露日本资本主义丑恶现象的作品作为首选之作，在保证政治正确的前提下，才出现了20世纪80年代轰轰烈烈的翻译井上靖作品的热潮。

二、井上靖作品中国译本概观

在这一节，笔者将按时间顺序，梳理井上靖作品在中国大陆①的译本，以弥补之前研究中对译本分析的不足。

1963年，楼适夷译《天平之甍》由作家出版社出版，成为井上靖作品在中国被翻译的第一个单行本。该译本与1963年前后举行的一系列鉴真纪念活动有着密切的关系，在翻译选择上更多受到政治因素的影响。另外，这部作品也让中国重新发现了鉴真，使其成为中日古代友好交流的象征。关于这部作品的译介研究，笔者将在下一节中深入探讨。

1977年，唐月梅译《井上靖小说选》由人民文学出版社出版，收录《比良山的石楠花》《一个冒名画家的生涯》《核桃林》《弃老》4篇小说。上文提及的《核桃林》1963年的译作，译者是梅韬，后来在1983年还出过李思敬的译本，由上海译文出版社出版，是日汉对照版本。

1978年12月，陈德文翻译的改编历史剧单行本《天平之甍》由江苏人民出版社出版。这本书后来添加了电影脚本的译文，陈德文、张和平合译的话剧剧本、电影脚本《天平之甍》，仍然由江苏人民出版社出版，该译本仍是1978年12月第1版，但第1次印刷时间推迟到1980年3月，内附剧照。两个译本的封面都有唐招提寺的抽象图。

1980年2月，楼适夷重译的《天平之甍》由人民文学出版社出版。

1980年10月，文洁若等翻译的井上靖小说选集《夜声》由上海译文出版社出版，收录了10篇井上靖小说，分别为《拳王》（吴绪筑译）、《汇合处》

① 因为中国大陆与中国香港、中国台湾的文化语境不同，故本节中不涉及香港与台湾的译本。

（梁传宝译）、《拦河坝的春天》（张嘉林译）、《往日的恩人》（文洁若译）、《初代权兵卫》（文洁若译）、《孤猿》（文洁若译）、《月圆之夜》（张嘉林译）、《某种朋友》（张嘉林译）、《夜声》（文洁若译）、《道路》（文洁若译）。

同月，辽宁人民出版社出版《日本当代短篇小说选》（上、下），李德纯作序，收录了德永直、安部公房、水上勉、井上靖等日本作家的作品。封面顶端为拼音“**xiǎo shuō xuǎn**”，反映了当时外国小说选的出版热。

1981年，文洁若编选的《日本当代小说选》（上、下）由外国文学出版社出版，其中收录了唐月梅翻译的《一个冒名画家的生涯》。这个译本是《井上靖小说选》（唐月梅译，人民文学出版社，1977年）中的译本。

1981年，《猎枪》（《漓江译丛》第一辑）由漓江出版社出版，收录了井上靖的《猎枪》（梁悦译），其余为苏联和欧美的文学作品。该书于1982年9月第2次印刷。这一时期，不仅外国文学选集成为热门的出版选题，而且从这本选集的书名可以看出，井上靖的文学作品具有一定的影响力。

1981年还有一部译本值得关注。这年7月，井上靖的《苍狼》被翻译成蒙古文，蒙文版《孛儿帖赤那》由民族出版社出版。“孛儿帖赤那”即为蒙文“苍狼”之意。该译本分为平装本与精装本。精装本背脊为烫金花纹，印数为500册。井上靖的小说被翻译成少数民族文字，一是因为该小说的内容与蒙古族息息相关，同时也再次反映出井上靖小说在当时日本文学译介中的重要地位。

在这样的“井上靖热”的现象下，《日本文学》杂志在1982年第二期专设“井上靖特辑”，收录了《小磐梯》（缪群伟译）、《伊那的白梅》（林川译）、《胡姬》（莽永彬译）3篇小说和《人生》《猎枪》《海边》《北国》《爱情》（均由黄圣力译）5篇诗歌以及《井上靖与井上文学》（李明非译）、《西域小说〈敦煌〉》（郭来舜译）2篇评论。《日本文学》1983年第3期正值杂志创刊1周年，井上靖发来的贺辞被刊登在卷首。他在文章最后，还对1982年该刊出版“井上靖特辑”表示了谢意。《日本文学》作为我国日本文学研究会的会刊，对读者和学者具有很大的引导作用。20世纪80年代，《日本文学》

还刊登了不少井上靖的随笔散文以及中国学人的回忆性文章，如陈喜儒的《壮心不已——访日本作家井上靖》《井上靖在国际笔会东京大会的“开幕辞”》《巴金与日本作家对谈》等，这些虽然不是作品译作，但都一定程度地促进了井上靖文学作品在中国的传播。

杂志上的井上靖作品翻译不属于译本，只能看作译作。最早有梅韬在《世界文学》1962年第1、2期合刊上刊登的《核桃林》，1963年第4期又刊登了楼适夷翻译的《天平之甍》第5章，李德纯翻译的《斗牛》发表于《世界文学》1979年第3期，至此，译作的刊载杂志都是以介绍世界优秀文学作品为己任的《世界文学》。1981年，这种一家独占的局面开始被打破，先是《外国文艺》在1981年第5期刊登了楼适夷译《普陀洛伽下海记》，之后就是《日本文学》的这期特辑。从1981年开始逐渐显现的“井上靖热”进入了全新的阶段。

1982年4月，由董学昌翻译、陈志泉校对的《敦煌》在山西人民出版社出版。《敦煌》这部井上靖的代表作品在日本早已家喻户晓，而且与日本战后的“敦煌热”息息相关，但是在中国的译本却直到此时才得以与读者见面，似乎在此之前，中国对井上靖的译介并不在于其西域小说，而更多关注他的现代小说，再者就是反映古代中日友好往来的《天平之甍》。如此滞后或许是因为小说中涉及了一些敏感的历史问题，而在1982年前后出现的“井上靖热”以及1980年中日首次合作拍摄纪录片《丝绸之路》引发的中日两国的“丝路热”与“敦煌热”的影响下，《敦煌》才能够顺理成章地走入中国出版界的期待视野。董学昌受楼适夷先生的鼓励，在“文革”期间坚持进行《敦煌》的翻译，功夫不负有心人，他的努力在1982年得到了回报，后来虽然也出现了多种译本，但作为《敦煌》在中国的第一部译本，董学昌的贡献值得铭记。

继1981年《猎枪》（《漓江译丛》第一辑）之后，漓江出版社于1982年8月出版《沼中梦》（《漓江译丛》1982年第二辑，总第四辑），收录了井上靖的《沼中梦》（孙日明、曹阳译），其余为苏联和欧美文学作品。1980年，漓江出版社成立于桂林，是出版中外文艺及旅游文化读物的专业出版社。该出版社在创社伊始，非常关注译介井上靖的文学作品，这与中日友好之作《天平之甍》中的主要舞台桂林有一定关系。在小说中，桂林是鉴真一行第5次渡日失败后，历尽千辛万苦到达的安顿之地。在这里，始安郡都督冯古璞将鉴真迎进开元寺，“亲自作食，供养众僧，请鉴真授菩萨戒”[①]，鉴真一行在这里度过一年时间。1979年，电影《天平之甍》在中国进行外景拍摄，这是日本在新中国成立以后取得在中国外景拍摄权的第一部影片，也是1978年《中日友好条约》签订后开展的重要的文化交流活动。这一年，井上靖两次赴中国的外景地探班慰问，10月前往苏州，12月24日至30日前往桂林。今天，从桂林沿漓江顺流而下83公里，便是“山水甲桂林”的阳朔，阳朔县城的标志性山峰——碧莲峰的山腰处设有专门的鉴真纪念堂，据称鉴真在桂林逗留期间曾到此游览。因此，桂林这个看似与日本没有关系的城市，却因为井上靖的作品，与日本之间存在着千丝万缕的联系。因此，漓江出版社在改革开放初期译介外国文学时，将政治上正确的井上靖作为主要译介对象，也就不难理解了。

1983年3月，高慧勤编选的《日本短篇小说选》由中国青年出版社出版，共收录23篇日本近现代文学作品，井上靖的《斗牛》被选入其中，译者李德纯，译文曾刊登在《世界文学》1979年第3期。所收作品的作者依次为幸田露伴、森欧外、樋口一叶、国木田独步、志贺直哉、有岛武郎、芥川龙之介、佐藤春夫、川端康成、黑岛传治、小林多喜二、野间宏、井上靖、田宫虎彦、德永直、开高健、有吉佐和子、水上勉、司马辽太郎、大冈升平、森村诚一、西村京太郎。这是按照日本近代文学发展的过程排列的，除推理小说家森村诚一有2篇作品被选入，其他均为1篇。高慧勤先生是我国日本文学翻译与研究界的重要学者，曾任中国日本文学研究会会长，她的翻译水平也得到社会各界的高度评价。所以，她的这本编选集某种程度上体现了当时我国日本文学研究界的焦点，除个别作家外，大部分作家至今仍然为日本文学研究者所关注。

1983年，周祺、周进堂、李鸿恩合译的《杨贵妃传》由香港南粤出版社出版。封面为黄棕色底，绘有彩色美人挽鬓图，书背为杨贵妃介绍，书内有精美

① ［日］井上靖：《天平之甍》，楼适夷译，北京：作家出版社1963年版，第93页。

黑白插图，文字为竖版。该书为《杨贵妃传》在中国的第一个译作单行本，20世纪80年代间，中国大陆还有多种译本，关于其在中国的译介原因与情况，还有待进一步考察与分析。

1983年4月，李思敬翻译的《核桃林（日汉对照本）》由上海译文出版社出版，该译本之前已经提及过，不再赘述。

1983年9月，陈奕国翻译的《北方的海》由湖南人民出版社出版。

时间进入1984年，这年3月，周明翻译的《冰壁》由上海译文出版社出版。译作单行本的接连出版反映出井上靖文学作品在当时深受读者关注与喜爱的程度。

同年6月，耿金声、王庆江合译的《井上靖西域小说选》由新疆人民出版社出版。这是20世纪80年代出版的最“厚重”的井上靖小说选，译自《井上靖西域小说集》（讲谈社，1979年）。原书共收录10篇小说，中译本只翻译了其中的6篇，分别为《漆胡樽》《异域人》《僧行贺的泪》《楼兰》《敦煌》《苍狼》，其余四篇《天平之甍》《狼灾记》《洪水》和《风涛》未译。这四篇中，《风涛》取材于朝鲜半岛的历史，《天平之甍》已有楼适夷的译本，但是《狼灾记》和《洪水》被舍弃的原因尚需考察。这个译本的“厚重”除了表现在页数之多（正文达585页）外，冰心的“序”、井上靖的“序”都给这个译本增色不少。

《杨贵妃传》的译本在1984年呈现井喷态势，而且都与杂志《新蕾》有关。该杂志1984年第5期（9—10月号）为长篇小说专号，刊登了译作《杨贵妃传》。内有插图，杂志封面顶端为拼音“xinleizazhi”，下部为粉红色底，“新蕾”两字反白。

笔者又查找到另一本《新蕾》的长篇小说专刊，同样是1984年，但封面为绿色底，白线条人物像，由李骁设计。另有一本与此非常相似的一期《新蕾》，只是封面设计为金伟。金伟设计的还有一期《新蕾》，封面为人物彩图。同一本杂志在同一年里出版如此多的复译本，这在我国翻译史上是一个很有趣的现象，有待深入地考察。

不仅有杂志译作的出版，译作单行本也发行了两种。1984年10月，林怀秋译《杨贵妃传》由陕西人民出版社出版，封面为凤凰阴白图案，内有“贵妃出浴图”。12月，百花文艺出版社出版《杨贵妃传》，该译本封面为红底线条人物图案，为阜新新蕾杂志社编辑，是《新蕾》杂志在原有基础上形成的译作单行本。

1985年，孙好轩、吴树文翻译的《寒冷的早晨》（日本当代小说选）由春风文艺出版社出版，收录日本当代小说21篇，其中收录的井上靖作品为《猫带来的信》（吴树文译）。

1985年3月，包容翻译的《战国城砦群》由山西人民出版社出版。5月，孙海涛翻译的《猎枪·斗牛》由湖南人民出版社出版。8月，郭来舜译、戴璨之校的《西域小说集》由甘肃人民出版社出版，收录《敦煌》《洪水》《楼兰》《异域之人》。

1985年8月，文洁若、文学朴姐弟俩翻译的《海魂》在中国文联出版公司出版。这部美国题材作品一直没有引起国内学界的关注，但在当时之所以进行翻译大概与当时的出国热有一定关系。

1985年10月，陈德文翻译的《一代天骄》由湖南人民出版社出版，封面为将军骑马图。此为《苍狼》的第一部中文版译作单行本，之前有1981年的蒙文版。译本先有蒙文版后有中文版的现象值得进一步研究。

这一年，《杨贵妃传》又有两个译作单行本出版。分别为周祺、周进堂、李鸿恩翻译、中州古籍出版社1985年8月出版的译本与郝迟、颜延超翻译、王琳德校对、黑龙江人民出版社1985年10月出版的译本。周祺、周进堂、李鸿恩的译本应该与1983年南粤出版社的版本相似。

1986年4月，龚益善翻译的《敦煌》由新华出版社出版，这是继董学昌译本后的第三个《敦煌》译本。1986年8月，吕立人翻译的《爱的奏鸣曲》由中国文联出版公司出版，原著名为《流沙》。

1986年8月，张利、晓明合译了《苍狼》，由内蒙古人民出版社出版，此为《苍狼》的第二个中文版译本。1987年2月，冯朝阳翻译的《苍狼》由世界知识出版社出版。从1985年10月开始，在短短不到一年半的时间，接连出现了3个版本的《苍狼》译本，既反映了井上靖作品广受社会的接受与喜爱，也体现出各出版社之间竞争的激烈，不惜推出复译本。但是，短期内复译本的大量出现不仅是一种浪费，译作质量也很难保证。

1987年11月，唐月梅翻译的《暗潮/射程》由外国文学出版社出版，这是继1977年《井上靖小说选》后，唐月梅翻译的第2本井上靖文学作品选集。在选材上，仍然是井上靖的现代题材小说。

1988年2月，施元辉、孟慧娅合译的《红庄的悲剧》由法律出版社出版，收录了井上靖《红庄的悲剧》、黑岩重吾《香代之死》、松本清张《跟踪》、草野唯雄《复制的脸形》、笹泽佐保《海的请贴》、森村诚一《V形手指》，这些作品都属于推理小说。奇怪的是，同月法律出版社还出版了《红庄的恶魔》，译者只有施元辉，所收作品中，井上靖作品的中译名为《红庄的恶魔》，另外还增加了一篇名为《“奇面城”的秘密》的小说，腰封上写有“一册在手，尽享日本小说之精华”“日本推理小说各流派代表作集锦”，施元辉在书中还写了《论日本推理小说（代序）》一文。

1988年3月，赖育芳译《永泰公主的项链》由作家出版社出版，收录井上靖西域小说8篇，作品以探险、盗墓、考古等为题材，分别为《洪水》《昆仑玉》《圣人》《永泰公主的项链》《古代品治肯特》《古文字》《明妃曲》《塔二与弥三》。《永泰公主的项链》是井上靖依据访华过程中的乾陵参观经历，发挥自己的想象力创作的作品，是解读井上靖中国之旅与文学创作关系的重要作品。

1988年10月，哈萨克文版的《苍狼》译本《索尔贴赤郎》由新疆人民出版社出版，译者是巴德木加甫。该书已经印刷5次，2009年5月第4次印刷发行，印数达到10540册。哈萨克文版译本的出版进一步体现了《苍狼》在中国的多语种与多民族性，同时也让蒙古族的“苍狼”形象在蒙古族和哈萨克族民众中得以扩展，在日本备受争议的“苍狼”问题在中国却通过译本发挥了文化史与民族史的作用。《狼图腾》在中国文坛的成功也在一定程度上源自蒙古族“苍狼”

的形象定位。但也有学者指出，这个苍狼形象并非蒙古族古已有之的自我认知的形象，如刘素桂在《日本式东方主义文化观逻辑透视——解读井上靖〈苍狼〉中的“狼原理”》中指出“狼原理”实质是战后版的“脱亚入欧”，而日本社会中普遍存在的成吉思汗就是源义经的传说更使其具有了泛蒙古主义的色彩，成为“裹着普遍主义外衣的民族中心主义”①，因此，对于《苍狼》中译本的作用与影响，我们还要进一步客观理性地审视。

1988年12月，林少华译《情系明天》由北岳文艺出版社出版，2015年1月该译本由青岛出版社再版，并改名为《来自明天的情人》。这部小说是井上靖连载小说的代表作，与《冰壁》齐名。

1989年8月，罗兴典编译的《爱与孤独——日本恋情诗》由海峡文艺出版社出版。收录岛崎藤村、高村光太郎、井上靖等人的诗作，这本译诗集是井上靖诗歌在国内的最早译介，同时也是目前为止唯一一部译本。随着国内井上靖研究的深入开展，有必要进一步加强对井上靖诗歌的译介工作。

1990年1月，仁章翻译的《四季雁书》由吉林人民出版社出版，原著由井上靖和池田大作合著，该译本是井上靖散文作品的首次中国译介。

同年4月，郑民钦译《孔子》由人民日报出版社出版。《孔子》是井上靖最后一部长篇历史小说，连载期间，郑民钦就得到井上靖的许可，实现了小说的中日同步连载，井上靖每连载一期，就由日中文协的佐藤纯子女士复印一份寄给郑民钦，译作很快在山东省的《柳泉》杂志上发表，最后连载的译作形成单行本，即1990年的这个译本。这种同步翻译是在没有了解作品整体内容之前进行的翻译实践，具有进一步深入研究的必要。

《孔子》是井上靖在发现身患食道癌后创作的作品，因此从一开始就被视为井上靖的绝笔之作，加之孔子这个中国题材，所以备受国内追捧，各大出版社纷纷推出译本。1991年，春风文艺出版社出版王玉玲等翻译的《孔子》，1992年，三秦出版社又推出林音、李青、雨辰、王小蒙4人合译的《孔子》，译

① 刘素桂：《日本式东方主义文化观逻辑透视——解读井上靖〈苍狼〉中的“狼原理”》，《外国文学》2015年第4期，第68、70、71页。

者人数这么多，应该是抢时间赶译出来的。三秦出版社的译本非常精美，封面为蓝地儿，印有春秋铜车马图，书名由日本书法家东南光题字。

1992年9月，包容翻译的《战国情侠》由北岳文艺出版社出版，原著名为《战国无赖》。

1993年12月，《苍狼》的维吾尔文译本《孛儿帖赤那》由新疆人民出版社出版，译者为阿不都瓦·里木克依提。至此，《苍狼》的中译本拥有了3个汉语版本、1个蒙古语版本、1个哈萨克语版本和1个维吾尔语版本。

从1977年至1993年间，几乎每年都有新的井上靖作品译本出现，这也与我国改革开放后大量译介外国文学作品有着密切的关系。在日本文学的译介方面，井上靖具有举足轻重的地位。这一时期，井上靖的作品得到了全面的译介，不仅有中国和西域题材小说，也包括其现代小说和诗歌。

1998年4月，安徽文艺出版社出版了郑民钦主编的《井上靖文集》（全3册）。收录了13篇小说作品。第1卷包括《楼兰》（郑民钦译）、《敦煌》（郑民钦译）、《孔子》（郑民钦译）；第2卷包括《天平之甍》（楼适夷译）、《苍狼》（陈德文译）、《异域之人》（郭来舜译）、《洪水》（郭来舜译）、《狼灾记》（郭来舜译）；第三卷包括《斗牛》（李德纯译）、《猎枪》（竺家荣译）、《比良山的石楠花》（唐月梅译）、《一个冒名画家的生涯》（唐月梅译）、《冰壁》（竺祖慈译）。另外，每卷卷首还有主编郑民钦的评论文章，分别为第1卷《井上靖文学的人间性》、第2卷《文学孤独中的思索》、第3卷《井上文学的原型本质》。第1卷开头有井上靖夫人井上芙美的文章《致中国读者》与林林的序。该书的出版标志着井上靖文学作品的中国译介进入了全集译本的新阶段。

同年6月，安徽文艺出版社还出版了3部井上靖作品的译作单行本，分别为《孔子传》（郑民钦译）、《成吉思汗传》（陈德文译）与《杨贵妃传》（林怀秋译）。三者属于系列丛书。郑民钦之前的《孔子》译本题目没有“传”字，这里为了与其他译本保持形式统一，加入“传”。“苍狼”被译作“成吉思汗传”应该也是因为这个原因。

2000年5月，尹文智翻译的《孔子》由敦煌文艺出版社出版，至此《孔子》已有4个中译本。

2001年6月，乔迁选编、译注的散文翻译集《考古纪游》由新世界出版社出版，这是井上靖游记散文在中国的第一次译介。随后的2002年6月，井上靖散文集《穗高的月亮》由河北教育出版社出版，译者为郑民钦。井上靖的散文类作品在这两年得到了一定程度的译介，但于井上靖卷帙浩繁的散文作品而言，只能说是凤毛麟角。

2002年10月，人民文学出版社出版《井上靖中国古代历史小说选》，共3卷，书名分别为《敦煌》《苍狼》《孔子》。这部全集式的小说选是继郑民钦主编《井上靖文集》后的又一套全面译介井上靖小说作品的译本。译作几乎都是之前发表过、深受好评的名家名译。《敦煌》卷的译者有董学昌、楼适夷、郭来舜、赖育芳，收录的作品较多，包括《敦煌》《天平之甍》《洪水》《楼兰》《异域之人》《狼灾记》《昆仑玉》《圣人》《永泰公主的项链》《明妃曲》《僧人行贺的辛酸泪》《漆胡樽》《宦官中行说》《褒姒的一笑》；《苍狼》卷的译者为冯朝阳和赖育芳，收录了《苍狼》和《风涛》两部长篇小说；《孔子》卷的译者是包容、林怀秋，收录了《孔子》和《杨贵妃》两部长篇，包容翻译的《孔子》是《孔子》的第5个中译本。

2008年7月，许宁翻译的《风林火山》由重庆出版社出版，时隔6年，井上靖的作品再次得到译介。《风林火山》是井上靖创作的日本题材历史小说，这种题材在之前的译介中并不多，只有《战国城砦群》和《战国情侠》，均为包容翻译。值得一提的是，中国台湾的远流出版社在2007年出版了《风林火山》的译本，大陆的翻译是否受到台湾译本出版的影响，还需要进一步考察。

2010年，北京十月文艺出版社陆续出版了井上靖中国历史小说集，包括4部井上靖小说的译本，分别为《孔子》（刘慕沙译，2010年1月第1版、2014年1月第2版）、《敦煌》（刘慕沙译，2010年10月第1版、2014年1月第2版）、《天平之甍》（谢鲜声译，2013年1月第1版、2015年10月第2版）、《楼兰》（赵峻译，2013年6月第1版）。其中的《天平之甍》比较特殊，由南海出版公司出版。除《楼兰》外，其他3部译本只有1篇作品的译作，而《楼兰》中共收录了12篇小说，依次为《楼兰》《洪水》《异域人》《狼灾记》《罗刹女国》《僧伽罗国缘起》《宦官中行说》《褒姒的笑》《幽鬼》《补陀落渡海记》《小磐梯》《北方驿道》。

2013年4月，苏枕书翻译的《浪人》由时代文艺出版社出版。该作品属于井上靖日本题材历史小说，苏的译本使国内此题材的译本增至4本。

2014年1月，子安翻译的《风林火山》由重庆出版社出版，2008年该出版社已经出版过《风林火山》，此次为复译出版。2014年9月，吴继文翻译的《我的母亲手记》由重庆出版社出版。该作品为井上靖的传记小说，其改编电影于2012年由松竹映画制作上映，属于家庭亲情类影片。重庆出版社此前出版的译本《风林火山》也曾于1969年被改编成电影，可见该出版社在翻译选题上主要选择改编成电影的小说作品。

三、井上靖作品中国译介的特征

井上靖作品的中国译介从1962年的《核桃林》算起，至今已经过去了58年的时间。在将近一个甲子的时间轮回中，其作品在译介的阶段、样式、题材等方面呈现出独有的特点，笔者基于以上的梳理，就目之所及之处简略整理特征如下，以飨读者。

1. 译介的时间主要集中在20世纪80年代。

从1980年到1989年，我国共译介井上靖作品52种，占迄今全部95种的54%。[①]笔者没有统计整个20世纪80年代外国文学的译介状况与日本文学的译介状况，但是可以肯定的是，就一个作家的译介在10年间达到50余种，应该比较罕见。如此大规模、重复地进行井上靖译介，一是与国家改革开放后的文化政策有关，各个文科类出版社都在争相引进外国作品；二是井上靖的文学作品已经被认定为政治正确、符合我国文化意识形态的作品，为译介扫清了障碍；三

① 包括中国香港与中国台湾的译本。

是井上靖在20世纪80年代极大地促进了中日文化方面的交流，成为中国各界人士熟悉的友好人士；四是井上靖的文学作品题材丰富，而且有许多中国题材作品，因此井上靖的中国译介在当时成为各出版社、杂志社选题的热门。

2. 译介的样式不断翻新

译介一个作家的作品，一般要经历四个阶段，即杂志刊登译作、出版译作单行本、编撰译作选集、出版译作全集。井上靖在中国的译介过程正体现了这个过程。

最早的杂志译作是《核桃林》（《世界文学》，1962年），之后有《天平之甍（第5章）》（《世界文学》，1963年）、《斗牛》（《世界文学》，1979年）、《普陀洛伽下海记》（《外国文艺》，1981年）、“井上靖特辑”（《日本文学》，1982年）、《再访扬州》（《日本文学》，1984年）、《河川之畔》（《日本文学》，1985年）、《死亡、爱情和海浪》（《外国文学大观》，1988年），主要也是集中在20世纪80年代。

译作单行本数量颇多，而且常有复译本，仅按中国大陆地区首译本的出版顺序排列如下：

《天平之甍》，楼适夷译，人民文学出版社，1963年；

《孛儿帖赤那》（《苍狼》蒙文译本），阿特横译，民族出版社，1981年；

《敦煌》，董学昌译，山西人民出版社，1982年；

《北方的海》，陈奕国译，湖南人民出版社1983年；

《杨贵妃传》，文兰译，《新蕾》文学杂志社1984年版（杂志社32开书型发行）；

《冰壁》，周明译，上海译文出版社，1984年；

《一代天骄》（《苍狼》汉语译本），陈德文译，湖南人民出版社出版，1985年；

《海魂》，文洁若、文学朴译，中国文联出版公司，1985年；

《战国城砦群》，包容译，山西人民出版社，1985年；

《爱的奏鸣曲》，吕立人，中国文联出版公司，1986年；

《索尔贴赤郎》（《苍狼》哈萨克文译本），巴德木加甫译，新疆人民出版社，1988年；

《情系明天》，林少华译，北岳文艺出版社，1988年；

《孔子》，郑民钦译，人民日报出版社，1990年；

《战国情侠》，包容译，北岳文艺出版社，1992年；

《孛儿帖赤那》（《苍狼》维吾尔文译本），阿不都瓦·里木克依提译，新疆人民出版社，1993年；

《风林火山》，许宁译，重庆出版社，2008年；

《浪人》，苏枕书译，时代文艺出版社，2013年；

《我的母亲手记》，吴继文译，重庆出版社，2014年。

排除复译的单行本，《苍狼》的3个语种译本均算首译本，按此计算，首译单行本一共18种。

译作选集有利于井上靖作品为广大读者熟知与喜爱，在井上靖中国译介上发挥了重要的作用。第1部选集是唐月梅的《井上靖小说选》（1977年），迄今最后一部是人民文学出版社出版的《井上靖中国古代历史小说选》（2002年）。21世纪以来，选集译本几乎没有，主要以复译单行本为主。

严格意义上的井上靖全集译本只有郑民钦主编的《井上靖文集》3卷本（安徽文艺出版社，1998年），共收录13篇小说作品，涵盖了当时井上靖在中国译介的代表作品。同时，主编郑民钦的3篇评论性文章也与其他选集类译本有着根本性区别。

3. 题材丰富，体裁多样

井上靖是日本现代文豪，作品非常丰富，体裁多种多样，小说、散文、诗歌、戏剧在井上靖的创作生涯中都有所涉猎。我国的译介以小说体裁为主，但也没有完全忽视其他体裁的介绍与翻译。

小说作品不仅译介了中国题材以及西域题材的历史小说，而且也大量译介了井上靖的现代小说，最早的杂志译作《核桃林》是现代小说，最早的选集译本《井上靖小说选》中收录的也全部是现代小说，郑民钦主编《井上靖文集》第三卷为现代小说篇，收录了《斗牛》《猎枪》《比良山的石楠花》《一个冒名画家的生涯》《冰壁》，全部是井上靖的代表作。林少华翻译的现代小说《来自明天的情人》也是奠定井上靖连载作家地位的重要作品。

经笔者统计，井上靖中国题材与西域题材作品应该已经全部得到了翻译。这些作品既是广大中国读者最喜欢的作品，也是文学批评界最关注的作品。

此外，美国题材的《海魂》、日本题材的《战国城砦群》《战国情侠》《风林火山》、印度题材的《罗刹女国》《僧伽罗国缘起》等作品也得到译介。

相比小说的译介，诗歌和散文的译介显得非常滞后。诗歌作品的译本只有罗兴典编译的《爱与孤独——日本恋情诗》（海峡文艺出版社，1989年）中收录的几首。散文随笔作品的译本也很少，仅有《四季雁书》（吉林人民出版社，1990年）、《考古纪游》（新世界出版社，2001年）和《穗高的月亮》（河北教育出版社，2002年）。

4. 复译本众多

井上靖作品中国译介的一个重要特征是复译本众多。尤其在20世纪80年代，在同一年内出现几种平行译本或同一出版社出版多种复译本的现象比比皆是，是井上靖作品译介研究的重要课题。在此仅就代表性长篇小说做简单统计。

《天平之甍》：

① 楼适夷译本，作家出版社，1963年；

② 楼适夷译本，人民文学出版社，1980年；

③ 谢鲜声译本，南海出版社，2013年

《敦煌》：

① 董学昌译本，山西人民出版社出版，1982年；

② 耿金声、王庆江译本，《井上靖西域小说选》，新疆人民出版社，

1984年；

③ 郭来舜译本，《西域小说集》，甘肃人民出版社出版，1985年；

④ 龚益善译本，新华出版社，1986年；

⑤ 郑民钦译本，《井上靖文集》第1卷，安徽文艺出版社，1998年；

⑥ 刘慕沙译本，北京十月文艺出版社，2010年。

《杨贵妃传》：

① 周祺、周进堂、李鸿恩译本，南粤出版社出版，1983年；

②《新蕾》杂志社，1984年（共4种译本）；

③ 林怀秋译本，陕西人民出版社，1984年；

④ 文兰译本，百花文艺出版社，1984年；

⑤ 周祺、周进堂、李鸿恩译本，中州古籍出版社，1985年；

⑥ 郝迟、颜延超译本，黑龙江人民出版社，1985年。

《苍狼》：

① 阿特横译本《孛儿帖赤那》(《苍狼》蒙文译本），民族出版社，1981年；

② 耿金声、王庆江译本，《井上靖西域小说选》，新疆人民出版社，1984年；

③ 陈德文译本，《一代天骄》，湖南人民出版社，1985年（在其他版本中又名《苍狼》和《成吉思汗传》）

④ 张利、晓明译本，内蒙古人民出版社，1986年；

⑤ 冯朝阳译本，世界知识出版社，1987年；

⑥ 巴德木加甫译本《索尔贴赤郎》(《苍狼》哈萨克文译本），新疆人民出版社，1988年；

⑦ 阿不都瓦·里木克依提译本《孛儿帖赤那》(《苍狼》维吾尔文译本），新疆人民出版社，1993年。

《孔子》：

① 郑民钦，人民日报出版社，1990年；

② 王玉玲等译本，春风文艺出版社，1991年；

③ 林音、李青、雨辰、王小蒙译本，三秦出版社，1992年；

④ 尹文智译本，敦煌文艺出版社，2000年；

⑤ 包容译本，《井上靖中国古代历史小说选 孔子》，人民文学出版社，2002年；

⑥刘慕沙，北京十月文艺出版社，2010年 。

关于井上靖在中国的译介情况，还有许多可以深入探讨与研究之处。因为译本众多，且年代久远，笔者未能完全购买到全部译本，文中的记述有一些是依据网上查实的信息完成。可以肯定的是，井上靖的中国译介是新中国成立以来日本文学译介中的重要部分，它的发展与变迁体现了中日文化、政治关系的演变，反映了不同时代读者的需求，也在一定程度上改变着我们对自己的认识。

第二节 《天平之甍》的中国译介

唐朝僧人鉴真进入中国与日本的公众视野，成为中日古代文化交流的象征，缘起于日本作家井上靖于1957年创作的长篇历史小说《天平之甍》。但是，当小说所描写的鉴真伴随着井上靖的首次访华进入中国语境之后，在中日两国间迅速掀起一股“鉴真热”，以至于生产鉴真的小说原作反过来不得不受制于发展中日文化交流的现实所规约的鉴真形象，沦为鉴真现象的脚注，成为诠释中日友好主题的附属文化产品，却是作者井上靖本人始料不及的事实。就是在这样的时代背景下，1963年4月，楼适夷初译的《天平之甍》由作家出版社出版，17年后的1980年，《天平之甍》在几乎同样的历史境遇下再次由楼适夷进行了重译。

长期以来，《天平之甍》一直作为“中日友好”的证言，在中国得到极高的评价。楼适夷在译作引言中总结道：“小说忠实地描写了这一中日文化交流的大事，……使我们更深地体会到两国人民悠久深厚的文化关系与友好传统，而鼓舞我们今后为进一步推进这种关系与传统而并肩努力。”[①]1980年2月出版的重译本引言完全重复了初译本的内容，同时学界也开始用学术性评论强化这种认识。同年4月，陈嘉冠在《友好交往 源远流长——读日本小说〈天平之甍〉》中写道：“（小说）深刻地体现了两国人民源远流长的传统友谊。面对1957年前后日本社会政治条件和国际某些逆历史潮流的势力，这样写是需要气概、毅力和远见的。当时日本广大人民和各界有识之士，为迎接日中友好的新时代，纷纷采取果敢行动。作家对现实的敏锐感受和高强把握力，使小说成功地为这一潮流的蓬勃发展，增添了精神助力。为了两国世世代代友好下去，在交往中推进两国的繁荣和发展，作家逾越了多少障碍，倾注了多少心血！”[②]。同年7月，曹汾在《中日友好的丰碑——评井上靖的历史小说〈天平之甍〉》中进一步指出《天平之甍》被日本人民誉为“友谊的叙事诗”和“文化交流的纪念碑”[③]。[④]

然而，不禁令人质疑的是，井上靖战后的初次访华虽然需要“逾越”种种“障碍”，但创作《天平之甍》是否是出于“为迎接日中友好的新时代”而采取的“果敢行动”，“友谊的叙事诗”的文学史定位到底有多少是源于井上靖的原作内涵？近来已有学者注意到，《天平之甍》在中国的成功不仅在于其描写了鉴真百折不挠东渡传法的故事，更在于它切合了特定历史语境下发展中日两国关系的现实需求，从而最终“从文坛走向了象征中日友好的‘神坛’”[⑤]。在这种意义的历史建构过程中，外部历史文化语境对作品的误读与文本内部在

---

① ［日］井上靖：《天平之甍》，楼适夷译，北京：作家出版社1963年版，第6页。

② 陈嘉冠：《友好交往 源远流长——读日本小说〈天平之甍〉》，《山西师院学报》1980年第1期，第31页。

③ 曹汾：《中日友好的丰碑——评井上靖的历史小说〈天平之甍〉》，《西北大学学报》1980年第2期，第70页。

④ 重译本出版前后，中国学界的文章还有林学锦的《文化交流有耿光——读井上靖先生的〈天平之甍〉》（《广西民族学院学报》1979年第1期）与王慧才的《中日文化交流的颂歌——读井上靖的〈天平之甍〉》（《外国文学研究》1983年第2期），其中的关键词均为“中日文化交流”“中日友好”。

⑤ 郭雪妮：《〈天平之甍〉是友好的证言？》，《中国图书评论》2012年第7期，第78页。

翻译转换过程中所遭遇的误译发挥了至关重要的作用。本节将追溯译介《天平之甍》的历史语境，并进一步聚焦原作与楼译本之间在文本内部的细微差异，探讨时代误读与文本误译在《天平之甍》意义建构中的方法、作用与原因。

一、时代语境对《天平之甍》的误读

1.“鉴真”的发现与转变

“二战”后，井上靖前后27次来访中国，第一次是在《天平之甍》连载结束后仅仅两月有余的1957年10月26日至11月22日期间。当时，井上靖作为日中文化交流协会第二次访华日本文学代表团第一组的成员来华访问，团长为山本健吉，第二组团长为中野重治，成员有堀田善卫、本多秋五等具有无产阶级思想背景的作家。政治上无明显意识形态倾向的井上靖能够实现战后第一次访华与他在此之前创作的一系列中国题材历史小说有一定关系，其中包括《漆胡樽》（1950年4月）、《异域人》（1953年7月）、《僧行贺的泪》（1954年3月）以及刚刚连载结束的《天平之甍》（1957年3月至8月）。[①]楼适夷在《天平之甍》初译本引言的第一句便写道，“井上靖是日本当代小说家，他的作品有不少是写历史题材的”[②]，体现了当时中国对井上靖的认识定位。

1961年6月28日至7月15日，井上靖再次随日中文化交流协会代表团来华访问。7月9日下午2时，与亀井胜一郎、平野谦、有吉佐和子一道在人民大会堂得到了周恩来总理的接见。会见中，周总理“明确表示他能用日语说出《天平之甍》的书名，含蓄地称赞了这本小说”[③]。

1963年9月29日至10月25日间，井上靖为参加“鉴真圆寂1200周年纪念大会”第三次访华，代表团的团长为早稻田大学教授、鉴真研究家安藤更生。井上靖创作《天平之甍》源于安藤更生的学生、日本每日新闻社学艺部记者松本昭的推荐。当时的井上靖凭借畅销小说《冰壁》成为日本炙手可热的一线作

①括号内为作品发表时间。

②［日］井上靖：《天平之甍》，楼适夷译，北京：作家出版社1963年版，第1页。

③郭雪妮：《〈天平之甍〉是友好的证言？》，《中国图书评论》2012年第7期，第77页。

家，松本昭为了寻找新的小说选题结识了井上靖，当了解到井上靖“不想再写《冰壁》那样的现代小说，而想进军历史文学”[①]时，他推荐了自己在早稻田大学的老师安藤更生的鉴真研究。安藤更生在“二战”期间于中国潜心研究鉴真，用9年时间完成了“一米厚”的论文。但是日本战败后，他未能将论文原稿带回日本。之后，他一边在早稻田大学教学，一边重新完成鉴真的研究论文，并由妻子打字成稿。1957年1月17日，井上靖经松本昭介绍与安藤更生会面，安藤更生答应尽其所能地为其提供鉴真相关的史料，并说道“我作为一名学者进行鉴真研究，你作为一名小说家写一写鉴真和尚渡日的故事如何？”[②]就这样，同年3月，《天平之甍》开始在《中央公论》连载。

3年后的1960年，安藤更生的学术著作《鉴真大和尚传之研究》由日本平凡社出版。1961年，周总理接见井上靖时，安藤更生的著作是否已经为中国所了解，目前没有充分的史料可以证明，但是，井上靖在回忆性文章中不止一次地提及，中国掀起“鉴真热”的契机是时任国务院副总理的郭沫若读到了该部著作[③]。1962年10月9日发布的《中国人民对外文化协会和日本中国文化交流协会关于中日两国人民间文化交流的共同声明》中突然提到了鉴真[④]，因此至少从这一时间开始，中国开始了一系列鉴真纪念活动，出现了鉴真热现象，包括成立鉴真纪念活动筹备委员会，为纪念日僧荣叡在鉴真东渡过程中的伟大贡献，在

①松本昭：『人間復活　吉川英治、井上靖、池田大作を結ぶこころの軌跡』，東京：アールズ出版，2001年，第51頁。

②同上书，第51-52頁。

③井上靖在文章「『鑑真和上』『鑑真』」中写道：“郭沫若先生说他得到安藤更生赠送的大作《鉴真和尚传之研究》，读过之后才知道鉴真这个人。大概以此为契机，中国决定将这位为日中友好的历史发挥了巨大贡献的鉴真用在今天的政治上。”（「『鑑真和上』『鑑真』」，『井上靖全集』（第25巻），東京：新潮社，1997年，第658頁）。在文章「郭沫若先生のこと」中还记述了1963年井上靖访华时郭沫若对他说的话：“中国知道鉴真，我是第一人。那是因为偶然的机会读到了安藤更生的大作《鉴真大和尚传之研究》。因此，虽然看上去有些突然，但我决定召开这次鉴真的纪念集会。”（「郭沫若先生のこと」，『井上靖全集』（第24巻），東京：新潮社，1997年，第649頁）。由此可见，郭沫若是在得到安藤更生赠送的《鉴真大和尚传之研究》之后才决定为鉴真举办纪念会的。

④孫軍悦：「翻訳の歴史と〈歴史〉の翻訳—井上靖『天平の甍』の中国語訳について」，『日本近代文学』2006年第74巻，第255頁。

其逝世地广东肇庆鼎湖山修建纪念碑，在鉴真的家乡扬州境内的法净寺着手修建仿唐招提寺的金堂等，同时《天平之甍》的翻译工作也被作为一项政治任务提上了日程。

楼适夷在谈及初译《天平之甍》的原因时，首先说到这是一项"政治任务"①，是"作为纪念活动的一个项目"②，所以出版社要求"赶译"出来③。文洁若回忆道，"楼适夷突击翻译了日本著名作家井上靖的《天平之甍》，我在几天之内连校订带发稿，还下厂校对，创造了25天内出书的奇迹。"④

《天平之甍》的出现本是作家自身追求创作题材多样化、出版商谋求文学产品市场利益最大化与学者渴望学术知识大众化三方面因素共同促成的结果。然而，这部小说在安藤更生的学术保障下，拥有了历史真实的合法性，并在跨文化交流中无意间成为中日战后文化接触的桥梁，背负起促进中日文化交流的政治使命。这一结果的出现是作者井上靖始料不及的。井上靖虽然创作了"鉴真"，但"就鉴真而言，时代完全不同了"⑤，同时他也清醒地认识到这场发端于中国的鉴真热"也刺激了日本社会对鉴真的关注"⑥"鉴真这个人名完全为大众所认识"⑦。至此，井上靖与安藤更生发现的鉴真在跨文化的回路中完成了华丽的转变，成为中日友好交流的象征。

①楼适夷：《我与日本文学》，《外国问题研究》1986年第1期，第6页。

②楼适夷：《〈天平之甍〉重译记》，《读书》1979年第1期，第109页。

③楼适夷：《我与日本文学》，《外国问题研究》1986年第1期，第6页。

④文洁若：《怀念老社长楼适夷》，《新文学史料》2005年第2期，第204—205页。

⑤井上靖：「『鑑真和上』『鑑真』」，『井上靖全集』（第25巻），東京：新潮社，1997年，第657頁。

⑥同上书，第658頁。另据孙军悦考察，日本的鉴真纪念活动包括日中文化交流协会在协会刊物《日中文化交流》（1962年第12号）推出"鉴真特辑"，刊登了来自宗教、文学、美术、建筑及历史等各界人士的纪念性文章。1963年2月29日，"鉴真和上圆寂1200周年纪念会"成立，将1963年5月上旬至1964年5月上旬的一年期间定为"鉴真彰显年"。日本宗教界成立了"鉴真和上遗德奉赞会"，着手在唐招提寺内重新修建安放鉴真像的开山堂。除此以外，日本的纪念活动还有，前进座上演历史剧《天平之甍》、东大寺举行纪念法要以及各地举办纪念讲演大会、出版纪念文集等。参见孫軍悦「翻訳の歴史と〈歴史〉の翻訳——井上靖『天平の甍』の中国語訳について」，『日本近代文学』2006年第74巻，第255頁。

⑦同上书，第657頁。

2. 重译曲折路

《天平之甍》在20世纪60年代末期一度被批判为“封资修大毒草”[①]，井上靖也因此被看作“宣传迷信的毒草作家”[②]，遭到中国政府的排斥，直到1974年，他才实现了时隔11年的第四次访华。井上靖在中国的解禁与1972年中日发表联合声明，实现邦交正常化不无关系，但这种解禁不是一蹴而就的，井上靖和他的《天平之甍》在20世纪70年代走过了一段逐步被接受的曲折的道路。

1972年至1975年，日本新潮社陆续出版《井上靖小说全集》。日本文学翻译家唐月梅女士选译了其中的4篇中短篇小说，合编为《井上靖小说选》，于1977年11月由人民文学出版社出版。4篇小说分别为《比良山的石楠花》（1950年）、《一个冒名画家的生涯》（1951年）、《核桃林》（1954年）和《弃老》（1955年）。[③]从原作的创作时期看，所选小说全部是井上靖于1950年代完成的作品，而且均早于《天平之甍》（1957年）；从内容上看，均属于现实主义题材作品，没有《天平之甍》中被批判为“宣扬封建迷信思想”的梦兆、幻象等描写。唐月梅的翻译避开了井上靖被禁忌的时期与被禁忌的内容，一定程度上反映出在当时人们的思想尚未完全解放的中国语境下，《天平之甍》仍然是中国翻译界不愿或不敢触及的作品。

1978年8月，中日两国政府缔结《中日和平友好条约》，第三条指出，“缔约双方将本着睦邻友好的精神，按照平等互利和互不干涩内政的原则，为进一步发展两国之间的经济关系和文化关系，促进两国人民的往来而努力。”在此背景下，15年前作为描写中日古代文化交流史的名著而备受两国政府推崇的《天平之甍》再次进入人们的视野，不过这次不是以小说的形式，而是改编自原著的历史剧和电影。

1978年12月，江苏人民出版社出版了依田义贤、河原崎长十郎改编、陈德文译的历史剧剧本《天平之甍》。之后，该出版社于1980年3月，在原有历史剧

---

①楼适夷：《〈天平之甍〉重译记》，《读书》1979年第1期，第110页。

②楼适夷：《我与日本文学》，《外国问题研究》1986年第1期，第6页。

③括号内为原作发表时间。

剧本的基础上，追加了熊井启导演、张和平译的电影脚本《天平之甍》，二者合为一本出版发行。

历史剧《天平之甍》1963年第一次在日本公演，属于当时日本开展的一系列鉴真纪念活动之一。1966年，剧作者河原崎长十郎访华演出期间受到“以阶级斗争为纲”的思想影响，开始在戏剧作品中突出阶级对立的表现。1967年，长十郎退出日本共产党，来到中国，随后被所属的日本剧团“前进座”除名。1974年，长十郎为顺应“恢复邦交下形势的变化”[①]对原剧本进行了修订。井上靖作为原作者也与长十郎就中日两国人民友好运动的性质“促膝长谈”[②]，他认为修订后的历史剧是“河原崎长十郎的全新构思”[③]。这种“全新构思”就是剧本中处处展现出的阶级斗争思想。剧本采用现实主义手法，突出了鉴真作为人民群众的一员，与封建统治阶级进行斗争的阶级立场。原著中有关梦兆、幻象等的描写以及第五次航海途中的各种奇幻见闻在剧本中均被删除。

日本导演熊井启执导的电影《天平之甍》于中日邦交正常化的1972年便申请在中国的外景拍摄权，历经漫长的等待与争取，直到1978年6月才获得批准，成为日本“二战”后第一部取得在中国大陆外景拍摄权的影片。1979年6月，剧组正式进驻中国外景地，井上靖于同年7月与11月，先后两次赶赴外景拍摄中的剧组进行慰问。1980年，电影《天平之甍》在日本上映。电影虽然淡化了阶级对立的意识形态，但对原著中富于浪漫主义的梦兆、幻象等描写仍然以现实主义的手法处理。

《天平之甍》的改编历史剧与电影虽然都是在日本公演与上映，但在中日邦交正常化的国家关系背景下，二者既延续了20世纪60年代中日友好交流的主题，同时也深受中国“阶级斗争”思想与革命现实主义文艺观的影响（尤其是历史剧）。中国的文化意识形态牢牢地控制着对《天平之甍》的解读，甚至反

① ［日］井上靖原著，依田义贤、河原崎长十郎改编：《历史剧　天平之甍》，陈德文译，南京：江苏人民出版社1978年版，第82页。

② 同上。

③ 井上靖：「『天平の甍』の作者として」，『井上靖全集』（別巻），東京：新潮社，2000年，第192-193頁。

作用于生产与改编原作的日本社会对作品的认知。江苏人民出版社的译本表面上展现了日本文化界对《天平之甍》的理解与认识，实际却是将深受中国文化语境影响的日本理解回译至中国，以此进一步加强与巩固了《天平之甍》以及鉴真形象的中国化。

楼适夷在重译本出版前一年的1979年1月写了一篇名为《〈天平之甍〉重译记》[①]（以下简称《重译记》）的文章发表于《读书》杂志。文中提到在初译时"触动了某些同志的脆弱的神经"，他们认为《天平之甍》"是在宣传封建迷信"，造成这种认识是"由于作品所写的历史文化交流，是通过宗教传播的形式来进行的；作品写的是古代宗教人物的传奇式的英雄事迹；为了增加作品的艺术氛围和时代形势，作者又引入了一些神话式的插话"。楼适夷在文中对这些认识进行了批驳，说"他们是把自己当作'无神论者'的，脑子里却还统治着一尊形而上学的神道"。实际上，对于这些认识的反驳，楼适夷早在初译本引言中已经详细阐释过了。

他在初译本引言中写道："鉴真学养深湛，在广泛的社会实践中，长期和群众接触"[②]，这种说法将鉴真定位为来自群众中的高僧，而不是高高在上、脱离无产阶级的佛，传达出描写鉴真的小说实质上属于无产阶级文学的信息。

引言进一步指出，"他的东渡传法，实际上是以僧团组织的形式，用集体的力量，把唐代高度成熟的文化艺术，传播到日本去，通过他个人的崇高的德望、深湛的学养和坚强的意志，十分圆满地完成了文化传播使者的时代使命"[③]。如此一来，鉴真渡海传法的性质便从单纯的宗教传播转变为文化传播，只不过形式上是"僧团组织"而已。在之后的文章中，楼适夷从建筑、雕塑、绘画、医药以及文学等几个方面详细阐释了"鉴真和他的弟子，通过佛教的传播，对日本古代文化作出的重大贡献"[④]，从而将《天平之甍》从"宣传封建迷信"的批判中解脱出来。

---

①楼适夷：《〈天平之甍〉重译记》，《读书》1979年第1期。

②［日］井上靖：《天平之甍》，楼适夷译，北京：作家出版社1963年版，第2页。

③同上。

④同上书，第4页。

关于“神话式的插话”，楼适夷也在引言中有所提及：“这儿所写的都是佛教的人物和佛教的活动，其中还有梦兆、幻象等小插话，但我们如果了解佛教文化在日本古代文化发展中所占据的重要地位，便会认识这些宗教传播的故事在文化交流史中的重大意义。”①实际上，小说第三章描写的第五次渡海经过中，包含了大量的神幻梦兆类描写，楼适夷将其看成不起眼的“小插话”，有意矮化了这类非现实主义描写在作品中的比重，使之转化为非主流的描写，并将这些神幻色彩的“佛教活动”看作对文化交流有重大意义的故事。

通过引言的意义建构，楼适夷将《天平之甍》定位为通过佛教传播的形式，展现中日文化交流的无产阶级现实主义文学作品。这种认识定位在根本上符合当时中国的意识形态与文学观念，是《天平之甍》初译虽饱受争议但仍然得以顺利出版的根本原因。

尽管如此，翻译《天平之甍》仍然成了楼适夷的“十大罪状”之一②，他本人因此遭到了不公正的对待。楼适夷在《重译记》中重提往事似乎不是简单的回忆，在重译本正式出版的前一年写这样的文章，或许隐含着他心中的某种忧虑。并且，重译本引言一字不落地使用了初译本引言，只在最后用短短两行字说明此译本依据的是1977年的新版。如果说初译本的引言是为了阐释初译《天平之甍》的政治合法性，那么16年后的《重译记》便与之一起进一步强化了重译本的合法性。③《重译记》中虽有提及进行重译是因为“重读10多年前自以为译得还可以的译文，却觉得处处都不顺眼了”，但紧接着又说“更重要的是，……想想最后的胜利毕竟属于毛主席的革命文艺政策，而对此书特别增厚了感情”，因此重译的是原作新版本，坚持的依旧是“革命文艺政策”。

《天平之甍》重译本与“鉴真”在时代与译者的双重包装下，不仅保持了中日文化使者的象征形象，而且较之初译本，政治色彩更加浓郁，这与同名改

① ［日］井上靖：《天平之甍》，楼适夷译，北京：作家出版社1963年版，第4页。
②楼适夷：《〈天平之甍〉重译记》，《读书》1979年第1期，第110页。
③《重译记》中还特意强调“作者又引入了一些神话式的插话，这是现实主义的创作方法上完全可以允许的事情”。弥补了引言在论证《天平之甍》是现实主义作品方面的不足。

编的历史剧及电影在本质上是一致的，三者共同折射出当时的中日关系与中国国内的文化语境。

1980年2月，《天平之甍》重译本由人民文学出版社出版。两个月后，唐招提寺鉴真像的中国巡回展览盛大举行。译本出现的时机与17年前相似，都是在中日文化交流的重大活动之前。[①]随后的1980年6月，井上靖就任日中文化交流协会会长，此后十年间，他为中日文化交流事业做出了巨大的贡献。历史与翻译就是这样充满着巧合与必然。

二、“遣唐使”的误译

上文探讨了《天平之甍》外部的时代语境对其两个译本生成的影响。不论原作者井上靖认同与否，该小说在越境的过程中已经被时代所误读，服务于特定时期中日关系的现实需求，转变为中日文化友好交流的象征之作。与此同时，文本在翻译转换过程中也同样接受了时代语境的规约，并以误译的形式从文本内部巩固着时代误读的合理性。

小说第一句话“朝廷で第九次遣唐使発遣のことが議せられたのは聖武天皇の天平四年で”[②]中有“遣唐使”一词，重译本为该词做了注释。

比对1972年出版的《天平之甍·敦煌〈井上靖小说全集15〉》可知，楼适夷对“遣唐使”的注释实际是对该全集中此处注释的翻译。重译虽然依据的是1977年的新版，但井上靖1978年赠送给楼适夷的新版应该为单行本，按日本出版的惯例，小说单行本不会出现注释，而1977年11月唐月梅翻译的《井上靖小说选》（人民文学出版社）所依据的底本就是这套全集，同在人民文学出版社工作的楼适夷1978年开始着手重译《天平之甍》时，完全有可能参考了《井上靖小说全集15》的注释。

经过1963年前后一系列的鉴真纪念活动，“遣唐使”这个在唐代文献与

①初译本为1963年4月出版，鉴真圆寂1200周年纪念大会于同年10月举行。

②本小节中《天平之甍》的原文均引自『天平の甍・敦煌』〈井上靖小説全集15〉東京：新潮社，1972年。

《四库全书》中都没有用例的词汇[①]一跃成为中日文化交流的关键词，因此《天平之甍》的文库本以及收录该小说的全集中对该词进行详细的注释完全合乎时代的要求，也是楼适夷在重译中添加该词注释的原因。

底本与重译本中关于“遣唐使”的注释虽然是翻译关系，但是重译本有明显删译的部分。

底本注：

遣唐使　七世紀から九世紀にかけて、日本の朝廷から中国の唐に派遣した公式の使節。推古朝に派遣された遣隋使のあとをうけたもの。遣唐使の派遣の詔は前後十九回あったが、実際に派遣されたのは十五回。第一回は舒明二年（603）犬上御田鍬・薬師恵日らが派遣された。遣唐使の一行は大使・副使ら使節のほかに、留学生・留学僧を伴い、単なる外交使節ではなく、唐の制度・文物の輸入を目的とした。全員百人から二百五十人、ときとしては五百人に及ぶ人員を以て構成され、通例四艘に分乗して渡航した。はじめ朝鮮半島沿いの北路がとられたが、八世紀から東支那海を横断して、楊子江河口にいたる南路がとられた。留学生のなかには、吉備真備などのように、帰国して廟堂に重きを成すものもいたが、本文にも出てくる阿倍仲麻呂のように、何度も帰国をはかったが果たされず、唐の朝廷に仕えて、彼の地で没したものもいる。[②]

重译本注：

遣唐使　日本朝廷自7—9世纪向中国唐朝派遣的正式使节，曾先后派使15次。使团除大使、副使等官员外，还带留学生和留学僧同行，并非单纯外交使节，也有从唐土输入文物制度的目的。全员自100人至250人，最多达500余人。一般分乘四条海船，初期取北路航线沿朝鲜半岛航行，8世纪后改为南路航线，自东海横渡至扬子江口岸登陆。著名的留学生如吉备真备，回国后成为重臣的人，也有阿倍仲麻吕（晁衡）出仕唐廷，客死他

---

①孫軍悦：「翻訳の歴史と〈歴史〉の翻訳—井上靖『天平の甍』の中国語訳について」，『日本近代文学』2006年第74巻，第254頁。

②引文中横线为笔者标注，下同。

邦的人。[①]

重译本对原注释的删译从性质上可以分为两部分，一是考虑读者接受的技术性删译，二是体现译者对遣唐使理解的建构性删译。

前者具体指删除了原文注释中关于遣唐使历史的叙述，包括遣唐使是推古朝时期遣隋使的延续，先后下诏19次以及第一次遣唐使的简要记述等内容。但是，译文注释并未因此有损文本的连贯性与完整性，而是显得更加简洁，也更加突出了遣唐使。如果加上“推古朝”“犬上御田锹”“药师惠日”等日本朝代名与历史人物名，反而不利于译文读者的理解。

后者指的是删除了原文注释中关于阿倍仲麻吕的一句描述，即“何度も帰国をはかったが果たされず”（多次尝试回国未果）。“多次尝试”的表达方式带有明显的主观色彩，原文注释者似乎想以此表现阿倍仲麻吕内心强烈的思乡之情。用主观性行为描述古人与注释前文中客观的学术文体不相协调，但从中却可以看出原文注释者对遣唐使的基本认识：遣唐使即使没有回来，也并非出于主观的选择，而是在“多次尝试未果”之后，被迫留在中国。

另外，原文注释在此处的句子结构是“留学生の中には、…のように、帰国して…もいたが、…のように、帰国できず…もいる”（留学生中既有像……一样回国……的人，也有像……一样没能回国……的人），这种结构将遣唐的留学生分为了两种类型，“回国”与否既是他们的区别，也是他们共同的心理情结，吉备真备与阿倍仲麻吕作为两种类型留学生的代表，象征了心系日本的全体日本留学生。

然而，译文的注释却呈现出截然不同的文本结构。在译文注释中，上下句之间没有用“回国”相连，不仅破坏了原注释通过“回国”情结建构起来的历史认识，而且呈现出“回国成为重臣”与留下来“出仕唐廷”之间的对比。加之译文注释增译了“著名”两字，使原文注释中作为遣唐留学生整体之一员的吉备真备与阿倍仲麻吕成为遣唐留学生的杰出代表，形成了无论是

① [日] 井上靖：《天平之甍》，楼适夷译，北京：人民文学出版社1980年版，第1页。

“回”还是“留”，其结果均是出人头地、青史留名的文本结构。译文注释通过这样的增译与删译，形成了吉备真备学成回国，成为日本朝廷重臣，阿倍仲麻吕被唐文化吸引，决定留在中国的内涵，从而突出了中国古代文明对日本的贡献与魅力。

另一处值得注意的是，译文注释在阿倍仲麻吕处用括号标注了其中国名字“晁衡”。1972年，郭沫若为庆祝中日恢复邦交，曾作词《沁园春·祝中日恢复邦交》，上阕为“赤县扶桑，一衣带水，一苇可航。　昔鉴真盲目，浮桴东海，晁衡负笈，埋骨盛唐。　情比肺肝，形同唇齿，文化交流有耿光。”其中不仅提到了鉴真，也提及了晁衡，可见至少从这一时期开始，晁衡也与鉴真一样成为中日交流的友好使者。而且，李白的悼念诗《哭晁卿衡》也作为中日古代文人友好情谊的象征而广为人知。因此，加注“晁衡”不仅强化了“遣唐使”中日交流的内涵，又增添了中日友好的主题。然而，原文注释在阿倍仲麻吕的限定语上使用的是“本文にも出てくる”（小说中也出现的），完全没有中日友好交流的含义。

通过以上分析可知，遣唐使在中日两国语境中虽然都是中日文化交流的象征，但在两国的认知内涵上却存在着较大的差异：日本强调遣唐使心系祖国的精神与努力；中国强调在文化交流过程中中国文化的贡献与魅力，以及衍生出的中日友好情谊。如上误译是中国当时的文化意识形态使然，体现了中国对遣唐使的基本认识，同时也影响着整篇译文的文化立场取向。这种立场差异更为突出的表现是作者与译者对小说主人公的认识差异。

三、井上靖的“留学僧”与“鉴真”

1. 作者的主人公：留学僧

山本健吉发表在《天平之甍》初版单行本腰封上的文章《推荐〈天平之甍〉》中写道：

这里描写了遥远的天平时期渡海赴唐的五位留学僧的经历，他们每个人的留学生活都令我深受感动。虽然年轻时的理想遭遇了挫折，但他们那敢于直面命运，坚定而执着的人生给我留下了深刻的印象。那是消逝于悠久历史长河中的人生，在这里，井上先生用描写历史的冷峻色调，勾勒出远景中他们那犹如蝼蚁般渺小的一生。完成招请高僧鉴真之使命的主人公普照自不必说，作者对在唐朝了此一生的其他每一位僧人都倾注了深厚的感情。①

山本健吉在这篇推荐文章中已经点明了小说的主人公是五位留学僧之一的普照，同时，从“这里描写了遥远的天平时期渡海赴唐的五位留学僧的经历”“作者对在唐朝了此一生的其他每一位僧人都倾注了深厚的感情”的表述中也能看出他非常看重五位留学僧的存在。而鉴真在其叙述中只是作为普照的“使命”出现。

如果再深入观察一下引文最后一句话的结构，不难发现其文本结构上与前文提及的全集中关于遣唐使注释的最后一句话是何等相似！“主人公普照自不必说，作者对在唐朝了此一生的其他每一位僧人都倾注了深厚的感情”中，完成使命回归日本的普照相当于吉备真备，留在唐土的其他留学僧则与阿倍仲麻吕如出一辙，但不论是否“回国”，作者都倾注了深深的情感。与“遣唐使”的原文注释一样，普照与其他留学僧并未构成对比，而是合力指向精神层面。小说封面腰封上的推荐文具有重要的阅读引导作用，或许山本健吉对小说主题的认知影响到了之后的注释，以至于“遣唐使”的注释带有山本健吉叙述模式的色彩。

中日两国于1963年开展了一系列鉴真纪念活动，井上靖作为《天平之甍》的作者不仅到访北京，参加鉴真圆寂1200周年纪念大会，而且在不同场合发表了一系列关于小说内容的文章。1963年2月4日，《周刊产经》600号纪念特大号的“我喜欢的人物”专栏刊登了井上靖的一篇小文《与温暖人心的普照的再会》，主要叙述了作者对《天平之甍》主人公的看法：

① 山本健吉：「『天平の甍』を推す」，『井上靖全集』（第12巻），東京：新潮社，1996年，第623-624頁。

我作品中的主人公，《天平之甍》的普照是我比较喜欢的。这部作品描写了唐朝僧人鉴真渡海赴日的经过，所以从这个角度说，也可以说鉴真是主人公，同时，为了完成将鉴真带到日本的伟大事业，有好多人都参与其中，他们每一个好像也都可以称为主人公。

可是，在众多人物当中，普照虽然没有什么明显的性格特征，也没有发挥至关重要的作用，不过对于我这个作者来说，他仍然是最重要的人物。如果有人问我主人公是谁，我必须要说是普照。①

这段话在认定主人公的叙述结构上采用了先退后进的策略，即先承认普遍的看法，随后加以否定并提出自己的观点。这可以从文本的“也可以说”“好像也都可以”以及“可是，必须……”的句式结构中得到验证。换言之，在井上靖看来，《天平之甍》主人公的重要性排序应该先是普照，然后是留学僧，最后才是鉴真。井上靖在大众杂志《周刊产经》的纪念特大号上发表如此言论，其中或许隐含着纠正大众对《天平之甍》误读的意图。

1963年4月10日至29日，日本戏剧团体前进座在读卖剧场首次公演了同名历史舞台剧《天平之甍》，同月，中国作家出版社出版了楼适夷赶译出来的《天平之甍》中译本，二者的同时出现将鉴真纪念活动推向了高潮，鉴真开始成为中日两国间的热门话题。与此同时，井上靖在前进座4月演出的宣传册上刊登了题为《作为〈天平之甍〉的作者》的小文，距离《周刊产经》上的文章仅仅两个月之后，他再次以作者的身份重申了小说的描写对象：

《天平之甍》就是描写那个时代的日本年轻人的作品。我作为作者，面对作品中的人物，采用始终记述他们行为的方式。我本人并未深入到他们的内心。因为没有深入他们内心的余地。如果说有深入的描写，那只是我对当时年轻人的尊敬与爱戴之情。②

①井上靖：「心温まる“普照”との再会」，『井上靖全集』（别卷），東京：新潮社，2000年，第189頁。

②井上靖：「『天平の甍』の作者として」，『井上靖全集』（别卷），東京：新潮社，2000年，第189頁。

这段文章中，井上靖虽然没有点明小说的主人公是普照，但是明确指出小说描写的是“那个时代的日本年轻人”，即五位留学僧。另外，在《与温暖人心的普照的再会》中，井上靖将普照说成“没有什么明显的性格特征，也没有发挥至关重要的作用”的人物，并称这样的人物符合他这个作者的喜好，在这篇文章中，他似乎将这种好感扩展至所有的留学僧中，“采取始终记述他们行为的方式”“并未深入到他们的内心”，只有对他们的“尊敬与爱戴之情”。仿佛一架摄像机似的普照正是井上靖设计的最佳描写视角，所有的人物都是透过普照呈现出来的。但是，普照又不是单纯叙事学意义上的“叙事者”，历史与命运进程中的冷眼旁观者或许才是井上靖真正喜欢的人物。

无论如何，在这篇短文中有一点值得注意，即文章中甚至对鉴真只字未提。这在1963年的时间点上显得不合时宜。在“鉴真”成为中日两国民众瞩目的对象与媒体竞相报道的焦点，鉴真纪念活动重要环节的历史剧上演之际，井上靖刊载在宣传册上的文章对鉴真只字未提，实是耐人寻味的举动。井上靖作为原作者似乎在试图扭转对鉴真一边倒的现象，文章的题目是《作为〈天平之甍〉的作者》也体现了作者自身的立场。文章不提鉴真，完全叙述留学僧，已经超出了之前纠正民众误读主人公的范围，而是更加直接地阐明自己创作《天平之甍》所要表达的主题。文中不仅指出小说描写的是“那个时代的日本年轻人”，而且在一开篇就用单独的一段详细说明了“那个时代”的内涵：

> 《天平之甍》描写的时代是日本从少年向青年的过渡时期。在绚丽多姿的青年时期即将到来之前，还有那么一段特殊的时期。日本为了让自己拥有还远远不够的青春活力，学问、艺术和政治都必须经历过一段充满艰辛的道路。①

“那个时代”是日本从少年向青年的过渡时期，为了掌握先进的“学问、艺术和政治”，日本需要经过漫长而艰辛的道路。描写这条艰辛的道路正是井

---

①井上靖：「『天平の甍』の作者として」，『井上靖全集』（别卷），東京：新潮社，2000年，第189頁。

上靖创作《天平之甍》的根本动机。这条道路就是文明东渐的道路，就是日本从中国吸取文化的过程，而在这条道路上付出毕生努力甚至生命的日本人才是井上靖心目中的主人公。

2. 文明东渐的“物”：鉴真

文明东渐是贯穿于井上靖历史小说中的一个主题。《漆胡樽》描写了古代西域器物流转至日本的过程，《玉碗记》中的一对玉碗是从希腊传至日本的宝物，《天平之甍》之后创作的《敦煌》中保存在石窟中的经卷虽然没有东渐日本的方向性，但仍然蕴含着文明流传与延续的主题。这些历史小说的主人公不是文明“物”，而是参与到文明“物”流传与延续中的“人”。《漆胡樽》中埋没于历史中的人、《敦煌》中的秀才赵行德都作为文明传播的功臣，毫无争议地成为井上靖笔下的主人公。

《天平之甍》的主人公是鉴真还是留学僧的争议就在于鉴真也是一个人物，而且是历史上真实存在的人物。小说依据安藤更生博士的《鉴真大和尚传之研究》，在表面上讲述了鉴真东渡日本的经过，因此无论是日本读者，还是中国读者，都往往将“天平之甍”这一具有象征性的题目解读为“描写鉴真事迹的小说”。1963年前后，中日双方的文化交流都在围绕鉴真这个古代人物也足以说明当时人们对《天平之甍》主人公的认同。

然而，井上靖的本意并非如此。他在《天平之甍》中所要塑造的鉴真与《漆胡樽》中的漆胡樽、《玉碗记》中的玉碗、《敦煌》中的经卷应属于同一种性质，即都是在文明东渐（或说文明传播）的主题下文明的实物象征。虽然鉴真是实实在在的人，但在这里相当于一种无形的文明物，鉴真东渡实质是无形文化（佛教、建筑、雕刻等）的东渐，而小说的主人公应该与其他一系列历史小说一样，是那些参与到文明“物”东渐过程的留学僧。

表2-1　井上靖历史小说中的文明“物”与主人公

历史小说	《漆胡樽》	《玉碗记》	《敦煌》	《天平之甍》
文明“物”	漆胡樽	玉碗	经卷	鉴真
主人公	无名氏	皇与妃	赵行德	留学僧

小说《天平之甍》的内部也用多条平行线展示了“文明东渐”的主题。荣叡是推动鉴真东渡日本最坚定的人，而业行并不关心此事，他所关心的只是自己抄写的经书能否平安抵达日本，井上靖将“鉴真”与“经书”塑造成同格的文明“物”，没有高低之分，这从小说的描述中可以找到许多佐证。

业行在拒绝与鉴真同行前往日本时说道：“如果与鉴真和尚同船前往，大家第一要保护的是和尚。对待高德大僧，理所当然，但这一点却让我感到担心。”业行所担心的是“一旦船里进水，大家都会忙于救助和尚，我担心我的经卷将被遗弃”。以推动鉴真东渡为使命的荣叡也对业行的理由表示赞成，他说道：“鉴真和尚也很重要，那些卷帙浩繁的经书也很重要。如果觉得这两样都对祖国非常重要，那么就应该依业行所说，分船前往吧。”可见，即便在荣叡眼中，经书在这里也与鉴真并置为对日本同样重要的事物。帮助鉴真东渡成功的普照在第五次渡日航海中拼死保护经书，在东渡受挫被迫将经书留在海南岛振州的大云寺后，他又主动抄写经书，帮助业行完成夙愿，也反映出经书的东渡与鉴真的东渡具有同样重要的地位。至于在海难中经书即将被船员投入大海之际，天空传来“住手”的声音，而鉴真双目失明之际，普照再次从天空听到鉴真的呼唤，这些相似的神话描写也进一步说明了经书与鉴真在小说中的同格地位。

荣叡帮助鉴真东渡，业行毕生希望经书抵达日本，那么，另外两位留学僧玄郎与戒融在文明东渐的过程中起到了什么作用呢？井上靖为他们虚构了一个东渐的文明“物”——甍。小说最后写道，普照收到了一块从大唐寄来的甍瓦，他猜测是“在唐土的日本朋友”“玄郎与戒融”所送。如此一来，甍瓦也成为从中国东渐至日本，与鉴真、经书一样的文明“物”。小说在文明东渐的主题下，将鉴真、经书、甍建构为东渐的“物”，并分别与五位留学僧相互关联。

表2-2 《天平之甍》的平行结构

主题	文明东渐		
文明“物”	鉴真	经书	甍（小说名）
留学僧	荣叡 普照	业行 普照	玄郎、戒融 普照

“甍”是井上靖在小说中虚构的文明物，使用“甍”作为题目与“漆胡樽”“玉碗”一样，体现了沧桑的历史感与文学的象征性。小说的题目从而可以解读为“日本古代少年时期的文明东渐”，这才是井上靖创作这部小说的真正用意。然而，他的创作意图在译介过程中却被误译了。

四、“荣叡之死”的误译

小说第四章在描写荣叡之死时，引用了《唐大和尚东征传》（下文简称《东征传》）的原文：

> 桂江を下ること七日、梧州に至る。次で端州の竜興寺に至る。栄叡師奄然として遷化す。大和上哀慟悲切なり。喪を送りて去る——『唐大和上東征伝』には栄叡の死についてはこれだけの記述しか見出せない。後年この東征伝の著者に記録を提供した思託の記述がここにはそのまま使われているのかも知れない。

《东征传》中对应部分的原文如下：

> 大和尚留住一年時南海郡大都督五府經略採訪大使攝御史中丞廣州大守盧煥牒下諸州迎大和尚向廣府時馮都督求親送大和尚自扶上船口云古璞與大和尚終至彌勒天宮相見而悲泣別去下桂江七日至梧州次至端州龍興寺榮叡師奄然遷化大和尚哀慟悲切送喪而去端州太守迎引送至廣州

盧都督率諸道俗出迎。①

井上靖引用的部分为上文中的画线处，但是二者在不同的文本结构中却显现出截然不同的叙述视角。

小说在上述引文之前写道："此时，荣叡仍然身体不佳，发着高烧。他在普照、思托、祥彦的帮助下，拖着火一般滚烫的身体最后一个登上了船。"可见叙述视角为荣叡，引用《东征传》的目的在于描述荣叡逝去的经过，"大和上哀慟悲切なり。喪を送りて去る（大和尚哀恸悲切送丧而去）"一句中提及的鉴真也因而统摄在整个文本结构中，成为"荣叡之死"事件的一部分。

然而，《东征传》中这句话所处的文本结构却是以鉴真为叙述视角的，"荣叡之死"只不过是大和尚应南海郡大都督卢焕之邀，别离冯都督，前往广州途中发生的事情而已，"大和尚哀恸悲切送丧而去"与"冯都督……悲泣别去"共同构成对大和尚所经历之生离死别的描写，从而使整个文本笼罩上一层悲情的色彩。

井上靖改变了《东征传》的叙述视角，而且特意强调"仅此一处"，并指出原因在于《东征传》照搬了思托的原话，言语之间难掩对"荣叡之死"记述过少的遗憾之情。于是，作者在接下来的叙述中虚构了荣叡逝去的过程，甚至将鉴真推至前景，通过鉴真对荣叡的哭诉来诠释"大和尚哀恸悲切"，进一步渲染了"荣叡之死"的悲剧色彩。

> 荣叡尸体已经停放在寺中，鉴真走进跟前坐在床边，仿佛面对活人一样说道：
>
> "我绕道桂林前往江南是为了叡你的健康，因为我想尽快地离开暑热之地。这一次，我之所以答应了来自广州的邀请，是因为看到你的健康状况有所恢复，遂放弃回归江南，取道广州，打算在那里寻找前往日本的船只。可是如今，一切都已成空。"

鉴真在小说中很少出现在前景中，井上靖似乎想将鉴真定位为后景人物，

①藏中進：『宝暦十二年版本唐大和上東征伝』，大阪：和泉書院，1979年，第40頁。

重点突出前景中5位留学僧的经历。整篇小说中，鉴真共说话10次，其中1次不是直接引用。

表2–3　**鉴真前景说话一览表**①

	背景	内容	对象	功能
1	初见鉴真	发愿渡日P39	众人	开启渡日
2	4次失败后	不忘初心P53	荣叡、普照	等待渡日
3	4年之后	欲了夙愿P54	荣叡、普照	再启渡日
4	航海途中	梦兆顺利P57	祥彦、普照	祈愿成功
5	遣唐使聘请	欲了夙愿P85 间接引用	遣唐使	再启渡日
6	荣叡之死	惋惜哀伤P67	荣叡（尸体）	痛失荣叡
7	与照告别	劝照离开P72	普照	促照脱队
8	照旅途中	“照啊”P72	普照	照心系渡日
9	祥彦临终	“彦，彦”P74	祥彦	痛失祥彦
10	六渡途中	关切问照P87	普照	抚慰普照

按照说话的功能和对象，可以将鉴真的说话分为两个类型：一是为推动渡日的说话（参见表2–3中1～5），二是与荣叡、普照以及祥彦的对话（参见表2–3中6～10）。

第一种类型都发生在准备渡日之前，既推动情节发展，也构成了每次渡日航海的背景，这种背景式的功能使前景化的鉴真在实质上仍然是后景人物。

第二种类型则是与前景人物的对话。荣叡去世后，鉴真在其尸首旁的自言自语虽然不是对话，但作者特意强调“仿佛面对活人一样说话”，目的是在后景人物鉴真与前景人物荣叡之间建立起现实的联系。这种联系的目的不是为了表现鉴真，而是为了突出荣叡逝去的悲伤。鉴真与普照分别时的对话

①表中页码依据『天平の甍・敦煌』〈井上靖小説全集15〉，東京：新潮社，1972年。

（参加表2−3中7）也是重在表现普照内心的意志与遗憾。此外，这种对话的对象也是有选择性的。只有荣叡、普照两位留学僧才有直接与鉴真对话的“殊荣”，鉴真弟子祥彦去世时，只有鉴真的呼唤，遣唐使与鉴真的对话则干脆变成了间接引用。

鉴真在井上靖的笔下终归是后景人物，他走上前台或者仅仅是推动主角下一步的表演，或者是为了突出主角的角色特征，“荣叡之死”中的鉴真当属于后者。

那么，楼适夷的译文是怎样处理“荣叡之死”的呢？

> 下桂江七日到梧州，接着到端州龙兴寺，荣睿便溘然长逝。关于荣睿的死，《唐大和尚东征传》中只有这样的记载：大和尚“哀恸悲切送丧而去”。《东征传》的作者，大概是后来根据思托提供的纪录，原文照抄的。

初译本的翻译有两处错误：一是对原作中破折号指代内容的错误断句。原作引用的《东征传》原文是“桂江を下ること七日、梧州に至る。次で端州の竜興寺に至る。栄叡師奄然として遷化す。大和上哀慟悲切なり。喪を送りて去る”，而译文则将引文的前三句作为背景描述，仅仅将大和尚的言行用引号表示。二是“後年”在原文中的主体是“思讬”，译文将其译为《东征传》的作者。

第二处错误可看作简单的语言层面的误译，但破折号断句上的错误并非那么简单，语言层面无法解释“大和尚”为什么不在引号内的问题。“大和尚‘哀恸悲切送丧而去’”的译法造成了译文与原文的差异：原文中的鉴真从属于“荣叡之死”事件，并不是叙述的视角，而译文中的鉴真置于破折号之外，突出了主体性地位，鉴真成为前景中的叙述视角，“荣叡之死”则转化为鉴真言行的背景。译文的这种文本结构与《东征传》是一致的，而且造成下文中鉴真哭荣叡的功能与原文不尽相同。原文以荣叡为视角，鉴真的话表明他的行动以荣叡为方向，去桂林是为荣叡健康着想；去广州是为实现荣叡招请戒师的夙愿，而如今他的逝去让一切失去了意义，言语间充满无尽的悲伤。译文以鉴真为视角，鉴真的话表现了鉴真对荣叡的关爱，同时也不忘渡日的初衷，展现了鉴真的爱与伟大。同样一段话，在不同的文本结构中意义却迥然不同，而这一切的始作俑者正是翻译。

楼适夷并非为了汉语表达的通顺而在译文中做出如此调整。从初译本“引言”中，我们也能够清楚地看到楼适夷早已将鉴真作为主人公，而留学僧们的言行只是为了突出鉴真的精神服务。引言中指出，“通过这些人物[①]的生动的刻画，……作者突出地展示了古代文化使者鉴真法师的崇高的品格和坚强的意志”，而“面对荣叡的遗体谈话的激动人心的场面，都是以最精炼的笔墨，写出了这位历史人物的精神面貌”。

楼适夷通过对鉴真的前景化处理，在译文中塑造了作为主人公的鉴真的伟大形象，这种建构更有利于突出古代中国对日本文化的巨大贡献，而原作颂扬的日本人为文化输入而付出的牺牲则转化为次要层面的涵义了。

译文无疑要受到原文的制约，在有限的误译中展现译者对原文的解读，即再创作。“荣叡之死”的初译中，楼适夷通过将鉴真前景化的处理，突出了鉴真的地位与作用，形成了与原文截然不同的文本内涵。1980年的重译本虽然有所调整，但在叙述视角上仍然没有改变。

> “下桂江七日抵梧州，又至端州龙兴寺，荣睿溘然迁化，大和尚哀恸悲切，送丧而去。”《唐大和尚东征传》只有这样一条记载，可能《东征传》的作者是根据思托提供的记录，照抄原文的。[②]

重译删除了原文中“栄叡の死については（关于荣叡的死）”这句可以体现出引用《东征传》目的的表述，从中仍可见译者“重鉴真轻荣叡”的翻译意识。

---

①指荣叡、普照等留学僧及鉴真弟子。

②［日］井上靖：《天平之甍》，楼适夷译，北京：人民文学出版社1980年版，第71—72页。

五、作者的“屈服”

楼适夷译文通过在文本的微观层面将鉴真进行前景化处理，塑造了与原作截然不同的鉴真，也将小说的主人公限定在鉴真身上。这种改变是微妙而有效的，不仔细辨别，会让人觉得原作就是如此。加之译者引言、社会评价、政治宣传等多方面外在因素的影响，逐渐强化了这种主人公的位移，甚至连原作者也不得不“屈服”于这种误读的力量。

1979年11月3日，在《每日新闻》刊登的一组题为《电影〈天平之甍〉实现第一次外景——日中文化交流连绵不绝》的文章中收录了井上靖的文章《〈天平之甍〉笔记》，文中在谈及小说主题时写道：

> 我的小说《天平之甍》是将《唐大和尚东征传》改编成小说，其主题是展现当时日本青年们为从大陆引进文化而不惜生命的热情与行为，以及协助他们的唐僧鉴真那种超越国境的伟大的意志与友情。①

1978年，电影《天平之甍》获批在中国进行外景拍摄，成为《中日和平友好条约》签署后文化交流领域的一项重要成果。从这一时期开始，井上靖对《天平之甍》的描述与20世纪60年代初有所不同，在继续肯定与强调日本留学僧功绩的同时，也单独颂扬了鉴真在中日文化交流中的作用。虽然在叙述顺序上，仍然是留学僧在前，鉴真在后，但“鉴真”“友情”却成为井上靖叙述《天平之甍》的新元素，可见在不知不觉中，作者也服从了时代对小说的误读。作者尚且如此，身处中国语境中的译者将鉴真推到至为重要的主人公的位置，实属合情合理。

误译往往不是误读的决定因素，而是时代语境对作品误读的结果与表现。但同时误译也可以反作用于误读语境，进一步促进与巩固误读的合理性。楼适夷的误译使时代对作品误读的合理性得到了强化，最终改变了作者井上靖与他的《天平之甍》。

---

①井上靖：「『天平の甍』ノート」，『井上靖全集』（別巻），東京：新潮社，2000年，第193-194頁。

第三章　井上靖的中国访问与旅行

第一节　井上靖访华综述

一、井上靖访华记录制作的必要性

井上靖的年谱有很多种，其中经过细致的调查制作而成，如今已经成为井上靖研究不可或缺的基础资料的年谱是由福田宏年与藤泽全两位学者完成的。

福田宏年于1979年9月出版的《井上靖评传觉》的附录为第一次系统梳理井上靖生平的年谱，年谱记载了井上靖从出生到1979年8月的生平，在该书中的页码为304页至410页，共106页，内容非常详实。1991年10月，即井上靖逝世9个月之后，福田宏年的《增补井上靖评传觉》出版。该书在原有年谱的基础上进行了大量的修改与增补，一直记载到井上靖逝世后的1991年4月在沼津市妙觉寺举行井上靖文学碑的揭幕仪式，页码从340—476页，共计136页，较之前年谱增加了30页。

1993年，藤泽全的《青年时期的井上靖研究》出版发行，该书作为井上靖成为专职作家前的传记研究在井上靖研究中具有重要的学术价值。该书出版前，福田宏年就已经看过原稿，在1991年出版的《增补井上靖评传觉》的后记中，福田写道，“关于井上靖，特别是幼年时期的生平事实，从日本大学的藤泽全教授那里受教颇多”[1]，但是增补版的参考文献中关于井上靖幼年经历的

①福田宏年：『増補井上靖評伝覚』，東京：集英社，1991年，第337頁。

文献只有宫崎润一的《井上靖研究——青年时期的精神轨迹》（私家版，1991年），却没有藤泽全的著作。当时藤泽全的这部著作尚未出版，文献中没有罗列也属合情合理，可见福田宏年参考的是其原稿。在正式出版前将原稿给他人使用，这种慷慨与自信不由令人佩服，同时也能看出出于对文豪井上靖的尊敬而彼此合作的学界氛围。

2000年4月，新潮社出版《井上靖全集（别卷）》，至此29卷的《井上靖全集》全部出版。别卷中的井上靖年谱由藤泽全制作，第一页为“井上靖家谱”，页码从721—764页，共计43页，因为字体较小，所以文字量并不亚于福田宏年的增补版中的年谱。与福田制年谱不同的是，该年谱除了罗列井上靖的生平与作品，还专设“参考事项”一栏，介绍了同时期的社会背景，为理解井上靖的一生提供了新的视角。

上述三个年谱是进行井上靖研究的重要史料。但是，在井上靖的作品中包含有大量取材于外国历史的历史小说、诗歌和随笔，为了理解这些作品，从井上靖与外国的关系视角进行考察不失为一种较好的方法。虽然福田宏年与藤泽全制作的年谱非常详细，但都是关于井上靖所有生平的梳理，而单就井上靖与外国的关系，他们的年谱还显得非常简略。

长谷川泉认为井上靖成为作家的基本要素有四点，分别为高中时代的诗歌创作、京都大学文学部哲学科的学习经历、记者经历以及各地的游历①。宫崎润一据此认为，井上靖的战争经历是“各地游历”的一部分，指出“除了旭川、汤岛、金泽、福冈、弘前、京都，元氏的从军经历也被认为是井上靖西域题材作品的来源之一”②。

战争经历确实可以看作是井上靖与外国关系的开端，不论是长谷川泉，还是宫崎润一，他们之所以将战争经历看作是井上靖以西域题材作品为代表的外国题材作品的原点，是因为他们注意到了这样一个事实，即井上靖在创作《天平之甍》《敦煌》《楼兰》等历史小说时，并没有真正去过作品舞台的所在

①長谷川泉：『井上靖研究』，東京：南窓社，1974年，第13-17頁。

②宮崎潤一：『井上靖と戦争』，『上越教育大学国語研究』1994年第8号，第81頁。

地，而是依据历史文献与作家想象构建而成。而在此之前，井上靖的外国经历只有在中国河北的从军经历。严格地说，井上靖的外国游历还应包括从军经历前的台湾经历，不过那时的台湾一直处于日本的殖民统治之下，井上靖去台湾在日本学者眼中并非是出国，而且井上靖也没有对台湾经历的回忆性文章，所以往往被学界所忽略。关于井上靖与台湾，我们暂不作考察，但即便战争经历对后来井上靖的文学创作具有很大的影响，但显然不限于此。从1957年井上靖第一次访华到1988年最后一次来到中国，井上靖前后27次访问中国，期间创作了大量的诗歌、游记与小说，仅就小说而言，就有《明妃曲》《永泰公主的项链》《杨贵妃》《孔子》等，尤其是《孔子》，在创作前和创作中，井上靖6次来访中国，在山东、河南等地多次进行实地考察，因此在考察井上靖的中国题材作品时，不能忽略井上靖的中国旅行这一重要的影响因素。

《天平之甍》《敦煌》等作品确实是作家在没有实际到过当地的前提下完成的，但是当多年以后，井上靖亲自踏上小说舞台的所在地时，他通过旅行对自己的作品进行再确认，这从他的许多随笔性文章中可以看得出来。这种对自己作品的再确认，就是对自己从典籍文献中获取的中国信息的再确认，进而是对自身的修改与再确认。因此井上靖的中国题材作品就有了两种相反的研究方法，一是依据作品发表前的事实进行解读，二是考察井上靖在中国旅行中是如何重新看待与认识自己在作品中的中国塑造，以及如何通过媒体等社会因素对自己作品的意义重新建构。这些研究方法的基础工作是详实系统地考察井上靖访华的经过，制作井上靖访华记录。本节将介绍制作记录的方法与依据，并对井上靖访华的阶段与特征进行初步的归纳总结，具体的访华记录将作为本书附录置于最后。

二、井上靖访华记录的制作依据与方法

1. 文献资料

(1) 佐藤纯子《井上靖先生的中国之旅》(《信鸽》第9号，2008年12月)

《信鸽》是在井上靖逝世三年后的1993年由井上靖纪念文化财团创办的财

团会刊，截至2018年12月，共发行19期，主编最初由井上靖的次女黑田佳子担任，现在为井上靖的孙女西村承子。在井上靖纪念文化财团官网的主页上可以浏览《信鸽》每期的内容。

佐藤纯子是日本中国文化交流协会的理事，曾担任过该协会的事务局局长助理、事务局次长等职务。1974年开始多次陪同井上靖来华访问，在井上靖全部27次的访华经历中，佐藤有16次随行，是对井上靖访华最为熟悉的证人之一。佐藤纯子根据自己的记忆写成的《井上靖先生的中国之旅》发表在《信鸽》上，文中详细介绍了井上靖27次中国访问，针对访问的时间、目的、同行人、旅行地、访问活动、国内外形势等，文章用清晰简洁的笔触进行了记述，字里行间渗透着对井上靖先生深深的思念，读来不禁令人动容。这篇回忆散文是制作井上靖访华记录的重要依据之一。

（2）日本中国文化交流协会会报《日中文化交流》

日本中国文化交流协会是继日中友好协会①与日本国际贸易促进协会②创建之后于1956年3月创建的日本民间中日友好团体，属于日本的中日友好七团体之一，简称日中文协。创建之初，该团体就得到了井上靖的大力协助，1957年，日中文协组织第二次日本文学代表访华团，刚刚发表描写鉴真东渡日本的长篇历史小说《天平之甍》的井上靖作为团员实现了“二战”后第1次访华。之后，井上靖的访华几乎都是通过日中文协的途径进行，1980年井上靖担任该协会会长后，更是频繁来访中国，为中日两国的友好关系做出了巨大贡献。协会的会报《日中文化交流》是1957年11月创办的月刊。每次有访华事件，会报都会进行详细的记录，不仅有消息报道，还附有详细的日志，从中可以一窥井上靖每次访华的详细日程。

笔者整理了会报中关于井上靖访华的报道与日志，期刊号与标题罗列如下：

①1950年创建。

②1954年创建。

第1次访华

◆ 第二次访华日本文学代表团回国（第15号）

◆ 第二次日本文学代表团访华经过〈日志〉（第18号）

第2次访华

◆ 访华日本文学代表团欢迎报告会：开创未来的新青年、历史人物的再评价（第52号）

第3次访华

◆ 鉴真和尚圆寂1200周年纪念访华，日本文化界代表团一行6人启程（第75号）

◆ 鉴真和尚像赠送仪式（第75号）

◆ 鉴真和尚圆寂1200周年纪念访华，日本文化界代表团回国（第76号）

第4次访华

◆ 庆祝新中国建国25周年暨中日邦交正常化2周年，日本中国文化交流协会代表团中岛理事长一行10人于9月29日乘坐中日直飞第一次航班访华（第210号）

◆ 井上靖《扬州之旅》（第211号）

◆ 日益蓬勃发展的文化交流事业——日本中国文化交流协会代表团访华掠影（第211号）

◆ 访问北京、南京、扬州、上海，庆祝国庆，加深友好，日本中国文化交流协会代表团回国〈日志〉（第211号）

第5次访华

◆ 井上靖率日本作家代表团访华，促进文艺界交流（第216号）

◆ 井上靖《中国遗迹保存二三事》（第219号）

◆ 日本作家代表团访问北京、洛阳、西安、延安、无锡、上海，加深友好，增进理解〈日志〉（第219号）

第6次访华

◆ 再次加深文学界交流，日本作家代表团访华，井上靖团长一行10人

（第240号）

- 邓颖超副委员长揭露“四人帮”，接见井上靖团长率领的日本作家代表团（第241号）
- 井上靖《春风吹万里》（第242号）
- 欢庆华国锋就任国家主席，粉碎“四人帮”，加深与中国文艺界的友好交流，日本作家代表团回国〈日志〉（第242号）

第7次访华

- 中岛健藏理事长一行11人访问新疆（第248号）
- 中岛健藏理事长一行取得重大成果回国〈日志〉（第250号）

第8次访华

- 井上靖夫妇访问敦煌（第257号）
- 井上靖夫妇结束敦煌访问（第258号）
- 井上靖《敦煌之旅》（第259号）
- 井上靖夫妇访问敦煌〈日志〉（第259号）

第9次访华

- 日本作家代表团访华，团长井上靖、副团长水上勉一行10人（第258号）
- 迎来新时代的中国文坛，发展日中文学界交流，日本作家代表团回国〈日志〉（第259号）

第10次访华

- 中国各界大力协助，《天平之甍》得以顺利拍摄（第274号）
- 原作者井上靖前往苏州拍摄现场（第274号）

第11次访华

- 井上靖一行前往新疆喀什、莎车、阿克苏、库车访问（第274号）
- 探访丝路故地，井上靖一行从新疆回国〈日志〉（第275号）

第12次访华

无

第13次访华

无

第14次访华

无

第15次访华

- 井上靖《就任会长之际》（第289号）
- 井上靖会长一行与中岛京子夫人一行（第289号）
- 访问北京、上海、内蒙古，井上靖会长一行与中岛京子夫人一行回国〈日志〉（第291号）

第16次访华

- 鲁迅诞辰100周年纪念日本中国文化交流协会代表团（第306号）
- 参加鲁迅诞辰100周年纪念，井上靖团长一行回国〈日志〉（第311号）

第17次访华

- 井上靖团长在日中邦交正常化10周年庆祝大会上的讲话（第329号）
- 井上靖会长率领的日中六团体联合代表团回国（第329号）
- 互致书信（巴金先生与井上靖先生）（第329号）

第18次访华

- 日本中国文化交流代表团井上靖团长一行8人（第330号）
- 井上靖团长受到中国各界的欢迎，日本中国文化交流协会代表团回国〈日志〉（第335号）

第19次访华

- 井上靖《北京的元旦》（第334号）

第20次访华

- 井上靖会长出席《人民中国》创刊30周年庆祝会（第342号）
- 井上靖会长受邀出席《人民中国》创刊30周年庆祝会（第344号）

第21次访华

◆ 井上靖会长带领日本中国文化交流协会代表团参加廖承志副委员长追悼会（第346号）

第22次访华

◆ 日本中国文化交流协会代表团井上靖会长一行9人访华（第355号）
◆ 井上靖《蔡丘与都江堰》（第359号）
◆ 加深与中国文化界人士交流，白土吾夫专务理事第100次访华〈日志〉（第359号）

第23次访华

◆ 日本中国文化交流协会代表团井上靖会长一行9人访华（第374号）
◆ 井上靖《新年寄语》（第377号）
◆ 井上靖会长带领日中文协代表团会见胡耀邦总书记〈日志〉（第377号）

第24次访华

◆ 井上靖访华参加日中友好21世纪第2次会议（第393号）

第25次访华

◆ 井上靖会长受中国文化部邀请访华（第399号）
◆ 井上靖《第25次访华——授予北京大学名誉博士称号之际》（第403号）
◆ 北京大学授予井上靖会长名誉博士称号，访问北京、河南后回国〈日志〉（第403号）

第26次访华

◆ 井上靖会长受中国文化部邀请访华（第429号）
◆ 井上靖会长受中国文化部邀请访问北京、河南〈日志〉（第431号）

第27次访华

无

第12次和第14次是跟随NHK《丝绸之路》摄制组来华，身份是摄制组的特聘嘉宾，所以与日中文协没有关系，会报上也没有记录。探班电影《天平之甍》在中国外景地的拍摄现场而来华是第10次和第13次。电影《天平之甍》是中日恢复邦交后第一部取得在中国外景拍摄权的电影，是中日友好交往的象征性事件，所以井上靖的第10次访华即第1次探班之旅虽然与日中文协没有直接关系，但在会报上也进行了报道，不过仅仅是一篇小报道，对具体的访华细节没有详细介绍。第13次访华即第2次探班之旅在会报中没有报道。最后一次访华是山东曲阜之旅，同行者有白土吾夫、佐藤纯子、横川健，都是日中文协的主要干部，但此次来华属于私人性质的访问，所以在会报上也没有记载。

除了会报对井上靖每次访华的报道与日志，1991年5月10日发行的临时增刊《日中文化交流・井上靖会长追悼特辑》可以说是了解井上靖访华经过的重要文献。该特辑中收录了大量中日友好人士与井上靖生前友人的回忆性文章，其中有不少文章回忆的是井上靖访华期间的经历，填补了不少井上靖访华记录的空白。比如上文提到的井上靖探班《天平之甍》中国外景拍摄现场的两次访华，在特辑中刊登了导演熊井启的《胜似恩师的先生》与鉴真的扮演者田村高广的《难忘的那一天》两篇文章，从中可见井上靖探班之旅的一些细节。另外，第26次访华中的负函之旅，虽然在会报第431号有较为详细的日志，但是文艺评论家岩波刚的回忆性散文《驻足负函》则更加生动形象地传递出旅行中井上靖的音容笑貌，为理解井上靖旅行中的所思所想提供了难得的观察视角。

另外，2006年，日本中国文化交流协会成立50周年之际出版的《日中文化交流・成立50周年纪念特辑》记录了协会从1956年至2005年这50年间的发展历程，特辑由三部分构成，分别为每年的世界形势、交流活动与佐藤纯子凭借惊人的记忆力记录的每年活动中的趣事，从大的世界格局到协会的实践活动，再到参与者的见证与感受，三部分相辅相成，相得益彰，构成了日中文协的协会发展史。这本特辑虽然没有过多的内容记录井上靖，但是作为了解井上靖的访华背景，却是不可或缺的史料文献。

（3）同行者的游记

井上靖不仅自己积极访华，也致力于让更多的日本文化人士与中国进行友好交流，其中在他的带领下实现初次访华的文学家不在少数，从这些文学家创作的中国游记中也能找到井上靖访华的许多经过。比如井上靖前3次访华的同行者中野重治和龟井胜一郎分别著有《中国之旅》（筑摩书房，1960年7月）与《中国之旅》（讲谈社，1962年7月），中野的游记记述了1957年与井上靖同行访华的情景，龟井的书包括1960年与1961年两次访华的内容，其中1961年的访华与井上靖同行，两本书对于了解井上靖访华初期的情景具有重要的史料价值。

2.文学馆

井上靖文学馆位于日本静冈县长泉町，据馆员德山加阳统计，日本国内与井上靖有关的文学馆、纪念馆等多达18所，其中横滨市的神奈川近代文学馆是除了诗歌相关资料外收藏井上靖资料最多的文学馆。井上靖是设立该文学馆的发起人之一，他逝世后，其家人向该馆赠送了井上靖的手写原稿、创作笔记等资料累积14000多件，该文学馆专设“井上靖文库”，妥善加以保存，并提供给读者与研究者查阅。

井上靖生前被人称为“记录狂”，因此留下了大量的创作笔记。在中国旅行中，井上靖手里总是拿着一本笔记本，无论是坐车，还是乘机，都会一边看着风景，一边在笔记本上做记录。路途中的记录字迹难免潦草，所以一到宾馆，井上靖总会“趁着自己还能辨认出自己的字”[①]，在当天重新誊写一遍。如今，收藏着大量井上靖笔记的地方就是神奈川近代文学馆。

在制作井上靖访华记录的过程中，第12次与第14次随NHK丝绸之路摄制组的来华之旅的记录因为找不到已经出版的文字记载，所以依据了神奈川近代文学馆的“井上靖文库”收藏的访华笔记制作了记录。另外，创作《孔子》过程中的6次中国考察之旅以及新疆、河西走廊旅行的不少细节也是从笔记中获取的。

神奈川近代文学馆收藏的井上靖访华笔记的清单如表3-1：

---

① 大塚清吾在2012年井上靖研究会夏季年会（2012年7月21日于轻井泽文化山庄）上进行的题为“井上靖先生的背影”中提及此事。

表3-1

编号	资料名称	数量	日期
54480	乌鲁木齐考察笔记	2页	
54517	敦煌笔记	2页	
54519	日记（誊写）	3页	1987.11
69499	“郑州、负函之旅、负函遗址”（《孔子》考察）（草稿）	1册	1987.1
69509	“负函的日落”（《孔子》）	1册	
69510	“负函·资料A”（《孔子》）	1册	
69511	“负函·资料B——欧潭生提供”	1册	
69516	“孔子资料 蔡之旅”	1册	1982.10
69517	《孔子》（河南省旅行日记1）草稿	1册	1986.4.24—27
69518	《孔子》（河南省旅行日记2）草稿	1册	1986.4.28
69519	《孔子》（河南省旅行日记3）草稿	1册	1986.4.20—5.1
69520	“第3次河南省之旅A”（《孔子》）	1册	1986.4.20—5.1
69521	“第3次河南省之旅B”（《孔子》）誊写	1册	1986.4.20—5.1
69522	“河南省·历史资料”（《孔子》）	1册	1986.4.20—5.1
69523	“负函游记”（《孔子》）	1册	1987.10.2—11.8
69571	中国考察笔记	1册	1974.9.2—10.11
69572	“中国之旅A”	1册	1975.5.8—27
69573	“中国之旅B”	1册	1975.5.8—27
69574	中国旅行	1册	1976.11.2—12.15
69577	“吐鲁番”（第1次新疆游记）	1册	1977.8
69578	“和田”（第1次新疆游记）	1册	1977.8
69579	乌鲁木齐·伊犁旅行日记1	1册	1977.8.12—9.1
69580	乌鲁木齐·伊犁旅行日记2	1册	1977.8.12—9.1

续表

编号	资料名称	数量	日期
69581	“第1次新疆游记1”	1册	1977.8—9
69582	“第1次新疆游记2”	1册	1977.8—9
69583	“第1次新疆游记3”	1册	1977.8—9
69584	“新疆游记其他”	1册	1977.8—9
69585	“第1次敦煌旅行笔记”	1册	1978.5.2—5.19
69586	“第1次敦煌旅行笔记”	1册	1978.5.2—5.19
69587	“第1次敦煌旅行笔记”	1册	1978.5.2—5.19
69588	“第1次敦煌旅行B”	1册	1978.5
69589	“北京·南京·苏州·扬州 作家代表团之旅”	1册	1978.5.19—6.7
69596	“第2次敦煌旅行A”	1册	1979.10
69597	“敦煌B”	1册	1979.10
69598	“敦煌莫高窟笔记”常书鸿的谈话	1册	1979.10
69599	“第2次敦煌旅行”	1册	1979.10
69600	“西域南道旅行 上”	1册	1980.5
69601	“西域南道旅行 中”	1册	1980.5
69602	“西域南道旅行 下”	1册	1980.5
69603	“西域南道旅行 上”（誊写）	1册	1980.5
69604	“西域南道旅行 下”（誊写）	1册	1980.5
69605	“济南郑州之旅”（第1次河南省）誊写	1册	1982.11.22—12.3
69606	“济南郑州之旅”（第1次河南省）草稿	1册	1982.11.22—12.3
69607	“开封·蔡丘之旅”（第2次河南省）草稿	1册	1983.12.15—16
69608	“开封·蔡丘之旅”（第2次河南省）誊写	1册	1983.12.15—16
69609	“乌鲁木齐　哈密旅行”草稿	1册	1984.11.8—24
69610	“乌鲁木齐　哈密旅行”	1册	1984.11.8—24

续表

编号	资料名称	数量	日期
69611	“北京—乌鲁木齐　哈密—西安”	1册	1984.11.8—24
69612	“西域南道”	1册	
69613	“西域南道”	1册	
69614	“西域南道”	1册	
69618	河西走廊考察笔记	1册	
69644	“旅行 昭和三十二年至今”	1册	1957
69680	曲阜考察笔记（《孔子》）	4页	
74675	中国旅行资料（井上靖珍藏）	1捆	1986.4.20—5.1
74676	中国旅行资料（井上靖珍藏）	1捆	1986.4.20—5.1

合计56件资料中，丝路旅行（包括敦煌、河西走廊、新疆）的资料共30件，《孔子》相关的河南、山东考察旅行的资料20件，二者占绝大多数，可见在井上靖的访华之旅中，丝路之旅与《孔子》考察之旅占据了非常重要的位置，井上靖根据中国之旅创作的作品也几乎都与这两类旅行有关。

井上靖遗留下来的大量资料、原稿与笔记原本都保存在位于东京世田谷区的家中。2012年5月，井上靖故居的祖屋整体移至井上靖的出生地北海道旭川的井上靖纪念馆，如今原住地一角的二层小楼由长子井上修一先生居住，在较远的另一角还保留着井上靖生前的二层楼书库。据修一先生介绍，书库中原来保留着大量井上靖生前的资料，数量非常庞大，其中大部分已经交由神奈川近代文学馆收藏保管，另外长泉町的井上靖文学馆、日本近代文学馆、世田谷文学馆等也有少量收藏。

3. 见证人

井上靖于1991年逝世，其生前的友人目前仍有许多人健在，但年龄基本都超过了70岁，其中不乏八九十岁的老人。向井上靖介绍鉴真、促成《天平之甍》创作的每日新闻社记者松本昭已经有百岁高龄。与井上靖出访中国有关的友人中，陪同出访达16次之多的佐藤纯子最了解情况。另外，纪录片《丝绸之路》的制片人和崎信哉也对井上靖随摄制组访问中国的情景记忆犹新。中国的接待人员中，笔者有幸结识了郑民钦先生，已经记不清我们有多少次促膝长谈了。

（1）佐藤纯子

佐藤纯子是日中文化交流协会的理事。1974年第1次陪伴井上靖出访中国，至1988年，前后16次随井上靖来到中国，是最熟悉井上靖中国访问经过的见证人。佐藤女士记忆力超群，对30多年前的经历如数家珍，仿佛历历在目。2012年3月5日和6日，笔者对佐藤女士进行了访谈，详细听取了井上靖访华之旅中的各种经历，访谈历时5个多小时，整理出的访谈文字共39000字，其价值不言而喻。

（2）井上修一

井上修一是井上靖的长子。经佐藤纯子的引见，笔者于2012年3月20日，在修一先生的家中对他进行了4个多小时的访谈，了解了修一先生眼中作为父亲与作为作家的井上靖形象。访谈文字计32000字。修一先生虽然没有陪同井上靖来过中国，但是时常能亲耳听到井上靖在中国的各种见闻，在制作井上靖访华记录时，也参考了这些回忆。

（3）郑民钦

郑民钦先生原隶属于中国对外友好协会和中日友好协会。井上靖在《孔子》连载期间，为确定小说中描写的“负函”一地曾到访中国进行实地考察。郑民钦作为中方接待人员陪同井上靖前往河南信阳。在此期间，郑民钦向井上靖提出翻译《孔子》的想法，得到了井上靖的同意，于是当《孔子》还在《新潮》杂志上连载时，郑民钦先生就同时在中国的《柳泉》杂志上连载译文。1990年4月，新潮社的《孔子》单行本出版的第二年，郑民钦的译作单行本《孔子》由人民日报出版社出版。井上靖河南考察之旅的一些细节得到了郑民钦先生很大的帮助。

（4）和崎信哉

和崎信哉曾担任1979年NHK纪录片丝绸之路的制片人，现在是日本株式会社WOWOW公司的董事长。井上靖作为该纪录片的特邀嘉宾前往敦煌与南疆时，和崎信哉一起前往，在井上靖的旅行日记中也多次出现“和崎先生”。由于《日中文化交流》中没有关于这两次的记录，所以和崎信哉的回忆对了解井上靖这两次旅行的经过意义重大。2012年16日下午1时至2时，笔者前往WOWOW公司总部，和崎董事长百忙之中特意抽出时间接受了我的采访。和崎先生讲述了丝绸之路旅行中井上靖的点滴事件，立体地展现了井上靖的形象。另外，和崎信哉还写了两篇游记散文《一路敦煌》与《流沙的南道》①，收录在与纪录片共同发行的系列丝路游记《丝绸之路》第2卷《敦煌 沙漠的大画廊》与第四卷《流沙之路 前往西域南道》中，这两篇游记也具有很高的史料价值。

4. 照片

井上靖在中国旅行期间自己拍摄的照片与别人拍摄他的照片，是了解当时情景的重要资料。除了井上靖展览的图录、杂志中的照片之外，井上靖自己拍摄的照片与保存在井上靖家中的照片，如今正在进行数字化保存工作，令人非常期待。

（1）故乡——井上靖文学馆照片数字化项目

2011年开始，位于静冈县长泉町的井上靖文学馆开始启动井上靖拍摄照片的数字化保存工作，涉及井上靖生前拍摄的500余本相册。2011年9月29日至12月25日，该文学馆举办了第一次数字化项目计划展《井上靖的西域摄影》，展出了大量珍贵的历史照片以及诗歌、散文的手稿。另外，文学馆的照片展板以“白色的漫漫路”为题，包括西域之旅、苏联之旅、中国之旅、喜马拉雅之旅和欧洲之旅五大板块，从“中国之旅”的板块中可以一瞥井上靖在中国的音容笑貌。

①为和崎信哉与田川纯三合著。

（2）大塚清吾与《丝绸之路诗集》

大塚清吾是一名摄影家，曾参加1979年与1980年纪录片《丝绸之路》的录制工作。在旅途中，他不仅拍摄了大量敦煌与南疆地区的自然与人文景观，而且还拍摄了不少井上靖的照片。因为其拍摄的照片反映了井上靖在新疆旅行的面貌，所以被大量使用于各展览以及图录当中。1982年11月，《井上靖丝绸之路诗集》出版，其中收录了大量大塚清吾拍摄的照片，1998年，该书由日本放送出版协会发行文库本，其中的照片成为制作访问记录的重要参考。2012年7月21日，在日本休闲胜地轻井泽的文化山庄举行的井上靖研究会平成34年夏季年会上，大塚清吾进行了题为《井上靖先生的背影》的演讲，展示了大量丝路旅行途中的井上靖照片，还原了当时的经过。

（3）《日中文化交流》等收录的照片

《日中文化交流》上刊登的照片、各展览的图录等，都可以找到井上靖访华的照片，笔者收集到的图录、纪念刊物如下：

《井上靖展：诗与物语的大河——北国、冰壁、敦煌、雪虫、孔子》神奈川近代文学馆，2003年10月

《别册太阳　日本的心　147：井上靖的世界　〈诞辰100周年纪念〉　》平凡社，2007年5月

《每日俱乐部别册　追忆　井上靖》每日新闻社，1991年7月

《井上靖展》世田谷文学馆，2000年4月

《人与文学系列　现代日本文学相册　井上靖》学习研究社1979年9月

《井上靖文学纪念　诗与写真　白色的风景》井上文学馆展览纪念特辑

三、井上靖访华的阶段与特征

从1957年至1988年，井上靖共计访华27次。根据当时的社会形势、访华内容等，大致可以分为四个阶段。

1. 排除万难、开拓交流之旅——最初的3次访华（1957—1963年）

这一阶段的访华可以说是困难重重。日本于1955年开始实行“55年体

制”，鸠山内阁对外采取融合政策，举国上下希望恢复与中国邦交的呼声日益高涨，中国政府也显示出希望与日本文化界交流的意愿。在这种背景下，1956年3月23日，日本中国文化交流协会成立。同年11月，该协会组织第一次日本文学代表团访华，紧接着于翌年10月组织第2次日本文学代表团访华，团员井上靖借此机会实现了战后的第1次访华。1961年，亚非作家会议（AA作家会议）在东京举行，中国派出了以巴金为团长的中国作家代表团赴东京参会。中日文化交流在这一年达到了“二战”结束以来的峰值，一年内有3支日本作家代表团来华访问，中国作家代表团的访日进一步将中日文学交流推向高潮。

1963年是鉴真和尚圆寂1200周年，井上靖作为《天平之甍》的作者，与《鉴真大和尚传之研究》的作者安藤更生一起来华参加鉴真和尚圆寂1200周年纪念大会，这也是井上靖战后第3次访华。鉴真和尚被中日两国政府看作是古代中日文化交流的象征，离不开井上靖创作的小说《天平之甍》。当年举行的鉴真和尚圆寂1200周年纪念大会是在中国政府的提议下开展起来的，对于改善与促进中日关系起到了重要的作用。

然而，这一时期的中日文化交流并非一帆风顺。1957年，岸信介组阁，中日关系的发展开始遇到障碍。日中文化交流协会也陷入运营困难的境地，险些停办了机关刊物《日中文化交流》。访华代表团得不到日本政府的承认，井上靖第1次访华时，直到出发的前一天也没有等来日本政府的签证。结果只好先乘坐10月26日晚11时45分的航班前往香港。当时因为中日没有邦交关系，所以从香港的罗湖徒步穿过边境进入深圳是日本友人进入中国的唯一途径。边境线上人山人海的混乱景象给访华的日本作家们留下了深刻的印象。进入中国境内后，再乘坐火车辗转各地，最终到达北京。如今3个小时的路程在当时需要整整3天。

井上靖在前3次访华中，结识了郭沫若、老舍、周扬、巴金等中国文化界人士，井上靖在老舍去世后创作了悼念性的小说《壶》，并在20世纪七八十年代与巴金结下深厚友谊，不少往事至今仍传为佳话，这些都与这三次访华期间奠定的人际关系密切相关。

井上靖的随笔中也有不少提及这3次访华的作品，罗列如下：

《广州记事》1958年5月
《黄色大地》1960年1月
《雄伟中国》1960年1月
《中国见闻》1961年7月
《井上靖·中国影像纪行》1961年8月
《四年后的中国》1961年10月
《中国之旅》1963年11月

2.困惑与希望之旅——“文革”期间的3次访华（1974—1976年）

1972年，中日实现邦交正常化，因为“文革”而一度中断的中日文化交流得以恢复。1974年，中日定期航班开通，井上靖乘坐第一班飞机来到中国，这是他的第四次访华。这次访华前，井上靖心中产生过犹豫。因为在老舍逝世后，井上靖不顾可能遭到中国抵制的风险，毅然创作了悼念性小说《壶》，因此这次出访前，井上靖异常矛盾，但最终还是看到了中国政治形势的转变，虽然难免不安，但仍然满怀希望地登上了象征中日关系新起点的第一班中日航班。翌年，井上靖第5次访华。1976年，“文革”结束后，井上靖再次访华，得到了邓颖超的接见，并时隔10多年，再次与中国朋友周扬、刘白羽、冰心等人相见。1977年，井上靖在上海与巴金先生重逢。

1974—1976年间的3次访华中，井上靖遍访中国各地，创作了大量中国游记，并进一步激发了中国题材小说的创作。他到访的城市除北京、上海外，还有南京、扬州、洛阳、西安、无锡、大同、杭州、绍兴和苏州，与此相关的文章罗列如下：

《旧知可贵》1974年1月
《扬州的雨》1974年5月
《扬州之旅》1974年11月
《中国之旅——参加国庆节》1974年12月
《再访扬州》1975年2月

《不可思议的美丽的害羞》1975年6月

《遗迹保存二三事》1975年7月

《中国之旅》（连载）1975年8月～10月

《世界伟星陨落》1976年1月

《充实的二十年》1976年3月

《伟大、强烈、温和》1976年9月

《明亮起来的国家》1977年1月

《春风吹万里》1977年2月

3. 丰富多彩的文化交流之旅——新疆、敦煌之旅与《天平之甍》外景地探班之旅（1977—1980年6月）

1976年之后，中日文化交流呈现前所未有的盛况。井上靖作为日中文化交流协会代表团的团员或团长多次到访中国。之外，还作为NHK纪录片《丝绸之路》的特邀嘉宾，前往敦煌与南疆地区访问。1978年，电影《天平之甍》成为“二战”后日本第一部取得中国外景拍摄权的电影，井上靖在外景拍摄期间，以原作者的身份两次前往中国进行慰问。这一时期，井上靖还带领家人来华进行私人性质的旅行，这在之前的访问中是没有的。总之，从1977年的第一次新疆之旅到1980年6月成为日中文协会长的这段时间的访华是井上靖全部访华旅行中最为精彩的时期。

（1）新疆之旅（第7、11、14次）

访问新疆一直是井上靖多年的愿望，但是新疆这个地理概念，在井上靖眼中是西域的一部分，也就是说，井上靖的目的地是西域，而不是新疆。所以在新疆访问之前，井上靖4次前往苏联境内的西域，其目的与到访新疆是一样的。1977年8月，井上靖实现了第1次新疆之旅，到访了乌鲁木齐、伊犁、吐鲁番、和田4个城市，新疆之旅的实现得益于“文革”后中日友好关系的迅速发展。1979年8月6日至27日，井上靖作为团长再次到访新疆，由于自然环境险恶，所以几乎都是当天往返的行程。期间，井上靖身染重病，但凭借自己过硬的身体素质，很快得以恢复，并在结束新疆之旅后，直接前往巴基斯坦旅行。在跟随

《丝绸之路》摄制组前往南疆期间，井上靖虽然已经是73岁的老人，但即使在团队困于沙漠，陷入危机的时候，他也毫无畏惧之色，成为全队的精神支柱，和崎先生至今想起来仍然深感钦佩。

井上靖到访过的新疆城市有乌鲁木齐、伊犁、吐鲁番、和田、喀什、阿图什、莎车、英吉沙、阿克苏、阿拉尔、库车、于田、民丰、大马扎、且末、阿羌、若羌、哈密，共18个城市。1984年，77岁高龄的井上靖最后一次到访新疆，身体已经经受不起旅途的奔波，加之同去的井上芙美夫人身体不适，结果仅仅访问了乌鲁木齐和哈密。哈密是井上靖第一次也是最后一次的访问地。

（2）敦煌之旅（第8、12次）

1978年5月2日至5月19日，井上靖与夫人一道，在《敦煌》发表21年后第1次访问了敦煌。翌年，井上靖作为纪录片《丝绸之路》的特邀嘉宾再次访问敦煌。井上靖在这两次敦煌之旅中详细考察了莫高窟中的壁画与雕像，参观中的笔记后来成为一系列诗歌与游记创作的基础。另外，在前往敦煌的途中，井上靖还顺访了河西走廊上的城市，包括兰州、酒泉、安西、玉门镇、张掖和武威，对他来说，河西走廊才是小说《敦煌》真正的舞台。

（3）慰问《天平之甍》剧组（第10、14次）

1977年10月，日中文化交流协会派出日本电影人代表团访华。日本导演熊井启等人在与中国电影家协会主席司徒慧敏会谈时提出了使用中国外景地拍摄《天平之甍》的申请，翌年，该申请得到中国政府的批准，日本在“二战”后第1次获得了在中国外景的拍摄权。1979年，《天平之甍》摄制组两次赴中国进行外景拍摄，第1次从1979年7月1日开始，在扬州与苏州进行了历时大约两个月的拍摄，第2次从1979年10月开始，在西安、桂林、广州和海南岛进行了拍摄。井上靖在两次外景拍摄期间，都亲赴现场慰问摄制组，并提供了很多帮助。第1次慰问在苏州的天平山，第2次是桂林。

井上靖在访问新疆、敦煌与河西走廊期间，总是进行详细的记录。在颠簸的吉普车中，井上靖大约每隔15分钟就会在笔记本上记下窗外的景象，结束一天的行程，回到宿舍之后，他还会将同行的人们请到自己的房间里，让大家检查自己一路上所记的内容是否有误。[①]井上靖被朋友们称为“记录狂”，大概就是从这一时期开始的。新疆、敦煌之旅极大地激发了井上靖的创作热情，他在旅行后创作了大量的诗歌与游记作品。纪录片《丝绸之路》上映期间，共计6卷的历史游记性丛书《丝绸之路》于1980年出版，其中的第2卷《敦煌——沙漠中的大画廊》、第3卷《迷幻的楼兰与黑水城》以及第4卷《流沙之路 西域南道之旅》都由井上靖创作。另外，新潮社《井上靖全集》的第26卷、27卷以及28卷中的游记有很大一部分来源于这一时期的中国旅行。1982年，日本放送出版协会还出版了《井上靖丝绸之路诗集》。

除此之外，有关这一时期中国旅行的文章还有：

《敦煌之旅》1978年7月

《文艺复兴时期的中国》1978年8月

《全新的互信关系》1978年9月

《喜迎周扬团长带领的中国作家代表团访日》1979年1月

《愉快而充实的二十天》1979年7月

《黄河水》1979年9月

《长城与天坛》1979年10月

《最幸福的作品》1979年10月

《新发展之年》1980年1月

《大黄河》1980年1月

《胡杨之夜》1980年7月

《桂林赞》1980年7月

4. 日中文协的会长之旅——频繁来华交流与小说《孔子》的考察之旅（1980年8月—1988年）

1980年6月，井上靖就任日本中国文化交流协会会长，由此直到1988年，他作为协会会长开始了繁忙的访华交流活动。

① 参见和崎信哉「一路、敦煌へ」（『シルクロード絲綢之路（第2巻）敦煌——砂漠の大画廊』，東京：日本放送出版協会，1980年，第75頁）与大塚清吾的讲演『井上靖先生のうしろ姿』（2012年7月21日于轻井泽文化山庄）。

公务出访包括参加鲁迅诞辰100周年纪念大会、中日邦交正常化10周年庆祝大会、《人民中国》创刊30周年纪念大会、廖承志先生追悼会、日中友好21世纪委员会等5次访华。1986年，井上靖被北京大学授予名誉博士称号。这一时期基本都属于公务出访，私人旅行只有1次，1982年12月29日至1983年1月6日，井上靖与家人在中国度过了元旦。

公务出访期间，井上靖同时进行了创作考察之旅。井上靖从1980年开始构思长篇小说《孔子》，出于创作的需要，他利用出访中国的机会，前往河南与山东两省进行了多次考察旅行。分别为1981年9月曲阜、1982年淮阳和商丘、1983年蔡丘、1986年上蔡与新蔡、1987年信阳、1988年曲阜，共计6次。

井上靖于1984年最后一次访问新疆后，再未踏足那片令他魂牵梦绕的浪漫之地，多年来一直憧憬的楼兰之旅最终未能实现，成为井上靖永远的遗憾。井上靖晚年身体开始逐渐衰弱，访华的停留时间逐年缩短，1986年被发现罹患食道癌并接受手术治疗后，访华次数骤减，1987年1次，1988年1次，至此结束了前后多达27次的中国访问。手术后2次访华的目的不是公务性活动，主要是为了创作《孔子》的考察之旅。

《孔子》考察之旅中最重要的旅行有3次，分别为1983年蔡丘考察、1986年上蔡与新蔡考察以及1987年的信阳考察。3次考察解决了小说创作中亟须解决的三个问题，即了解春秋时代蔡丘会议的所在地、辨明蔡国两个国都的先后顺序以及寻找“叶公问政”的地点——负函。这三个问题的解决对于井上靖合理虚构小说起到了至关重要的作用。

这一时期的访华对井上靖中国题材作品的创作产生了很大影响。首先最重要的是井上靖的最后一部长篇小说《孔子》，另外，游记作品中有许多描写黄河的作品，1986年先后出版的2部单行本《伫立河岸》与《NHK大黄河 第一卷 站在遥远的河源》都重点描写了河南之旅中见到的黄河。

与这一时期访华有关的其他文章有：

《就任会长》1980年8月

《新年寄语》1981年1月

《喜迎协会创立25周年》1981年3月

《我与南京》1981年3月

《新年寄语》1982年1月

《伫立鸣沙山上》1982年4月

《真正的文化交流》1982年8月

《日中邦交正常化10周年之际喜迎王震团长一行访日》1982年10月

《北京的正月》1983年2月

《悼念廖承志先生》1983年7月

《欢迎胡耀邦总书记访日》1983年12月

《探访蔡丘会议遗址》1984年1月

《蔡丘与都江堰》1984年2月

《欢迎中国朋友的到来》1984年5月

《欢迎朱穆之文化部部长访日》1984年6月

《庆祝中华人民共和国建国35周年》1984年10月

《新年寄语》1985年1月

《告别致辞》1985年2月

《喜迎协会创立30周年》1986年3月

《探访中国文化的摇篮》1986年5月

《第25次访华》1986年6月

《新年寄语》1987年1月

《欢迎王蒙文化部部长访日》1987年4月

《喜获"中日文化奖"》1987年7月

《新年寄语》1988年1月

《劝学敦煌历史》1988年4月

《新年寄语》1989年1月

《悼念周扬先生》1989年9月

《新年寄语》1990年1月

《欢迎中国人民对外友好协会代表团、中国国家文物局代表团访日》1990年4月至此，笔者阐述了制作井上靖27次访华记录的目的、方法，并根据记录将井上靖的中国访问分为4个时期，总结了各个时期的基本特征。访问旅行是井上靖进行中日文化交流的主要表现形式，而且旅行与其文学创作息息相关，不仅催生了为数众多的游记作品与诗歌，小说作品也在这种自我发现的旅行中得到了重新建构。因此，本章的主要目的是探讨井上靖的中国旅行与文学创作之间的关系。

第二节　井上靖的中国旅行与文学想象

“二战”后登上日本文坛的井上靖一生创作了大量中国题材的历史小说，因此，在战后中日断交期间，井上靖成为较早被中国文学界熟识的日本作家。在中国，针对井上靖文学作品的研究也从20世纪80年代至今，主要围绕其中国题材的历史小说展开。2012年8月，兰州大学举办的中国日本文学研究会第13届年会借中日邦交正常化40周年的东风，专设学术研讨会“西域・遥远的回响——井上靖与中国”，取得了丰硕的成果，可谓是中国井上靖研究的一次高峰。[①]

然而，无论是日本，还是中国，学者们都很少关注井上靖的中国旅行与其文学创作之间的关系。事实上，井上靖在“二战”后27次访问中国，游历中国各地。可以说，旅行为其历史小说及游记的创作提供了丰富的素材，同时也影响着井上靖对中国的理解与认识。

1957年10月26日至11月22日、1961年6月28日至7月15日、1963年9月29日至10月25日，井上靖3次访问中国。通过3次访问，井上靖形成了基本的中国观，并由此深化与升华了自我的历史认识，为之后的中国旅行以及中国题材历史小说的创作奠定了基调。因此，将这3次中国访问看作井上靖的早期中国旅行进行

①2012年8月19日和8月20日连续两天举行了井上靖专场研讨会，共计10名中日学者进行了研究发表。井上靖长子井上修一先生做题为『王子と孤児』的基调演讲，井上靖研究会会长传马义澄做题为『歴史と文学のはざま——井上文学における歴史小説のデイスクール』的基调演讲。

考察很有必要。

本节将在前期研究的基础上，聚焦井上靖早期的3次中国旅行，结合相关的游记和历史小说文本，分析旅行的性质与特征，探讨井上靖的中国观、历史观，揭示旅行与文学创作之间的内在联系。

一、第一次中国旅行：心中与眼中的中国

1957年10月26日至11月22日，井上靖作为日中文化交流协会第2次访华日本文学代表团的成员，第一次访问了中国。此次出访分为两个团，井上靖所属团队包括山本健吉（团长）、十返肇（成员）、小畑真一（随员），另一个团由中野重治担任团长，成员有多田裕计、堀田善卫、本多秋五，随员为木村菊男。出访路线为东京—香港—深圳—广州—武汉—北京—上海—杭州—上海—苏州—上海—广州—香港—东京。期间主要在北京（10月30日—11月10日）和上海（11月12日—11月19日）逗留。在上海期间，前往苏杭两城游览。在广州住了3个晚上，但仅有11月20日在广州度过了完整的一天。

这次出访虽然是日中文化交流协会第2次派出文学代表团，但是当时的日本国内政治形势却发生了变化。1957年岸信介组阁，鸠山内阁时期已经开始缓和的中日关系又陷入了困难。1956年3月刚刚成立的日中文化交流协会面临解体，机关刊物《日中文化交流》难以为继。在这种艰难的状况下，第2次日本文学代表团之所以能够成行，很大程度上是依靠当时协会成员们促进中日文化交流的理想与信念。

1957年10月9日，代表团成员最后一次磋商出访事宜，至10月26日晚23点45分起飞出发，之间相隔18天。据日中文化交流协会理事佐藤纯子女士回忆，由于当时的政治形势，日本政府阻挠了签证的办理，故而拖延了很久。[①]不仅如此，代表团是冒着违法的危险前往中国的。协会理事白土吾夫先生曾这样回忆当时情景：

---

① 依据笔者2012年3月5日对佐藤纯子的采访内容，采访实录见本书附录。

首先从东京飞往香港。因为乘坐的是螺旋桨飞机，所以需要7个小时。在香港休息一晚，第二天乘火车抵达罗湖，然后步行通过边界线，从深圳继续乘坐火车前往广州，并在广州住宿。第二天去北京，如果乘坐飞机，需要8小时，如果坐火车则要3天。而且，初期去中国，签证的目的地写的不是中华人民共和国，而是香港，所以出发前就做好了违反签证法的心理准备。更何况，没有人民币配发给大家，携带日元也是被禁止的……[①]

这段回忆并不针对井上靖的首次访问经历。事实上，由于是夜间航班，到达香港的时间为上午8点，故而，代表团并未在香港住宿，而是直接前往深圳。但从这段回忆中，我们还是能够看出代表团所有成员不顾一切出访的决心与信念，进而揣测井上靖对初次的中国访问寄予了莫大的期望。但期望愈大，失望也愈大。井上靖对初次访华似乎并不满意。

回国后，井上靖发表了两篇涉及这次访问的随笔《东京的敦煌》和《广州记事》。前者不能算作游记，井上靖在文章中按时间顺序讲述了自己敦煌情结的由来，对于初次的中国访问，只是提及未能实现敦煌之旅的遗憾，实际是为东京的敦煌艺术展带给自己的心理慰藉提供铺垫。文章发表于1958年1月10日的《每日新闻》报。当时在东京日本桥的高岛屋百货大楼的八楼正在进行日中文化交流协会和每日新闻社联合主办的“中国敦煌艺术展”。这次展览盛况空前，“展览期间，参观者每天都排着长队，从八楼的展厅一直排到楼外面”[②]。由此可见，井上靖的这篇随笔应是特意为此次展览创作的，所以并没有对初次的中国访问做过多的描述。

回国6个月之后的1958年5月，井上靖终于发表了一篇（也是唯一一篇）直接描写此次访问的文章《广州记事》。这篇游记非常短小，而且描写的不是旅行中的主要访问地北京或上海，也不是专门为了游览而前往的苏杭，却是广

① 白土吾夫：「井上靖と中国」，『井上靖歴史小説集』（第3巻）月報3，東京：岩波書店，1981年，第5頁。

② 日本中国文化交流協会編：『日中文化交流』（創立50周年記念特集），2006年第716号，第8頁。

州。广州是当时日本代表团进出中国的必经之地。井上靖于1957年10月27日下午3点到达广州，入住爱群饭店。翌日早乘火车前往武汉。再回到广州是11月19日下午，同样入住爱群饭店。11月20日，井上靖一行参观了广州商品展和农民运动讲习所。11月21日离开广州。在将近一个月的旅行中，广州仅仅停留三天，而且只有一个白天，尽管如此，井上靖为什么要选择广州作为初次中国之旅的回忆之地呢?

随笔的开头披露了井上靖选择广州的原因：

> 在三个城市①当中，我感觉广州最有趣，也最喜欢它。我感觉即使在广州待上一个月，也不会厌烦。②

这句话不能完全相信。井上靖在1961年8月发表的第二次中国旅行游记《井上靖・中国影像纪行》一文中回忆第一次旅行时写道：

> 北京是个美丽的首都。我在1957年到访中国，认识了秋天的北京，被她的美丽深深吸引。我跟别人说，去年欧洲旅行回来后，巴黎是我最喜欢的首都，但更令我喜欢的首都是北京。北京的美是因为路边的树木，因为旧皇宫红色的围墙。而且古代的遗迹都在现代社会中重现生机，展现出独有的个性与品格。③

当然，这段话中，井上靖是在选择喜欢的“首都”，而不是“城市”，似乎并不与此前喜欢广州矛盾。但当把北京作为一个“城市”来看的时候，它又逊色于广州。

> 广州的好处首先在于它的明亮。现在中国的城市到处都给人一种局促、僵硬、暗淡的感觉，只有广州是个例外。那么自由，那么明亮。④

---

①“三个城市”分别指北京、上海和广州。

②井上靖：「広州のこと」，『井上靖全集』（第26巻），東京：新潮社，1997年，第477頁。

③井上靖：「井上靖·中国カメラ紀行」，『井上靖全集』（第26巻），東京：新潮社，1997年，第483頁。

④井上靖：「広州のこと」，『井上靖全集』（第26巻），東京：新潮社，1997年，第477頁。

北京的“局促、僵硬、暗淡”与广州的“自由、明亮”是两座城市留给井上靖的印象。广州不仅阳光明媚，广州人也显得非常自由，繁华的街市、往来的三轮车、江边公园的情侣，一切的一切给井上靖留下了“殖民地般[①]明亮与自由”[②]的感受。

第一次旅行后的1959年，井上靖发表了历史小说《敦煌》。其中描写的西夏都城兴庆府似乎受到了北京印象的影响。主人公赵行德放弃功名，历尽千辛万苦到达兴庆府学习西夏文字，当他完成学业时，却发现西夏并不是自己真正向往的地方，因为这时的西夏已经不是赵行德憧憬的“珠玉之城”[③]。

> 或许在西夏民族以前的血液中那种强烈的精神保留着原始之美，但如今的西夏人却发生了巨大的变化。在德明、元昊两位明君的带领下，西夏人团结一心，逐渐开始拥有了民族自觉，成为新兴国家的国民。男人们勇敢无畏，女人们在艰苦与困乏中坚守，守护着丈夫多年未归的家。为国奉献的精神改变了他们的表情，那是远离欣慰与快乐的奇怪表情。[④]

这段描写与井上靖眼中“局促、僵硬、暗淡”的北京似乎有许多相似之处。赵行德最终离开了兴庆，前往远离政治中心、相对自由的瓜州、沙州。可以说，这种地理上的位移与井上靖对北京与广州的取舍具有一定的内在联系。

井上靖并不关心当时的中国政治形势，《广州记事》虽然能感受到井上靖的某些政治取向，但更多的还是自己的一种感性的好恶，谈不上政治性理解。与此相对，同行的中野重治却恰恰相反。他在1960年7月刊行的单行本《中国之旅》中，打乱游记作品常见的按时间顺序记述的写作方法，而是以评论的形式对本多秋五、《新日本文学》的匿名子等人的游记进行了批判，同时针对《西日本新闻》的记者大隈秀夫和法国记者罗伯特·吉兰对中国的诋毁，以自己在中国的亲身经历为例，逐一加以驳斥，使本应是描写旅行见闻的游记作品变成

①关于“殖民地般”印象的成因将在下文提及，主要指广州具有的异域情调。

②井上靖：「広州のこと」，『井上靖全集』（第26巻），東京：新潮社，1997年，第477頁。

③出自小说中西夏女对西夏都城的解释，象征着西夏的美丽与神秘。

④井上靖：「敦煌」，『井上靖全集』（第12巻），東京：新潮社，1996年，第325頁。

了具有政治论争色彩且颇具攻击性的政治时评性作品。旅行的过程成为证明自己观点的论据，被切割得七零八碎，而且主观性的建构感也非常浓厚。从这个意义上来说，《广州记事》倒是一篇相对纯粹的游记。然而，与广州的“自由、明亮”相对，“局促、僵硬、暗淡”的北京印象或多或少还是与当时中国反右斗争的政治局面不无关系。同行的本多秋五在随笔《我的中国理解》中这样描述当时的中国：

> 据说，因为前年有人反映有些做过了头，所以毛主席呼吁道，革命的理想就是在于穿上漂亮的衣服。尽管如此，仍然难以改变大家一律穿蓝色衣服。在民众心中，似乎只有穿蓝色衣服才觉得心里踏实。担心一旦穿了显眼的服装，就会被人说成生活上的右派分子而遭到批斗。[①]

可以说，井上靖笔下的“局促、僵硬、暗淡”的北京印象与本多秋五的中国描述在一定程度上是一致的。因此，当井上靖看到广州繁华的商业区、身着白色服装的男女时，感到了“明亮与自由”，与敢于表达自我情感的广州作家、诗人畅所欲言，目睹热恋的青年男女，不由得体会到新鲜的感觉与青春的魅力。两相对比，便可以理解为什么井上靖更喜欢广州了。

由上可知，广州“自由、明亮”的印象源于井上靖将其与北京对比后的结果。但是，广州的主要行程是参观农民运动讲习所与广州商品展，这些参观在《广州记事》中却只字未提。因此，“自由、明亮”的广州在某种意义上并非是真实的广州，而是井上靖按照自己心中的理想形象刻意塑造的结果。参观行程的只字未提或许是井上靖的有意为之，他不愿因僵硬呆板的政治性参观破坏自己心目中自由、明亮的广州形象。那么这种心目中的广州形象来源于哪里呢？这要从第一次中国访问前创作的长篇历史小说《天平之甍》说起。

第1次中国旅行前两个月的1957年8月，井上靖在《中央公论》上完成了长篇历史小说《天平之甍》的连载。小说描写了鉴真东渡日本的过程及五位日本

---

①原文出自本多秋五：「私の中国理解」，『群像』1958年第2号，此处转引自中野重治『中国の旅』，東京：筑摩書房，1960年，第32-33頁。

留学僧的命运。井上靖在创作过程中，参考了《鉴真和尚东征传》[①]。这是淡海三船摘抄鉴真高徒思托创作的《大唐传戒师僧名记大和尚鉴真传》而成的游记作品。整篇作品仅万余字，但其中却相对详细地描述了第五次东渡失败后途经广州的情景。井上靖结合自己的想象，在小说中对广州进行了生动的描写。

> 这座广州城拥有三重城墙，都督卢焕掌管文武大权，位高权重，不亚于玄宗皇帝。城里城外到处是商馆、民房，郊外是一望无尽的荔枝林，绿叶掩映的枝头点缀着鲜红的果实，在普照看来，宛如仙境一般。坊间还流传，玄宗皇帝为了博得爱妃杨贵妃一笑，命令将荔枝快马送入京城长安。[②]

城里城外到处可见的商家与民房，郊外一望无尽鲜艳夺目的荔枝林，这些生动的虚构都来源于井上靖对《东征传》的想象。这些想象逐渐固定于井上靖的心中，以至于当井上靖真正来到广州时，也是用心中早已存在的广州形象比对今天的广州。因此，《广州记事》中自由、明亮的广州并非完全是与北京对比的结果，也来源于旅行前井上靖对广州的想象。

除了繁华的街市与鲜艳夺目的果林，广州在《天平之甍》中又被描写成一个异域城市，充满新奇的异国情调。

> 那天，普照跟随戒融来到了位于珠江江口的码头，因为在这个聚集了大量异国商船的港口可以品尝到各式各样的异国食物。这里既有婆罗门的船，也有昆仑的船，还有来自波斯的船。每艘船上都满载着异国的货物，吃水深度甚至有六七丈。在这里还可以看到肤色和眼睛完全不同的异国人，有来自狮子国的、大石国的、骨唐国的、白蛮的和赤蛮的各国人。这些异国人只是听过，但在此之前却从未见过，据说他们大部分都居住在自己的商船中。[③]

---

①井上靖在《〈天平之甍〉的登场人物》和《广州记事》等文章中均提及小说创作过程中参考了《鉴真和尚东征传》。

②井上靖：「天平の甍」，『井上靖全集』（第12巻），東京：新潮社，1996年，第69頁。

③同上书，第70頁。

异国的食物、异国的船、异国的货物和异国人，珠江边的景象充满了这种新奇的异域风情，鉴真的东渡因而具有了一种异域探险旅行的色彩。井上靖虚构了普照与戒融在广州重逢的情节，也试图通过这种异域氛围为戒融的异国流浪之旅进行铺垫。戒融计划像唐玄奘那样前往天竺，而一直并不赞同戒融行为的普照"在这到处都是异国人的码头上，耳边是外国话，满眼见到的都是外国船，此时的普照开始理解了戒融出游的心情"。在现实的广州旅行中，井上靖不由自主地用这种汇集了多国人与多国文化的异域视角观察广州，所以，在他眼中，广州呈现出一种"殖民地般"的景象。

井上靖就是抱着这样的广州想象来观察广州的，甚至坦言"亲眼目睹珠江是来中国的目的之一"①。他所见到的珠江与小说中的描写又是何等相似：

> 我们住在一个叫爱群饭店的十四层高的宾馆里。宾馆位于江边，从房间的窗户可以看见密密麻麻停泊在岸边的水上生活者（疍民）们的船。一到夜晚，几乎能够听到船里的说话声。②

生活在船里的疍民与小说中肤色各异的"异国人"，传到宾馆卧室中的江中说话声与普照在江边饭馆听到的"外国话"，光影交错地呈现于井上靖的眼中。在珠江江畔，今天与历史，现实与想象之间似乎失去了界限。换言之，井上靖是在用自己心中想象的广州来取景现实的广州，呈现出的只有自己的"广州"，而与之不相干的农民运动讲习所、广州商品展等参观活动，在这种想象的视野取景中被过滤了出去。

> 我在《鉴真和尚东征传》的记录中读到了珠江港口的情景，书中获得的印象即使到了真正的珠江边也丝毫没有更正的必要。③

现实的广州在井上靖独特的取景过程中超越了时间的限制，与历史、与想象相互连接，成为一种永恒不变的象征。

---

①井上靖：「広州のこと」，『井上靖全集』（第26巻），東京：新潮社，1997年，第477頁。

②同上。

③同上书，第477-478頁。

1961年6月至7月，井上靖第二次访问中国期间再次入住珠江边的爱群饭店，不仅再次目睹珠江，而且还泛舟江上，留下了深刻的印象。游记《井上靖・中国影像纪行》中这样描写了当时的见闻与感受：

> 我住在珠江边一个叫作爱群大厦的老国营酒店的10楼，珠江上无数来往的船只热闹非凡，不分昼夜。不知它们都前往何方，但无数只大小各异的船只都按照自己的航线在江面上移动着。深夜，酷热让人难以入眠，我打开窗户向江面望去，数量不亚于白天的船只都开着红色的灯在江面移动。这就是珠江，她的样子从远古的从前一直不变地延续至今，而今后还将永远地延续下去。①

虽然是第二次中国旅行，但是对珠江的描写与第一次旅行并没有什么不同之处。在这里，井上靖更明确地指出了珠江的永恒性。虽然短短相隔4年的珠江或许本来就没有什么变化，但是旅途中触发的关于永恒的思考却并非井上靖的触景生情，而是从小说《漆胡樽》开始便有所体现，并且一直影响到旅行后的历史小说创作中。

某种意义上，初次中国旅行的井上靖并没有真正客观地审视与观察中国，他的中国像一方面受到当时日本知识分子对中国政治形势的片面认识影响，一方面是井上靖用自己心中已有的想象作为取景的透镜而映射出来的，呈现为连接历史与现实的永恒不变的风景。这种永恒的风景体现在自然的河流珠江上，也进一步体现于井上靖旅行后创作的历史小说《楼兰》中的楼兰女王、《敦煌》中封存在石窟洞中的经卷等历史遗迹中。那些穿越历史时间的遗迹、遗物与山川自然成为井上靖历史小说中永恒不变的主题，也造就了第1次旅行中井上靖眼中的永恒中国。

二、第二次中国旅行：正视现实中国的变化

日本经过战后10年的恢复，经济指数于1955年突破战前最高水平，1956年

① 井上靖：「井上靖·中国カメラ紀行」，『井上靖全集』（第26卷），東京：新潮社，1997年，第483頁。

的《经济白皮书》中指出日本已经脱离了战后时代。自由民主党的鸠山内阁实行“55体制”，采取积极的对外融合政策。无论是经济上，还是政治上，都为战后的中日交流提供了必要的条件。

1956年3月，日中文化交流协会在东京成立，为“二战”后中日文化间的交流开启了新的历史阶段。日中文协的成立大大促进了日本作家对中国进行旅行访问。仅1956—1961年5年间就组织了5次文学代表团，如果没有1958年的长崎国旗事件[①]导致作家访问中国在1958年、1959年中断的话，那么访问的次数和人数还会更多。

这一时期，日本文学家在战后第一次开始关注中国，通过访问旅行认识中国、反思自我，形成了日本战后第一次中国热。大量中国印象记或中国游记发表于日本各大报刊及文艺杂志上，《新日本文学》1958年2月号还针对日中文协第二次文学代表团的中国访问做了专题座谈会。同一时期，法国记者罗伯特·吉兰描写中国的《六亿蚂蚁》也在日本产生了巨大影响，井上靖在随笔《黄色大地》和《大中国》中两处用“六亿蚂蚁”来指代中国民众。

罗伯特·吉兰的文章中有许多对中国的偏见。例如，他看到中国公共场所的外文标识写的都是俄语，认为是为苏联人准备的。对此，中野重治在《中国之旅》中予以了坚决的驳斥：“这个法国的报社记者对中国公示用语的讲述在我看来简直是一派胡言。”[②]中野重治对罗伯特·吉兰的中国认识非常不满，用大量的篇幅加以批判，坚决反对他那种敌视与污蔑中国的观察视角。

> 吉兰所要影射的事情，据我的实地观察，根本就是子虚乌有之事。这个吉兰虽然是个业务精湛的新闻从业者，但却是一个小人。就像古语中所说的“唯女子与小人难养也”中的“小人”一样。如果不如此评价，就很难理解他为什么会写出《六亿蚂蚁》这样的文章。[③]

① 1958年4月30日，岸信介内阁反华背景下在日本长崎发生的侮辱中华人民共和国国旗的事件。岸信介内阁纵容和包庇侮辱中国国旗罪犯，严重破坏了中日关系，致使中日第四次贸易协定无法实施，中日民间刚刚发展起来的友好关系一度中断。

② 中野重治：『中国の旅』，東京：筑摩書房，1960年，第59頁。

③ 同上书，第75頁。

金微在人民网撰文评价《六亿蚂蚁》时写道：

> 法国记者吉兰在中国“发现”：红色中国是一座“蚂蚁山”，而六亿民众是栖息其中的“蓝蚂蚁”。“不管走到哪里，人们都穿着蓝布衣服。”
>
> 红色中国在西方的想象中，已是“一个暴君统治的蓝蚂蚁的国家”：六亿人长着同一个头脑，迈着同一种步伐，穿着同一种服装，说同一种话，做同一种事，一旦某一天，那同一个头脑中着魔式地出现某一个疯狂的念头，六亿蓝蚂蚁突然之间将变成一个难以想象的庞大的怪兽……资本主义世界沉浸在对中国某种迫害式的狂想中。①

这就是当时西方对中国的畸形认识。这种认识也影响到日本社会，井上靖局促僵硬和暗淡的北京印象或多或少与这种西方认识存在着一定的联系。然而，井上靖对中国并没有恐惧与悲观的情绪，也不存在敌视与污蔑，面对当时的中国，他始终怀着一颗敬佩之心。因此，虽然在随笔中使用了“六亿蚂蚁”的说法，但使用的意义却与罗伯特·吉兰截然不同。

> 中国印象记、游记的翻译作品我基本都读过，虽然大家的看法不尽相同，但是对于今天所谓“六亿蚂蚁”的变化，无论哪个作者都坦诚地表现出了惊讶。②

这句话中，井上靖在“六亿蚂蚁”前加上了“所谓”一词。“六亿蚂蚁”一词在一定程度上代表了当时日本民众中普遍存在的可怕的中国印象，但加上“所谓”一词便具有了颠覆这种印象的作用。井上靖试图利用这个大家认同的词汇，通过改变其具体含义，来反驳西方的中国视线，纠正日本人对中国的错误印象。

在同期发表的另一篇文章《大中国》中，井上靖再次使用了“六亿蚂蚁”一词，这次他明确了自己使用这个词汇的真正意图。

---

①金微：《新中国60年，“中国形象”在西方剧烈摇摆》，〈http://theory.people.com.cn/GB/10123647.html〉，2009-09-27。

②井上靖：「黄色い大地」，『井上靖全集』（第26卷），東京：新潮社，1997年，第479頁。

我想中国在外国人面前最为自豪的是解决了6亿民众的吃饭问题。在日本没有一个人饿死与在中国没有一个人饿死，二者的意义完全不同。当今的中国在新政权的领导下正在逐渐消除饿殍者与流民，真可谓丰功伟绩，可以说是中国漫长历史上第1次政治的完全胜利。①

能够使6亿人口吃饱穿暖对于小国日本来说是一件难以想象的事情，仅此一点，任何对6亿人口的敌视与污蔑都显得苍白无力。井上靖用“大中国”这样一个独特且冷静的视角有力地批驳了西方别有用心的中国观，让“蚂蚁”的寓意回归到“勤劳”的本意上，而不是罗伯特·吉兰笔下没有个性、身穿蓝色衣服、完全屈从于专制政权的可怕的蓝蚂蚁。

《黄色大地》与《大中国》两篇文章创作于1959年，均发表于1960年1月。前者发表于《新日本文学》。这个杂志刊登了大量有关中国印象记或游记的文章，包括反映中国反右运动的《右脸、左脸》（匿名，1958年2月号）及批驳这篇文章的《中国之旅》（中野重治，1958年3月号至10月号）等，还专设中国旅行座谈会，可以说是当时日本作家描写中国的重要刊物。井上靖的《黄色大地》发表于此，表明他也参与到“看法不尽相同”的中国形象论争之中，而他的立场在根本上与中野重治是一致的。与中野重治批驳罗伯特·吉兰的西方视线一样，《黄色大地》批驳的是意大利纪录电影《黄色大地》中的“恶意”。

这部电影净是介绍一些诸如用鸬鹚捕鱼的渔民、打虎的猎户、乡下的葬礼等原始的中国景象……如果电影中同时展现了中国热火朝天的建设场景，那么我还可以忍受，但仅仅是这些的话，我不得不说这不是中国。……最让人感到虚假的是，影片中故意专门介绍了中国过去的婚礼，称其为当今世界无论哪个野蛮国家都不可能有的婚礼。看到这，除了感到电影的恶意，我别无他想。……总之，电影《黄色大地》对中国的介绍中明显存在一种恶意，就连我这个不向着中国说话的人都感到生气。②

从文章的字里行间，我们可以读出井上靖对纪录片《黄色大地》异常气愤

①井上靖：「中国は大きい」，『井上靖全集』（第26巻），東京：新潮社，1997年，第481頁。
②井上靖：「黄色い大地」，『井上靖全集』（第26巻），東京：新潮社，1997年，第479頁。

的心情。因为影片中所展现的中国与他两年前所见到的真实中国截然不同。不仅如此，影片对中国的恶意描写更是令井上靖难以忍受。于是在《广州记事》发表后近两年，井上靖再次忆起初次的中国旅行，以此批判这部影片与维护新中国的形象。

值得注意的是，文章中提到，多年不看电影的井上靖之所以前往观看《黄色大地》，除了想通过大屏幕重温初次旅行的各种经历，还因为这部影片是日本文部省及相关部门推荐的影片。这说明井上靖的中国印象在一定程度上也受到当时日本政府及主流媒体的影响与误导，应该说这是任何一个日本人都无法绝对避免的事情。但是，井上靖并未随波逐流，通过观看《黄色大地》彻底认清了西方及日本政府所宣传的中国形象，进而对自己之前的中国印象进行了反思，甚至批判。在《广州记事》中，井上靖否定“局促、僵硬、暗淡”的北京，推崇“自由、明亮”的广州，如前文所述，这一方面受作家心中的中国想象决定，另一方面也在一定程度上受到《六亿蚂蚁》、日本政府及部分知识分子恶意丑化的中国形象的影响。然而，在随笔《黄色大地》及同月发表于《新大阪》报上的《大中国》中，井上靖开始积极评价现实中国，不再拘泥于自我心中由来已久的中国想象。

《黄色大地》中出现了描写中国建设的内容：

> 电影《黄色大地》中如果也描写了武汉长江大桥、北京郊区的大学城以及不断出现的高楼大厦、上下班时段熙熙攘攘的人群，那么还值得我相信。[①]

在《大中国》中，井上靖进一步描写了治理黄河、保证温饱、消除文盲等新中国的功绩，而这些在两年前的《广州记事》中却一字未提。这就说明井上靖的中国印象发生了一定的变化，由注重内心的想象中国，开始转向外在的现实中国。

①井上靖：「黄色い大地」，『井上靖全集』（第26巻），東京：新潮社，1997年，第479頁。

《大中国》与《黄色大地》同时发表[①]也是一件耐人寻味的事情。《黄色大地》的最后写道：

> 我说今天的中国与影片中介绍的中国完全不同，但是我却不能说服那些不知道今天中国的朋友们。如果我没有亲眼看到中国，那么我或许也会觉得这个电影反映了中国的现实，而看得津津有味。正是因为这部电影具有这样的迷惑性，所以我更加感到焦急。[②]

在这种“焦急”的心情下，井上靖不得不继续写下去，告诉不相信自己的日本人何谓真正的中国。因此，《黄色大地》与《大中国》虽然同时发表，但在创作顺序上，《黄色大地》应在前，《大中国》在后。前者反驳西方错误的中国形象，后者则明确了应有的正确中国观，即认识中国要立足于“人口大国”这样一个基本立场上进行，“如果忘了这点而一味站在日本人的立场上思考的话，那么在所有方面都会出现巨大的错误”。[③]

井上靖在《大中国》中除了使用治理黄河、保证温饱、消除文盲等实例来说明中国作为大国的不易，同时将视线投向历史与传统文化。万里长城与紫禁城的雄壮、古代旅行前占卜吉凶的无奈、伟大君王在自然伟力前的渺小、白发三千丈的夸张比喻，无不指向“大中国”这个总体的前提。中国是大国，所以对待他的功绩应该予以积极的评价，对待他的不成熟，应该站在“大国不易”的立场上予以理解与支持。这种独特且冷静的中国观有力地反驳了西方及相当一部分日本人错误的中国观。在随笔《黄色大地》之后，井上靖在《大中国》中回答了何谓真正中国的问题，宣泄了自我的愤懑，体现了井上靖规劝日本民众改变错误中国观的急迫心情。

《大中国》中所传递的中国观——中国之大——不仅体现了现实中国与历史中国的统一，也体现了现实中国与想象中国的统一。即“中国之大”不仅用于观察现实的中国，也贯穿于井上靖的中国题材历史小说之中，构成了井上靖

①均于1960年1月发表。

②井上靖：「黄色い大地」，『井上靖全集』（第26巻），東京：新潮社，1997年，第479-480頁。

③井上靖：「中国は大きい」，『井上靖全集』（第26巻），東京：新潮社，1997年，第481頁。

中国想象的核心内容。

井上靖“中国之大”的基本中国观可以追溯到“二战”期间他出征中国的经历。1937年9月至翌年1月，井上靖出征中国河北，后因严重的脚气辗转至天津陆军医院，随即回国，结束了4个月的出征。出征期间的日记中记录了井上靖对中国的观察，其中对城墙的描写中多处使用“大”来修饰。

（10月9日，永济桥）那里的城墙真是雄伟[①]……看上去仿佛从远古时代就有。

（10月15日，定县）定县的城墙雄伟[②]壮观。

（10月22日，正定）正定城比保定和涿县要大得多，是目前见过的最大的城市。[③]

井上靖在修饰中国的城墙时大量使用“大”。这种“大”不仅仅是客观的描写，同时也是一种心理的折射，其中蕴含着对中国的基本认识。11月19日的日记中记述了井上靖第一次登上城墙的情景。

早上醒来，外面一片白茫茫。是初雪。从丰台开始行军的时候感觉还是夏天，还没有感觉到秋天，冬天已经来了。早饭后，第一次登上城墙。正如军歌里所唱，“满目百里，雪苍茫”。江山兴亡的雪景，不由得感到某种伟大。游历中国的日本浪人们的一生大概也被这异样的伟大所吸引吧。[④]

当井上靖面对“满目百里，雪苍茫”的壮阔山河时，不由得感到了某种“伟大”。从此，“中国之大”的印象在井上靖的心中生根发芽，逐渐成为他对中国的基本认识。就在这一天，井上靖离开部队住进了医院，之后很快回到日本。但是在中国短短4个月的见闻与感受却一直影响着他心中的中国像，这种以“大”为基调的中国观最终融入其中国题材历史小说之中。

---

①原文为“ぼう大”。

②同上。

③「新発見井上靖中国行軍日記　昭和十二年八月二十五日—昭和十三年三月七日」，『新潮』2009年第12号，第199、202、204頁。括号中为行军日期与地点。以下简称《行军日记》。

④同上书，第213-214頁。

《大中国》中，井上靖概括“中国之大”包括以下几个方面：

国土面积大，扬子江和黄河也很大。散落其中的历史遗迹与宫殿也比日本要大出一个层次。另外，中国历史的规模也大。①

简言之，井上靖的“中国之大”包括自然之大与历史之大。在壮阔的自然与宏大的历史面前，人类则显得异常渺小。

在思考中国历史时，人类的渺小总会浮现眼前。中国的历史同时又是渺小人类的历史。即便是秦始皇、汉武帝这样的大英雄，在我们眼中也只不过是在宏大的自然背景下被时空摆布的弱小人物而已。②

井上靖的中国题材历史小说的主人公经常是面对伟大自然或久远历史的渺小人物。《天平之甍》讲述的虽然是鉴真东渡的经过，但主人公并非鉴真本人，而是普照、荣睿、戒融、玄朗、业行五位日本留学僧，描写了他们在中国这个大国的历史语境中，或努力或放弃或流浪或执着的人生。与五位留学僧的人性化描写相对，高僧鉴真在小说中更多地表现出一种历史的厚重感。鉴真之于留学僧仿佛是历史之于个人，不可抗拒的历史伟力凝结在鉴真身上，使他具有了历史的象征意义。

鉴真在与普照、荣睿第一次见面时就斩钉截铁地决定东渡日本传授戒律，这种果断与决绝非常人能够做到。正是鉴真的一句话开启了漫长的东渡之旅，普照、荣睿以及鉴真的众多徒弟们在鉴真的历史光环下开始了他们每个人的一生之旅。

然而，井上靖并没有让高僧彻底成为驱动个人活动的不可抗拒的历史。荣睿中途病故后，井上靖所塑造的鉴真明显不同于之前的雕像式的鉴真，开始具有弱小人类的特性，其话语间透露出温情的人性与面对自然无可奈何的示弱。

“我绕道桂林前往江南是为了叡你的健康，因为我想尽快地离开暑热

①井上靖：「中国は大きい」，『井上靖全集』（第26卷），東京：新潮社，1997年，第480頁。
②同上书，第481頁。

之地。这一次，我之所以答应了来自广州的邀请，是因为看到你的健康状况有所恢复，遂放弃回归江南，取道广州，打算在那里寻找前往日本的船只。可是如今，一切都已成空。”①

“我为了前往日本传播戒律而几次漂泊海上，但不幸的是，至今未能踏上日本的国土。不过，我的愿望总有一天定会实现。现在，我们将前往扬州。多年漂泊的生活，大家都已筋疲力尽，祥彦的身体已经垮了，我的眼睛也几近失明。所以只能暂且回到扬州修养一段，他日再图。我想再次渡日还需要一段岁月。”②

从这两段话中可见，鉴真不再是远处的“历史”背景，而是被置于画面前端的“人”。井上靖通过温情的话语与示弱情绪的展现，成功塑造出有血有肉的鉴真，从而将他置于艰难之旅这个总的自然背景之中，使之成为“在宏大的自然背景下被时空摆布的弱小人物”。

伟大人物的渺小性不仅体现在《天平之甍》的鉴真身上，《杨贵妃传》中的玄宗当被作为近景的对象进行描写时，其渺小的人性也展露于井上靖的笔下。杨玉环在见到玄宗之前将他看成是不可抗拒的命运。

必须前往那里是降临到自己身上的新的命运。那个拥有无人可及的权力、一句话就可以要人性命的难以置信的人物现在正在那里等着自己。③

然而，当这个具有无上权力的人物被杨玉环的双臂环抱其中的时候，象征命运的玄宗从远景被拉至近处，成为一个内心充满恐惧与孤独的弱小之人。

现在，玉环感到这个权力者非常虚弱无力。他是权力，是天，是命运，甚至有时比黄河之水还要肆虐残暴，但同时，他也是时常害怕着什么的弱小的孤独灵魂。④

由此可见，井上靖笔下的鉴真和唐玄宗都具有伟大的历史性与渺小的人

①井上靖：「天平の甍」，『井上靖全集』（第12巻），東京：新潮社，1996年，第68頁。
②同上书，第73頁。
③井上靖：「楊貴妃伝」，『井上靖全集』（第15巻），東京：新潮社，1996年，第415頁。
④同上书，第429頁。

性两个方面。而小说《敦煌》中的大人物李元昊却一直处于前台人物的背景位置，很少抛头露面，因此显得异常的高大且遥不可及。

> 之前只知道名字却从未见过的西夏年轻的统治者在行德的眼中显得仪表堂堂。年龄大约二十四五岁，身材不高，仅五尺有余，但却具有十足的威严，在夕阳的照射下，李元昊的身体熠熠生辉。
>
> 李元昊在整齐的队伍前缓缓走过，他仔细地打量着每一个人，然后投以浅浅的微笑。那是让每一位士兵都为之感动的深沉稳重的微笑。他的身上散发着一种不可思议的魅力，让每一个看到他的人都不由得愿意为他奋不顾身地战斗。①

《敦煌》中只有此处对李元昊进行了细致的描写，尽管是近景描写，但李元昊仍被塑造成一个高高在上、不可抗拒的伟人形象。因此，朱王礼反抗李元昊从一开始就已经注定了失败的命运，因为他对抗的不是一个“人”，而是“具有不可思议力量”的“历史”。小说最后通过赵行德的梦来描写朱王礼与李元昊的决战，实质上是通过梦境这种非现实的手段，将朱王礼从凡人上升至与李元昊一样的高度。只有这样才能保证李元昊形象的伟大，从而突出人与历史抗争的必然结局。

小说《楼兰》是体现自然伟大与人类渺小的典型作品。在强大的汉朝与匈奴政权的夹缝中寻求生存的楼兰人迁居鄯善后，阻碍楼兰人返回家乡罗布泊的不是人为的力量，而是残酷无情的自然。

> 风的怒吼声愈来愈大，沙雨愈来愈猛烈。遮天蔽日中，战士们已经无法看清对方的样子。
>
> 狂风没日没夜地刮了三天三夜。风沙埋住了人，也埋没了战马和骆驼。城墙在风沙中矮了一半。
>
> 不知什么时候，战斗结束了，仿佛从一开始就没有发生一样。②

---

①井上靖：「敦煌」，『井上靖全集』（第12卷），東京：新潮社，1996年，第306-307頁。

②井上靖：「楼蘭」，『井上靖全集』（第5卷），東京：新潮社，1995年，第559-560頁。

人类激烈的战斗被自然界的狂风沙雨掩埋得无影无踪，人类在自然面前就是这样渺小无力，楼兰人最终也未能回归自己的故园。

井上靖在小说中建构的中国是伟大的自然与历史，是不可抗拒的命运，但同时，他没有否定渺小的人类，而是对他们的人性与功绩给予了肯定。鉴真、留学僧、唐玄宗、朱王礼和楼兰人在井上靖的笔下都焕发着一种悲情的美丽。因此可以说，文学想象中对人的肯定与现实旅行中对中国现实的正视，源发于“中国之大”的立场，共同构成了井上靖内心中统一的中国观。

综上可知，最晚在1960年，井上靖开始关注中国的现实，结合自己的亲身经历驳斥西方及日本民众的错误中国观。与此同时，在“中国之大”的立场上，井上靖实现了想象中国与现实中国的统一，强化并升华了自己原有的中国观。

在这样的心态下，井上靖于1961年6月第二次访问中国，这次井上靖眼中的中国形象较之第一次明亮了许多。

“这次中国之旅除了酷热难耐之外都很令人愉快。”这是《井上靖・中国影像纪行》的开篇句，同样的表达也出现在两个月后发表的《第四年的中国》中。这种心情与第一次访问中国后的心情截然不同。井上靖在第二次旅行前，已经开始重新思考中国，感到正视中国现实的迫切性，为了纠正大家对中国的错误认识，这次旅行必须是愉快的。另外，第二次旅行的比较对象，不再是自己心中的想象中国，而是第一次的中国印象，当井上靖看到中国在4年间的新变化时，心情自然也舒畅起来。

井上靖在《井上靖・中国影像纪行》和《第四年的中国》两篇游记散文中讲述了中国的变化，重复之处很多，总结起来可以归纳为人的变化与北京的变化。

人的变化是指中国出现了“新型的青年”。井上靖对中国的年轻人给予了高度的评价，认为他们是“当今世界上任何一个国家都难以见到的新型青年”①。在1961年7月18日的访中日本文学代表团回国欢迎报告会上，井上靖的

①井上靖：「四年目の中国」，『井上靖全集』（第26巻），東京：新潮社，1997年，第485頁。

发言也是主要围绕中国新型青年展开的。8月25日刊行的《日中文化交流》介绍了这次会议的内容，罗列了亀井胜一郎、平野谦、井上靖和有吉佐和子的发言，而报道的题目为“开创新时代的新型青年”，显然是取自井上靖的发言内容,可见，他的中国印象代表了当时日本友好人士的心声。

北京的变化主要指北京街道扩宽、人民大会堂与历史博物馆的建设、西郊文京区的大学城等现代都市景象的出现。在第一次中国旅行后的游记中，井上靖几乎没有提及北京或广州等城市的建设情景，而是将目光投向自然的珠江和作为历史见证的古迹、旧城墙，停留于心中的想象中国。但这一次，井上靖开始主动描写北京现代化进程中的建设状况，目光投向了现实中国的变化，对新中国强有力的现代化进程表现出敬佩之情，并寄予了深厚的期望。

> 我曾想，欧洲是属于过去的国家，因为美国是一个过于现代的国家。照此说下去，中国就应该是属于未来的国家吧。在中国，无论走到哪里都能感到他蒸蒸日上的活力。①

在批驳错误中国观之后，井上靖站在“大中国”的立场上主动将目光投向现实中国，积极而乐观地审视与评价这个充满活力与激情的大国，表达了自己对其未来的坚定信念。从此，这种对中国的积极态度成为井上靖与中国交往的基调，也正因为此，在之后至井上靖逝世（1991年1月）的30年间，井上靖为中日文化交流事业做出了巨大的贡献。

三、第三次中国旅行：现实与想象交错的文学之旅

前两次的中国旅行促使井上靖形成了基本的中国观。第一次旅行中，井上靖主要将自己心中的想象中国与现实中国进行对比，主观上对新中国的发展存在抵触感，忽视处于初级发展阶段的中国现实。然而，当意识到日本与西方诋毁中国形象的企图时，井上靖开始结合自己的亲身经历，主动予以批判。在希望日本民众正视中国现实的同时，自己也进行了深刻的反思，并以“中国之

---

①井上靖：「井上靖·中国カメラ紀行」，『井上靖全集』（第26巻），東京：新潮社，1997年，第484頁。

大”为认识中国的基点，在第二次旅行中终于发现了处于发展建设中的中国的伟大与美丽，并将中国想象中渺小而美丽的人类与现实中国融合起来，最终形成井上靖对中国的基本认识。这种认识贯穿之后的25次中国旅行，中国一直以来将井上靖视为中日友好的使者盖源于此。

1963年9月29日至10月25日，井上靖借参加鉴真圆寂1200周年纪念活动之机第三次访问中国。11月发表的游记散文《中国之旅——鉴真圆寂1200周年纪念活动》中，对北京的描写延续了第二次旅行后的叙述角度。

在向近代城市转换的进程中，最引人注目的莫过于首都北京。①

井上靖在天安门广场参观了盛大的国庆游行，在故宫、万寿山欣喜地看到了熙熙攘攘的游人，看到了秋日明媚阳光中的恋人，看到了城市道路两边整齐的树木，这一切再一次认证了井上靖心目中不断发展、不断进步的中国。在经历了第1次与第2次的中国旅行之后，井上靖不仅开始发现中国美丽的“风景”，同时也在惯性的观察视角下，逐渐形成了伟大、发展、明亮、活力的现实中国像。

第3次中国旅行中，统一于“中国之大”的想象中国与现实中国更加紧密地联系在一起，甚至有时分不清何为想象，何为现实。游记中不仅有现实中国的描述，也在几乎同样的篇幅中描画了想象中的历史中国。《中国之旅——鉴真圆寂1200周年纪念活动》中对比了历史中的长安与今天的西安，也对比了历史与今天的扬州。但是，与其说是历史与今天的对比，不如说是想象与现实的对比。

长安是在平原上修建的都城。史书与诗歌中经常出现的终南山和霸陵比想象的遥远许多，从长安城内望去朦朦胧胧。

…… ……

扬州是一座美丽的小城，到处可见古运河美丽的河水。鉴真时代曾有

①井上靖：「中国の旅——鑑真逝世千二百年記念行事」，『井上靖全集』（第26巻），東京：新潮社，1997年，第487-488頁。

二十四桥的大运河如今在城外还能找到，城内原有的运河已被填埋，成为扬州内最宽的街道。①

在这里，属于想象范畴的历史中国与现实中国进行了对比。想象因而具有了真实性，与现实的界限开始模糊起来。

同样的视角也体现在现实的人际交流上。井上靖在随笔《故友贵》中讲述了他在中日文化交流过程中与中国文学家楚图南、冰心、李季、严文井等人的深厚友谊，文章写道：

对我而言，三次访华收获颇丰。除结识了许多“老朋友”外，还有幸参观了想去的地方，帮助我正确理解了扬州、西安等地的古代历史。……这次到访中国，扬州和西安对我来说都是“故地重游”。它们都是让我创作了几篇历史小说的“重游故地”。故友贵，重游之故地，也应该珍惜。②

对井上靖而言，与现实人物的交往和探访历史城市在本质上是一致的，都应该“珍惜”。现实人物是“故友”，城市是“重游的故地”。“重游的故地”不仅指之前中国旅行中的途经之地，也指在历史小说中描写的城市，这样的地方才是“真正意义的重游之故地”。因此，井上靖的中国旅行既是现实的旅行，也是想象的旅行，二者互相融合，合二为一。现实可为文学创作提供丰富的素材，而想象则将这些素材带向井上靖的文学主题。在此意义上，井上靖的中国旅行在根本上是一种文学旅行。现实与想象相互交错的文学旅行中，井上靖不断深化着“中国之大”的基本中国观，最终在文学创作中转化为自己一直追寻与展现的历史观。

第三次中国旅行明显不同于前两次之处在于旅行的自由度大幅提高。从行程来看，从1963年10月15日在扬州参加纪念仪式后，至10月25日的10天内，井上靖属于自由行动的状态，这为井上靖实现文学之旅提供了前提条件。

①井上靖：「中国の旅——鑑真逝世千二百年記念行事」，『井上靖全集』（第26巻），東京：新潮社，1997年，第487頁。

②井上靖：「旧知貴ぶべし」，『井上靖全集』（第26巻），東京：新潮社，1997年，第489頁。

参加鉴真纪念活动之外，我们每个人都有许多各自专业领域上想要调查的事情，每个人为此都是忙忙碌碌。[1]

井上靖的“专业领域”就是文学创作，所以在这次旅行中，井上靖实现了想象与现实交错融合的文学之旅，小说《杨贵妃传》与《永泰公主的项链》的创作都与这次旅行存在着密切的关系[2]。

接下来，笔者以第3次中国旅行中的西安之旅为例，考察其与小说《永泰公主的项链》创作之间的关系，探讨中国之旅与井上靖文学创作之间的内在联系。

短篇小说《永泰公主的项链》发表于第3次旅行结束一年后的1964年11月。井上靖在《永泰公主的项链》（赖育芳译）的序言中明确说明了小说的创作契机来源于第3次中国旅行中永泰公主墓的参观，因此可以断定，这是一部直接受到旅行影响的小说作品。

1988年，中国作协的赖育芳翻译出版了井上靖作品选集《永泰公主的项链》，并请井上靖和王蒙作序，请日本文艺批评家佐伯彰一做解说。赖育芳、王蒙和佐伯彰一都没有说明这部收录了8篇历史小说的翻译作品集为什么取名为“永泰公主的项链”，只有井上靖在序言中提及这个书名“颇合我意”。井上靖在序中详细讲述了自己参观永泰公主墓的过程，说明了小说创作的契机，为探讨旅行与小说创作的关系提供了难得的资料。

值得关注的是，井上靖首先对收录的8篇历史小说做了这样的自我评价：

所收录的8篇短篇作品都各自取材于古代历史，可以称之为历史小说。但是我并非是要对历史进行新的解读与观照，而是从历史中找到之前没有人注意到的小故事，然后将之写成小说而已，这是这些小说的基本特点。[3]

---

① 井上靖：「中国の旅——鑑真逝世千二百年記念行事」，『井上靖全集』（第26巻），東京：新潮社，1997年，第487頁。

② 《杨贵妃传》与第三次中国旅行的关系参见「『楊貴妃伝』の作者として」（『井上靖全集』（别卷），東京：新潮社，2000年，第226頁）。

③ 井上靖：「赖育芳訳『永泰公主的項鍊』序」，『井上靖全集』（别卷），東京：新潮社，2000年，第134頁。

可见，历史之大与人之渺小构成了8篇历史小说的基本主题。因此，《永泰公主的项链》写的不是武则天强权政治下悲惨死去的永泰公主，而是历史上无名无姓，或追求金钱，或追求爱情的有血有肉的盗墓贼。《永泰公主的项链》产生于旅行，又归结于井上靖的历史观，体现了井上靖的旅行与文学在思想层面上的统一。当面对历史时，旅行并非随意的观察，而是在一定的历史观下有意识地取景，最终形成具有统一思想内涵的一系列历史小说。

小说《永泰公主的项链》讲述了这样的故事。

唐朝灭亡后，中国进入战乱不断的五代十国时代，盗墓事件接连不断。一个姓陈的盗墓贼在唐高宗与武则天合葬的乾陵附近找到了一个陪陵，遂组织盗墓团伙进行盗掘。经过艰难的挖掘，盗墓贼打穿了墓道。为保证大家安全，陈命自己的妻子和弟弟在地面看守，自己和其他盗墓贼进入墓中。不想，陈妻与胞弟早已暗中通奸，陈妻让弟弟将掀起的天窗大石重新盖上，试图杀死陈，但弟弟却囿于哥哥的养育之恩不忍这样做。第二天晚上，墓室终于打通，这次只有陈妻留在地面，男人们都进入墓室盗宝。当陈试图进入永泰公主的棺内时，陈的弟弟生平第一次开始厌恶自己的哥哥。陈从永泰公主的脖子上取下项链，最后一个从墓室走出时，愤怒的弟弟推倒大石，将陈困死在公主墓中。

将序言与小说内容比较可知，小说中的许多细节描写都来源于第3次旅行中的公主墓参观过程。比如乾陵与永泰公主墓的地理位置和地理关系、陪陵的判断、墓道的样子、墓室壁画及墓志铭的内容等都巧妙地运用于小说当中。如果逐一对照，还可见井上靖是如何虚构出盗墓过程的。

> 盗掘的痕迹显而易见。墓室入口的石门上方遭到了破坏（小说中生动描写了打开墓室石门的过程），石棺上也清晰地残留着锤子敲打的痕迹（小说中有打开沉重棺盖的描写，在打通墓室过程中，使用了锤子），墓室墙壁上还留有一个手套印记，应该是盗墓者留下的（盗墓贼陈使用了手套）。
>
> 向导告诉我，盗墓者是从墓穴上方向下挖，盗洞准确地通到墓道，其挖掘经验让人惊异。（小说中非常精彩地描写了盗墓贼格选择挖掘地点的过程）
>
> 尽管准确进入墓道，但是盗墓者在地底漆黑的房间中破坏坚固的石

> 门，光想一想也令人毛骨悚然。（小说中描写打开石门的过程非常艰苦，如“恶鬼在地狱中干活一般”）
>
> 另外，盗墓者好像是几个人组成的团伙（陈组织成盗墓团伙），墓穴被发掘时，在盗洞的正下方发现疑似属于一个盗墓成员的人类腿骨（由此虚构出陈这个人物），身边还有一把棒槌与散落的宝石（小说中描写墓中到处都是随葬品）。[①]

通过以上的对比分析，可见旅行中的参观为小说创作提供了大量的素材。井上靖通过巧妙的构思，将自己的见闻交织于小说情节中，使小说具有了历史的真实感与可信性，同时也提升了小说的趣味性。如盗墓贼格选择挖掘地点的描写，既不失真实性，又在井上靖的虚构下格外引人入胜。

> 盗掘工作能否顺利取决于在地上挖下去的第一锹。腰弯驼背、70岁的格在这方面是知名的老手。一般来说，第一晚只有格一个人忙碌。他几十次趴在地上，把身体贴在土丘上，侧着脸倾听从地底传来的声音。格一会儿闭上眼睛，一会儿睁开眼睛，在灯笼的照射下，他的脸若隐若现，他的表情让同伴们放心，又让人感到神秘莫测。[②]

根据讲解员的解说，井上靖虚构了盗墓贼“格”这个老人，让盗墓从一开始就充满着神秘感与新奇性，引人入胜。这种根据旅行见闻的精彩虚构在小说中随处可见，体现出井上靖高超的创作技能。

旅行见闻成为情节虚构的素材，但井上靖并非在创作盗墓小说，而是利用这些素材编织出反映自我历史观的文学作品。《永泰公主的项链》的主题在本质上与《天平之甍》《敦煌》《杨贵妃传》等小说一样，描写的都是历史的伟大与人类的渺小。所以盗墓的结局颇为耐人寻味，既不是获得大量财富的回报，又不是盗墓团伙的火拼，而是陈死，陈弟与陈妻一无所获。

---

①译自「頼育芳訳『永泰公主的項鍊』序」，括号内容用来说明实际的参观与小说虚构情节的关系。

②井上靖：「永泰公主の頸飾り」，『井上靖全集』（第7巻），東京：新潮社，1995年，第101頁。

陈弟与陈妻留守在地面时，无论陈妻如何劝说，他都念及哥哥的养育之恩，没有将掀起的大石推倒。

陈弟的内心非常矛盾，在养育之恩与个人幸福面前踌躇不前。人世间二选一的烦恼是文学作品中的常见情节，这种心理纠结的解决中往往能够看出作者的创作意图。井上靖的不同之处在于，他没有将矛盾的解决局限于人的范畴，而是在高于人类的历史中寻找答案。

陈弟对陈第一次产生厌恶感是在陈打开永泰公主的棺椁不断向里面窥看之时。对待自己的手足哥哥，对待养育自己、情深似海的哥哥，弟弟开始厌恶的原因在于哥哥亵渎了悲情历史的化身——永泰公主。永泰公主是武则天的孙女，因批评武则天触犯龙颜，与丈夫魏延基一起被武则天鞭笞致死，年仅17岁。

> 年轻人一想到大家正在盗挖的坟墓正是那个薄命的唐朝公主的安息之地，心里就开始强烈地抵触这次的工作。[①]

陈弟对永泰公主的怜悯最终战胜了对哥哥的亲情，当陈手拿着从公主脖颈上取下的项链走向出口时，“年轻人对哥哥感到了刚才在墓室中的那种厌恶，这种厌恶很快转变为愤怒，是那种‘不共戴天’的，无论如何不能原谅的愤怒”[②]。年轻的弟弟在这种愤怒之下，推倒了立在天窗旁的大石，将哥哥埋葬在公主墓中。

弟弟杀死哥哥的动机可以归结为对悲惨的永泰公主的怜悯，但这种怜悯怎么会具有战胜亲情的强大力量？兄弟俩从小无父无母，弟弟由哥哥亲手抚养成人。对弟弟来说，哥哥就是父母，具有养育之恩。父母亲情到头来竟然输给了对历史上悲惨命运人物产生的同情与怜悯，不得不让人匪夷所思。因此，这种怜悯并不是简单的人世间的怜悯，而是渺小的人类对历史的悲悯。在悲情历史面前，一切人世间的情感都显得微不足道。

---

①井上靖：「永泰公主の頸飾り」，『井上靖全集』（第7巻），東京：新潮社，1995年，第106頁。

②同上书，第110頁。

陈妻在小说中的描写也颇为耐人寻味。陈妻在陈等人进入墓道以后，马上让陈弟盖上大石，她的目的很单纯，就是想与自己所爱之人幸福地生活在一起。陈妻并没有想与自己的爱人独吞墓中的财宝，只是为了追求朴素的幸福。这个女人原本并不爱陈，只因她无所依靠，被陈乘人之危，做了他的媳妇，实际上与拐骗无异。因此，她所追求的不是财宝，而是“安稳恬静的生活”[①]。女人对公主墓中的财宝毫无兴趣，而是想闷死盗墓贼们，过自己的生活，这在某种程度上保护了公主墓，也与之后陈弟推倒大石的行为具有了一致性。两人的行为在根本上都是在保护永泰公主墓。

陈弟对墓中财宝也没有什么兴趣。他进入墓室后，只是仔细观察墓室的壁画。

> 在东墙的壁画前，年轻人驻足良久。壁画中央画着红色的柱子，左右分列侍女与宫女，左侧7人，右侧9人，各自手中拿着喜欢的东西站立着。年轻人边看边想，这些女子都是服侍永泰公主的人吧？突然，其中的一个侍女吸引了年轻人，因为那个侍女的侧脸让年轻人觉得与正在地面上一边淋着雨一边放哨的女人非常相像。[②]

陈妻在这里发生了身份的转换，从追求幸福的世俗女人变成了服侍永泰公主的侍女。这样一来，她的义务就是保护永泰公主，保护她的陵墓不受侵害，这与她对墓中财宝毫无兴趣又是一致的。

陈弟在亲情与爱情之间难以取舍，但在这时，超越人世间情感取舍的历史呈现在他的面前。只有保护象征历史的永泰公主，才能超越亲情与爱情、亲人与爱人的人世纠葛，最终解决人世间的烦恼。在这里，永泰公主成为强大历史的化身，折射出历史伟大且不可抗拒的小说主题。

陈弟推倒大石，将哥哥困在墓中，女人默默地拿起铁锹开始掩埋洞口。这时，陈弟与陈妻不仅实现了自我的幸福，更为重要的是，二人一同保护了神圣

①井上靖：「永泰公主の頸飾り」，『井上靖全集』（第7巻），東京：新潮社，1995年，第103頁。
②同上书，第108頁。

的历史，从杀兄与杀夫的人伦罪孽中得到了解脱，他们的爱情也在历史的光环下显得美丽而珍贵。

小说的最后回到了千年后的现实，记述了公主墓挖掘的情况与永泰公主的生平。在小说的最后描述遗迹的创作手法经常出现在井上靖的历史小说之中，《漆胡樽》《敦煌》《楼兰》等作品中都具有这种结构。历史的遗迹昭示着历史的悠久与宏大，暗示着这样的历史又是由渺小的人类创造的。井上靖通过这样的结构，找到了伟大历史与渺小人类的结合点，展现了自己独特的历史观，即臣服于历史伟力的同时，也赞美着渺小人类的努力。

四、结语

井上靖早期的三次中国旅行既层层递进又一脉相承。层层递进是指，从最初的用心中想象的中国像作为透镜对现实中国进行观察，到站在“中国之大”的立场上纠正忽视中国现实的错误，正视并肯定现实中国。一脉相承是指，在其文学创作与中国旅行的过程中，贯穿着历史伟大与人类渺小的历史观，这种历史观在中国旅行中得到了强化和升华，与井上靖“中国之大”的中国观密切相关。

在作家看来，旅行是文学创作的延伸，旅行过程中的感悟为作家追寻的人生主题提供了精神源泉。井上靖就是通过旅行中对中国的感悟，来丰富与充实自己在历史小说中一直追寻的历史观，从而实现自己的文学理想。这是井上靖的中国旅行与其文学创作间最根本的联系。

伟大的历史不可抗拒，但历史的缔造者终归是渺小的人类，人类的努力也是值得肯定的一种美丽。贯穿于井上靖历史小说中的这种历史观、人生观在旅行中得到了认证与激发，井上靖既看到了中国悠久的自然与伟大的历史，也看到了现实中国的“新型青年”，坚信中国将成为世界的未来。同时，现实旅行与想象旅行交错融合，构成了井上靖的中国文学之旅。现实提供了丰富的素材，想象指向着作家的精神主题。这种创作方法一直延伸至井上靖最后一部长篇历史小说《孔子》。《孔子》调查旅途中的井上靖手上记录着现实的见闻，心中萦绕着孔子传道之旅的历史悲剧与不懈努力的美丽，感悟着自己的历史与人生。

第三节 《孔子》中的观察之旅与观照之旅

1987年6月至1989年5月，《新潮》杂志连载了井上靖的最后一部长篇历史小说《孔子》。1986年4月20日至5月1日，井上靖前往北京大学接受名誉博士称号，随后前往河南，为创作《孔子》进行考察旅行[①]。回国后，井上靖被查出食道癌，第一批原稿原定于9月29日提交，但井上靖在这一天接受了大手术[②]，使原定于1986年9月开始连载的计划被迫推迟。癌症的发现与中国旅行也有一定关系。井上靖曾有两次机会前往楼兰，第一次时，中国政府出于安全的考虑，提出只能乘坐直升飞机在楼兰的上空停留一下[③]，但最终因为井上靖的反对而未能成行。井上靖并不害怕危险，在他心中，能够站在自己作品的舞台上才是他最大的愿望。第二次机会在1986年9月，这次中方提出根据具体情况，在条件允许的情况下，可以降落。一切都准备好了，但中方突然因为某些原因又临时取消了这次行程[④]，井上靖再次遗憾地与楼兰擦肩而过。访华日程的取消给了井上靖难得的休息时间，他不经意间说有些反胃，引起芙美夫人的注意[⑤]，陪同他去医院检查，结果查出了癌症。因此，《孔子》的连载比预定的时间延后了一年。如果没有这一年，《孔子》的连载将在日本进入平成之前结束。也正是因为这推迟的一年，面对生命即将终结的井上靖在《孔子》中表达了自己对人生的看

①井上靖为创作《孔子》进行了6次中国考察之旅，分别为1981年9月27日于曲阜，1982年11月29日—12月2日于济南、淄博、郑州、商丘，1983年12月15日、16日于开封、郑州、蔡丘，1986年4月24—29日于郑州、新郑、上蔡、新蔡、驻马店，1987年11月3日于负函，1988年5月7日于曲阜。

②新井巳喜雄：「招待席井上靖——『孔子』」，『立正大学国語国文』1994年第30号，第23頁。

③佐藤純子：『井上靖先生の中国への旅』，『伝書鳩』2008年第9号，第27頁。

④根据郑民钦的证言。

⑤佐藤純子：『井上靖先生の中国への旅』，『伝書鳩』2008年第9号，第27頁。

法与面对死亡的态度，同时对于连载期间结束的昭和时代，井上靖也通过《孔子》表达了自己的认识。

《孔子》研究中对井上靖的中国考察之旅与小说内容的关系考察并不多见，往往都是围绕小说中“天命”“仁”等主题的阐释以及从叙事学的角度分析虚构的主人公蔫薑作为叙述者的作用。因此，本节将着眼小说中的旅行，围绕“候鸟”这个具有象征意义的意象，深入分析文本内涵，并结合井上靖的考察日记、同时期发表的诗作以及同行者的回忆，考察小说与旅行的关系，从旅行的视角对《孔子》进行再阐释。

一、“候鸟”的象征意义

1986年4月的河南省考察日记上，井上靖在单独的一页上用钢笔写道：

> 动物科学研究所（中国出版）
> 郑作新著
> 《中国鸟类分布目录》
> 山科鸟类研究所编（日本出版）
> 《中国鸟类名鉴》①

从中可见，井上靖在创作《孔子》之前，似乎对中国鸟类进行了一定的调查。但这种书本上的了解与学习在实际的创作中几乎没有起到任何作用，这从小说原文中可以得到印证。

> 我记得上一次你们前来的时候是初夏时节，不知不觉间已经到了秋天。在这个贫寒的深山村落里，现在是一年中最好的时节。不知道叫作什么鸟②，但是今天在离这里不远的溪谷上空，它们正成群结队地向东迁徙。③
>
> 我想大家刚刚都听到了鸟群飞过时扇动翅膀的声音。不知道是不是候

①引自神奈川近代文学館所蔵「井上靖文庫」創作ノート・「河南省・歴史資料」（「孔子」）（编号69522）。笔记封面是井上靖用钢笔书写的「河南省・厂史資料○ 上蔡・新蔡の関係 」，“厂”应是“历”的略字。

②下画线为笔者添加。下同。

③井上靖：『孔子』，東京：新潮文庫，1995年，第121頁。

鸟……每天过着这种平静的生活，自然而然地就对鸟儿振翅的声音以及昆虫的鸣叫声变得越来越敏感。①

井上靖在考察之旅中详细记录了所见的树木，日记中记载的柏树、银杏、槐树、柳树等，在小说中都有所体现。关于鸟的记录，只有上文中引用的一处。井上靖是否实际阅读了日记中提到的两本关于中国鸟类的书籍不得而知，但可以肯定的是，小说中没有出现具体的鸟的名字，取而代之的只有“候鸟”这一种说法。因此可以推测，井上靖有意让没有特定名称的候鸟出现在文本中，从而寄托某种象征性的含义。小说中虽然出现了各种树名，但正因为名称的确定，反而失去了特殊的含义，一定程度上说明了井上靖的考察之旅与小说内容之间的关系。但是，对于“候鸟”这一说法，文中没有点明具体的鸟的名字，这样一来就使“候鸟”具有了象征性，其中潜藏着内省的观照式的内涵。

上述笔记中在记录鸟类书籍的下一页写着孔子出游的路线，其中“新蔡至负函第二次”的路线如下：

新蔡→负函 第二次 第五章 三

新蔡—渡过汝河干流—第一夜—第二夜—第三夜—翌日傍晚

正阳　　新安店　　明港　　负函

随处可见成群的候鸟。这次不进入淮河流域，从北面进入负函。

因此，返回时只要沿此路返回，就不需要渡过淮河，但是因为行军需要未能实现。结果是先从淮河北岸渡到南岸，然后再从南岸渡到北岸。

井上靖的河南考察日记中，这里是第一次也是唯一一次出现“候鸟”的地方。另外，这里书写的是小说的情节构思，井上靖在实际的旅行中是否看到过候鸟不得而知。而且，这里的“随处可见”一词表明这是一种恒常状态的描写，所以可以认定是井上靖虚构的景象。换言之，候鸟景象不是旅途中的观察所得，而是内心观照的结果。此处的“候鸟”已经失去了实际的生物学意义上的含义，而突显出某种象征含义。这一象征性的“候鸟”与小说《孔子》的主

①井上靖：『孔子』，東京：新潮文庫，1995年，第142頁。

题有着密切的联系。

1.33年的时间

小说开始的时间是孔子逝世后33年，从这一年开始，昔年孔子出游期间陪伴其左右、从事杂役工作的弟子“蔫薑”向孔子研究会的人讲述孔子一行人的游历经过。这种类似讲演会、研究会的形式一直贯穿到小说的最后，被认为是井上靖使虚构带有真实感的创作手法。但是小说为什么将开始的时间设定于孔子逝世33年这样一个看似不经意的时间呢？其中隐含着作者怎样的意图？笔者在这一节里结合考察日记的记录试图说明这个问题。

在《孔子》的考察日记中记载了33年的由来：

公元前479　哀公十六年 4月，孔子卒，73岁，蔫薑39岁
公元前478　哀公十七年 楚灭陈
公元前447年　楚灭蔡 蔫薑71岁
公元前446年　蔫薑开始讲述72岁
孔子逝世后34年（或33年）
孔子逝世到讲述这些话之间过去了34年的岁月。
现在陪伴孔子到负函是哀公六年，公元前489年
当时，孔子63岁，蔫薑28岁
公元前445年6月（6、7、8共三个月，蔫薑再访负函之旅）①

从这段构思性的记录中可以看出，小说中的33年指的是从孔子逝世之年开始至主人公蔫薑开始讲述孔子游历各国时止的33年。在此之前的公元前447年，蔫薑的祖国蔡国被楚国所灭。亡国后的回忆使小说具有了某种历史的意义，也让虚构的人物更具有真实感。

但是，这里面也有一个不合逻辑的地方。蔫薑知道了祖国蔡的灭亡，看破人世沧桑，感怀思念故国，于是开始讲述昔年陪伴孔子出游的经历，这是比较

①引自神奈川近代文学館所蔵「井上靖文庫」創作ノート・「負函・資料A」（「孔子」）（编号69510）。

符合情节逻辑的。然而，在小说中并非如此安排，蔫薑开始讲述往事时并不知道蔡国已经灭亡，而是在第一次向孔子研究会的人讲述往事之后从一位宋国商人那里得知的。孔子研究会的人得知此事更要等到第二次拜访蔫薑时。

> 关于搬迁到州来的蔡国之后的情况，有件事是最近才得知的，我想应该先跟大家说一下。
>
> 我说最近得知，这个最近其实也不近，是在上次与大家见面后最多十几天的时间。一个宋国的商人带领的20几个人的商队通过这个小山村，从他的口中，我得知了我的故乡蔡国后来的消息。①

因此，33年虽然是作者计算孔子逝世与蔡国灭亡的时间得出的具有一定历史内涵的时间设定，但在小说中却是非常偶然的时间点。但是，井上靖为何以蔡国的灭亡作为小说开始的时间呢？这一点从考察日记中找不到答案。但是，如果聚焦小说文本中"候鸟"的部分，或许可以看出井上靖的这种设计并非出于偶然。

> 来到此山居住已经30余年，最初的四五年每到秋季就能看到成群的候鸟划过天空。不知从何时起，突然就看不到了，但是今天时隔多年，多少年已经记不清了，又让我看到了一大群候鸟从天空飞过。②

30年时间里，开始的四五年能够看到候鸟，后来便销声匿迹，直到几十年之后的今天又再次见到，这段讲述从自然现象来说并不符合一般性的规律，动物的迁徙在30年间为何会发生如此巨大的改变？同样的讲述在小说中还有一处。

> 记得是我来到这个山村最初的三四年。每年，不论春天还是秋天，都能看到成群的候鸟迁徙，但之后有20多年没有看到。不知为什么，今年的春秋季节，我又几次仰望到大群的候鸟划过天空。那真是壮观的景象。如

① 井上靖：『孔子』，東京：新潮文庫，1995年，第122-123頁。
② 同上书，第121頁。

果是在鲁国的国都，大概看不到这样的景象。[①]

这一段的表述与上一段引用如出一辙。前文提到，井上靖创作《孔子》之前接受了大手术，切身感到了死亡的逼近。当死亡临近时，人总会回顾自己的一生。如果将33年与井上靖的人生回顾联系起来，那么从《孔子》的发表年1987年向前数33年，则是1954年，正是日本战后时代的结束时期。

1951年，日本与美国单方面媾和，签订《安保条约》，结束了日美战争状态，日本获得了国家的独立。与此同时，日本因朝鲜战争带来的特需景气，经济迅速得到恢复，1952年，经济已经恢复到战前水平，1955年开始进入高度经济发展时期，1956年的《经济白皮书》宣告“战后时代”已经结束。

“战后时代”结束后的四五年间是井上靖历史小说的创作高峰，1957年的《天平之甍》、1958年的《楼兰》、1959年的《敦煌》与《苍狼》都是在这一时期创作完成的。这些作品都隐含着一个共同的主题，即在自然的永恒时空里凝视人的历史与生命。之后虽然有《风涛》（1963年）、《俄罗斯国醉梦谭》（1966年）等历史力作，但与1957年至1960年阶段的创作已不可同日而语。小说《孔子》中，主人公时隔20多年后再次看到候鸟的迁徙，这种时间上的设计与井上靖的人生完全重叠，他也是在历史小说创作高峰期过去20年多年后，在面对死亡的反思中，用《孔子》重新思考永恒不变的自然时空。

候鸟意象除了蕴含着作者回顾一生的内在自省，也反映出对时代的反思。《孔子》因为推迟一年开始连载，所以在连载期间，日本从昭和进入了平成。虽然偶然，但作为边发表边创作的连载小说，井上靖有充裕的时间对占据自己绝大部分人生的昭和时代在作品中进行一次总结。

于是，井上靖将《孔子》的时代背景描述为乱世。

国家依次灭亡。曹国、蔡国，不论哪个国家的子民，孔子都想拯救他们的不幸与苦难。但是在那个乱世当中无法做到。

而且，不论国家灭亡与否，在大地上到处是不幸与不幸的人们。[②]

---

①井上靖：『孔子』，東京：新潮文庫，1995年，第222頁。

② 同上书，第125頁。

井上靖认为如果不是这样的时代，就无法创作孔子这个人物，也无法阐释孔子的思想。《孔子》发表后，井上靖曾与大江健三郎进行了一次对话，他说道：

> 我的孔子是生活在充斥着战争的时代。故事的舞台和背景都是战争。孔子就活在那样的时代。所以，如果不考虑论语中每句话背后的时代特征，就不能正确加以理解。（略）曾有记载，假肢占据了市场上一半的商品，这虽然是象征的说法，但一半商品都是假肢的时代确实令人毛骨悚然。孔子就生活在这样的时代。所以我认为，如果不考虑这样的时代背景，就无法正确理解《论语》的每一句话。①

井上靖将孔子所处年代看成是乱世，除了来源于历史文献的记载，还有一个原因是井上靖把自己所处的时代——昭和时代也看作乱世。井上靖在接受《季刊文学》的采访时谈道："如今的时代虽然不能称为乱世，但是如果从另一个角度说，却呈现出乱世的症状。"②因此，对于井上靖而言，《孔子》是对即将结束，而且连载期间确实结束了的昭和时代进行总结与反思的思想书，"也是对核平衡下的现代社会的一篇批判小说"③。

那么在小说的乱世中登场的"候鸟"到底象征着什么？前文提到，1951年，日美签订媾和条约，法律上结束了两国的战争状态。换言之，20世纪50年代前半期是昭和时期战争与和平的转折期。井上靖在1987年7月发表了一首名为《山茶花》的诗。

> （略）
>
> 凋落的血色花朵仿佛无息的尸体。那承载着红色团块的地面正是地壳的表面。那里星星点点地散落着血色的尸体，不由得让人想起杂乱无章地倒在战场的敢死队员们的尸体。

---

①井上靖、大江健三郎：「対談：『孔子』について」，『新潮』1989年第11号，第266頁。

②井上靖：『井上靖氏に聞く—「孔子」から「わだつみ」へ』，『文学』1990年第1号，第123頁。

③高木伸幸：『「孔子」に描かれた現代—国際ペンクラブ東京大会の影響』，『井上靖研究』2005年第4号，第50頁。

山茶花不是平成的花，而是昭和的花。昭和的黑暗与沉重，都在山茶花中体现。①

山茶花在凋落的时候不是花瓣一片一片地凋落，而是整朵花一起坠落，仿佛被刀砍下人头一般可怕，所以历来被日本人看作不吉之花。井上靖以此花来象征昭和时代的黑暗与沉重，从中可以看出他对这个时代的基本认识。

佐藤纯子在接受笔者采访时曾回忆了1989年1月7日昭和年代结束当天的情景。

1月7日是昭和的最后一天。8日开始就进入平成。那个时点正是昭和时代的落幕之时。偶然的是，那天，就是1989年1月7日，昭和的最后一天，我去了井上靖的府上。（略）我们谈及昭和这个时代，感慨昭和今天就要结束，谈论用一句该如何概括昭和。（略）井上靖在昭和结束后的一年时间里写的诗歌中有很多提及了昭和这个时代，比如诗集《星阑干》，尤其是诗《送走昭和》等等，既有战争的诗，也有描写昭和时代的诗，总之一句话，对于井上靖来说，昭和是一个战争的时代。②

昭和的结束让井上靖感慨万千。那一天井上靖说了好多，简言之，就是他认为昭和是一个战争与和平并存的时代。我们那天越谈越兴奋，一直到很晚。③

从佐藤的回忆中我们能够感到井上靖对昭和的看法。昭和是战争与和平交织的乱世，而且两相比较，战争色彩更加浓重。井上靖的青年时代和中年时代的大部分经历了人类历史上前所未有的世界大战，在黑暗与沉重的时代中，井上靖一路走来，如今他正要迈进的是崭新的、充满着希望的平成时代。“山茶花不是平成的花，而是昭和的花”，站在时代变迁的十字路口，井上靖用诗歌抒发了对逝去的旧时代的阴郁与苦闷，也是用诗歌表现出对新时代的希望与憧憬。

①井上靖：「椿」，『井上靖全集』（第1卷），東京：新潮社，1995年，第217頁。

②引自2012年3月5日对佐藤纯子的采访实录。

③引自2012年3月6日对佐藤纯子的采访实录。

通过以上分析，笔者认为《孔子》中的33年跨越的是两个时代的转折点。前者是20世纪50年代前半期从战争向和平的转折，后者是小说开始连载的1987年从黑暗沉重的旧时代向充满希望的新时代的转折。33年的两端是时代的变迁，日本与包括井上靖在内的日本人经历了时代的沧桑巨变，这种积极的正方向的转变之思凝结成小说《孔子》中的“候鸟”意象。

总之，33年的时间设定一方面是井上靖面对死亡的临近开始进行人生的自省与反思的体现，同时也是对连载期间结束的昭和时代的再认识。“候鸟”出现在两端，暗示着时代的转变，象征着对和平与崭新时代的憧憬与希望。

2. 东飞的“候鸟”

一般来说，候鸟随着季节的变化，春天从南向北迁徙，秋天由北至南移动。小说《孔子》中也有符合这种自然现象的描写。

> 非常抱歉，我要稍微离开一下。大家仔细听就会注意到，现在正有一大群候鸟在我家的上方由北至南地飞过。①

说这段话时正值晚秋时节，候鸟从北向南迁徙符合一般的自然规律。但同样是秋天，小说中还出现了向东飞行的候鸟。

> 我记得上一次你们前来的时候是初夏时节，不知不觉间已经到了秋天。在这个贫寒的深山村落里，现在是一年中最好的时节。不知道叫作什么鸟，但是今天在离这里不远的溪谷上空，它们正成群结队地向东迁徙。②

虽然不是晚秋，但文中也明确指明是秋季，那么为什么候鸟不是飞向南方，而是飞向东方呢？《孔子》连载期间的1988年10月，井上靖在文艺杂志《昴》上发表了诗《候鸟》。

> ——前几日，我在电视上目睹了您的尊容。我确信您的先祖是从大陆

①井上靖：『孔子』，東京：新潮文庫，1995年，第221頁。

②同上书，第121-122頁。

漂泊而来。那之前，至少是亚洲三四个人种的混血。

我得到了这样一张明信片。那时我正要写“今天，烦闷不堪，心有不愉”，因为这张明信片，不知为何，感觉收到了一件近来少有的真诚而令人愉快的礼物。

那天，无论是在书房，还是散步，抑或出门，心中总有什么东西在鸣响。那响声一定是我遥远的先祖们历经几千年从大陆东来的旋律也流进了我的身体中。

但是，半夜醒来，原野的一角驻扎着一群人，那是与族人走散，只有两三头骡马的十几人的小队伍。营地旁有一个小水坑，夜空中挂着一轮明月。

这样或许也很好。这些小队伍在大陆的山野中随处可见，但总有一天，每一支队伍都会沿着候鸟的迁徙地，朝着东海的长生不老之岛前进。

我们的族人世世代代向东方移动，在这跨越了几代人甚至几十代人的漫长之旅中，不知道得到了多少候鸟的帮助，我真想问一问寄给我明信片的那个人。①

东飞的“候鸟”在诗中是“朝着东海的长生不老之岛前进”的队伍的象征。大陆的知识与文明随着“候鸟”向东方传送，“流进了”作为日本人的“我”的身体中。

这首诗与《孔子》之间有着紧密的联系。“与族人走散”对应孔子离开鲁国周游列国。“只有两三头骡马的十几人的小队伍”与小说中孔子带领子路、颜回、子贡等弟子组成的游历队伍之间也构成一种互文关系。“驻扎在原野的一角”可以联想到小说中孔子一行人离开陈国前往负函的途中，在陈蔡边境的原野遭到吴国败军的袭击而陷入粮食断绝、濒临饿死的困境。

诗歌中向东行进的队伍与小说中孔子游历的这种互文关系使“向东”的主体与孔子的思想发生了关联。孔子这位中国古代的圣人，其儒家思想东渡日本，极大地影响了日本的思想体系。因此小说中违背自然规律的“向东”的方向中隐含着井上靖对孔子思想的认同与尊敬，日本人的身体里流淌着大

①井上靖：「渡り鳥」，『井上靖全集』（第1巻），東京：新潮社，1995年，第209頁。

陆先祖的知识与文明，而在日本战后的今天，日本人应该更加珍惜以“仁”为核心的孔子思想。如此一来，东飞的“候鸟”在这里象征的正是传播文明的孔子一行人。

> 看，对面的天空中又出现了几群候鸟。看，它们正向这边飞来。好像有一个领导者吧，它们的队伍多么整齐！[①]

那个领导者不正是孔子的象征吗？那整齐的队伍不正是传播文明的孔子一行人吗？在《孔子》中，蔫薑反复讲述的一句孔子的名言是“逝者如斯夫，不舍昼夜”，井上靖借主人公之口对这句话进行了自己的解读：

> 在时刻流变的现象中飘荡着一种难以形容的寂寞。尽管如此，河水仍然在流淌、流淌、流向那个大海。与此相同，人类创造的历史和历史的长河也终有一天会朝着人们从远古时期一直梦想的和平社会流淌。没有理由不是那样的。[②]

一直以来，研究者都比较关注这段解读的后半部分，而往往忽略前半句中的“大海”，这里的大海应该指向东方的大海，进一步说就是日本。儒家思想不断向外传播，向东传到了日本，给日本带来了和平与幸福，在这种意义上，井上靖对“逝者如斯”的解读体现了他对儒家思想的感谢与敬重之情。

综上所述，候鸟东飞并非井上靖的无心之失，“候鸟”在这里象征着孔子及其带领的游历队伍，“向东”的指向中包含着作者对孔子的尊敬与对儒学东渐的感谢之情。文明东渐的主题在井上靖最早的历史小说《漆胡樽》与代表作《天平之甍》中已经存在，可以说是贯穿其中国题材历史作品的永恒主题之一。

3.“候鸟”与河流

小说《孔子》中对候鸟的描写除了视觉上的景象描写外，还对候鸟的振翅

①井上靖：『孔子』，東京：新潮文庫，1995年，第221-222頁。

② 同上书，第145頁。

声与鸣叫声有所描写。这一点也值得我们关注。小说在第3次描写候鸟时就是以听觉为主的。

> 现在大家是不是听到了鸟群的振翅声。不知是不是候鸟——①

这里的声音来自振翅的动作，也有对鸣叫声的描写。

> 好了，在我讲述负函之旅的经过之前，我想先稍微休息一下。刚刚我似乎听到了难得的鸟叫声，我想去看看到底是什么鸟。②

蔫薑对鸟的振翅声与鸣叫声非常敏感，他自己解释道：

> 这样的生活，时间久了，自然就对鸟的振翅声与虫鸣声敏感起来。③

“这样的生活”指的是蔫薑的隐居生活。在深山幽静的自然环境中过着悠闲自得的生活，时间久了，对自然界的四季变化与各种声音敏感起来，这样的理由也比较令人信服。但是井上靖的意图似乎并非如此，而是要让这种敏感具有某种深层次的内涵，在小说的最后一章第5章中，井上靖再次让蔫薑解释了这种敏感的原因。

> 因为看鸟打乱了大家的听讲，非常抱歉。我小时候具有的感觉不知何时几乎都消失了，如果说唯一留下的感觉，那就是对候鸟鸣叫声的敏感吧。我出生在汝水河畔，一年到头的生活都与汝水有着千丝万缕的联系，或许是这个原因，我从小就对渡过汝水的候鸟的振翅声与鸣叫声异常敏感。
>
> 因为这个原因，刚刚我正在想接下来该讲渡过汝水，然后进入楚地，这么想着，突然耳边传来了候鸟的鸣叫声，还没来得及分辨是什么鸟，我的四周已经被嘈杂的振翅声所笼罩。
>
> 但是让大家也跟着乱起来的声音完全是我的错觉，对我而言，即使不是真的渡过汝水，仅仅是想到渡汝水，我的耳边很快就会被鸟群的振翅声

①井上靖：『孔子』，東京：新潮文庫，1995年，第142頁。

②同上书，第360頁。

③同上书，第142頁。

所包围。[①]

这段话中将敏感于候鸟的振翅声与鸣叫声的原因归于小时候在汝水河畔成长的经历。但是，因为在汝水河畔长大而敏感于鸟鸣只能说明汝水是候鸟经常通过的一条河流，那么即使不是“渡过”汝水，仅仅是提到汝水就应该条件反射式的产生鸟鸣的幻觉。然而，从小说中“渡过汝水，然后进入楚地”“即使不是真的渡过汝水，仅仅是想到渡汝水”等表述看，产生幻觉的条件似乎不是“汝水”，而是“渡汝水”。这一段话位于小说的最后一章，通常蕴含着展现小说内涵的作用，井上靖将“渡汝水”与闻鸟鸣相互联系起来，其中应该具有某种作者的主观意图。为了说明这个问题，首先要考察一下小说中出现的河流。

小说中一共出现了四条河流，分别为汝水、淮水、泗水和颍水。其中的汝水与淮水具有很重要的意义。井上靖的考察旅行也是以这两条河流[②]为中心进行的，在其旅行日记中手画了多处汝水与淮水周边的地图。1986年的河南旅行主要是为了区分新蔡与上蔡的考察之旅，井上靖与北京的考古学者进行座谈，并亲自前往新蔡与上蔡的遗址，之后认为《史记》中的记载有误，决定在小说中采用《汉书》的说法。[③]1986年4月26日的旅行日记中有这样一行字：

前往负函，需要先渡过汝河，而后渡过淮河。[④]

井上靖前往负函是在1987年11月4日，1986年的旅行中不仅没有到访负函，甚至连淮河也没见到。那么，1986年日记中的这行字又是根据什么写下的呢？今天，我们只能进行猜测，大概是在与中国学者的交流中得知的。总之，对于井上靖来说，在动笔创作《孔子》之前，如果没有搞清楚古代前往负函的路线，那么将给创作带来很大障碍。

① 井上靖：『孔子』，東京：新潮文庫，1995年，第361–362頁。

② 现在的名称为“汝河”与“淮河”。

③ 井上靖、大江健三郎：「対談：『孔子』について」，『新潮』1989年第11号，第268頁。

④ 引自神奈川近代文学館所蔵「井上靖文庫」創作ノート・「孔子」（河南省旅行日記1）（编号69517）。

在另一本1986年的旅行日记中还记录了两次从新蔡前往负函的路线方案，从内容上看，这不是井上靖实际旅行的路线，而是对小说中两次旅行路线的构思。抄录于下：

新蔡→负函 第一次 第一章4

新蔡→渡过汝水的干流→半天后来到国境线 湖泊沼泽地带→傍晚 渡过淮水支流的支流→第一夜→第二夜→第三天 渡过干流 住宿息县，第三夜→反方向渡过淮水，进入负函

感觉是水乡之旅

渡了两次淮水

回去按原路返回

因此渡了两次淮水。

新蔡→负函 第二次 第五章 三

新蔡—渡过汝河干流—第一夜—第二夜—第三夜—翌日傍晚

正阳　新安店　明港　负函

随处可见成群的候鸟。这次不进入淮河流域，从北面进入负函。

因此，返回时只要沿此路返回，就不需要渡过淮河，但是因为行军需要未能实现。结果是先从淮河北岸渡到南岸，然后再从南岸渡到北岸。①

如前所述，此处的两次负函之旅的路线不是井上靖实际前往负函的路线，而是作者在小说创作前的构思。将其与小说进行对比，日记中的构思与小说的内容几乎一模一样。②实际上，井上靖在1987的负函之旅中发现“息县”位于淮水的北岸，经过息县后才能渡过淮水③，这与第一次的路线构思中“渡过干流，住宿息县”的说法并不相符，但是小说中第一次负函之旅的内容已经在作者的实际旅行前连载完成，所以无法更正。然而，1989年9月新潮社出版的单行

①引自神奈川近代文学館所蔵「井上靖文庫」創作ノート「河南省歴史資料」（「孔子」）（编号69522）。

②第一次路线与『孔子』（新潮文庫1995年版）的84、85、87、116、363、368页的叙述一致；第二次路线与362、363、364、386、387页的叙述一致。

③1987年的考察笔记中有中国学者绘制的《孔子到负函示意图》，据此可知“息”位于淮河北岸。

本中，在此处也没有更正。可见井上靖在这里并未在意虚构的准确性，因此探讨汝水与淮水的含义，最可靠的依据仍然是文本。从文本的叙述可知，汝水位于北方，淮水位于其南面，上蔡和新蔡都是汝水流域的城市，上蔡位于上游，从北方渡过汝水才能到达蔡国的边境，向南穿越蔡国后，才能到达淮水。“候鸟”在小说中与这两条河流存在着密切的关系，总是在两条河流的上空时而由南至北，时而由北至南地迁徙。但是，飞越汝水上空的候鸟与飞越淮水的候鸟在小说中却呈现出不同的样貌。

前文中引用的一段话中说明了蔫薑之所以对候鸟的振翅声与鸣叫声非常敏感是因为蔫薑在汝水的河畔长大。候鸟第一次给蔫薑留下深刻的印象是在他幼年时登上旧都上蔡的那一刻。

> 城墙上的走廊非常宽敞，甚至可以训练士兵。我站在宽阔的走廊一角向远处眺望，满目疮痍，棋盘式的旧都城如今只剩死气沉沉的残骸。就在那时，平生未曾见过的一大群候鸟正分为几个方队，队列整齐地从一望无尽的废墟上斜飞而过。那整齐壮观的候鸟队伍是整个废墟空间里唯一的生命，那情景至今还时常浮现在我的眼帘。①

“平生未曾见过”的“整齐壮观的候鸟队伍”给十二三岁的蔫薑留下了一生难以忘怀的印象。壮观无比的候鸟群在“旧都城死气沉沉的残骸”上飞过，暗示着自然运行的残酷无情，仿佛在告诉蔡国的遗民，国家的灭亡在伟大的自然面前是无法抗拒的必然结果。从此以后，蔫薑每当看到渡过汝水的候鸟，就会不由得想起祖国悲惨而无奈的现实，从而渐渐地对“渡过汝水”的候鸟的振翅声与鸣叫声愈发敏感。换言之，“渡过汝水的候鸟”象征着无情自然的四季更迭与自然运行，暗示了主人公亡国的命运，带有一种昏暗、沉重的消极色彩。

与此相对，小说中渡过淮水的候鸟则没有这种昏暗与沉重，反而充满着明亮与活力。

① 井上靖：『孔子』，東京：新潮文庫，1995年，第15頁。

我记得第一次看到候鸟排着整齐的编队划过天空是在中原的淮水河畔。真是壮观的秋季候鸟的大迁徙。孔子和大家都抬头仰望，内心震撼不已。这样仰望很久，脖子已经不能抬起来，只能用手扶住脖颈慢慢摆正。最开始是子路用手摆正脖子，然后大家都模仿他的做法，孔子也这样做，接下来是颜回，然后是子贡。[1]

“候鸟排着整齐的编队划过天空”“真是壮观的秋季候鸟的大迁徙”，这样的描写中已经看不到昏暗与沉重，而是呈现出明亮、充满希望的景象。这里的引文位于小说中称为“候鸟事件”的部分，也是小说中描写候鸟最详细的部分[2]。蔫薑正要讲述孔子的弟子时，因为听到候鸟的振翅声而中断讲演，起身前往后院去眺望壮观的候鸟群。于是，蔫薑想起了昔日陪伴孔子前往负函途中在淮水河畔看到的候鸟。这就是所谓的“候鸟事件”。这一部分中，“大群”出现5次，“壮观”2次，“整齐”2次，这些重复的表达都在表现候鸟群的壮大与有力的同时，给读者以希望与光明。

汝水是亡国蔡的河流，而淮水是强国楚的河流。在亡国蔡的河流上空飞过的候鸟带有昏暗、沉重的消极色彩，而在逐渐强大的楚国的河流看到的是强大、明亮、充满希望的候鸟群。孔子一行人渡过汝水，再渡淮水，进入蒸蒸日上的楚国。孔子前往楚国的目的在小说中有两种解释：一种是会见楚昭王，力荐自己的儒家思想；一种是将自己的弟子推荐给昭王，帮助他完成伟业。前者是普遍的看法，后者是井上靖自己的阐释。但无论何种目的，负函之旅都是充满希望的旅程。

当蔫薑独自重走负函之旅时，蔡已经被楚所灭，烟消云散，踪迹全无，昔日蔡国内的汝水流域上空已经看不到候鸟划过天空。

出发之前，无论是新蔡城，还是汝水河畔，都没有看到候鸟。但是出发之后，在第一晚住宿的正阳部落，天空中划过几群候鸟，让我惊讶不已。

之后在第二晚住宿的新安店，第三晚住宿的明港，也分别看到了成群

①井上靖：『孔子』，東京：新潮文庫，1995年，第222頁。

②另外，《孔子》（新潮文庫，1995年）第259页也有对“候鸟事件”的叙述。

结队的候鸟向北方飞去。

（略）

如今的正阳、新安店与明港部落都是通往北方的官道驿站，每到一处，都能看到装载军需品的货车来往穿梭。①

无论是新蔡，还是象征蔡国的汝水河畔都已经看不到候鸟，意味着灭亡的蔡国已经没有了希望；而在前往楚国负函的途中，运送军需物资的货车讲述着强国的崛起，与运输队并行前进的正是那充满希望与力量的候鸟。

二、观察之旅

芳贺彻在《日本人与异国体验——〈美欧见闻实录〉的美国》中论述了日本的游记文学的性质。

18世纪下半叶，日本的国内旅行发生了变化，我称之为“从观照向观察”的变化。

（略）

这一时期已经不再有《奥州小路》那种传统的观照（kannsyou）游记，或说感伤（kannsyou）游记。显然，日本游记已经进入了18世纪以来新兴的实用性见闻记的谱系。他们在异国受到的强烈冲击与由此突然产生的好奇心与使命感使他们不得不采用实录体来观察记录事物。②

这段话是针对游记的论述。游记文学作为描写旅行的文学，分为两种方式：一种是以观察的态度，视角向外地描写旅途见闻；另一种则是以观照的心态，进行内向型的描写。二者是欧美与日本的游记作品的区别，扩而言之，是西方与东方在游记写作方式上的差别。《孔子》是一部小说，并非描写旅行的游记作品。但是它的完成离不开作者多次的考察之旅与科学细致的实地调查，因此在写作方法与文体上具有与观察型的游记文学的相通之处。换言之，井上

①井上靖：『孔子』，東京：新潮文庫，1995年，第363頁。

②芳賀徹：「日本人と異国体験——『米欧回覧実記』のアメリカ」，『国文学解釈と教材の研究』（旅の発見　異国のなかの日本人）1980年第6号，第32–33頁。

靖旅行的一个特征是观察之旅，基于这种旅行创作的小说因此具备了客观性与实用性的观察要素。

井上靖的河南考察之旅基本上就是这种科学的观察之旅。《史记》与《汉书》上记载的上蔡与新蔡的位置互相矛盾，为了确认何种说法准确，1986年，井上靖前往河南进行了实地考察。在与北京的考古学者座谈之后，他前往两地的遗址，通过自己的观察，得出了结论。

> 这次我去两座城市的遗址，登上了旧城墙。在城墙上，我眺望远方，发现上蔡实在是非常宽广，将远处的几个山丘连接起来的话，就会发现原来的都城是一个很大的圆形。新蔡就要小得多，只有上蔡的几分之一。上蔡都城的规模很大，而且城墙的宽度也与新蔡迥然不同，在上面士兵甚至可以进行演习。这里不愧是历经五百年的都城，而新蔡只有短短的三十几年。上蔡应该是面积大的这个城市，于是我采用了《汉书》的说法。我不是学者，只是作为一个外行人，登上城墙实际去看看城墙的宽度。那里使用的石材也完全不同，上蔡城墙的石头要大很多。500年都城与短短30年就灭亡的都城，二者的区别一目了然。因此，我认为《汉书》的记载是对的。[①]

这已经不是小说家应该做的工作。虽说历史小说的创作应该本着忠于史实的态度进行，实际上，在鉴真研究家、早稻田大学教授安藤更生的帮助下，井上靖第一部长篇历史小说《天平之甍》是一部公认的忠于史实的历史小说，之后经过“苍狼论争”，井上靖忠于史实的创作倾向更加明显，已经成为学界的共识。但是既然是小说，一般来说就允许一定程度的虚构，至于连专业的历史学者都无法确定的上蔡与新蔡的位置关系问题，作为小说的作者即使不用亲赴考察，只要符合内容逻辑，怎么写其实都可以。但是井上靖却不顾自己年事已高，特意前往河南进行实地考察，其严谨的创作态度不由得令人敬佩。同时，这种创作姿态表明他不仅仅是一位小说家，更是一位创作观察型游记文学的纪实文学作家。

井上靖的观察之旅在前往负函的调查之旅中得到了延续。负函在小说中

①井上靖、大江健三郎：「対談：『孔子』について」，『新潮』1989年第11号，第268頁。

被作为孔子一行人中原游历的终点。《春秋左氏传》有“叶公致蔡遗民于负函”一句，“负函”这个地名引起了井上靖的注意，在小说中，负函被作为叶公问政的地点，也作为孔子一行目送楚昭王出殡后，孔子大呼“回去吧，回去吧”，之后决定返回鲁国国都的地点。但是这些虚构的基础是负函在楚国的境内。为了明确负函的地理位置，尽管小说已经开始连载，但井上靖仍然在连载第一年的1987年11月，前往河南信阳进行探寻之旅。

1987年河南省考察日记中有许多井上靖亲手绘制的负函地区的地图。有些地图被反复绘制，或者是对草图的誊写，或者是订正之前的错误。另外，既有整体地图，也有局部地图，还包括名为《楚王城平面图》的照片以及应该是从中国学者那里得到的《孔子到负函示意图》。这些地图与资料都是井上靖通过实际考察获得的，数量非常庞大①，对于了解负函地区的地理状况具有重要的价值。负函这个地方在中国的史书上几乎没有记载，“中国的专家们也完全不清楚”②，因此作家本可以根据自己的需要自由地将其编织进小说的情节中，但是井上靖却不愿这么做。

> 负函在哪里的问题如果得不到解决，对我而言，则意味着无法创作小说《孔子》的后半部分。③

井上靖所期待的结果是负函位于楚国的境内。负函位于强大的楚国境内，当孔子到达负函，即将见到楚昭王时，昭王战死，孔子只好带领弟子们重新回归鲁国。这样的构思非常符合井上靖在《孔子》中所要表达的“天命”主题。既然地点不明确，那么就直接写成位于楚国即可，但这种想法终究没有出现在井上靖的头脑中。这种创作态度似乎已经不是小说家所应该具备的。

---

① 神奈川近代文学馆所藏“井上靖文库”有关负函的资料中包括的地图如下：编号54519（整体图1张）、编号69499（整体图2张、局部图1张）、编号69509（局部图2张）、编号69510（整体图1张，孔子到负函示意图1张）、编号69511（孔子到负函示意图1张、楚王城平面图照片3张）。

② 岩波剛：「“負函”に立つ——『孔子』のプロットをめぐって」，『井上靖　詩と物語の饗宴』，東京：至文堂，1996年，第72頁。

③ 井上靖：「“負函”の日没——『孔子』取材行」，『孔子』，東京：新潮社，1989年，附録第4頁。

幸运的是，井上靖邂逅了河南信阳当地的一位考古学者。

真是不可思议。当地的考古学者发现了很像记载于《春秋左氏传》中的负函的城市，好像就是负函。[①]

《孔子》连载结束后，井上靖在《新潮》第9期发表文章《“负函”的夕阳——〈负函〉考察》中将这位当地的考古学者称为O先生。

我首先讲起此次访问信阳的目的是寻找负函，于是，O先生说道：

一会儿我带您去的地方，我觉得就是负函。

我凝视着先生的脸，一件对我非常重要的大事从他的口中若无其事地说出来。[②]

这位O先生也出现在井上靖的考察日记中，名为欧谭生。这次谈话之后的第3天，即1987年11月5日，井上靖得到了欧谭生赠予的两份资料[③]，分别为《孔子到负函参考资料》与《孔子到负函参考资料附录》。两份资料在内容上有重复之处，都是用中国当时的油印机印刷而成，并贴在考察日记中。日记中还附有日中文化交流协会的工作人员用原稿纸写的译文，因此，井上靖应该仔细看过这些资料。资料内容包括“孔子在陈蔡”“子路问津”“子路遇荷篠丈人”“负函的地理”等，不仅涉及负函，还包括孔子相关的史实考察，并逐条进行了说明。对比小说内容与该资料会发现，小说中有多处使用了该资料中介绍的史实。

井上靖在创作《孔子》的过程中，不仅进行了实地考察，而且与当地的历史专家进行深入的交流，对负函的地理与历史进行了细致入微的调查，这些行为已经超出了一名小说家的范围，而更像是观察型游记文学作家。井上靖在从事记者工作期间养成的善于观察的习惯在他的每一次考察之旅中都发挥了重要

① 井上靖、大江健三郎：「対談：『孔子』について」，『新潮』1989年第11号，第271頁。

② 井上靖：「“負函”の日没——『孔子』取材行」，『孔子』，東京：新潮社，1989年，附録第5頁。

③ 两份资料的第一页页眉处都手写着“87.11.5，从信阳欧潭生先生得到”，但从字迹看，不是井上靖亲笔所写。

的作用，井上靖因而成为日本近代文学史上少有的观察型历史小说家。

三、观照之旅

井上靖的中国考察之旅一方面展现出科学观察的姿态，另一方面也不失作为一名小说家应有的观照视角。大江健三郎曾经这样评价井上靖的旅行：

> 前往几千年前的遗迹考察，如今的广场上只能见到满地的砂石，自然会产生一种如梦似幻徒劳无功的感觉。但是，我认为这是井上先生的另一种方法。人的痕迹已经抹平，什么也没有留下，但是那里有河流，有一望无际的原野，还有举目可见的天空，亲自前往那里冥想，写下那时心中涌动的东西，我觉得这就是这篇小说在创作方法上的另一个特征。[①]

大江健三郎在这里指出了井上靖旅行的另一种方法，即观照的浪漫之旅。因此，井上靖的旅行既是观察之旅，也是观照之旅。这里所说的观照之旅是指将自己置于旅行的时空当中，在与周围的事物不经意的接触中，引出自己对自然、对人生的思考与省察。井上靖的观照之旅正是如此。

与井上靖一同前往负函的岩波刚先生曾在《日中文化交流》的“井上靖会长追悼号”上发表文章，回忆了在负函进行考察之旅时井上靖的样子。

> 那天，在曾经的负函之地——楚王城遗址，寒风凛冽。周围是稀稀落落的灌木丛覆盖着的小山包、残留至今的城墙遗址，还有一望无尽的红土原野。先生礼貌地向当地的史学家表达谢意之后，就一个人离开人群，在夕阳映照中独自与时间对话，他那凝视着天空、默默伫立的姿态中有一种无法靠近的庄严之感。
>
> “让我得以站在负函之地也是天命所为吧！”
>
> 在返回的车中，先生微笑着说道。那笑脸令我至今难忘。[②]

离开人群，独自在凛冽的寒风中伫立负函荒野的井上靖大概在按照自己的

①井上靖、大江健三郎：「対談：『孔子』について」，『新潮』1989年第11号，第268頁。

②岩波剛：「負函に立つ」，『日中文化交流』（井上靖会長追悼特集）1991年第485号（臨時増刊），第17頁。

理解，品味着2000年前满怀希望来到负函的孔子因为楚昭王的死而遭遇挫折时的心情，也或许在风中深思着穿越千年的孔子所说的天命的含义。

小说第二章中有一段意味深长的描写，在举行孔子葬礼的那一天，蔫薑满怀悲痛地独自在泗水河畔漫步。

> 孔子葬礼的那一天，我就像一位梦游者一样摇摇晃晃漫无目的地走着。当我回过神来时，我发现我坐在一条河流的堤岸边。这条河不能算作大河，但是河水奔流不息，延伸至很远很远。后来我才知道，这条河是流经鲁国国都北郊的泗水上游，河岸两边是开阔的平原，望不到尽头。
>
> ——逝者如斯夫，不舍昼夜。
>
> 我茫然地望着河水，茫然地想起孔子生前的这句伟大的话，突然我在心中下定决心，我要按照自己的想法，不违背自己的心愿，用自己的双手双脚，坚强地活下去。①

坐在泗水河畔，在川流不息的河水旁，在空旷高远的天空下，品味孔子讲过的话，这个蔫薑的形象似乎正是旅行中井上靖本人的自画像。1988年5月3日—12日，井上靖一行人前往孔子的故乡曲阜访问。“数日来漫步于孔林与泗水边”②的井上靖在泗水边休息时的样子被同行的日中文化交流协会常务理事佐藤纯子女士收进了相机。

照片的远方是一望无尽的原野，近前是流淌的泗水，从穿着看，当时的天气应该比较寒冷。即使不看穿着，照片中那空旷的自然就已经让人感到一种凛冽的寒意。井上靖坐在一个布满小石子的山丘上，脸微微朝向这边，眺望着远方，若有所思。这张照片是偶然拍摄的，但是井上靖的样貌却与前文引用的蔫薑在泗水边的描述何等相似！佐藤纯子女士在井上靖的6次《孔子》

①井上靖：『孔子』，東京：新潮文庫，1995年，第140頁。

②佐藤純子：『井上靖先生の中国への旅』，『伝書鳩』2008年第9号，第28頁。

考察之旅中一直跟随左右，也许她已经目睹了多次井上靖在自然面前独自思索，沉浸在观照之情中的情景，所以才能准确地捕捉到在泗水边进入小说遐想中的井上靖吧。

观察是一种客观的、忠实于外在事物原貌的外向型的行为；观照则是外在事物在人的内心中产生的内在认识。小说《孔子》中的时间、地点、事物等有好多都是井上靖客观观察外在事物的结果，构成了井上靖忠于史实的历史小说创作方法。另外，这些客观外在的观察对象投影于井上靖的心中而形成的思考与省察构成了《孔子》所要表达的观照意义。

然而，观照的内涵如果采用说教式的方式表现，不仅会降低小说的艺术性，也会削弱作品对读者的感染力。因此，井上靖采用的方法是不直接表露自己的内心所想，而是创造出“候鸟”这个具有象征意义的意象，使其一方面与外在客观的观察对象相连，一方面集中反映出外在事物折射于内心中的观照内涵，以此展现作者的思考与小说的主题。

当然，小说《孔子》中的观照内涵并非仅仅体现于“候鸟”，本节所尝试的是通过对“候鸟”意象的考察来探明井上靖在《孔子》中使用的方法，即观察与观照相结合的方法。因而，井上靖的旅行是同时具有这两种性质的旅行，作为旅行地的中国也因此既是观察的对象，也是观照的结果。在此意义上，“候鸟”飞越的区间就在观察的“中国”与观照的“中国”之间。

第四章　井上靖笔下的中国形象

第一节　《敦煌》中的异文化中国

一、对异文化的想象——源自松冈让《敦煌物语》

小说《敦煌》的创作目的是解释莫高窟第17窟中的经书史籍等是何人、何时、为何埋藏的。这一点在《井上靖小说全集》[①]中的《敦煌（自作解题）》与随笔《小说〈敦煌〉笔记》中都有所提及。

> 从敦煌千佛洞的一个洞窟中，斯坦因、伯希和以及我国的大谷探险队发现了世界文化史上大量珍贵的资料，学生时代，我阅读了大量的相关书籍，了解了发掘的过程，但是一直疑惑不解的是，这些资料是何时、什么年代被掩埋在这个洞窟的。
>
> …… ……
>
> 对于小说家来说，这是难得的素材。学生时代产生的“为何埋藏，由谁埋藏”的疑问一直留在我的心中，直到我开始写小说之后，突然有一天再次想起，并打算把它作为小说创作的素材。[②]

然而，井上靖在小说《敦煌》中并没有详细地讲述斯坦因、伯希和以及大谷探险队的发掘过程，那是因为这些发掘的史实已经非常清楚，对于小说家来

---

①井上靖：『井上靖小説全集』，東京：新潮社，1972-1975年。

②井上靖：「『井上靖小説全集』自作解題」，『井上靖全集』（別巻），東京：新潮社，2000年，第48頁。

说，没有进一步发挥想象的余地。实际上，在小说《敦煌》之前，已经有一部描写藏经洞发掘过程的小说，即松冈让的《敦煌物语》。《敦煌物语》虚构了两个人物作为故事的叙述者与聆听者，叙述者是位耳朵有些背的古画商店的老店主，聆听者是来到店里的“我”。老店主向我讲述了英国的斯坦因、法国的伯希和与日本的“立花”[①]发掘并向世界介绍藏经洞经书古籍的经过。作者虚构的“老店主”作为叙述者，方便作者在作品中进行合理的想象与虚构，同时，这种“老人讲述故事”的构造也进一步强化了小说的真实感。这部小说有多个版本，最初发表于杂志《改造》1937年10月号，这一部主要讲述了斯坦因发掘藏经洞的经过，而对伯希和与“立花”的探险过程只是一带而过。1943年，日下部社出版《敦煌物语》单行本，将3位探险家的发掘经过作为了小说的内容。1961年，平凡社的《世界教养全集（第18卷）》收录《敦煌物语》，该版本大体与1943年版本一致，但在语言细节上进行了较大的调整。《敦煌物语》是日本近代文学中第一部将中国的“敦煌”进行文学描写的作品，开启了日本中国题材作品的新阶段，也是日本丝路文学的发轫之作。小说参考了大量的历史资料，但在具体获取经书典籍的过程描写上，加入了大量作者的虚构，这种历史小说的创作方法也对后来的井上靖产生了较大的影响。尽管其中不乏虚构与想象，但其基本史实是准确的，因此有评论者指出“这部小说在把握历史真相上准确无误”[②]，作者松冈让自己也认为这是一部“文化史式的小说”。

松冈让是日本近代文豪夏目漱石的弟子，并与其长女笔子结婚，成为夏目漱石的女婿。这种身份遭到了同为夏目漱石弟子的久米正雄的嫉恨，久米正雄以松冈让为主人公原型创作了小说《破船》，将松冈让描写为在恋爱场上玩弄权术的花花公子，这种形象被读者当成了事实，导致松冈让长期被社会和文坛孤立。

文坛上终生不得志的松冈让，其小说《敦煌物语》却得到了普遍的认可。

①此为作者虚构的名字，历史上的真实人物为“橘瑞超”，日语中“橘”的发音与“立花”相同。

②上原和：「『敦煌物語』の今日的意味」，松岡譲：『敦煌物語』，東京：講談社学術文庫，1981年第1刷，1988年第4刷，第6頁。

1961年的《世界教养全集（第18卷）》将《敦煌物语》与鸟山喜一的《黄河之水》、武田泰淳的《史记的世界》、石田干之助的《长安之春》并列在一起，可见该部小说已经成为代表性的中国题材作品，不是单纯从文学的意义上，而是从文化历史的角度上。

井上靖创作《敦煌》应该说受到了《敦煌物语》的启发，但是同时，他避开了《敦煌物语》中的历史时间，即近代的中亚探险时期，追溯到经书典籍埋藏的时间，即北宋时期。二者虽然在着眼的历史时间上不同，但两位作者都是在没有实际去过敦煌的前提下进行创作。《敦煌》发表20年后，井上靖第1次来到敦煌，在旅行后创作的随笔《站在小说〈敦煌〉的舞台》中，井上靖开篇就提到了松冈让的《敦煌物语》。

> 松冈让的《敦煌物语》单独成书是在昭和十八年初。在那之前，我已经读了一些关于敦煌的学术著作和翻译过来的游记作品，但是我想实际去敦煌这个地方看一看却是因为《敦煌物语》。敦煌这个西域的门户，以及被它吸引的人们，都被小说描写得充满了魅力。我想，《敦煌物语》的作者也一定想去敦煌这个地方看一看吧，向往而无法前往的矛盾心理或许是作者创作《敦煌物语》的动机。[①]

井上靖在这里推测了松冈让的创作动机，这种推测其实与松冈让无关，而是与井上靖创作《敦煌》的动机紧密相连。初次访问敦煌的两年后，井上靖在随笔《小说〈敦煌〉笔记》中有这样一段讲述，让人不由得想起上面的引文。

> 日本对敦煌的研究从明治时期开始就非常兴盛，甚至出现了“敦煌学”这个学科名称，但是却没有学者去过敦煌。我的小说《敦煌》或许也是因为我没有到过敦煌才得以产生的作品。如果我亲眼看到了敦煌，那么恐怕我就不会执笔创作这部小说。当然，为了创作《敦煌》，亲眼见过敦

①井上靖：「小説『敦煌』の舞台に立ちて」，『井上靖全集』（別卷），東京：新潮社，2000年，第206頁。

煌要比没去见过强，但是，从作品的想象来说，则又是另一回事儿了。[1]

井上靖似乎想说，为了“作品的想象”与其去过当地，不如仅仅依靠文献中的记载，更有利于小说的虚构与想象。如果实际到访，想象必然会受到限制。松冈让是否也有类似的想法，不得而知。但至少对于井上靖而言，想象比真实的事物更加重要。

敦煌之旅后，井上靖经常被问及小说中的“敦煌”与实际敦煌间的区别。每一次他都回答“那里有酒泉，但没有古代的肃州城，那里有安西，但没有瓜州，那里有敦煌，但没有沙州”[2]。井上靖这样回答是在告诉我们，小说中的“敦煌”是历史上的敦煌，无论与现在的真实敦煌有何差异，都不能说小说中塑造的历史上的敦煌就是不对的。当然，小说中的“敦煌”很大程度上是井上靖虚构与想象的结果，但是井上靖似乎不想轻易破坏自己建构的敦煌形象，而是采取了一种维护的态度。井上靖是在实际去过敦煌后才说出上面的话，《敦煌故事》[3]的作者中野美代子在后记中更是直接说道：“我既没有去过敦煌，今后也不会去。”可见小说家们对自己的想象是何等的看重。

不过也有例外。对于从远古保存至今的不变的自然景观，井上靖承认小说的描写中还有不足。这些不足指的是长城、烽火台、海市蜃楼和雅丹地貌。井上靖在小说中漏掉了这些自然景象是因为他所参考的历史文献中没有相关的记述。

如果知道安西与敦煌之间存在着这些雅丹地貌，那么小说《敦煌》中描写的这一地区的战争场面一定会有所不同。雅丹地貌上的战争，特别是夜战，仅仅想象一下，那也是一场史无前例的激战。[4]

---

① 井上靖：「小説『敦煌』ノート」，『井上靖全集』（別巻），東京：新潮社，2000年，第210頁。

② 井上靖：「小説『敦煌』の舞台に立ちて」，『井上靖全集』（別巻），東京：新潮社，2000年，第207頁。

③ 指『敦煌物語—仏教文化のオアシス』（東京：集英社，1987年），后改名为『敦煌ものがたり』（東京：中公文庫，1996年）。

④ 井上靖：「小説『敦煌』の舞台に立ちて」，『井上靖全集』（別巻），東京：新潮社，2000年，第209頁。

井上靖的想象往往来源于不受时间拘束的永恒不变的事物。因此长城、海市蜃楼和雅丹地貌这些永恒性格的自然景象未能写入小说让井上靖懊悔不已。

在第1次敦煌之旅中，井上靖就是这样一边旅行，一边将所见所闻与自己的作品进行比较。一般来说，旅行者的观察往往受到某种先入为主的印象影响，对于井上靖而言，这种先入印象就是他在小说中的想象。

> 我伫立藏经洞中，感慨万千。此时此刻，小说的世界与现实仿佛交织纠缠在一起，我花费了好长时间才分清了二者。①

小说的世界与现实世界，即想象与现实相互交织的奇妙旅行中，昔日因为无法实际前往敦煌而产生的想象，如今仿佛一切成为现实，而要分清到底哪些是想象，哪些是现实，或许真的需要一些时间。

二、赵行德是秀才吗?

《敦煌》的开篇介绍了赵行德的身份与时代背景。

> 赵行德为了参加进士考试从湖南的乡下来到都城开封是在仁宗天圣四年（公元1026年）的春天。②

北宋的科举考试分为州试（又称解试）、省试和殿试三个级别，州试在地方举行，合格者被称为举人，前往京城开封参加省试。省试由礼部主办，在贡院进行。赵行德的赴京赶考应该是为了参加省试。

开篇接着写到“这是一个举国崇尚当官的时代”，知识分子出人头地的方法就是“学而优则仕”。宋朝重文轻武，宋真宗御笔创作《劝学诗》，鼓励知识分子钻研学问。小说引用了宋真宗的《劝学诗》，试图说明当时的时代特征。

在这样的时代下，出生于“儒学之家”，“今年32岁”的赵行德一直刻苦攻读四书五经，成为一名学识渊博的饱学之士。

---

①井上靖：「小説『敦煌』の舞台に立ちて」，『井上靖全集』（别巻），東京：新潮社，2000年，第209頁。

②井上靖：『敦煌』，東京：新潮文庫，1987年第48刷改版，1996年第68刷，第5頁。

之前的几次考试对于行德来说都非常容易。虽然每一次考试都有成百上千的竞争者像过筛子一样被淘汰，但是行德从来没有想过自己会与那些名落孙山者为伍。[①]

然而，如此自信的赵行德却因为打瞌睡错过了考试时间而名落孙山，之后，他没有苦等三年的考试，而是开始了前往西夏的旅程。在重视学识与名利的时代，能力出众的赵行德如此轻易地放弃科举考试，不禁令人费解。

科举考试对于那些没有权势与财力的平民来说是出人头地的唯一方法。在中国历史上，从少年时就开始苦读四书五经的读书人不论落榜几次，都不会轻易放弃。宋朝初年，科举考试一年举行一次，后来改为根据具体情况有时一次，有时两次。到宋英宗治平三年（1066年）才固定为三年一次。小说的时间是宋英宗之前的仁宗时代，所以文中所说的“下一次进士考试要等到三年之后”并不符合史实。这里很难判断是井上靖弄错了史实，还是为了给赵行德的西夏之行提供足够的动机而故意为之，但即使是后者，在中国古代的读书人看来，也许时间并不算长。

井上靖在小说中引用了唐代诗人孟郊的七言绝句《登科后》。孟郊从年轻时开始参加科举考试，到46岁[②]才考中进士，他喜不自胜之余，忆起往昔的贫困生活，遂作《登科后》。小说引用其原诗，目的是突显出赵行德落榜时的绝望心情。孟郊是唐朝人，可见从唐代开始，科举考试已经成为读书人一生奋斗的目标，那么到了学而优则仕的宋代则更是如此。

中国清代小说家吴敬梓的《儒林外史》中有一篇名为《范进中举》的短篇故事，讲述了清代人范进参加了20余次童试，54岁时终于考中，成为秀才，之后参加三年一次的乡试，夺得第一，成为举人。[③] 范进难以承受心中的喜悦，乐极生悲，以致精神崩溃。这篇小说在中国广为流传，妇孺皆知，成为讽刺中

① 井上靖：『敦煌』，東京：新潮文庫，1987年第48刷改版，1996年第68刷，第7頁。

② 小说中为“50岁”。历史记载为46岁，也有45岁的说法，此处使用通行的46岁的说法。另外，从“五十而知天命”的说法看，井上靖在小说中写作“50岁”也可能是有意为之。

③ 清朝科举考试分为童试、乡试、会试和殿试。通过童试者为秀才，具有参加乡试的资格，乡试的头名称为举人。

国古代科举制度的代表作品，但从中也能窥见古代读书人对科举的执着。因此，赵行德不愿耽误区区三年时间而放弃下一次科举考试与中国古代科举考试的实际并不相符，应该说这完全出自作者的一种主观想象。

关于这一点，中国学者已经有所注意。王向远在《源头活水——日本当代历史小说与中国历史文化》中指出：

> 井上靖的《敦煌》以这三个虚构人物的故事，试图解释莫高窟千佛洞的由来，在情节构思上是富有创意的，虽然若干细节不免牵强，如赵行德只因为对西夏文字感兴趣，就放弃回乡而去遥远的西夏冒险，似乎并不符合中国传统科举考试者的一般心理。但这与其说是赵行德对西夏文字和历史感兴趣，不如说是作者井上靖借赵行德这个人物，表达了自己对包括西夏在内的西域文化的好奇与憧憬。①

井上靖将赵行德的身份设定为秀才也并非没有根据，在《小说〈敦煌〉笔记》中，他说明道：

> 小说《敦煌》中的主人公是一位科举考试的落榜者。有记载说当时的西夏很看重这些进士考试的落榜者，招募他们作为自己的政治顾问。宫崎市定的《科举》与荒木敏一的东洋史论丛中关于殿试的两篇论文都提到了这一点。②

这段说明证明了井上靖的虚构是建立在忠于史实的基础之上。西夏为了与宋朝抗衡而招揽人才，将目标人群设定为宋朝的落榜秀才，并用金钱与权力吸引他们前来为自己服务，作为国家人才战略是行之有效的一种方法。但在小说中的描述却采用了相反的方向，不是西夏主动吸引宋朝的人才，而是让秀才赵行德痴迷于强大而神秘的西夏国，主动前往西夏。这种动力方向与史实截然不同，从当时的时代状况看，也不切实际。一般来说，从弱国走向强国，从低等移向高等是合理的动力方向。虽然也有相反的情况，如《天平之甍》中的鉴

①王向远：《源头活水——日本当代历史小说与中国历史文化》，银川，宁夏人民出版社2006年版，第59页。

②井上靖：「小説『敦煌』ノート」，『井上靖全集』（別巻），東京：新潮社，2000年，第212頁。

真，为了传播文化与宗教而从中国东渡日本，但赵行德的西行显然与鉴真的东渡性质不同。尽管如此，赵行德仍然从中心移向地方，从高等级文化区前往低等级文化区，这种移动方向与他的秀才身份极不相称。因此，井上靖虽然依据了史实，但是史实在小说中的建构方式却与历史不同，其结果就是赵行德失去了秀才的身份，成为井上靖虚构的另一个人。

由此可见，赵行德好像并不是宋朝的秀才，井上靖虽然赋予他秀才的身份，但是其行为与思考方式都与秀才毫无关系。比如在城外的市场上，赵行德解救了一位即将被回鹘男子割肉卖掉的西夏女。这个女人是一位“霸占别人男人，又要杀死其妻子的恶毒女人”，赵行德对这个女人产生了恻隐之心，将其解救，但是这与从小成长在儒学环境中的秀才赵行德本应具有的“忠”的思想格格不入。

综上所述，赵行德并不是真正的秀才，而是井上靖借历史的外衣虚构的一个人物。这种虚构对于不了解中国科举制度与《范进中举》的日本读者来说或许具有某种真实感，但是在中国读者眼中，其可信度却很低。归根结底是中日两国对西域的认知截然不同，日本对西域的憧憬已经成为日本文化的一种基因渗透到每一位日本人心中，而没有这种基因的中国读者是很难将西夏与憧憬联系在一起的。

赵行德的人物设定来源于井上靖的想象，他不是科举考试的应试者，也不是宋朝的秀才，那么他的真实身份是什么呢？为了解决这个问题，我们还要从井上靖接下来的虚构——赵行德的旅行谈起。

三、赵行德是旅行者

赵行德从开封出发后，一路向西，虽然也有短暂的往复，但整体上是往西的。按时间顺序排列，赵行德经过的地方是开封、灵州、凉州、甘州、兴庆府、肃州、瓜州、沙州[①]。赵行德前往这些地方的目的也各不相同，开始是为了探寻西夏文字，后来是为了行军，之后又为了学习文字。但不论怎样，赵行德

① 即今天的敦煌。

的移动在小说中的描写具有游记的特色。

从凉州到甘州是500里路程。几十条发源于祁连山的河流流入干燥地带形成了几块绿洲。部队第一天在江壩河畔露宿，第二天在炭山河畔，第三天在一座山脚下的不知名的河畔边露宿。第三天晚上刮了一夜狂风，声如雷鸣。第四天早上来到水磨河畔，第五天下午进入一条东西走向的峡谷。穿过峡谷已经是第六天，部队在此休整一天。之后前往甘州的道路基本都是平坦的大道。休整过后，部队采取战斗队形，再次进发。一路上都是寸草不生的荒漠。第七天和第八天在一条浑浊的河水边露营，这条河常年侵蚀黄土高原，河水里泥沙很多，浑浊不堪。从第七天开始，部队开始设置哨兵。①

在这段描写中详细记录了行军的距离、每日的露营地、途中的地形、自然状况，还有地名、河流名、山脉名等。整篇小说中这样的移动描写一共有6处，几乎都采用这种详细记录沿途情况的描写方式。

这种叙述可以说是游记散文常用的表达方式。井上靖这样描写沿途经过或许受到其参考的探险家的考古游记的影响，在《敦煌》的参考资料②中有探险家斯坦因的《斯坦因西域考古记》③，其中有这样的记述：

疏勒河河源所在的山峰环绕着高达13000英尺左右的高山盆地苔原地带。我们从这里向大通河发源地前进。到达那里之后，我们就与太平洋水系直接接触了。在那里，我们又前往甘州河谷上游，并经过一系列横断的高山峻岭，翻越南山主峰（李希霍芬山峰），便来到了甘州城。在安西和甘州之间，我们用三角测量仪测过的山地在24000平方英里左右。④

①井上靖：『敦煌』，東京：新潮文庫，1987年第48刷改版，1996年第68刷，第47頁。

②井上靖：「小説『敦煌』ノート」，『井上靖全集』（别卷），東京：新潮社，2000年，第212頁。

③《斯坦因西域考古记》于1936年由中华书局出版。1987年，中华书局与上海书店联合再版。2008年，译名改为《沿着古代中亚的道路》后再版，该译本为巫新华翻译。井上靖参考的应该是1936年的初版，笔者引用的是巫新华翻译的《沿着古代中亚的道路》。

④［英］奥里尔·斯坦因：《沿着古代中亚的道路：斯坦因哈佛大学讲座》，巫新华译，桂林，广西师范大学出版社2008年版，第259页。

可以说是非常客观的观察型考古游记。但是，斯坦因的游记中除了准确的数据外，还包括历史知识、途中遭遇的困难与见闻、旅行者的感慨，内容非常丰富。同样是考古探险家的法国人斯文赫定在他的探险游记中也存在许多文学的要素，并非完全客观的记录。① 上面的引文是斯坦因游记中较为客观的一段描写，与《敦煌》中的描写有一定的相似性，但是从整体来看，斯坦因的写法还是与《敦煌》有很大差异。

那么，《敦煌》的这种描写与井上靖的游记散文是否存在一定的联系呢？引用游记式散文《站在小说〈敦煌〉的舞台》中的一段话如下：

> 从北京出发后的第五天，我终于踏上了敦煌的土地。从北京到兰州乘坐飞机，从兰州到酒泉是火车，之后是吉普之旅。
>
> 从兰州站出发时已经是深夜，第二天拂晓，火车（上海始发开往乌鲁木齐）翻越了3800米的乌鞘岭。乌鞘岭是祁连山脉的支脉，晨曦中可见山岭上覆盖的皑皑白雪。翻越乌鞘岭后，火车进入甘肃省内的狭长走廊，即河西走廊。隔着车窗可以看到武威（凉州）、张掖（甘州）等拥有悠久历史的城市。②

这里的写法与《敦煌》中的叙述很相似。“第五天”“深夜”“第二天拂晓”等表示时间的名词，“翻越了3800米的乌鞘岭”“翻越乌鞘岭”“进入甘肃省内的狭长走廊，即河西走廊”等表示场所移动的叙述，这些都与小说中的写法如出一辙。

井上靖在旅途中，总是用客观的笔触详细地记录下沿途的地理、天气和地名等信息。在中国旅行中，他无论前往何地，都不断地在笔记本上进行详细的记录③。因此，他也被称为“记录狂”，而《敦煌》中的旅途描写正带有这种旅

---

①参见斯文•赫定：《丝绸之路》，江红、李佩娟译，新疆人民出版社2010年版。

②井上靖：「小説『敦煌』の舞台に立ちて」，『井上靖全集』（別巻），東京：新潮社，2000年，第207頁。

③井岡畯一：「井上靖とシルクロード」，『城南国文』1984年第4巻，第47-48頁。该文中引用了和崎信哉「敦煌と井上靖先生—シルクロード取材メモ」中的一段话：“我的第一印象就是先生是一个了不起的记录狂。当然，我作为制片人，也会做记录，但是无法与先生相比。先生片刻不离笔记本，一直默默地做着记录。无论是从兰州到酒泉历时18个小时的夜行火车上，还是从酒泉到敦煌长达400公里的乘车途中，先生一直在记着笔记。”

行笔记的性质和特征。

总之，井上靖通过赵行德的眼睛和耳朵，用详细的笔记体虚构了河西走廊的自然环境，因此，这时的赵行德成为作者想象之旅中的旅行者。

四、赵行德是探险家

通过以上的分析可知，赵行德不是宋朝参加科举考试的秀才，而是井上靖笔下想象的旅行者。那么在广袤的西部大地上，井上靖为什么将西夏作为赵行德西行的目的地呢？这个问题关系到赵行德的存在意义，也与小说的主题存在密切的关系。

小说第一章中出场的西夏女虽然在整篇小说中一闪而过，但却赋予了赵行德西行的动机，具有非常重要的意义。西夏女的出场非同寻常：

> 女人一丝不挂地横躺在那里，一看就知道不是汉人。皮肤虽然不很白皙，但却给人丰满的感觉，赵行德还从来没有见过如此妖艳的女性，她仰面朝天，高颧骨，尖下巴，眼窝深陷，目光暗淡。①

在宋国的国都开封的市场见到赤身裸体的女性，这已经给人以非同一般的感官冲击，同时，与汉人不同的容貌与身姿更是给赵行德“从来没有见过”的新鲜感。另外，女人的话语对赵行德来说也异常猛烈。

西夏女对死亡毫无畏惧，赵行德问试图卖女人肉的男人“女人同意吗”时，西夏女代替男人用浑厚而高亢的声音回答“我同意”；西夏女是一个有尊严的女人，当赵行德提出全部买下时，女人说道：“不好意思，整个的不卖。你不要小瞧西夏的女人。如果要买，就请把我大卸八块一块一块买”；西夏女又是一个知恩图报之人，得救后，她追上赵行德说道：“我不喜欢白得别人的钱，请把这个拿走”，说完递给赵行德写有西夏文字的布条；西夏女还是一位为祖国感到自豪的女人，她对赵行德解释西夏的国都兴庆府时，说道：“兴庆就是兴庆，那是珠玉之城，西夏的都城。”

---

①井上靖：『敦煌』，東京：新潮文庫，1987年第48刷改版，1996年第68刷，第12頁。

赵行德遇到了西夏女，被她身上所具有的民族气质深深吸引，西夏女的言行“超出了赵行德的理解范围”，“有一种深深抓住赵行德内心的巨大而强烈的力量”。

西夏女在小说中所呈现出来的并非是个人性质的形象，而是代表了西夏民族的形象。她的样貌如“丰满”“妖艳”“高颧骨”“尖下巴”“眼窝深陷”等均是西域人的样貌特征，并非这个女人所独有。因此，西夏女在小说中起到了西夏文化符号的作用。多年之后，赵行德在西夏的首都兴庆府见到许多这样的西夏女人。

这时赵行德发现，在他的周围可以找到很多与那个女人相似的女性，她们每个人都拥有同样粗犷的眉毛、暗淡的眼神与富有光泽的皮肤。①

因此，与其说赵行德是被西夏女所吸引，不如说是被西夏这个异民族所具有的神秘而浓烈的异文化所吸引，也正是因为这种强大的异文化魅力，才最终驱使赵行德下定了西行的决心。

《敦煌》中除了西夏女之外，西夏文字也是促使赵行德踏上西行之旅的重要因素。西夏文字又从另一个侧面成为西夏的象征。

“一个民族拥有自己的文字难道不是很了不起的事情吗？”“拥有文字不是证明了西夏已经成为大国吗？”②赵行德接连对西夏文字价值的肯定反映了作者意图将西夏文字作为强盛西夏的象征。

西夏文字既然是一种象征性的存在，那么就没有必要对西夏文字进行学术的与历史的描述。实际上，西夏文字在小说中的描述可以换成其他任何一种文字。

仅仅30个文字，既与汉字相仿，又不是汉字，都是一些完全没有见过的文字。③

---

①井上靖：『敦煌』，東京：新潮文庫，1987年第48刷改版，1996年第68刷，第78頁。

②同上书，第19頁。

③同上书，第17-18頁。

西夏文字总计6000余字。创造它的是一位汉人，但如今已经作古。如果创造者还活着，那么选择与西夏文字相对应的汉字应该很容易，但是因为创始人已经过世，所以从众多意义相同的汉字中选取一个与西夏文字进行对应，便非常困难。①

曾有读者指出小说中对西夏文字的描写过于简单，对此井上靖承认道："确实如您所说，我也认为这是我这部作品的一大缺陷。"②但紧接着，他解释道："作为吸引赵行德前往边疆地区，改变他一生命运的动因，作者本人认为是西夏文字的解读，但作为深深吸引秀才赵行德的事物，解读一个新兴国家的文字又感觉分量不够。"由此可见，井上靖只是将西夏文字作为赵行德西行的动因，并没有将其作为赵行德一生执着的追求，实际上小说讲到最后，赵行德确实已经不再执着于西夏文字，而是转向了对佛教的痴迷与对敦煌经书的保护上。或者可以说，赵行德对西夏文字的关注是一种对异文化的关注，他学习西夏文，编写西夏文与汉文的对照字典，其目的在根本上是一种文化的追求，而非单单局限于西夏文字，否则也不会有后来的钻研佛法与保护经书的行为了。因此，井上靖只是将西夏文字作为与西夏女同样的事物加以看待，仅仅是将其作为异域西夏国的文化象征来使用，故而没有必要对其进行深入的学术性的描述。

对神秘、猛烈、强大的异国的憧憬让赵行德积极地投身于西行的旅程，但是当他到达梦寐以求的西夏国都兴庆府，学会了西夏文字，并完成了西夏文字与汉字的对照表后，突然感到了迷茫。因为他寄托在西夏国的精神追求并没有得到满足，从而失去了继续旅行的动力，西行之旅戛然而止。

如今的赵行德已经丧失了对西夏这个民族的梦想。在开封城外的市场上从那个赤身裸体的西夏女人身上感受到的强烈的感动，在兴庆这座城市中却无从寻觅。在这之前，或许西夏民族的血液中保留着那种强烈的原始

①井上靖：『敦煌』，東京：新潮文庫，1987年第48刷改版，1996年第68刷，第74頁。

②井上靖：「辺境地帯の夢抱いて」，『井上靖全集』（別巻），東京：新潮社，2000年，第201頁。

之美，但是如今的西夏人似乎发生了变化。①

西夏女所代表的“原始之美”在西夏已经不复存在。此时的赵行德既不想回到宋国，也不想前往朱王礼所在的战斗前线，失去人生追求的他倍感无力。但是，当他得知朱王礼在前线的消息时，再次燃起对激情人生的欲望，终于决定继续西行。

> 赵行德听说了那些关于朱王礼的事，不由得想起他那双炯炯放光的眼睛，眼前浮现出率领3000兵士的将军即将开始决战的情景。赵行德想，他一定是主动要求参加最艰难激烈的战斗，冲锋陷阵在最前线。一名隶属于异民族前线部队的汉人勇士不断追求最激烈的战斗，如果想一想之前听闻的他的经历，赵行德也不由得理解了朱王礼的这种心情。
>
> 突然，赵行德的心中涌起再次奔赴前线的想法。②

于是赵行德再次积极地向西开始了旅程，前往甘州、肃州、瓜州，最后到达敦煌。在此之前，他被西夏女和西夏文字象征的西夏文化所吸引，如今，他不再拘泥于西夏，取而代之的是对蕴含着更加浓烈文化的西域的异民族、异文化的向往与憧憬，从而开始了他对异文化的探险之旅。在这场旅途中，他相遇回鹘人、于阗人，目睹异民族的实际生活，感受到他们的精神世界，并被西域传来的佛教所吸引，从事大量的佛经翻译工作，最后完成了将经书埋藏到石窟中的平凡而伟大的善事。

小说的最后介绍了英国的斯坦因、法国的伯希和以及日本与俄国的探险家将埋藏于千佛洞中的经卷发掘出来的历史。近代的探险家们将发现的古代经卷公之于众，为世界文化的研究做出了巨大贡献。而赵行德在1500年前为了保护这些经卷免受战火的毁坏，将其封存在洞窟之中，也是不亚于近代探险家们的丰功伟绩。饶有意味的是，完成这些功绩的都不是当地人，而是以异文化探险为目的来到此地的探险家们。赵行德在这种情节设定中从单纯的旅行者变为了

---

①井上靖：『敦煌』，東京：新潮文庫，1987年第48刷改版，1996年第68刷，第75頁。
②同上书，第79頁。

与斯坦因等人一样的追寻异文化的探险家。

从中国的立场来说，无论是斯坦因、伯希和，还是日本的大谷探险队，从敦煌17窟中将大量的古代文献带回自己的国家，对于中国来说都是赤裸裸的文化掠夺，称之为“功绩”是从世界历史研究的角度，同时也是站在英国、法国、日本的立场的说法。巫新华在译著《沿着古代中亚的道路》的前言中这样评价斯坦因的探险：

> 斯坦因的著作和学术成果，是以肆无忌惮地践踏我国主权，疯狂盗掘中国古代遗址并劫掠中国古代文物为前提的。因此，斯坦因的著作即是西方列强侵犯我国主权之铁证，同时也为那段令国人屈辱而心碎的历史留下了真实的记录。……对于研究新疆考古学和敦煌学，以及一些相关学科的人，或那些想了解这方面情况的朋友，斯坦因的著作不可不读。毋庸讳言，斯坦因的著作对上述诸学科研究的发展，无疑具有重要作用。①

巫新华的看法代表了中国学界的普遍立场，即功过并存的看法②。但是井上靖对这些探险家的描写却没有批判的感觉，比如“斯坦因小心翼翼地整理经书，每一本他都浏览了一遍”③，这样包含敬意的描写不在少数。井上靖的这种立场或许有为与斯坦因等人一样掠夺藏经洞经书的日本大谷探险队开脱的意图。但从文本意义表达的需要来看，这种描写或许是作者想为赵行德的行为赋予一种崇高的意义，从而对同样与藏经洞有关的斯坦因等人采取了一种善意的描写，这种善意在《敦煌物语》中并不存在。因此，井上靖最终将赵行德与斯坦因等人等同起来，使其成为为人类文明做出了伟大贡献的探险家。

五、异文化探索与自我观照

和辻哲郎在《风土》一书中从风土人文的角度阐明了旅行的目的。

①[英] Stein,M.A.：《沿着古代中亚的道路：斯坦因哈佛大学讲座》，巫新华译，桂林，广西师范大学出版社2008年版，中译本序言第9页。

②松冈让的《敦煌物语》也基本上秉持这样的观点与立场，这也是《敦煌物语》与《敦煌》的差异之一。

③井上靖：『敦煌』，東京：新潮文庫，1987年第48刷改版，1996年第68刷，第251頁。

那么，我们如何才能接近具体的沙漠。对于生活在沙漠中的人来说，这只不过是自我认知的问题。然而，人往往无法对自己有充分的认识。人的自省一般都是通过他者才得以实现。因此，当沙漠中的人身处湿润多雨的地方才能看清自己。反过来，这也可以说明不在沙漠中生活的人通过旅行接近沙漠的原因。他们只有身处沙漠才能发觉自身所处的历史与社会环境是多么的不同于沙漠。然而，这种自省只有通过对沙漠的理解才有可能。即使这种理解仅仅基于旅行者暂时的沙漠生活，但只要其是对沙漠本质的认识与理解，那么他就能从此“融入”到历史与社会意义的沙漠中生存。[①]

这段话说明，不在沙漠中生活的人通过接触沙漠认识沙漠中的人、社会与历史，反之，也因为接触沙漠认识到自身的“非沙漠性”，即自身的社会与历史的本质。

《敦煌》中所描写的正是沙漠的世界。赵行德作为旅行者，也作为探险家，从外界走进沙漠，在理解异文化本质的同时，也发现了自身的本质。

和辻哲郎指出，沙漠中的人具有“对抗性与战斗性”，为此他们总是团体行动，个人服从整体的意志。[②]《敦煌》中有很多战争描写，而且都非常鲜艳美丽。“鲜艳美丽”是沙漠环境中人对抗“死亡”的需要，因为在荒芜的沙漠中没有任何颜色。另外，西夏的“男人们勇敢无畏，不惜生命，女人们忍受艰苦与贫穷的生活，常年等候出征丈夫的归来。为国奉献的精神使他们的表情中没有了慰藉与欢乐。”[③]这种表情是为了西夏国的强盛，全民都服从整体意志（也就是李元昊的意志）的一种表现。因此，李元昊在作品中不是作为个人而存在，而是西夏民族的代表者。他从朱王礼那里抢夺回鹘公主，从更广阔的立场上意味着西夏对汉民族的掠夺，因此朱王礼对李元昊的怨恨也并非单纯的情敌之间的私人恩怨，而是更深层意义上的民族仇恨。

井上靖在创作《敦煌》前阅读了大量史料与学术专著，从而真实地再现了

① 和辻哲郎：『風土：人間学的考察』，東京：ワイド版岩波文庫，1991年，第54–55頁。

② 同上。

③ 井上靖：『敦煌』，東京：新潮文庫，1987年第48刷改版，1996年第68刷，第76頁。

西夏与河西走廊的历史状况。但是如前文所述，他通过赵行德这个旅行者所展现出来的沙漠环境实质是从外界来到沙漠的人对沙漠本质的社会历史性认识。同时，这种社会历史性的认识又反过来促使井上靖进行自我观照，从而对自身的本质特征进行主动的省察。

小说中主人公赵行德的人生路线发生了巨大的转变，现实生活中，井上靖也经历了相似的事情。1951年已经成为每日新闻社书籍部副部长的井上靖辞去报社工作，正式进入专职作家的人生。井上靖告别前途无望的新闻记者的人生，选择了自己认为正确的作家职业，投入全部热情全力以赴地开始了创作人生，因此，《敦煌》中的赵行德对异文化的追寻探索之旅，也可以看成是作者井上靖借以证明自己人生意义的一种体现。

实际上，井上靖本人也一直在追寻着异文化。《天平之甍》发表之后，井上靖于1957年第一次访问中国，从此，他一边创作大量中国题材的历史小说，一边多次来访中国，游历各地，深入接触与了解中国的风土民情。中日邦交正常化之后，井上靖访华更加频繁，为中日间的文化交流做出了赵行德封存经书一般的伟大功绩，成为战后中日友好关系中当之无愧的文化使者。

第二节　电影《摩洛哥》与井上靖的西域小说

已有很多研究指出，井上靖的西域小说充满了异国情调。正如前面章节中提及的那样，井上靖的西域题材作品大多是在实际前往西域之前凭借自己的文学想象进行创作。这种想象的生活来源何在一直是井上靖研究界关注的焦点。井上靖在“二战”中曾出征中国河北。从军体验同时也是井上靖第一次异国经历，在之前的研究中不少都注意到了从军经历与西域小说之间的关系。宫崎润一通过详实的调查，并依据知情人的讲话、信函以及各种史料，理清了井上靖的从军经历。

实际的经历→战争结束后初期创作的战争题材小说→西域题材小说，从这个小说创作的轨迹中我们可以看出，关于战争的小说中的描写多处运用在后来以中国大陆为题材的作品的景物描写中。①

长谷川泉还将从军经历看作“形成井上靖的文学人生形象”的四大要素之一，即“各地的游历”，同样注意到战争体验与西域小说为代表的中国题材历史小说之间的关联性。②

井上靖的从军经历虽然只有短短的4个月时间，但是对于在战争年代度过青春韶华的井上靖来说，恐怕留下了一生难以磨灭的记忆。这种记忆在之后的小说创作中得以体现也是顺理成章的事情。

2009年，在井上芙美夫人的遗物中发现了井上靖的《中国行军日记》，之后在《新潮》第106卷第12号得以公开刊载。井上靖财团刊物《信鸽》也陆续公开《中国行军日记》剩余的部分③。曾根博义在日记公开的同时，针对日记内容撰写了《解说》，并形成了多篇论文④，揭示了战争与井上靖文学作品之间的部分关系。

曾根博义从《中国行军日记》中读出了井上靖“对生的欲望”与对逝去的战友的“愧疚之情”，并指出基于从军经历创作的小说、诗歌以及井上靖晚年的部分作品与从军经历之间的关联性，但是，曾根并没有论述到从军经历与西域小说之间的关系。

---

①宫崎潤一：「井上靖と戦争」，『上越教育大学国語研究』1994年第8号，第79頁。

②长谷川泉：『井上靖研究』，東京：南窓社，1974年，第13-17頁。

③分别有2009年12月发行的『伝書鳩』（第10号）刊登的「井上靖未発表資料1　後送途上」，2011年3月发行的『伝書鳩』（第11号）刊登了「井上靖未発表資料2　行軍開始まで『中国行軍日記』補遺」，同年12月发行的『伝書鳩』（第12号）刊登了「井上靖未発表資料　戦地での創作メモ」。

④分别为「井上靖中国行軍日記・解説」（『新潮』2009年第12号）；「井上靖未発表資料※1後送途上（草稿）・解説」（『伝書鳩』第10号）；「井上靖未発表資料※2行軍開始まで「中国行軍日記」補遺・解説」（『伝書鳩』第11号）；「井上靖未発表資料※3戦地での創作メモ・解説」（『伝書鳩』第12号）；「従軍日記発見で見えてきた井上靖文学と戦争つなぐ線」（『毎日新聞』2010. 1. 6夕刊）；「井上靖と戦争—従軍日記と戦後の文学をつなぐもの」（『語文』2010年第136輯）。

或许井上靖在出征中国期间没有想到自己日后会成为创作西域小说的作家。在《中国行军日记》中我们能够感受到井上靖对异域的中国抱有的那种观察的视线，但这仅仅是其中的一小部分，字里行间中传递更多的是一名精神与肉体都很脆弱的士兵形象。也正因为如此，曾根博义只是看到了从“脆弱士兵”的井上靖向战后开启作家征程的井上靖的转变，而没有过多关注从军经历与西域小说创作之间的关系。

应该说，井上靖西域小说中的异国情趣源于多种复杂的因素。既有青年时期从书籍中获得的关于西域的知识，也有从战前延续战后的日本西域热的影响。在这个复杂的坐标系中，从军经历作为其中的一环应该引起我们的注意。同时，从军经历中对中国的形象建构是否也受到了迄今没有注意的其他因素的影响呢？这也同样值得我们去探讨，因为这关乎井上靖中国建构的文化层面的问题。因此，笔者在这一节中并非要详细考察从军经历与西域小说创作之间的关系，因为之前确实已有学者做过相关的杰出研究，我在这里想要考察的是《中国行军日记》中出现的一部美国电影《摩洛哥》与西域小说的想象之间的关系，试图探究井上靖作品中异国情调的某些特征。那么为什么要选取这部电影作为比较对象？要想回答这个问题，还要从井上靖的从军经历说起。

一、电影《摩洛哥》与从军经历

据《中国行军日记》记载，井上靖从当时的朝鲜釜山登陆，乘火车辗转北上，途径京城、平壤、奉天，于1937年10月1日抵达北平西南的丰台，从此开始了他在中国的行军历程。

从10月7日开始，日记的内容逐渐增多，7日日记中写道：“往保定行军。良乡有塔。距离那很远。……看到了好久不见的美丽的白色椴树。”[①]这是井上靖第1次在日记中记录中国大陆的景色。从这一天开始到11月21日的日记记载了井上靖行军期间的所见所闻、所思所想，之后，井上靖因严重脚气病住院，不

① 「新発見井上靖中国行軍日記　昭和十二年八月二十五日—昭和十三年三月七日」，『新潮』2009年第12号，第199頁。以下简称《行军日记》。

久被送回日本。

通常来说，对异国的强烈印象大都源自初次看到的时候，虽然10月7日日记中的“好久不见”仍能感受到井上靖对家乡的思念，但到了10月9日，井上靖开始在日记中大量记录行军中的见闻，乡愁在此已经难觅踪影，取而代之的是对异域的惊诧。

> 12时过永济桥，从这到松林店有20里路。宏大壮观的风景令人惊叹。五时通过松林店。在永济桥附近有一段非常巨大的城墙，有电影《摩洛哥》中的城墙几十倍大，看上去非常古老。这是一个非常安静祥和的村落，每家每户都有土墙。附近还有一个小水池，整体上像是一个富裕的村庄。①

井上靖在看到永济桥附近的城墙时，首先拿来进行比较的对象不是日本的城墙，而是电影《摩洛哥》中的城墙。异文化接触所触发的反思大致可以分为两个方向：一是异文化与自文化的对比，从而对自我进行重新的认识；二是将另一种异文化与之对比，从而修正自我对异文化先前的固有印象。井上靖在中国行军中的异文化接触属于第二种情况。

电影《摩洛哥》是1930年上映的好莱坞电影。1931年2月，作为日本第一部有声电影，也是第一部字幕电影，在日本上映，在日本电影史上具有特殊的意义。知名导演约瑟夫·冯·斯登堡制作的《摩洛哥》在日本不仅取得票房上的巨大成功，而且入选《电影周报》评比的1931年度优秀影片第一名。

电影描写了摩洛哥雇佣兵托姆与酒吧歌手艾米丽的爱情故事。托姆与当地副官的夫人存有私情，副官夫人见托姆喜欢艾米丽，心生嫉妒，试图加害于托姆，但没有成功。打死杀手的托姆虽然免去了军事法庭的追责，但是被迫前往撒哈拉沙漠的战斗前线。艾米丽孤独一人，只好违心答应了法国富豪贝西埃的求婚，但当接到托姆重伤的消息时，她义无反顾地回到了托姆的身边。影片的最后，走出城门为再次出征的托姆送行的艾米丽毅然脱掉高跟鞋，混在其他跟

① 「新発見井上靖中国行軍日記　昭和十二年八月二十五日—昭和十三年三月七日」，『新潮』2009年第12号，第199頁。以下简称《行军日记》。

随丈夫去前线的当地女人中，追赶托姆所在的行军队伍，消失在沙丘的尽头。

这部美国电影用浪漫的色调勾勒出发生在沙漠之国摩洛哥的一段爱情故事，画面与声音巧妙结合的蒙太奇手法让当时的日本年轻人耳目一新，深深为之倾倒。佐藤忠男在《世界电影史》中论述当时的美国电影时写道：

> 对于这个时代的日本青年们来说，美国是一个同时拥有无限激情活力与质朴乡村情感的国度。越是讨厌日本的封建阴郁气氛，美国电影越是显得光芒万照。大概全世界贫穷国家的粉丝都有如此感受。①

美国在第一次世界大战中借助战争景气一跃成为世界第一强国，而日本却在世界规模的经济危机中痛苦挣扎，贫穷与落后促使日本的青年们从美国的电影中寻找自己对先进与富有的梦想。

演员也是影片在日本获得成功的关键因素。《摩洛哥》在日本上映之前，男主演加里·库珀已经是日本观众家喻户晓的外国明星。

> 库珀的成名最初不是在美国，而是在日本。1927年的影片《铁翼雄风》中，他饰演了一位剩下半块没有吃完的巧克力而死去的飞行员，博得了日本女性观众的追捧。因为其在日本的高人气，好莱坞才开始重视他。②

库珀身材挺拔，相貌英俊，充满勇气与智慧，作为好莱坞黄金时代的男星，备受日本女性观众的追捧。同时以影片《蓝天使》一炮走红，被誉为“百万美元美腿”的女主演玛琳·黛德丽也成为日本众多男观众的梦中情人，纷纷奔向电影院一睹芳容，其中不乏还在上学的男孩子们。佐佐木基一曾这样回忆自己学生时代的观影经历：

> 开始接触西洋影片是考入中学之后，看过学校允许的《彼得·潘》《十戒》《浮士德》等。四、五年级的时候开始无视学校的规定，偷偷去电影院观看。订阅《电影周报》，了解了无产阶级电影和蒙太奇手法。当

①佐藤忠男：『世界映画史』（上），東京：第三文明社，1995年，第39頁。

②川本三郎：『ハリウッドの黄金時代』，大阪：サントリー株式会社，1987年，第227頁。

时正是无声电影向有声电影的过渡时期，专门播放西洋电影的电影院里还有配音员。当时的我痴迷于葛丽泰·嘉宝，其次是玛琳·黛德丽。看完《摩洛哥》之后的晚上，我的耳边一直回响着影片中的鼓声，难以入睡。我还曾经将《电影周报》上刊登的影片《蓝天使》中黛德丽穿着丝袜的美腿完全显露出来的剧照贴在宿舍的房间里，为此还遭到了管理员的批评。①

令日本的男学生们为之倾倒的女星黛德丽不仅在日本大受欢迎，也备受追求欧洲高雅文明的美国人的追捧，好莱坞引进黛德丽的目的就是将她作为欧洲文明的象征。

另外，影片的背景是法国雇佣军和沙漠之城摩洛哥，这本身就呈现出一种浪漫的异域情调。这种异域浪漫也是使影片深受日本大众喜爱的重要原因之一。在《摩洛哥》之后，以雇佣军和沙漠为背景的影片无一例外地在日本取得了成功。比如，1935年5月在日本上映的雅克·费代尔执导的影片《无甲骑士》获得《电影周报》评比的前十名外国影片第二名，1936年9月上映的朱利安·杜维威尔执导的影片《天涯海角》获得第五名的成绩。这些电影都是以雇佣军和沙漠为背景。

佐藤忠男认为雇佣军进行的战斗在非洲的殖民地而言是民族独立斗争，但是《摩洛哥》《无甲骑士》《天涯海角》等影片并没有“描写战斗的本质”，“观众们只是将其看作对盗贼匪徒的镇压活动”，佐藤接着写道：

在这种本质模糊的描写基础上拍摄的电影不断被制作出来，而且广受欢迎的原因在于雇佣军这个团体激发了强烈的浪漫主义情怀。人生破灭陷入绝望的人以一种慢性自杀的方式前往沙漠中的战场。那里是世界的尽头，只要前往那里，就可以卸下文明社会的责任，摆脱浮世红尘的束缚，成为自由之人。如果幸运，可以尽情享受冒险之旅的快乐；如果不幸，也可以实现浪漫的死亡，而不是无奈的自杀。②

①佐々木基一：『昭和文学交友記』，東京：新潮社，1983年，第15-16頁。
②佐藤忠男：『世界映画史』（上），東京：第三文明社，1995年，第135頁。

佐藤的论述适用于《摩洛哥》。艾米丽为了追赶奔赴前线的托姆，脱下高跟鞋，光着脚在沙漠上奔跑的行为无疑是慢性自杀之举，但从中展现的不是无奈的死亡，而是为爱情奋不顾身的浪漫。相反，在《无甲骑士》中对爱情绝望的皮耶鲁虽然在占卜中预知了自己的死亡，但仍然微笑着跟上行进的队伍，这其中横亘的是另一种悲情式的浪漫。这些浪漫的精神世界只有在“天涯海角”的世界尽头才能够实现，因为那里是一个除了沙漠，别无他物的自由的世界。

沙漠空间是一个暗示死亡的残酷世界，同时也是一个充满冒险欲，发现远古魅力的浪漫空间。探险家斯文·赫定在《游移的湖》中描写的“楼兰女王”让人们从风干的木乃伊想象着往昔动人的容颜，斯坦因、伯希和以及日本大谷探险队发掘的敦煌藏经洞中，埋藏的是跨越千年的文化与艺术瑰宝。沙漠的这种两面性，让人们既害怕接近，又为之倾倒而向往之，这种矛盾在精神世界中呈现为一种浪漫的情怀。

日本虽然没有沙漠，但在童谣中，沙漠也有所体现。1923年，加藤敬创作了《月光下的沙漠》。

月夜沙漠，一望无际
羁旅骆驼，漫步其间
骆驼背上，金鞍银鞍
并排前行，月夜沙漠

金鞍系着，银制水壶
银鞍系着，金制水壶
两只水壶，系在驼鞍
一条细绳，牵着彼此

前方驼鞍，骑着王子
后面驼鞍，坐着公主
驼背上面，王子公主
一身白衣，彼此辉映

沙漠荒原，笔直足迹
王子公主，意欲何往？
月夜沙漠，朦朦胧胧
一对骆驼，漫步其间
翻过沙丘，越过沙丘
默默前行，直到远方

王子与公主穿着白衣，骑着骆驼，漫步在月夜沙漠之中，他们到底要去往何方？三木纪人注意到童谣中的“白色”，在讲演《房总的月与歌》中，他这样论述道：

> 这里反复出现了“白色”，歌谣中的风景基本上是由白色构建而成的。沙漠实际的颜色有些泛红，但是想象中的，日本人理解的沙漠却是白色。另外，月光也被认为是白色的。如此一来，空中的月亮、地上的沙漠以及移动中王子与公主两人白色的装束，整个画面可以说是一片白色。
>
> ……这样的风景中蕴含着死亡的倾向，这从“一身白衣”一句中就可以看出。而且，两个人好像已经共同做出了决定，一同前往白色象征的死亡世界，因此二人似乎并不像看上去那样仅仅是在月夜的沙漠骑着骆驼漫步。①

穿着白衣，在白色的沙漠中行进的王子与公主是否会走向死亡，并不是作者加藤敬要表现的主题，但是笼罩着阴郁色彩的白色中暗含着死亡气息却是可以从字里行间读出的。读者会将王子与公主的关系看成是恋情的象征，同时从二人共同走向死亡的可预见的结局中感到一种幻灭的浪漫。这种恋人共同走向死亡的幻灭之美与8年后日本上映的《摩洛哥》的主人公托姆与艾米丽的结局何等相似！这种幻灭的浪漫之美既是日本人对沙漠的想象与建构，同时也是日本文化对美与浪漫的一种基本的集体无意识，这样一来，《摩洛哥》的爱情故事如此吸引日本人的原因也就不难理解了。

① 三木紀人：「講演：房総の月とうた—『蛙の笛』に誘われて」，『城西国際大学日本研究センター紀要』2009年第3号，第50頁。

《月光下的沙漠》作为日本的著名童谣，老幼皆知，传唱至今。在1989年NHK举办的“故乡的歌曲100首”评选中，该童谣被选为千叶县第一名，全国第五名，可见其中幻灭浪漫的恋情至今仍在打动着日本民众。

《摩洛哥》在日本上映的1931年正值日本对华发动“九一八”事变。“九一八”事变是日本基于进攻中国大陆的国策采取的侵略行为，但正像雇佣军在非洲杀害殖民地原住民的战争被欧洲人看作是一种镇压活动一样，当时的大部分日本民众也不认为日本进攻中国大陆是侵略。同一时期，日本研究中国的学问——东洋学随着国家对外扩张政策的确立以及日本军事势力进入中国内陆而不断取得发展，学科的发展影响到普通民众，使普通民众开始对中国内陆产生浓厚的兴趣。在这种背景下，《摩洛哥》进入了日本，影片中展现的幻灭之美的沙漠之旅激发了同一时期在扩张国策下对大陆感兴趣的日本民众产生一种对遥远地方的浪漫之情，这也可以看作影片在日本备受欢迎的原因之一。

电影《摩洛哥》在日本上映时，井上靖正在东京生活，这一时期，他恣意自由地生活，并开始创作诗歌。1930年4月，井上靖进入九州帝国大学文法系英文科学习，但很快便失去了上学的兴趣，前往东京，开始自由自在的生活。福田宏年总结道：“在东京自由生活的那个时期，井上靖看上去就是一个逃学懒惰的学生，但同时也是一个沉迷于诗歌创作的文学青年。”[①]这一时期，他在杂志《北冠》发表诗歌，成为杂志《焰》的同人，创刊同人杂志《文学abc》，走过了一段文学青年的旅程。井上靖开始与各种诗人交友，创作诗歌，逃避上学，甚至有些不良青年的感觉，这样的井上靖应该一定观看了当时备受追捧的电影《摩洛哥》。在被称为“世界尽头”的摩洛哥，在撒哈拉大沙漠的舞台上展现的激动人心的爱情与幻灭的浪漫，对于井上靖这样的年轻人来说，精神上一定深受冲击。

“九一八”事变后，井上靖应征入伍。据福田宏年的考察[②]，井上靖一共入伍三次。第一次是1928年1月，当时正读四高的井上靖应征入伍，甚至得到了包

①福田宏年：『増補井上靖評伝覚』，東京：集英社，1991年，第65頁。

②同上书，第99-100頁。

括校长在内的全校师生的欢送。但是入队前因为柔道练习中肋骨受伤，仅仅4个月就被复员，从而躲过了出征济南，没有参与到制造济南惨案的队伍中。第二次是在东京自由生活时期的1931年9月，井上靖再次被编入静冈34联队，但作为留守日本人员，仅仅接受了短暂的教育后再次复员。第三次是进入每日新闻本社工作一年之后的1937年9月，这次他来到了中国大陆，其从军经历记录在前文提到的《中国行军日记》中。第二次应征入伍时，《摩洛哥》刚刚上映结束半年，第一次应征因为柔道练习伤了肋骨而没有来到中国，但是第二次应征时，井上靖的健康状况良好，同时又时值"九一八"事变之后，想必井上靖已经做好了不久将前往中国的心理准备。此时此刻，井上靖对异域中国的想象除了从书籍中获得的知识外，前几个月刚刚看过的展现异国形象的《摩洛哥》给他的视觉与心理冲击在他的中国建构中起到更加直接的作用。虽然这次应征，井上靖没有实际前往中国，但是在6年后的1937年，井上靖再次应征入伍，并真实来到中国的时候，其对中国的想象中仍然复合着从《摩洛哥》中获得的视觉印象，因此在亲眼看到中国的风景而感到强烈的视觉冲击时，他首先用来作为比较对象的不是日本，而是影片中展现的摩洛哥城。

在前文对《中国行军日记》引用部分之前，还有这样一段话。

今夜将住在松林店（shintanten）。高原地区的扫帚草和椴树真美！之前的应征入伍中有美。但这次只有痛苦。或许是年龄的原因吧。①

这里并没有点明"之前的应征入伍"是第一次，还是第二次。但是，第一次应征因为受伤而复员，所以应该感受不到什么美。第二次应征入伍虽然没有前往中国，但在《摩洛哥》的影响下，井上靖心中涌起了对异域中国的憧憬，尽管留守国内，但他一直在脑海中描画着中国的形象，而且没吃什么苦就复员也比较符合当时在东京的自在生活状态，对于当时的井上靖来说，确实是一种美。这种对中国自在无碍的想象一直延续到1937年井上靖真正来

① 「新発見井上靖中国行軍日記　昭和十二年八月二十五日—昭和十三年三月七日」，『新潮』2009年第12号，第199頁。

到中国的时候，在那个下午，当他目睹永济桥附近的城墙时，心中涌起的感动再次唤醒多年前被《摩洛哥》激发的对异国的想象，《摩洛哥》与中国这两个看似毫无关系的事物在井上靖的中国想象这一特定的精神世界里合二为一，因此井上靖这时的脑海中没有出现日本的城墙，而是那让他魂牵梦绕的浪漫之都——摩洛哥。

二、抛却过去的人

电影中的异域摩洛哥也是通过想象构建而成。导演斯登堡在拍摄影片时没有特意前往摩洛哥进行外景拍摄，完全是在好莱坞的摄影棚中就完成了对摩洛哥的形象构建，而且影片到处散发着浓浓的异域情调。这种异域情调是导演刻意要表现出来的一种效果，使井上靖在内的当时的日本青年人为之倾倒不已。这种影响也体现在井上靖后来创作的一系列西域题材小说中。从这一节开始，笔者将提取影片《摩洛哥》中的异域情调，并对影片与井上靖的西域小说进行一次初步的文本比较，以此考察井上靖构建异国形象的方法与特征。首先让我们看一看异国中的人物。

《摩洛哥》的主人公是法国雇佣军士兵托姆和酒吧歌手艾米丽，二人的一个共同点是他们都抛却了过去而来到摩洛哥。

影片的开始，艾米丽乘船来到摩洛哥，手里只拿着单程票。两个经验丰富的高级船员在谈论这位从欧洲前来的美丽女子时，将她称为“意欲自杀的乘客”[①]。这种“自杀意欲”意味着艾米丽想要忘记过去、抛却过去。影片的末尾，艾米丽目送前往沙漠深处的托姆，自己再也不愿离开这个自己深爱的男人，于是奋不顾身地追赶上去，消失在沙丘的另一边。与她同行的是当地的妇女，她们也是追随打仗的丈夫前往沙漠，但是，她们并不是突发奇想，而是事先都做好了充分的准备，每个人都背着沉重的行李，里面应该是水和食物。然而，艾米丽却是临时决定，手里什么也没拿，这种行为在现实中无疑是一种自杀行为。在此，艾米丽向沙漠的追赶可以看作又一次对过去的抛却，奔向理想

①佐藤和夫：『映画文庫3. モロッコ』，東京：南雲堂，1981年，第15頁。

的爱情。因此，她并非奔向死亡，而是在沙漠世界里走向永恒的爱与生命。

影片并没有过多地交代艾米丽之前在欧洲的经历，她到底受了什么伤害才决定逃离欧洲舒适的生活，来到这个民族混杂而又异常炎热的沙漠之国。艾米丽在酒吧表演舞蹈的过程中将自己房间的钥匙交给托姆，托姆深夜前去幽会艾米丽，从二人的谈话中能够约略地了解一些二人的从前。

艾米丽的房间墙壁上挂着一幅照片，照片中是她与一位男子，二人显得非常亲密。照片中的艾米丽身穿着昂贵的俄罗斯黑貂大衣，面对托姆的疑惑，她说道："如果我拥有这样的大衣，就不会漂流到这样的地方了。"①从中可知艾丽米应该是被照片中的男人抛弃，失去了一切之后才满怀伤痛地来到摩洛哥。

托姆好像也是为爱所伤之人。"我或许还是不要与之有关系的好，我是说女人""是女人的责任，错不在我"②，从这些话语中能够看出托姆是一个曾被女人欺骗了爱情的人。托姆接着说道："没人问我为什么参加雇佣军，即使问我，我也无可奉告。从我进入雇佣军的那一刻起，我已经抛却了过去的一切。"③

> 提起雇佣军，往往会是这样一群人，他们是惯犯，他们是爱做梦的男人，他们混杂在一起，拥挤在一起，或者为了抛却过去的人生，或者为了逃脱法律的制裁，或者为了忘掉内心的伤痛。④

异域或异国在这里成为抛却过去的人最终抵达的目的地。反过来，这些抛却过去的人又是异域形象中的构成要素之一。

井上靖的西域小说中也有许多抛却过去的人物登场。《敦煌》的主人公赵行德在科举考试失利后，被西夏文字深深吸引，于是放弃了三年后再考的机会，踏上了前往西夏国的征程。西夏在小说中被描写成一个异域的国家。

---

①佐藤和夫：『映画文庫3. モロッコ』，東京：南雲堂，1981年，第39頁。

②同上书，第37頁。

③ 同上书，第39頁。

④ ディヴィッド・ジョーダン：『史上最強の勇士たち　フランス外人部隊』，大槻敦子译，東京：原書房，2008年，第28頁。

在到达这里之前，行德经过了这里下辖的七个镇中的几个，每一个镇子的守兵中都混杂着很多异民族，行德感觉自己仿佛来到了另一个国度。①

结束了“异国”生活之后，赵行德也曾想过回家，回到过去的生活，但最终他继续西行，彻底与过去诀别。

《天平之甍》中的戒融也是一个不归之人。他被中国大陆的辽阔所吸引，认为与其钻研佛经，不如用自己的双脚四处修行，于是放弃了回国，在中国度过充满冒险的一生。放弃回国让人想起只买了单程票的艾米丽，艾米丽因为内心受到伤害而抛却过去，戒融是为了冒险而走向未来。

《苍狼》的主人公成吉思汗为了证明自己体内流淌着蒙古狼的血液，不断发动战争，直到死亡。这种证明血统的动机中也包含着抛却过去可能血统不纯的经历，为了抹杀掉过去不纯的血缘，成吉思汗只能不断向异国出征。出征的异国在这里仍然是抛却过去而抵达的场所，这与艾米丽、赵行德的异域之行在本质上是一致的。

井上靖的短篇小说中也有抛却过去的人出现。《狼灾记》的主人公陆沈康因为蒙恬将军的死而失去了精神上的支柱，对现实失望至极，在返还秦土的途中，他明知自己可能会变成野兽，但仍然与一位异族女子共度七夜，最终变成了一匹狼。陆沈康实际是一个主动抛却过去的人。成为狼，意味着无法回到过去的生活中，只能在异国他乡度过余生，但陆沈康毫不后悔，甚至咬死了过去的朋友张安良，以表示与过去的彻底决裂。

《宦者中行说》的中行说在出使匈奴前说道：“如果让我前往匈奴，必将无益于汉”②，到达匈奴后，中行说果然拒绝了汉的召回，抛却了侍奉汉朝的过去，一生为匈奴服务。

通过以上的分析可知，抛却过去来到异国，并在异国度过一生的人是描写

①井上靖：『敦煌』，東京：新潮文庫，1987年第48刷改版，1996年第68刷，第23頁。

②井上靖：「宦者中行説」，『井上靖歴史小説集』（第2巻），東京：岩波書店，1981年，第157頁。

异域国度必不可少的要素。这种人的故事与异域空间相互交织，就会产生一种异国的情调与浪漫的气氛。

但是，托姆与艾米丽的抛却是在自己的主观意志下主动抛却过去，与从前诀别。而井上靖笔下的人物往往没有明确的理由，是在命运的安排下，自然而然地抛却了过去。

> 行德一直躺在那里，追溯着来到这里之前的漫长的过往。但是，那里既没有自我意志不自然的运动，也没有意志以外的什么东西的强迫。就仿佛水从高处流向低处，非常自然而然地就来到了今天。从开封出发来到边境，然后作为西夏军的一名士兵在边境各地转战，最终成为叛乱部队的一人，如今正与沙州的汉人一起即将与西夏军队展开最后的殊死搏斗。即使让我再活一回，如果周围的条件没有变化，我还是会走同样的道路吧。在此意义上，赵行德觉得即使自己的一生就此与沙州城一起泯灭，他也丝毫不感到后悔。也没有什么可值得后悔的。从开封到沙州，几千里的路，自己沿着这缓缓的斜坡，花费漫长的岁月终于来到这里，现在自己就躺在这。这期间他一次都没有想过要返回开封。如果是自己想回去却不能实现，那或许非常懊悔，但赵行德不是，他是想来到边境才来，而且留在边境地带对他来说最是自然不过，所以才会留在这边境的茫茫戈壁。①

"就仿佛水从高处流向低处，非常自然而然地就来到了今天"的赵行德在那之后消失于沙漠的西方也就是顺其自然的事情了。抛却过去是在命运的安排下自然而然的结果，这种异国情调中蕴含的命运观可以说是井上靖异国描写的特征。

《苍狼》中的成吉思汗虽然可以看作用自己的主动意志抛却过去的人，但是如果把天生的血统看作无法改变的命运的话，成吉思汗的"抛却过去"不也是在命运的摆布之中吗？

托姆和艾米丽为爱所伤，为爱而抛却过去。但是井上靖笔下的人物往往是在命运的安排下与过去诀别。命运的要素是井上靖异域描写的组成部分，使异国情调更增添了一种严肃而沧桑的浪漫情结。

① 井上靖：『敦煌』，東京：新潮文庫，1987年第48刷改版，1996年第68刷，第196-197頁。

三、遥远的异域沙漠中人与自然的斗争

摩洛哥位于非洲的西北端，是一个被称作“世界尽头”的遥远国度。国家南部是一望无际的撒哈拉沙漠，自然环境非常恶劣。与此相对，日本是一个自然环境优越的国家，山地多样，水系丰富，因此一提到“沙漠”，就会让日本人产生与自我之间存在巨大隔阂的异国印象，这种遥远的隔阂感反过来激发了一种虽然畏惧但心向往之的复杂的憧憬心态。

在之前的小节中，笔者曾引用了和辻哲郎的论述谈及了沙漠以外的人对沙漠的认识，简言之，就是包括日本人在内的生活在沙漠以外世界的人们试图接近沙漠的心理动因是和辻哲郎所说的迫于自我认识的需要。

沙漠是沙的荒原，除了沙尘空无一物。同时，沙漠又是包孕万物的世界。人类的所有努力与活动都将埋没于沙漠之中消失殆尽，但这并非意味着消失，而是被保存在了沙漠的自然之中。因此，沙漠之于日本人既是异域的存在，也是永远与永恒的象征。

托姆与艾米丽最终都消逝在沙漠中。不论是前往战场的托姆，还是空着双手追赶上去的艾米丽，等待他们的都将是死亡。然而，二人间的爱情将随着他们的消逝而成为永恒，影片充分展现了人生的短暂与爱情的永恒之间的矛盾，而这一切产生的背景都是遥远的沙漠荒原。

井上靖的西域小说也经常以沙漠这个具有浓厚异域色彩的空间为背景，表达永恒的主题。但是，井上靖并非仅仅将人类活动掩埋在沙丘之中，而是在跨越漫长的时间之后让已经消逝的事物重新出现，以此诠释人类的永恒。

楼兰这个历史上短暂出现的西域小国被风沙掩埋，楼兰的历史和民族都消亡于沙漠之中，但在小说《楼兰》的结尾，井上靖写到在楼兰消逝几千年后的今天，楼兰正在与当时一同消逝的罗布泊一起逐渐地重新出现，让读者在历史时空的残酷变迁中看到了生的希望。《敦煌》也是如此，被掩藏在千佛洞中的经卷典籍跨过千年的沉默，在20世纪初终于重现人间，向现代人述说着远古的辉煌。短篇小说《漆胡樽》描写的西域盛器——漆胡樽从行进在沙漠的商队中逃逸出来，穿越历史的时空，出现在战后日本民众的眼前，给身心俱疲的日本民众带来了心灵的慰藉，器物表面残留的痕迹成为永恒的象征。

包括福田宏年在内的许多学者都曾指出，井上靖的内心风景是“白色河床”。白色的，只有沙砾的河床与沙漠之间似乎存在着某种相通之处。河床虽然是虚无的，但其中似乎蕴含着有朝一日河水重现的希望。井上靖笔下的沙漠与河床所象征的“无”总是会以某种形式转换为“有”，从而展现出人类的短暂无常与历史的永恒浪漫。

总之，虚无的，却暗示着永恒的遥远的沙漠空间是异国形象中的典型要素。同时，在这样的沙漠中与自然进行搏斗也是《摩洛哥》与井上靖西域小说的共同点之一。

影片《摩洛哥》的故事时间是第一次世界大战后摩洛哥的精神领袖阿卜杜勒·克里姆领导的民族独立斗争被法西联军镇压后的第四年。虽然克里姆投降，但是“到叛军的最后一人投降，期间花费了七年时间。在清除残余叛军的过程中，雇佣军发挥了核心作用”[①]。在影片的开头，雇佣军士兵托姆从前线回到摩洛哥，刚刚结束的战斗应该就是针对残余“叛军”的。

雇佣军的战斗不光是与人的战斗，在《摩洛哥》中，士兵面对的首先是与自然的战斗。沙漠中的自然就是士兵的敌人，不能战胜自然，其他都无从谈起。自然到底有多么强大与可怕，从酒吧中的一段对话中可以窥见一斑。这是当地人称为世界市民、刚刚回到摩洛哥的贝西埃与刚刚从沙漠战场归来的恺撒之间的对话。

> 恺撒：能够在摩洛哥重逢，真令人高兴。
> 贝西埃：回到这里，我也很高兴。——就是有点受不了这里的炎热。
> 恺撒：真是酷热啊。[②]

担任雇佣军中校的恺撒也承认酷热难耐，暗示了战斗的困难。无论雇佣军多么武器精良，但如果不能克服炎热的自然环境，将不可能凯旋。贝西埃和托姆的对话也暗示了自然的残酷。

①ディヴィッド・ジョーダン：『史上最強の勇士たち　フランス外人部隊』，大槻敦子译，東京：原書房，2008年，第229頁。

②佐藤和夫：『映画文庫3. モロッコ』，東京：南雲堂，1981年，第17-19頁。

托姆：打扰一下，我明早要去撒哈拉沙漠了，所以过来跟恺撒先生告个别。

贝西埃：你们想两人谈谈吧，我到那边去……托姆这次的出征讨伐肯定非常艰辛，祝你幸运。①

出征撒哈拉沙漠让人联想到“非常艰辛”，因为那里的自然是比人类还要可怕的敌人。

《摩洛哥》是在好莱坞的摄影棚里进行拍摄，沙漠仅仅是局部呈现，斯登堡无意过多强调沙漠的严酷，他所要表现的更多是沉迷爱情的托姆如何消极作战。与此相对，井上靖的西域小说中却非常注重描写与沙漠自然的斗争。

小说《楼兰》中，鄯善兵与一支装束怪异的队伍之间的战斗到最后完全转变为与沙雨和狂风的战斗。

鄯善的士兵们举起长枪冲向对方。沙子像瀑布一样倾泻在混乱的战场。敌我双方在风沙吹过来时都不得不短暂的休战。因为眼睛根本睁不开，沙子从衣服的缝隙钻进来，无孔不入。

怒吼的狂风愈发猛烈，沙雨一浪高过一浪。战场上遮天蔽日，士兵们甚至都无法看到彼此。

年轻的指挥官带领几个部下一同来到了城外。但是他们寸步难行。沙雨比城内还要猛烈。鄯善兵陆续涌出城门，紧贴在城墙下。同样紧靠在城墙上的是无法进入城内，进退不得的敌兵。四周除了大风和沙浪的声音，还传来几百只马匹与骆驼的嘶鸣声。

战斗不知什么时候已经结束，仿佛在此地从来就没有发生战斗似的。鄯善人与第二次的入侵者在接下来的三天里都在与风沙进行苦战。②

人类之间的战斗在自然面前不得不停止，瞬间转化为人与自然的战斗。井上靖的另一篇历史小说《洪水》则更加直接地展现了人与自然战斗的场面。

弓箭手向河水齐射。无数只箭落在浊流中，瞬间便被泥沙所吞噬。几

①佐藤和夫：『映画文庫3. モロッコ』，東京：南雲堂，1981年，第59頁。

②井上靖：「楼蘭」，『井上靖歴史小説集』（第2巻），東京：岩波書店，1981年，第44頁。

百支箭被射出后，紧接着，步兵呐喊着冲到河边。鼓声大作，士兵们跳进没膝的河水中挥舞刀枪。他们斩断浊流，刺进河水，到处是飞溅的水花。人与水的混战中，几名士兵被河水抓住脚拖进了浊流。

战斗持续到傍晚。队伍开始向高处撤退。指挥战斗的索劢和拼尽全力与河水作战的士兵们都看到奔腾的浊流逐渐变成了一只巨大的怪物。怪物浑身颤抖，狂暴地向军队袭来，涌过来，又退去，接着再涌过来。①

沙漠中的河对于在沙漠行进的人来说是最可宝贵的东西。但是井上靖将其视作怪物，通过战争的形式展现出人与自然的紧张关系。在这场人与自然的战斗中，人类即使取得暂时的胜利，但立刻就会被自然所吞没，消失殆尽。

不久，索劢看到不远的前方一股浊流刚刚吞没一个山丘，余下的水势仍很强劲，先锋继续向这边涌来。无数的恶魔挣扎着，狂暴地向这边冲来，眼看就到跟前。索劢将右手紧握的长枪高高举过头顶，朝着一丈有余的混浊的水墙跃马扬鞭冲杀过去。索劢消失了，在他身后的骆驼、战马和士兵也一个不剩地消失了。他们完全消失就在一眨眼的工夫。②

《摩洛哥》中的沙漠是炎热难耐的自然，暗示着在沙漠战斗的托姆无法归来。井上靖笔下西域的自然则更加残酷，甚至化作怪物与人为敌。脆弱人类的失败与残酷自然的胜利构成了沙漠环境中人类的生存方式与本质，异域的形象中也往往与自然的残酷如影随形。因此，井上靖西域小说中的沙漠是异域空间的必须要素，同时，其笔下塑造的与永恒自然为敌并勇敢战斗的人类，展现出人生短暂的悲剧性命运与绽放生命的无限魅力。

四、异域的神秘女人

在井上靖的中国题材历史小说中，女性人物一直发挥着重要的作用。但是《天平之甍》是一个例外，在这部小说中，几乎没有女性的出现，只有玄郎的中国妻子一个女性，从描写中看，这位女性显得非常普通，没有异国女

①井上靖：「洪水」，『井上靖歴史小説集』（第1巻），東京：岩波書店，1981年，第282-283頁。
②同上书，第297頁。

性的特点。

不一会儿，一位长相平庸、朴实的中年女性和两个10岁左右的女孩随着玄郎过来。她们是玄郎的妻子和孩子。女人话少，只是向普照寒暄了一句，并没有进入房间，借口陪孩子们在院子里玩，转身回到院子。①

这是一位客气礼貌的女子，但是却看不出中国女性的特征。《天平之甍》描写的是男人的世界，而且又与僧人有关，所以井上靖并没有让女性过多地出现。

但在他的西域小说中，异国的女性却是重要的角色。她们有着一个共同的特点，就是神秘。《摩洛哥》中的艾米丽不是异国的女性，而是来到异国的女性，但也是一位充满神秘感的女性。如前所述，艾米丽是一个抛却过去的女人。她为爱情所伤，对爱情和人生绝望，于是只买了单程的船票，独自来到了摩洛哥。影片中只能透过她与托姆的对话粗略地了解到她痛苦的过去，但是一直没有更加深入的介绍。一个过去充满谜团的女性本身已经具有了神秘感，同时她的出现更是如梦似幻，美丽无比，处处散发着神秘的气息。

艾米丽穿着一身黑色的长外套，戴着帽子，从海上的浓雾中显现出来，走在甲板上，经过贝西埃站着的地方，她的外套不经意间掉落地上……她的表情显得安静而沉着，还带着些许的忧愁。②

从浓雾中走出的略带忧愁的女性，这里展现的不仅仅是一个美丽的女人，也在沉默中抛给观众一系列问题：这个女人是谁？她为什么独自一人来摩洛哥？她来做什么？影片到最后也没有回答观众的这些疑问，或许也没有必要回答。不明来历的女人更加符合异国发生的爱情故事。换言之，神秘感更能体现出异国的异域情调。

井上靖在西域小说中描写的神秘女性与艾米丽不同，她们自己就是异国的女子。

---

①井上靖：『天平の甍』，東京：新潮文庫，1987年第54刷改版，1990年第61刷，第151頁。

②佐藤和夫：『映画文庫3. モロッコ』，東京：南雲堂，1981年，第13-15頁。

> 一看就知道不是汉人。她的皮肤并不很白，但是很丰满，散发着行德从没有见过的光泽，她仰面朝天，颧骨突出，下巴尖细，眼窝深陷，透射着暗淡的光。①

这是赵行德在开封市场上遇见的西夏女子。要卖她的人说她是“睡了别人的男人，还要杀了那人的老婆的恶毒女人”②，但她同时也是一个连死都无所畏惧的性格刚烈的女子。同时，她对自己的国家西夏深感自豪，为了报答赵行德的救命之恩，她将一块写着西夏文字的布片赠给了赵行德。西夏女子自此再没有出现在小说中，但她身上具有的神秘感却和西夏文字一起深深地吸引了赵行德，从而改变了他的人生，成为赵行德前往西夏，最终远行西域的原因。神秘西夏女子的短暂出场使未知的西夏的神秘感随之提升，唤醒了读者对西夏的憧憬感与冒险欲，因此，赵行德的西行某种程度上是满足读者期待的需要。

《敦煌》中除了西夏女，还有一位重要的女性，就是回鹘的公主，她的周围也充满了神秘的气息。赵行德解救了回鹘公主，在得知她是回鹘王室的女儿之后，多次询问她为什么会独自躲藏在城墙的角落，但是始终没有得到她的回答。当赵行德即将离开回鹘公主前往西夏首都兴庆府的时候，她才说出了其中的缘由。

> 我在那里是因为我在等候我未来的丈夫。我和家人一起从城里逃出，但途中我想起他曾经跟我说过只要没有死，一定会回到城中来寻找我，于是独自偷偷返回城中。因此，我爬上了那座烽火台，在那里遇见了你。我现在觉得那个即将成为我丈夫的人在战斗中已经战死，而他的灵魂把你送到了我的面前，让你来取代他。我只有这样想，才能理解你这个人。但是如今，你却要丢下我独自离开。③

的确，赵行德自己也不能理解为何要搭救这位回鹘公主，只是“觉得解救这个女人仿佛就是命中注定的使命”④。不知为何要搭救，但救过之后，自己却

---

①井上靖：『天平の甍』，東京：新潮文庫，1987年第54刷改版，1990年第61刷，第12頁。
②同上书，第13頁。
③井上靖：『敦煌』，東京：新潮文庫，1987年第48刷改版，1996年第68刷，第64-65頁。
④同上书，第61頁。

变成了女子丈夫的替身，这种经历的深处是井上靖一直表现的命运主题，而这不可思议的命运与女子的神秘感共同构成了井上靖笔下的异域色彩。

在异域与神秘女子相处而变身，最终不可思议地留在异域的代表作品是《狼灾记》。

小说中的卡雷族女人与回鹘公主一样都是失去了丈夫的不幸女人，她虽然活着，但却有如行尸走肉一般。

> 我的丈夫在今年秋天死了。我现在虽然还在呼吸喘气，但活着对我来说只是外表的形式，实际上我已经死了。我的心对什么事情都不会高兴，对什么事情也都不会悲伤，我已经是死了的人，你难道想再杀一遍这样的我吗？①

没有喜悦，没有悲伤，心如死水的女人也就是没有过去的神秘的女人。陆沈康侵犯了“除了丈夫灵魂所在的家哪里也睡不了”的女人后，一直抱着这个浑身散发恶臭的女人度过了六个夜晚。女人虽然已经不愿离开陆沈康，但她还是劝说他离开自己。

> 在我们的部族有这样的传说，与外族人共处七夜将变成野兽。今夜是第六晚，如果你再多留一天，你和我就都会变成野兽。②

但是，陆沈康按捺不住与女子见面的冲动，第七夜还是前往相会。女子对返回的陆沈康说道：

> 本来我应该为丈夫去死，但是我的孽缘未了，现在我要为了你活下去，哪怕变成野兽也要活下去。③

对回鹘公主来说，赵行德是她死去丈夫的转世，而对卡雷族的女人来说，陆沈康也是她死去丈夫的替身。那天晚上，“女人第一次主动邀请陆沈康爬上

① 井上靖：「狼災記」，『井上靖歴史小説集』（第2巻），東京：岩波書店，1981年，第133頁。
② 同上书，第138頁。
③ 同上书，第141頁。

自己的床"①。第二天早上，两人都变成了狼，陆沈康永远留在了这异域的温柔乡中。

与女人交合七夜变成狼的传说给异域增添了神秘的色彩，而那个通过与男人交合最终留住男人的卡雷女人更是拥有凡世间见不到的神秘，她的神秘既是异域神秘色彩的来源，也是异国情调的表现。

在《摩洛哥》中，艾米丽是一名神秘的女性，但托姆并没有因为她而留在异国，恰恰相反，是艾米丽为了托姆，决定把生命奉献给异域的沙漠。与此相对，井上靖的西域小说中，基本都是男人为女人而留在异域，这种情节取向更加凸显了异域女性的神秘感，也让异国情调显得更加充满了天高地远的神秘魅力。

五、从军经历与异国形象构建

通过以上对比分析可知，井上靖在西域小说中构建了这样的异国形象：那里的人抛却了过去，并在沙漠中与残酷的自然进行战斗，他们与充满神秘感的女性在这样的自然中结识、相爱，并最终留在了异域国度。这些异国或说异域的特点在影片《摩洛哥》中也存在，但是井上靖在此基础上又添加了自己的命运观与史诗性的浪漫，创造出与《摩洛哥》相似、又在本质上有所区别的东方色彩的异域情调。

另一方面，在《中国行军日记》的记录中也能找到一些与日后西域小说的描写相关联的内容，这些实地的异国经历也成为井上靖构建异国的素材，使他的异国情调更加的丰满而真实。

在《中国行军日记》中有多处描写了雄伟而充满异域色彩的城墙。

（10月9日，永济桥）那里的城墙真是雄伟……看上去仿佛从远古时代就有。

（10月12日，保定）这里与涿县一样，都拥有方圆5里的坚固城墙，但是并没有那么异样的怪诞，而是一片明亮祥和。

①井上靖：「狼災記」，『井上靖歴史小説集』（第2巻），東京：岩波書店，1981年，第141頁。

（10月15日，定县）定县的城墙雄伟壮观。

（10月17日，正定）看到了正定的城墙，比之前看到的，有一种近代感，显得很美丽。

（10月22日，正定）正定城比保定和涿县要大得多，是目前见过的最大的城市。①

无独有偶，在井上靖的西域小说中也多次描写了城墙。

天亮的时候，赵行德看到在自己的前方耸立着雄伟的城墙。城墙的各处升起黑烟，遮挡住天空的一角。天空除了被黑烟遮住的部分，其他部分都呈现出异样的红色。②

“异样”一词让人联想到涿县的城墙。雄伟巨大而且异样的城墙带着异国的神秘色彩，给井上靖留下了深刻印象，在后来创作的小说中，城墙也变得“异样”起来。

《中国行军日记》中对城墙的叙述中频繁使用的词汇是“大”。中国的宏大给井上靖带来了巨大的心理冲击。“大”不仅代表外在的体积大小，也作为异国的一种魅力，作为永恒时空的象征，在井上靖的心中留下了不灭的印象。11月19日，井上靖第一次登上了城墙，他写道：

（11月19日，元氏）早上醒来，外面一片白茫茫。是初雪。从丰台开始行军的时候感觉还是夏天，还没有感觉到秋天，冬天已经来了。早饭后，第一次登上城墙。正如军歌里所唱，“满目百里，雪苍茫”。江山兴亡的雪景，不由得感到某种伟大。游历中国的日本浪人们的一生大概也被这异样的伟大所吸引吧。③

为异域中国的伟大所深深倾倒的井上靖在那一天离开了部队，住进了医

① 「新発見井上靖中国行軍日記　昭和十二年八月二十五日—昭和十三年三月七日」，『新潮』2009年第12号，第199、200、202、203、204頁。

② 井上靖：『敦煌』，東京：新潮文庫，1987年第48刷改版，1996年第68刷，第32頁。

③ 「新発見井上靖中国行軍日記　昭和十二年八月二十五日—昭和十三年三月七日」，『新潮』2009年第12号，第213-214頁。

院，不久后回国。但是对这种伟大的憧憬之情并没有消失，而是一直持续到战后，凝结为一系列以中国为作品舞台的西域小说。

综上所述，井上靖的西域小说在探究人类本质的同时，也包含着很多异国情调。通过与电影《摩洛哥》的对比可知，这种异国情调中包含着三个基本的要素，分别是抛却过去的人、在遥远异国与自然的战斗以及异国中的神秘女性。另外，井上靖在中国行军中感受到的雄伟宏大的中国印象也成为其异域形象建构的一个重要组成部分，与西域小说中的异国形象之间存在千丝万缕的联系。

当然，井上靖的西域小说中还有其他的异域情调。但是在本节中，笔者将西域小说与影片《摩洛哥》以及井上靖的《中国行军日记》联系起来进行了对比考察，探讨了井上靖青春时代对异国的憧憬、从军过程中对异国的惊叹以及战后创作的西域小说之间的关系，可以说，青春、从军、西域小说创作，三者构成的井上靖人生图谱中呈现出一条比较清晰的构建异国形象的心路历程。

第五章　井上靖与丝绸之路

井上靖与丝绸之路的关系可以概括为两个方面：一方面，井上靖创作了不少以丝绸之路为舞台的小说、游记与诗歌；另一方面，井上靖一生多次前往丝绸之路地区旅行。前面的章节对这两个方面都进行了较为深入的论述，在本章中，笔者尝试跳出井上靖的对象范围，从与井上靖相关的作品与事件中，探讨日本的丝路文化认知，以期为我国的丝路文化建设以及“一带一路”进程提供异文化的参考与借鉴。

敦煌是丝绸之路上最璀璨的明珠，而敦煌在近代之所以备受关注，是因为在第17窟中发掘出大量的古代经卷典籍与文物，从而轰动世界，甚至因此出现了一门学问——敦煌学。在本章的第一节，笔者将以日本文学中描写藏经洞的三部作品为考察对象，包括松冈让的《敦煌物语》、井上靖的《敦煌》与陈舜臣的《敦煌之旅》，通过对比分析，探究日本近代的敦煌认知与丝路印象变迁。

井上靖曾说，在日本一共出现过三次“丝绸之路热”，第一次是中国的唐代；第二次是日本的明治维新时代；第三次就是纪录片《丝绸之路》的拍摄。1980年中日联合拍摄的纪录片《丝绸之路》掀起了日本战后的“丝路热”。井上靖在拍摄期间作为特邀嘉宾，随摄制组前往敦煌与新疆地区，为纪录片的制作做出了自己的贡献。本章第二节所关注的是中日两版本的纪录片之间的异同点，通过对比二者的异同，可以看出中日两国在20世纪80年代对丝绸之路的不同塑造方式，从而加深我们对日本文化中丝路形象的理解，同时反思我国对丝绸之路的文化建构。

第一节　日本近代文学对莫高窟藏经洞的文学形象建构

敦煌是古代的绿洲城市，象征着富饶、和平、稳定，也是多元文化相互交流与融合之地。敦煌在古代丝绸之路之上有着重要的地位，是进出西域的要塞，是中西文化交流中心、经济贸易的重镇，也是古代的军事要地。正是因为其所处的独特地理位置才使得该地成为佛教文化发展和传播的圣地。敦煌莫高窟的第17窟在20世纪初期由于西方探险家从中发掘出大量古经文物而备受世界瞩目，因此得名藏经洞。人们对藏经洞的由来以及藏经洞中的古籍文物产生了巨大的兴趣，纷纷开始著书立说进行研究。与此同时，深受中国汉文学影响的日本东方学者和普通民众也对敦煌以及藏经洞产生了巨大的向往和热情，甚至出现了以藏经洞为题材的文学作品，体现了近代日本对丝绸之路认知的一个重要侧面。井上靖的《敦煌》于1959年开始在《群像》杂志上连载，成为日本近代文学中敦煌题材文学作品的新巅峰，与当时兴起的“敦煌热”相辅相成，对日本民众的敦煌认知产生了巨大影响。本节选取松冈让的《敦煌物语》、井上靖的《敦煌》与陈舜臣的《敦煌之旅》作为考察对象，通过三部不同历史时期创作的日本文学作品，深入探讨文本中对莫高窟藏经洞的文学形象建构，结合作家所处的时代背景以及个人经历，从纵向的历史演变与横向的文学描写中探究彼此的异同，进而透视日本近代文化中丝绸之路的形象特征。

一、“百科全书”式的小洞窟

三部作品对敦煌莫高窟藏经洞形象建构的相同点主要为对藏经洞位置、大小以及对藏经洞中的壁画与古籍文物内容的描述。藏经洞即莫高窟第17窟。关于藏经洞是否是一个独立的洞窟曾经颇受争议，张大千曾将其认为是第16窟的耳洞而未进行编号①。之所以曾经有人认为藏经洞不能作为独立的洞窟，这与其

① 1941—1943年，张大千曾主持敦煌莫高窟壁画的临摹和研究工作。

位置和大小有关，井上靖也认为“从藏经洞与第16窟相对的位置来看，很明显这是第16窟的附属洞窟”[①]，学界普遍把大洞窟旁附属的小洞窟看作是耳洞。三部作品对藏经洞位置的描述与普遍的观点相同，均提到藏经洞位于通往16窟的通道的右侧，也即位于北壁一侧。在通道的右侧有一个“宽2尺高5尺的狭窄洞口”[②]，即为藏经洞的洞口。

关于洞窟狭小的特点，三部作品的描述方式则有所不同，松冈让虽然未具体讲述藏经洞的大小，但通过对里面堆满经书场景的叙述已经能够反映出藏经洞洞内体积之小。“（藏经洞）是四角都涂过的石仓库。比前面的石室低了半米，靠着住持带来的小灯看向昏暗的内部时，忽然闻到一股古文书独特的味道。仔细一看里面是3米多高的成束堆积的经卷，这些如山一般的经卷紧紧堆积在一起，即便人进入其中也动弹不得”[③]，由此看出洞窟内十分拥挤狭小。陈舜臣在《敦煌之旅》中通过听闻的“小”与自己亲身体验的“小”相结合的方式进行了描述：“虽然之前就听说17窟是狭小的耳洞，没想到却是如此之小的洞窟。我们从兰州来的包括陈家4人，甘肃省的老刘、小刘，还有北京旅行社的1位女性一行7人，再加上敦煌文物研究所的3位女性共10人进入第17窟，就已经达到满员的状态了。”[④]陈舜臣通过亲身体验生动形象地描述出藏经洞实际空间之小的程度，井上靖则是通过具体的数字进行藏经洞大小的描述：“洞穴大概是10尺4方的方形洞窟。”[⑤]通过三部作品对藏经洞大小的描述，可知藏经洞异常狭小。

尽管藏经洞十分狭小，但藏经洞中出土的文物内容却异常丰富。松冈让的《敦煌物语》中描述藏经洞为“古代文明的宝库”，包含多种语言和民族的古籍以及众多绘画作品，堪称古代文明的“百科全书”。因此小小藏经洞的价值

① 井上靖：『シルクロード絲綢之路（第2巻）敦煌—砂漠の大画廊』，東京：日本放送出版協会，1980年，第149頁。

② 井上靖：『敦煌』，東京：徳間書店，1987年，第237頁。

③ 松岡讓：「敦煌物語」，『世界教養全集』（第18巻），東京：平凡社，1961年，第291頁。

④ 陳舜臣：『敦煌の旅』，東京：平凡社，1976年，第228頁。

⑤ 井上靖：『敦煌』，東京：徳間書店，1987年，第238頁。

却不可估量，对学术研究有着深远的价值与意义。又因藏经洞中的佛经典籍占据总文物的90%之多，所以三部作品中对藏经洞所藏物品的叙述离不开对洞窟内堆积如山的经书的描述。通过三部作品的描述，得知藏经洞中藏有大量的佛经典籍和古籍文书以及绘画作品等，为了防止这些纸质书籍在存放的过程中因外力而破损，故用布将这些典籍包裹成捆，再进行存放。藏经洞中的典籍在未被西方列强盗取之前在洞内摆放整齐，在被盗取以及被清政府将剩余的物品保护起来之后，洞内则仅剩一尊雕像以及北壁上的壁画。这些藏经洞相同形象的构建体现出作家们对藏经洞基本形象的共同认识。藏经洞内的文物由堆积如山到空空如也这一形象的变化实则体现了藏经洞在近代是西方列强“文化争夺的古战场”。

> 19世纪末期到第一次世界大战期间，欧洲列强开始将目光投向敦煌，这里宛若列强们的争霸场所，每年都会有一两个国家的探险队在这个地域的某一处挥动锄头挖掘文物。①

近代西方帝国主义国家打着科学探险的旗号，实际上却是在偏僻的中国西北内陆进行地理考察，为实现自己侵略扩张的目的积极谋划，反映出近代西方列强的勃勃野心。学者刘进宝也曾对西方各国探险队在中国的“考察”活动评价道，“19世纪末20世纪初，外国探险家、考察家在中国的考察活动，本身就是帝国主义侵略中国的一个组成部分”②。

狭小的石窟之所以能在世界上引起热潮，不仅因为其中的文物内容丰富，还因为它是丝绸之路上多民族文化与东西方文明相互交流、融合与发展的历史见证。“也就是说敦煌之地位于藏、维、蒙诸民族居住地的交汇点上，是汉族势力进入少数民族地域的绿洲之路的先端，也是连接东亚与中、西亚的丝绸之路上的重镇，同时还是连接蒙古与中亚、西藏甚至印度的南北交通路线的交会点，是多种文化的交流中心。”③一个小小洞窟展现了横跨古今、连接东西的文

①松岡譲：「敦煌物語」，『世界教養全集』（第18卷），東京：平凡社，1961年，第263頁。
②刘进宝：《藏经洞之谜——敦煌文物流散记》，兰州：甘肃人民出版社2000年版，第39页。
③［日］池田温：《敦煌文书的世界》，张铭心、郝轶君译，北京：中华书局2007年版，第73页。

化历史画卷，凝结成丝绸之路的一个缩影。三部不同时期的日本文学作品不约而同地关注藏经洞，突出其空间狭小与重要价值之间的对比反差，正是因为敦煌石窟藏经洞是丝绸之路文化发展史上当之无愧的代表。

二、作家经历与时代背景影响下的藏经洞认知

作家所处的时代背景以及人生经历的不同使得他们对莫高窟藏经洞形象的认识有所不同，同时也共同构成了近代日本对藏经洞乃至对丝绸之路的文化认知。

1.《敦煌物语》的“知识性”

在1938年之前，敦煌仅仅停留在学者的认知范畴，日本关于敦煌的书籍资料大多是史书以及敦煌学的学术成果，而在文艺界中却鲜有涉及。因此想要创作敦煌题材的作品，就需要查阅大量史书文献资料，借鉴敦煌学的学术成果。松冈让在创作《敦煌物语》时，参考了石田干之助的《长安之春》、斯坦因的探险记、马可波罗的《东方见闻录》等著作，依据史书文献与学术成果创作的《敦煌物语》因而具有了一定的学术价值，甚至在《敦煌物语》面世之后，众多关于敦煌的著作还参考了这部小说。因此自日本近代以来，该小说就成了民众了解敦煌的一部极具史学参考性与文学趣味性的著作。作者松冈让也在1943年出版的《敦煌物语》后记中表明小说是“文化史式的作品”[①]。可以说，是《敦煌物语》的“知识性”使“敦煌”进入了日本民众的视野。松冈让的长篇自传体小说《护法的人们》写道，“松冈让出生在位于现在日本长冈县的净土真宗的本觉寺，后来因看清其中的黑暗而走上作家的道路，但其作为虔诚的佛教信徒这一身份并未动摇”，他懂得大量的佛教知识，并且热衷于考古学，因此在《敦煌物语》中侧重于对藏经洞中佛经典籍的内容进行描述。如在讲述伯希和在洞内翻阅整理古籍时，对佛经是属于六朝写经还是唐经等问题进行了独到的分析，没有对佛经的种类以及考古价值的知识是无法做到的。松冈让在创

①松岡讓：『敦煌物語』，東京：日下部書店，1943年，第233頁。

作《敦煌物语》之前，参观了与敦煌莫高窟文化有着千丝万缕联系的日本正仓院，认识到敦煌文化的独特性，这成为他创作《敦煌物语》的契机。此外，松冈让还参阅了大量相关书籍与学术著作。自身的佛教知识、史学资料与著作，加之敦煌热的兴起，三者交织碰撞出文明发现的火花。

2.《敦煌之旅》的“实证性”

陈舜臣的《敦煌之旅》诞生于中日邦交正常化这个大的时代背景之中，在这个时期，一部分日本人可以进入中国西北进行旅行探访，这其中也包括井上靖、司马辽太郎等作家。实地探访与文献叙述相印证，形成了这一时期敦煌书写的实证性特征。陈舜臣是日籍华裔，大学时期酷爱印度学和西亚宗教学，对中国历史也抱有极大兴趣，在成为专业作家后创作了大量以中国历史为题材的小说作品。同时，他还具有一定的美术鉴赏能力，但他说自己“仅仅是喜欢历史，恰巧也对美术感兴趣的人罢了”[①]。由于对历史与美术拥有浓厚的兴趣，所以陈舜臣在《敦煌之旅》中侧重写藏经洞的历史由来和故事，并用大量的笔墨来描述洞中北壁的壁画《树下供养者图》。陈舜臣在介绍壁画时并非单纯地介绍壁画的构图及内容，而是从专业的角度分析壁画具有写实性的特点，并指出这幅《树下供养者图》与其他洞窟内的壁画截然不同，评价壁画具有构图大胆的特点，指出留白尽可能多地占用墙壁空间可以使观者的身心得到放松。在《敦煌之旅》中，陈舜臣还对洞窟内张大千留下的墨迹进行了分析与批判。这是另外两个作家所没有提及的。主要因为陈舜臣亲自到藏经洞内参观，才得以将藏经洞的形象刻画得如此细致入微，而井上靖和松冈让则因为时代等诸多因素的限制，在作品创作时期未能够有机会亲自参观藏经洞，所以他们刻画的藏经洞的形象来源，仅停留于史料的收集与作者的虚构层面。

藏经洞的成因至今仍无确切定论，但这并未削减人们对其进行探究的热情。陈舜臣在叙述自己在藏经洞的所见所闻之前，对当时学界普遍认可的两种藏经洞的成因进行了分析，并表明自己的观点。

①陳舜臣：『敦煌の旅』，東京：平凡社，1976年，第322頁。

成因之一是宋朝时期敦煌受到党项族的入侵，也就是西夏入侵敦煌时，为了防止佛经典籍受到战火的破坏，故藏匿于此，又因为其中没有什么值钱的金银财宝，所以逐渐被人们遗忘（即“避难说”）；另一原因则是看到藏经洞中的古籍经典中有许多残缺破损的佛经写本，故而推测当初这里是被当作废弃场所来堆积废弃纸张的洞穴（即“废弃说”）。[①]

对此，陈舜臣通过对藏经洞内具体形象的描述与分析，否定了藏经洞为“存放废弃纸张的地方”的“废弃说”，并否定“藏经洞是耳洞”这一观点。陈舜臣这种通过实地考察而创作的方式，一方面真实地展现了藏经洞的形象，一方面也体现了这个时期日本人研究敦煌以及丝绸之路文化较为重视实证性。

3.《敦煌》的“虚构性”

与《敦煌物语》的“知识性”及《敦煌之旅》的“实证性”有所不同，井上靖《敦煌》的“虚构性”，即在史实的基础上进行大量的虚构为当时的文坛与日本社会带来了一股新风。《敦煌》创作的时代背景也与《敦煌物语》及《敦煌之旅》有所不同，既有别于《敦煌物语》需要开创日本近代文学敦煌书写的开拓性，也有别于《敦煌之旅》的敦煌形象深入人心的普及性。井上靖的《敦煌》响应了当时日本社会上普遍出现的“敦煌热”，同时又填补了战后日本民众的内心空虚，一跃成为日本近代文学表现敦煌形象的代表作品。

《敦煌》所处的时代背景可以分为两点：一是战后兴起的大众文化使历史题材成为大众文学的主流，井上靖开始转型创作历史小说并取得成功，《敦煌》是继第一部长篇历史小说《天平之甍》后的又一部力作；二是战败后的文化空白期，日本民众对文明的探索与溯源产生兴趣，某种意义上，井上靖的历史文学作品起到了战后的精神救赎的作用。因此，《敦煌》通过虚构的手法，将大众文坛的潮流与战后的现代人意识有机融入历史题材之中，其中不乏现代的“爱情”“执着”“无畏”“民族抗争”等因素。因此，《敦煌》是富有近代人意识的“虚构性”的历史小说，这一点与松冈让的“知识性”、陈舜臣的

①陳舜臣：『敦煌の旅』，東京：平凡社，1976年，第222-225頁。

“实证性”形成鲜明的对照。

井上靖“在少年学生时期就学习中国的汉文学知识，并对中国的西域地区产生了极大的兴趣和热情，在阅读相关史书文献的过程中对敦煌莫高窟藏经洞的成因产生了较大的疑问，伴随着这一疑问的井上靖直到1954年才决定着手创作小说《敦煌》，查阅诸多古籍经典并拜访敦煌学学者藤枝晃，历经五年的时间最终得以问世”①。此外，井上靖在成为专职作家之前曾是报社的一位职员，曾担任过报纸宗教栏的记者，这为其后来的小说创作积累了一定的宗教知识，并掌握了收集材料的能力，为创作《敦煌》奠定了知识与能力的基础。纵观小说内容，可知井上靖创作《敦煌》的动机为虚构藏经洞的成因。作品中侧重于描述藏经洞不受战火侵袭也不容易被他人发现，并且也是一个极佳藏身之处的特点，这些特点有利于合理地虚构藏经的原因与经过，从而实现作品虚构藏经洞成因的创作意图。小说认为藏经洞之所以出现是为了经书在西夏入侵沙州（敦煌旧称）时免遭战火与异族的侵害，这一观点与一部分学者的看法是一致的，具有一定的史实性，但是小说中的主人公——赵行德以及他深爱的回鹘女、与他并肩作战的朱王礼，还有贪婪无耻的尉迟光，却都是作者虚构的人物，这些虚构人物的经历与情感共同构成了小说的主要内容，体现了小说的虚构特性。

三、历史洪流中形象变迁的藏经洞

在叙事结构上三部作品也存在着一定的差异，在不同的时代，呈现出三组不同的二元对立的结构特征，纵向连接成藏经洞的形象演变。

1.《敦煌物语》中的“善”与“恶”

松冈让的《敦煌物语》呈现出善与恶的二元对立结构。作者松冈让称“《敦煌物语》在昭和十三年（1938年）《改造》10月号上发表，但该版本是因为一些突发事件而仓促完成的作品……就作品自身而言，初版仅仅对英国探

① 井上靖：「シルクロード紀行」（上），『井上靖歴史紀行文集』（第2巻），東京：岩波書店，1992年，第9頁。

险队的故事进行了细致的描述，但是对其后的日、法两国探险队故事的描述却是十分粗略，特别是对日本大谷探险队的描述，仅仅是列举了该探险队的名字，一带而过”①。在这一版本中，“善”的代表是藏经洞的发现者、保护者王圆箓。王圆箓自发现藏经洞之后就致力于保护藏经洞，体现出“善”的一面。作品中也通过两种中国人的对比赞扬了王圆箓的“善”。

斯坦因的秘书蒋孝琬精通外语，国籍的一半是外国人，所以不在乎本国的利益，一味服务于外国，和他这种中国精英相比，王圆箓这种文盲一样的人却因无知而显得善良。②

此外，王圆箓虽然在与斯坦因的交易中获得钱财，但他并非为了一己之私，反而是为了翻修洞窟，完全出于虔诚的信仰，这也是“善”的一种体现。而以斯坦因为首的英国探险队则为“恶”的代表。斯坦因在得知王圆箓是玄奘的忠实崇拜者之后，便谎称自己也是玄奘的忠实信徒，又借蒋孝琬之口虚伪地向他传递自己的目的。

斯坦因像玄奘一样将这些经书文物运往印度和欧洲的话，比这些文物藏在甘肃沙漠之中昏暗的洞窟内腐烂，或许更能贡献于佛教与人类。③

斯坦因用这样的虚假之言获得了王圆箓的信任，最终以低廉的价格骗取了大量文物。

“二战”之中的1943年，《敦煌物语》被加以改版发售单行本，此时的内容大幅增加了法国探险队和日本探险队的故事。这一版本中对以伯希和为首的法国探险队盗取藏经洞经书文物的过程描述与对英国探险队的描述手法相同，伯希和同样以自己是玄奘的信徒为由获得王圆箓的信任，从而骗取了洞中的文物。而对日本探险队的描述却与对西方探险队的描述不同。描述日本探险队的过程中，作者以大谷探险队在敦煌的经历为原型虚构了立花这个人物，且重点

① 松岡讓：『敦煌物語』，東京：日下部書店，1943年，第299頁。

② 松岡讓：「敦煌物語」，『世界教養全集』（第18卷），東京：平凡社，1961年，第299-300頁。

③ 松岡讓：「敦煌物語」，『改造』1938年第10号，第100頁。

描述了以立花为首的大谷探险队前往敦煌的途中所经历的苦难，从褒扬的角度展现出日本民族的坚毅与不屈不挠的品质。此外，在获得王圆箓信任的方法上，则通过描写立花阻止奸诈贪婪的李厨子对王道士施加暴力来实现，立花在博得王圆箓的好感与信任之后，声称自己是真正虔诚的佛教信徒，最终获得了文物。英、法两国探险队的虚伪与奸诈贪婪的中国人的暴力，都是作品想要表现的“恶”，突出了日本民族优雅、高尚的“善”的一面。因此松冈让描写的日本大谷探险队与西方国家探险队阴险狡诈的“恶”的形象不同，使之成为以王圆箓为代表的“善”的阵营的一员。两个版本中的善恶界定反映出不同社会背景下的日本对丝绸之路文化认知的曲折变化。之所以1943年的改版《敦煌物语》体现出日本探险队“善”的一面，这与当时日本军国主义下的言论管制背景密切相关。为了在全国宣扬军国主义与为国奉献的忠君爱国精神，战时体制之下只有为军国主义服务，宣扬日本正面形象的文学作品才能得以出版，因此战时出版的《敦煌物语》一定程度上体现了文学作品与国家意识形态之间的关系。通过将日本探险队划归为“善”的一方，来说明日本获得敦煌藏经洞文物的合理性与正义性，区别西方列强“狡诈卑鄙”的行径，这是在战争时期树立正面日本形象的需要，也与冈仓天心所提倡的“亚洲一体论”中隐含的对抗西方国家的主张具有一致性。

2.《敦煌》中的“物质”与“精神”

井上靖的《敦煌》在藏经洞的叙事中呈现出精神与物质的二元对立结构。从尉迟光那听说有一处绝佳的藏宝之地后，赵行德半夜出行，看到大云寺僧人在整理经卷以备在寺庙着火之时将经书带走逃离。在西夏军队即将攻入沙州之际，居民们都收到了出逃的命令，但是寺庙里的3个僧人却仍旧不为所动，继续整理经卷，并誓言即使战争开始，也要保护经卷。那些经卷中有大量他们还未读过的，他们想要继续读下去，他们有着强大的意志和虔诚的信仰。赵行德曾经为了供奉回鹘王女而执笔抄写了般若心经，见此情景，他便想到将自己的抄经与大云寺的经卷一同藏入尉迟光发现的洞穴内。这种对佛教的虔诚之心以及赵行德对回鹘王女的纪念是一种精神与信仰的追求与执念。与之相对应的是有着沙漠劫匪之称的尉迟光，企图用莫高窟的洞穴藏匿自己多年来劫获的金银财宝，以避战乱。告诉赵行德莫高窟这一绝佳藏宝地，也仅仅是为了诱使赵行德放入回鹘王女的项链，以便将其据为己有。因此作品中塑造的人物尉迟光是一个物质追求者的化身。这种精神与物质的二元对立结构折射出藏经洞作为佛教信徒的精神和信仰的圣地的形象，象征着佛教世界中不受战争以及各种天灾人祸侵扰的精神净土。

战败摧毁了明治维新以来日本民族的精神文化信仰，《敦煌》对佛教的虔诚与保护经书的执着，为处于精神荒原期的日本人的心灵投射进一束希望的光线，让读者在憧憬异域文明的同时，也反思自身的生命意义。在这种意义上，《敦煌》促进了战后精神创伤的恢复，填补了战后初期日本文化的空虚。这不仅是作家井上靖人生态度的体现，也在客观上激发了战后日本人的精神与文化的重建。

3.《敦煌之旅》的"是"与"非"

陈舜臣的《敦煌之旅》在叙述藏经洞形象时主要呈现出是与非的二元对立结构。首先是关于藏经洞的成因的是与非的论述。作家陈舜臣根据洞内雕像的底座以及北壁的壁画来说明藏经洞并非是用来回收废弃纸张的场所，而是因为受到了西夏军队的入侵，为了保护经卷的权宜之计。其次是在中日恢复建交之后，陈舜臣亲自到莫高窟藏经洞参观探访，注意到洞内墙壁上张大千留下的字迹。张大千认为只有地位和文化兼具的有识之士才能创作出藏经洞中的《树下供养者图》，而非普通的画工所为。陈舜臣指出张大千观点的错误性，并且表明这是一位普通的画工的作品，即便是没有官职地位、文化程度也不高的人，也能创造出像洞内的壁画这样令人惊叹的作品。这种对立突出了藏经洞中的文化是属于平民大众的文化，在一定程度上反映了20世纪70年代中日邦交正常化之后人人都有机会实地近距离地去参观访问敦煌，因此敦煌莫高窟的藏经洞也不再充满谜一样的色彩难以接近，而成为一种平民化的艺术和文化的象征。池田大作曾在《讲述敦煌》一书中也指出，“敦煌的艺术是由默默无闻的劳动人民所创造的民众艺术”①，这也与陈舜臣实证性的观点相契合。这部游记随笔通过陈舜臣对藏经洞的所见所闻所感，并不时穿插一定的历史背景故事，给读者呈现出一种立体形象、具体生动、兼具艺术和文学价值的藏经洞形象，不仅拥有考古的价值也拥有书法美术等的艺术价值。陈舜臣笔下的藏经洞形象是充满历史韵味并且符合“沙漠大画廊”的平民化形象。

创作时期不同的三部作品，在叙事结构上的差异体现了藏经洞的形象随着历史的发展经历了近代西方对中亚文化侵略的“战场”——日本战后精神重建的寄托地——中日邦交正常化后平民化的“世界画廊”三种纵向的形象演变，与前文提到的横向差异（知识性、虚构性与实证性）一起，交织出近代日本对敦煌乃至丝绸之路的基本认知。

四、牵系战争与和平的藏经洞

三部描述敦煌的作品从不同的角度呈现了形态各异的藏经洞形象，这不仅能反映出松冈让、井上靖、陈舜臣三位作家对敦煌的向往和热爱之情，同时也体现出他们对战争的反抗和对和平的追求。

松冈让的《敦煌物语》单行本发行于1943年，但该小说曾于1938年在《改造》杂志上发表初出版本，初出版本内容较为粗略简短。关口安义曾在《评传松冈让》一书中指出，“1938年，由于松冈让的弟弟在参加中日战争期间受伤去世给松冈让带来巨大的打击，导致他无心继续进行《敦煌物语》的创作”②。战争中丧失亲人的打击带给了松冈让与众不同的间接战争体验。当时正处于日本进行军国主义扩张的鼎盛时期，虽然国家极力鼓吹军国主义扩张，但是对普通民众来说，将自己的丈夫、儿子或兄弟送往战场，是极为残酷的事情。战争无情，自己的亲人命运将归于何处是无法预测的。松冈让在1941年时也曾遭受空袭的迫害，亲眼目睹了空袭后的惨烈场景，在空袭的影响下不得不

①池田大作：『敦煌を語る』，東京：角川書店，1974年，第30頁。

②関口安義：『評伝松岡譲』，東京：小沢書店，1991年，第252-253頁。

举家迁居到家乡长冈，但长冈也未能幸免于难。因此这些间接的战争体验自然而然地促使松冈让产生对和平的渴望之情。

1943年《敦煌物语》改版发行，文中多次出现“文化古战场”一词，松冈让通过对西方帝国主义列强劫掠藏经洞文物的叙述，影射现实中“二战”期间帝国主义列强对中国的侵吞蚕食的行为，体现了作家对战争的谴责与反抗的态度。此外，1961年出版的《敦煌物语》是作者在日本“安保条约运动”的社会背景下进行第三次改写的版本，因日美“安保条约”的签订将可能再次将日本推向战争的深渊，曾有间接战争体验的作者无疑成为抵制日美签订“安保条约”的一员，因此对日美签订“安保条约”的抵制也是作者反对战争、向往和平的思想体现。佛教经由丝绸之路传入中国，进而又传入日本，松冈让作为一个崇尚佛教的虔诚信徒，通过对佛教文明的交流与传播之路上的重镇——敦煌的描述，反映出作者对文化交流和谐光景的憧憬。对佛教文明和谐交流的向往与战争期间的不幸遭遇共同促进了作者对和平的追求、对战争的反抗。

陈舜臣在《半路》一书中写他出生时，台湾处于日本殖民统治时期，因此自己一出生国籍便是日本。但作为殖民地出身的日本人在日本受到了极大的侮辱和轻视。“二战”结束，日本将台湾归还给中国，因此国籍也变回为中国[①]，国籍被迫不断变更造成归属感的割裂，对于陈舜臣来说，这也是战争带来的伤害之一。也因为战争，陈舜臣被迫放弃自己极度热爱的学术研究并陷入了择业的困境。身负双重文化背景，生活在战争阴影下，经历多舛命运的陈舜臣在之后的人生中不断思考着作为一名普通大众如何在战争中生存下去这个问题，因此以战争为背景的作品不胜枚举。《秘本三国志》《桃源乡》等作品中的人物多表现出对和平的向往。在陈舜臣与木村尚三郎的对谈中，二人就小说《桃源乡》中涉及的宗教、民族、国家等问题进行交谈，谈及小说中的“世界和平的理念”，陈舜臣称“我认为追寻理想地（超越宗教、民族、国家，没有争端的

①陳舜臣：『道半ば』，東京：集英社，2003年，第99-139頁。

理想地）是非常重要的”[①]。《桃源乡》中向往和平的思想即是战争影响下的产物。“加藤彻曾评价陈舜臣的《桃源乡》这部作品所表现出的主张世界和平的思想是淋漓尽致且又绝无仅有的。”[②]此外，陈舜臣在66岁时选择加入日本国籍，志在用日语创作小说，通过自己独特的方式将中国的图景展现给日本民众，这不失为一种通过文学创作来促进中日两国之间相互沟通理解、加强文化交流的良好途径。《敦煌之旅》这部作品详尽地介绍了莫高窟和藏经洞的历史与现状，加深了日本民众对莫高窟和藏经洞形象的理解和认识，也迎合了中日邦交正常化后两国人民之间友好往来的背景，在一定程度上为两国民众之间的和平友好交流做出了贡献。

与松冈让及陈舜臣的间接战争体验有所不同，井上靖则是直接参与了战争，有了直接的战争体验。井上靖曾经作为陆军参战，后因病遣返回国，结束了四个月的参战经历。虽然井上靖从军时间很短，但是在战争中的经历还是给了他巨大的影响。井上靖的作品中关于战争场景描写的作品并不多见，少有的关于战争描述的作品中所表现出的是一种置身事外冷眼旁观的态度，如井上靖在《瞳》这首描述战争的诗歌中所写的“对于所有的事情，我是怠惰的，常常仅仅是旁观者的样子”[③]，反映出作者与战争保持距离的意图。学者卢茂君也曾论及“从井上靖对待战争的散漫态度来看，他对战争没有那样的热情，也许也不像其他士兵那样有着为天皇效忠的意识，更没有期望这段经历给自己带来荣誉和地位”[④]。这些都从侧面反映出井上靖对战争的反抗与回避心理。

然而，小说《敦煌》并没有“与战争保持距离”，而是存在较为生动形象且又凄惨壮烈的战争场景的描写，这些描写是作者井上靖直面自己战争体验的写照。亀井胜一郎曾在《周刊读书人》（1959年11月23日）的书评中高度赞扬井上靖的《敦煌》，他指出：“这部作品的生命就在于悲壮的音乐图景与色

①陳舜臣：「対談：争いのない理想郷を求め」，『Who is 陳舜臣』，東京：集英社，2003年，第17-18頁。

②转引自李佳《陈舜臣小说的中国叙事图景》，《文艺争鸣》2017年第1期，第174页。

③井上靖：『井上靖全詩集』，東京：新潮社，1983年，第25頁。

④卢茂君：《井上靖的中国文学视阈》，北京：知识产权出版社2019年版，第226页。

彩。在阅读的过程中便可领略沙漠中的暴风、士兵的嘶吼、战马的嘶鸣等自然界中生物凄怆的咆哮”[①]。可见小说在关于战争场景的描述中具有的较强声效，体现了战争的惨烈。以敦煌为战场，通过具有安定与繁荣特性的敦煌乐土与残忍无比的战争两者之间的鲜明对比，突显出敦煌安稳生活的难能可贵，并间接表达出对战争的谴责，体现了井上靖反思战争的同时，也表达了其对曾经象征着和平与安定的敦煌的向往与追忆。小说中叙述了藏经洞在战火中得以幸存，但不远处的沙州城却被大火化为灰烬，昔日安定繁华的城镇一夜之间化为乌有，由此也可以看出作者对象征着和平与稳定的敦煌命运的慨叹与惋惜，体现了作者对战争的反抗及对和平的向往。

井上靖对东西方文明的汇集地敦煌的向往，从侧面体现出作者对多元文化和谐交融的追求。井上靖以中国元素为题材进行的文学创作活动，也是中日两国文化在文学作品中和谐交流与融合的一种体现。井上靖也一直渴望到中国进行实地探访，但由于种种原因，在中日邦交正常化之后才得以踏上痴迷数十年的广大中国西域地区，并在之后的人生和文学创作活动中致力于中日两国之间的和平友好事业。

五、引发“敦煌热”的藏经洞

三部作品诞生的时代虽不同，但均反映了不同时期日本民众对敦煌乃至对丝绸之路的文化认知。这三部不同时期描写敦煌和藏经洞的作品，也反映出了日本人对丝路文化认知的演变过程。

《敦煌物语》于“二战”期间出版，该作品的出现在日本掀起一股敦煌热，吸引众多日本人将目光投向中国的敦煌。虽然早在20世纪初期因为西方列强对藏经洞的盗掘，使得敦煌莫高窟在世界上名声大噪，但这仅仅吸引了对敦煌感兴趣的专家学者的目光，而日本普通民众对敦煌则是知之甚少，关注度并不高。正是《敦煌物语》的出版才使得日本普通民众燃起对敦煌、对西域的热情，在日本掀起了一场“敦煌热”。因此，《敦煌物语》出版时，日本社会对

①转引自福田宏年『增補井上靖評伝覚』，東京：集英社，1991年，第211頁。

敦煌以及丝绸之路的文化认知都具有梦幻和神秘的色彩。同时在日本“脱亚入欧”盛行，极力推崇学习西方先进文明的时期，在西方帝国主义纷纷企图在中国扩张殖民地的背景之下，日本也不可避免地产生学习西方列强的心理，对敦煌以及藏经洞的认识也难免带有帝国主义侵略扩张的色彩和目的，这也在一定程度上与战时日本军国主义的意识形态有所联系。

《敦煌》发表时，日本正处于战后经济恢复初期，此时的日本国民普遍陷入了内心迷茫、惶恐的境地，人们往往渴望读到描写绝望失落与希望重生之矛盾心理的文学作品。战后，处于文化空虚期的日本国民，心理上便不可避免地对与本国性质截然不同的中国西北内陆产生向往和憧憬之心，正如学者黎跃进所说，学界中既有的“岛国的大陆情结”①是引发日本“丝绸之路热”的原因。1958年在日本东京举办的“中国敦煌艺术展”展出了许多敦煌莫高窟壁画的临摹画和照片，为日本民众提供了了解敦煌文化的机会，使得日本民众对中国敦煌的热情更加高涨。井上靖的《敦煌》出版发行之后，更是将敦煌热推向了空前的热度。《敦煌》这部作品的出现，恰巧为战后的日本社会开辟出一条认识中国的新路径，满足了民众对中国的好奇心，激发了读者对中国西域及古代丝绸之路的兴趣。此后在日本又多次举办了敦煌文化艺术展，使得日本大众有了更多机会接触敦煌文化，感受敦煌文化的魅力。敦煌以及丝绸之路文化也吸引了越来越多的日本民众的视线，成为家喻户晓的文化。自古以来中国就被看作是亚洲国家的文化之源，同样，“日本的主流社会自古以来就尊重并认可中国的传统文化，这成为日本国民守护传统的思想根源”②。在对敦煌佛教文化有了一定的了解之后，日本人明确了“起源于印度的佛教，经月氏一族从犍陀罗传入敦煌，在敦煌落地生根、发扬光大，之后又传到古代的长安、洛阳等地，经由日本的遣唐使带回日本国内，最终内化为具有本土性质的日本国民精神象征

① 黎跃进：《日本“丝绸之路”热及其成因探析》，《北方工业大学学报》2018年第3期，第41页。

② 王敏：《日本与丝路文化——值得关注的日本认识中国之原点》，《对外传播》2016年第6期，第74页。

的佛教"[1]。这是文化源流精神故乡的体现，战后的日本国民否定战时体制文化，在一种渴望重建家园的共通的国民情绪之下，追溯与回归传统文化的乡愁心理应运而生，小说《敦煌》也就成为这种乡愁心理的文化载体。

《敦煌之旅》单行本发行于1976年，这个时期中日邦交已正常化，1977年之后，日本人到中国西域地区合法合理化，前往敦煌等西域地区的探访旅行也逐渐变得畅通无阻。20世纪50—70年代间"丝绸之路热"的背景下，众多日本学者到丝绸之路进行探访，出版大量相关学术成果及种类繁多的艺术作品，敦煌临摹壁画展在日本多次举办，都使得日本大众得以从更为宽阔的视角欣赏丝绸之路文化的独特魅力。中国也因为对敦煌文物的重视程度不断加强，国内掀起了敦煌热。中日联合拍摄的纪录片《丝绸之路》使得中日两国民众通过电视节目就能欣赏到敦煌莫高窟的雄伟壮观，在日本和中国都掀起了空前的"敦煌热"与"丝绸之路热"的现象，每年都有众多学者和游客前往敦煌莫高窟参观拜访，像陈舜臣这样热爱敦煌、热爱丝绸之路文化的人都能够亲身实地探访敦煌。1979年敦煌向世界公众全面开放，普通民众进入敦煌的机会也变得唾手可得，此时于日本大众而言，敦煌以及丝绸之路文化已经不再具有神秘莫测、不可触及的特点了，取而代之的是平易近人的形象。"敦煌热"也催生了1972年中日邦交正常化之后，和平友好背景之下的丝绸之路旅游热。

结　语

长期以来，日本都把中国的丝绸之路当作遥远的梦，提及敦煌、丝绸之路、西域等词汇时，人们想到的也是古都长安等历史悠久的城市，充满着浪漫主义色彩。但是近代以来日本人对敦煌以及丝绸之路形象的认识也并非一成不变，而是随着时间的推移与国民心理和意识的变化而不断变化着。从这三部不同时期的作品内容可以看出，日本人对藏经洞的认识逐渐加深并摆脱了原本的神秘色彩，对敦煌以及丝绸之路文化的认知经历了知之甚少到逐渐了解再到深谙其文化艺术底蕴的变化过程，最终催生了敦煌和丝绸之路文化研究的热烈场

①池田大作：『敦煌を語る』，東京：角川書店，1974年，第102-114頁。

景，先后形成三次大规模的“敦煌热”：对未知文明的资本主义扩张热潮、战后否定战时体制文化并追溯与回归传统文化的乡愁热潮、中日邦交正常化后和平友好背景之下的旅游热潮。藏经洞作为一个拥有大量古籍文物的狭小洞窟却蕴藏着丰富且跨越7个世纪之久的丝绸之路史，在日本近代作家笔下，它有着既包罗万象又随着时间流逝而不断变换的形象特点，既牵连着战争又维系着和平。藏经洞在日本近代文学中的形象建构千姿百态，但归根结底都在服务于日本文化，每个时期对藏经洞、敦煌乃至丝绸之路的不同认知也都契合与满足了不同时期、不同方面、不同层次的文化需求、文化趋势与社会意识潮流。

第二节　中日联合摄制纪录片《丝绸之路》之比较

一、中日联合摄制纪录片《丝绸之路》的概况

1980年，中日合拍的首部纪录片《丝绸之路》（中国篇）在日本NHK特集节目中播出，一经播出，反响甚广。《丝绸之路》在日本的收视率曾一度达到35%，打破了当时科教类节目的收视纪录。NHK将其评为“最佳电视节目”，其中第五集《探秘楼兰王国》还获得了日本文部省颁发的日本电影电视艺术节优秀奖。这一系列纪录片成为20世纪80年代日本观众探索中国古老文化的窗口，并在日本掀起了一股“丝绸之路热”。

实际上，日本摄制团队对《丝绸之路》系列纪录片的筹备工作早在1974年便开始了。彼时，中国正处于“文化大革命”时期，NHK团队未能如愿来到中国取材。1978年中日两国政府签订《中日和平友好条约》，中日外交自此跨入新时代。两国在政治、经济、文化、科技等各个领域均有密切往来。中国此时处于改革开放初期，历史巨变背景下的中国成为世界的焦点。NHK官方于1979年4月再次对CCTV发出联合摄制的邀请，随后双方签署了《关于联合摄制电视节目〈丝绸之路〉协定书》，至此，中日双方共同出资并联合拍摄的大型电视

系列纪录片《丝绸之路》正式被提上日程。

NHK电视台是新中国成立后首个踏入中国境内进行拍摄的外国官方媒体。时值中日外交“蜜月期”，日本民众对于自己的“文化母国”中国抱有极其强烈的兴趣。揭开丝绸之路神秘的面纱，探寻大和民族的文化根源成为日本摄制组此行的主要目的。对于当时的大部分日本人来说，新闻和纪录片是了解中国的主要渠道，NHK又是日本成立最早、影响最大的广播电视机构，因此由其拍摄的《丝绸之路》在日本备受好评。从这个意义上讲，《丝绸之路》系列纪录片相当于带领日本观众来到茫茫戈壁上完成了一次“寻根”之旅。

中日联合摄制团队从西安出发，重走丝绸之路，途径敦煌、和田、吐鲁番等地区，抵达中巴国界，一路回顾丝绸之路的历史，同时记录丝路沿途人民的现代生活风貌。摄制团队成员当中不乏考古学、历史学专业的科研人员，他们成为中国境内丝绸之路探索的先驱者。这次旅行成就了许多重大考古发现，对于中国乃至世界历史学研究产生了深远影响，故这次联合拍摄也称得上是丝绸之路的发现之旅。

同时，这也是中国电视领域第一次进行国际合作。20世纪80年代的中国纪录片尚未摆脱科教宣传的积习，而日本的纪录片内容上已经有了鲜明的风格，技术上也更加成熟。这次中日同走丝绸之路对于中国电视从业者来说，也是一次学习之旅。

因此，此次中日联合录制的活动意义非凡，它对于中西丝绸之路研究、我国西部地区历史文化研究以及中日两国外交关系的研究都有极高的价值。

《丝绸之路》系列纪录片采取CCTV、NHK联合拍摄、各自剪辑编排的制作模式，这就使两国的纪录片在内容和主题上既存在相通之处，又有着很大区别。本节将具体分析CCTV与NHK两个版本的《丝绸之路》的异同点，以此探究中日两国对丝绸之路形象的不同建构。

从整体来看，两个版本在内容的编排上具有较大差异，两部纪录片的分集内容并不是一一对应的。NHK版的第二集用一集的时间介绍了河西走廊的丝路历史；CCTV版本则将这一内容分为两集，第二集《跨越黄河》聚焦兰州、武威两城，第三集《祁连山下》主要介绍的是张掖和酒泉。又如CCTV版第11集《龟兹幻想曲》单独讲述了龟兹地区的风土人情与文物历史，但NHK版则将这一部分融入于天山铁路沿线地区的介绍当中，并未单独分集。

再者，NHK版本每一集的时间均为49分钟，CCTV版本的分集时间视内容而定，并未统一，时间最久的一集将近1个小时，最短的只有不到30分钟。这一细节侧面反映出20世纪80年代我国纪录片制作水平尚不成熟的实际状况。

接下来为了更加明确地总结两国纪录片的特色，笔者将结合具体内容进行对比研究。

二、中日两版本的不同点

1. 相同选材的不同诠释

由于两国共同拍摄的内容最终要回到各自国家进行后期加工，在涉及相同选材时，解说词势必有所不同。例如，NHK版第二集《渡过黄河 河西走廊1000公里》中提到兰州市，仅仅简单介绍了它是黄河沿岸具有代表性的繁华都市，兰州附近的刘家峡曾是古人丝绸之路上的必经之地，未做深入介绍，镜头数量也不多。CCTV版第二集《跨越黄河》则对兰州和刘家峡的现状都做了细致的介绍。影片讲述道，今天的兰州已经成为我国西北地区的政治、经济、文化中心和全国石油化工基地，并重点展示了兰州工厂井井有条的工作氛围，凸显出兰州工业的高度发达。另外还讲到，兰州发展迅猛，都得益于我国提出的“四个现代化”发展目标。位于兰州附近的刘家峡曾是黄河渡口，如今已经成为刘家峡水电站的基地。刘家峡大坝的发电厂房中，5号机组格外引人注意，它是中国自制的30万千瓦双水内冷水轮发电机，这些发电机组协力将黄河的能量转化为电能，源源不断地输送至西北地区，为祖国大西北的工农业用电提供保障。由此可以看出，CCTV版注重强调我国的“四个现代化”政策的实施促进了地区现代技术的进步，实现了人民生活的繁荣。

同一集中，两个版本都对中国古代雕塑作品“马踏飞燕”大加赞赏。“马踏飞燕”不仅具有极高的艺术价值，也是丝绸之路的见证。NHK版认为它是汉武帝对匈奴良马痴迷的表现，CCTV版则评价它重现了“丝绸西运，良马东来”的繁荣景象，称其为“祖先的骄傲，中华民族的光辉”。

摄制组行至敦煌时，精美绝伦的莫高窟艺术当然是两国工作者关注的重点。NHK版第三集《敦煌》邀请井上靖做特别嘉宾，镜头跟随井上靖深入洞窟内部，欣赏这一举世罕见的文化遗产。CCTV版第五集《莫高窟的生命》将莫高窟艺术的精妙与历史上无名艺术家们艰苦的生活环境做对比，对古代艺术家发出由衷的赞叹。同时指出，丝绸之路不仅是贯穿中西的贸易路线，也是中西文化相互交流的命脉。佛教沿着丝绸之路传入中国，敦煌是最先受到佛教影响的城市之一。莫高窟艺术虽然服务于外来宗教，但其中处处彰显着中华民族的传统内涵。我国古老的文化精髓并不会随着外来文化的传入而泯灭，相反它汲取了外界的长处，焕发出新的光彩。这种强调本民族文化功绩与独立性的表述特征，不仅存在于CCTV版中，日方在欣赏当地精美艺术品时，也常常将它们与本民族的艺术联系起来。如NHK版第4集《梦幻的黑水城》中，日本考古学家对摄制组拾到的茶壶碎片很感兴趣，因为日本九州也曾发现过类似的茶壶；再如，第八集《炙热沙漠的绿洲——吐鲁番》中认为吐鲁番出土的仕女像与京都女子的扮相有相似之处。

同样是拍摄艺术品，两国针对各自的文化特征做出了不同的解读。中方赞颂古代能工巧匠高超的技艺，突显本民族优良传统的继承与发扬，以提升观众的民族自豪感；日方则借中国艺术品，实现对本国文化的追根溯源。

CCTV版第八集《美丽的和田》介绍了和田是中国主要的玉石产地。自古以来中国人民便喜爱佩戴、欣赏美玉，产自和田的玉石更是玉中精品。NHK版第七集《沙漠之民 维吾尔的绿洲和田》里则介绍道：“古代中国人对玉石抱有敬畏之心，认为佩戴玉石可以延缓身体衰老，甚至可以保持死者肉身完好，以待转世投胎，这便是有些古代帝王下葬时身裹玉衣的原因。”NHK版的解说满足了日本观众渴望了解中国传统习俗、信仰、历史逸闻的好奇心理，内容比较具有趣味性。

同样的区别，还体现在同集两个版本对维吾尔族人民的集市“巴扎”的介绍上。CCTV版本中介绍道，和田地区一周一次的“巴扎”热闹非凡，街道上挤满了赶集的居民。这等繁荣景象正是我国少数民族地区和平兴旺的象征。在NHK的版本中，日方成员在集市上试戴维吾尔族人民的传统帽子，品尝烤羊肉串、鸡蛋刨冰等当地特色美食，俨然一副情绪高涨的游客姿态。想必日本的观众看到这里，也会不由自主地对维吾尔族居民生活产生美好的向往。

以上差异说明，在相同内容的介绍方面，CCTV版本的解说具有较强的政治色彩、民族色彩，且现代化气息很浓。这些特点都有助于改革开放初期我国国家形象的正面塑造，有助于提升民族凝聚力。NHK版本突出异域风情，反映了日本国民对中国这个历史悠久的邻国普遍抱有的向往之情，同时NHK承载着探索中国文化、追溯本国文化的使命，因此在介绍中时常将本国文明拿来进行对比。

2.不同内容的选择

NHK版本一个十分显著的特征就是，几乎每到一个地方都要对当地居民的生活状态进行一番展示。黄河河畔耸立的巨大水车灌溉着农田，沿岸人民在黄河的滋养下劳作歇息，一派祥和。在提到古人为渡过黄河，发明了一种简易的工具——羊皮筏子时，NHK版本不惜花费大量时间详细介绍羊皮筏子的制作过程，还记录了日方摄制组成员与制筏师傅的对话以及当地船夫乘羊皮筏子渡河的场景，甚至连船夫渡河的技巧都有介绍。

团队一路向西，来到敦煌。CCTV版《莫高窟的生命》分为上下两集，上集主要讲述敦煌的丝路历史，下集欣赏美丽的莫高窟艺术，内容始终集中在莫高窟艺术本身。NHK版本在欣赏莫高窟艺术的同时，也不忘了解现代敦煌人民的日常生活状态。比如，敦煌市中心席地摆起的简易农作物摊位吸引了大批当地市民前去采购，几辆托运棉花的骆驼车与摄制组的越野车在同一条马路上行驶，十分具有地域特色。NHK在对材料进行后期加工时，有意选取了许多中国国民的生活片段，将这些片段完美地融入丝绸之路的讲解之中。相比具有浓厚科教色彩的CCTV版本，NHK版给人的感觉是更加贴近生活，更富有人文气息，这些生活化的镜头在CCTV的版本里基本没有出现。

虽然CCTV版本也并非完全没有对人民生活与工作场景的记录，但选择的题材与NHK版本大相径庭。例如，CCTV的镜头追随一对在莫高窟工作近30年的老夫妻，二人几十年如一日奋斗在莫高窟建设第一线的身影，令人肃然起敬。通过展示典型人物的生活，表达对我国广大劳动人民吃苦耐劳、无私奉献精神的歌颂。或者来到祁连山下，探访张掖地区居民在农业现代化建设的影响下生活质量有怎样的提升，想要强调的是我国农业现代化的快速发展令少数民族地区的人们过上了富足安定的生活。也就是说，NHK版本在表现人民生活方面，偏向于选择更具有中国特色、更富有趣味性、更亲民的内容，而CCTV版本则是通过描绘人民的生活来塑造积极正面的生活现状，或者体现改革开放后中国社会主义现代化建设的功绩。

纪录片拍摄过程中，中日联合摄制团队曾两度离开中国，寻找流落西方的中国艺术品真迹。第一次前往美国的宾夕法尼亚大学博物馆，欣赏民国时期被盗卖的昭陵六骏浮雕石刻中的“二骏”——“飒露紫”和“拳毛騧”。第二次，团队远赴英国大英博物馆，在那里见到了被英国探险家斯坦因从莫高窟17窟带走的29箱写本、5大箱绘画和织绣。CCTV版本介绍，莫高窟17窟也就是我们所熟知的“藏经洞”，曾藏有自公元4—14世纪的佛教经卷、法器等文物4万余件，后遭到英、法、日、美、俄等国探险家们的盗窃掠夺，大部分文物流散到世界各地，现在只剩下洪辩和尚的塑像及墙上的壁画仍看守着这间空空如也的洞窟。我国古代劳动人民、艺术创作者们留下的稀世珍品就这样随意地被掠夺、被侵占。NHK版本并没有对这两次出行进行说明，但CCTV版的纪录片为我们清楚地还原了联合摄制组的两次海外考察经过。其目的当然是警示我们，永远不要忘记那些分散在世界各个角落的民族珍宝，它们始终是中华民族灿烂的文化遗产的重要组成部分。

三、中日两版本的相同点

通过以上两部分的分析可知，两个版本的《丝绸之路》在许多方面具有明显的差异，但实际上受国家政策干预和国民思维模式的影响，即使是分开制作的两部作品，内容上依然存在相似之处。

1.突出“中日友好”的主题

《中日和平友好条约》鼓励两国在双方平等、友好、互利、共处、彼此不干涉对方内政的前提下加强贸易往来、文化交流、民间交往。正是得益于《中日和平友好条约》的生效，中日两国文化交流事业大范围展开，才使得两国摄制组有机会深入中国腹地，回顾丝路历史。基于这个时代背景，“中日友好”的主题在CCTV与NHK两个版本的《丝绸之路》中被反复强调。例如，CCTV版第三集《祁连山下》，热情好客的张掖居民为中日联合摄制组准备了富有当地特色的丰盛野餐，长城遗址附近的同志亲切地握着日本友人的手说道：“虽然语言不同，但并不妨碍我们交流感情。”他亲手写下“日中友好”的字样，并接受了日本摄制组成员赠送的中日联合摄制丝绸之路纪念徽章。再如，NHK版第二集《渡过黄河　河西走廊1000公里》对贴在汽车前的“中日友好丝绸之路”特制徽章进行特写等都表现了民间或摄制组内部两国人民友好和谐的氛围。

中日友好的主题也体现在官方合作上。中国政府为了保证这次录制活动成功进行，采取了一系列措施，如开辟专线铁路、动用军队力量为摄制组保驾护航等。我们在CCTV版第六集《到楼兰去》中，便可以看到中国人民解放军为摄制团队打点行李，并驾车带领摄制组队员跨越戈壁的画面。

2.强调中华文化的主体性

另一个相同之处是，两个版本都强调了中华民族文化的主体性。自汉武帝时期张骞出使西域以来，外来文明、宗教沿着丝绸之路一齐涌向中国，中国传统文化与外来文化相互碰撞，为古老的文明注入了新的活力。但文明的碰撞和交融并不意味着要牺牲我们自古传承下来的优秀文化内涵。如CCTV版本介绍道，佛教沿着丝绸之路传入中国，敦煌最先受其影响。我们祖先从最早接触佛教起，就将其中国化。例如，莫高窟内的布置具有中国周朝至汉朝的建筑特色。第285窟的凿井中还绘有中国土生土长的伏羲女娲神话故事。“隋代的雕塑家在塑造莫高窟佛教雕塑造型时，极力打破阻止人们与菩萨亲近的限制，进一步突破了外来艺术规范的束缚，创造出了属于自己民族的佛像”①。另外，仔细观察塑像衣裙图案可以发现流行于波斯的“连珠纹”，衣裙上还镶嵌着西域传来的珍珠，这就是中国艺术与外来艺术相融合的明证。NHK版第三集《敦煌》中，解说员同样承认敦煌艺术在吸收了外来文化的同时保留了中华民族独有的艺术特色，这种中西合璧的艺术形式只有在敦煌才可以欣赏到，又说这样大胆的文化融合使敦煌艺术具有一种现代感，与起源于19世纪法国的野兽派绘画风格有异曲同工之妙。

中日两国之间的文化往来历史悠久，日本曾多次派遣使者前往中国，源源不断地汲取中国优秀的传统文化。在很长一段历史时期内，中国在日本眼中是文化学习的对象，是国家发展的楷模。近代日本发动的侵华战争并未阻断像井上靖这样喜欢中国文化的日本人对中国的尊敬之情。伴随着新中国的成立与改革开放的开始，中国综合国力显著提升，逐渐崛起的中国引起了全世界包括日本的关注。日本虽然在政治、经济、科技、教育等各个方面努力向西方国家靠拢，但终究无法摆脱亚洲国家的身份，在这样一种身份矛盾的尴尬处境中，日本决定借此机会，重新审视自己的“文化母国”——中国。于是在NHK版本的《丝绸之路》中，日方也尽可能突出中国传统文化的主体性，通过了解中国古老文明，加深对本民族文明的认同感。

结 语

除以上异同点外，两个版本在内容的编排手法上也有一定差距。NHK版本经后期制作后，内容浑然天成，逻辑性强且注重细节。例如第四集《梦幻的黑水城》中，先展示了当地居民制作马奶酒的过程，然后解释道以马奶酒招待客人是当地的最高礼节。而CCTV版第四集《神秘的黑城》省略了对马奶酒的

① 此处引用影片旁白。

介绍，导致观众并不知晓这一礼节。[①]介绍新疆地区特有的“坎儿井”的地下结构时，也是只有NHK版本细致地介绍了坎儿井的工作原理，以及修筑坎儿井的原因。

刚刚摆脱“文革”浩劫的中国，在纪录片拍摄手法、技术上与国际水平相差甚远，思想上还未能跳出生硬的框架，20世纪80年代CCTV推出的《丝绸之路》系列纪录片依然无法完全摆脱之前教化宣传的固有模式。可喜的是，这一次的联合拍摄，也可见我国在创新方面做出了努力，如CCTV版第六集《到楼兰去》的解说一改前几集严肃的语言风格，运用第一人称叙述手法，以活泼诙谐的口吻讲述摄制团队从敦煌行驶至楼兰一路上的所见所闻。解说员仿佛在与大家做对话，令观众很有代入感。这算得上是改革开放初期我国在纪录片制作领域不断摸索的一次重要尝试。

总的来说，中日联合制作的《丝绸之路》系列电视纪录片，对于两个国家都具有里程碑式的纪念意义。它成为两国友好外交关系的见证，成为中国纪录片制作的一道分水岭，成为日本国民了解中国传统文化的重要媒介。虽然在解说和选材方面存在各式分歧，但赞颂美丽富饶的丝绸之路，折服于中国传统文化魅力的主题是恒定不变的。自21世纪初期，尤其是2013年我国提出“一带一路”倡议以来，出现了不少丝绸之路相关的纪录片，但20世纪80年代中日合拍的《丝绸之路》永远拥有不可比拟的奠基地位，它是我国在研究丝绸之路历史上不可逾越的知识宝库与文化结晶。

① 参见王庆福、何萍《“丝绸之路”主题中外合拍纪录片纵向研究》，《现代视听》2017年第7期，第20—25页。

终章　井上靖“中日友好”形象的建构与解构

井上靖是一位特殊的作家，也是一位幸运的作家。

说他特殊，是因为井上靖的名气与才情虽然没有日本近代知名作家，如夏目漱石、川端康成、芥川龙之介那般备受批评研究界瞩目，但是在中国却有着一定的研究氛围。记得2012年中国日本文学研究会年会的主题就是井上靖，当时正值中日邦交正常化40周年之际，选取井上靖作为学会主题，不知是否有一定的政治意图。日本井上靖研究会的会长传马义澄、研究者高木伸幸、井上靖长子井上修一等一批日本学者也来参会，看到中国有如此众多的大学老师在阅读与研究井上靖，都不由得大吃一惊。不知是不是从那时候开始，之后每届中国日本文学研究会，总会有一个分科会是比较集中讨论井上靖文学的。

说他幸运，是因为井上靖及其文学作品越境中国，并被中国所接受，并不是靠着市场经济，而是与20世纪60年代的中日关系密切相关，其起点就是描写鉴真东渡日本的长篇历史小说《天平之甍》。关于这一点，在第二章第二节中，笔者已经进行了详细的论述，简单说，即20世纪50年代末至60年代初，小说《天平之甍》切合了中日两国政府出于恢复战后关系的需要，引发了一系列鉴真纪念活动，井上靖也在这个过程中被中国政府接受并塑造成中日友好的使者。这种形象在后来不断被强化，并被赋予新的内涵，比如小说《敦煌》不仅在日本，在中国也掀起了敦煌热、丝绸之路热，井上修一在谈及父亲为何受到中国学者关注的原因时也承认，中国人“喜欢井上靖，是因为他发现了中国人之前没有发现的浪漫的敦煌”。另外，井上靖每次来华访问，都是国宾级待遇，与中国的周恩来、郭沫若、廖承志、赵朴初等领导人都有过面谈，与巴金、老舍、周扬、夏衍等文艺家友谊深厚。20世纪80年代中日关系蜜月期，井上靖的作品被大量译介到中国，随之而来的是大量的评论，仅与《天平之甍》有关的就有《文化交流有耿光——读井上靖先生的〈天平之甍〉》《友好交往 源远流长——读日本小说〈天平之甍〉》《中日文化交流的颂歌——读井上靖的〈天平之甍〉》等多篇，从题目就可以看出当时中国的文学界是如何解读《天平之甍》、如何看待井上靖的。在日本近代文学史上，能如此受到中国人民爱戴的日本作家，除了无产阶级作家小林多喜二，恐怕就是井上靖了，小林是因为意识形态上的一致性而为我国大量译介与研究，但他去世得太早，没有享受到井上靖那样的国宾级待遇，所以说井上靖是幸运的。

然而，井上靖的这种美好形象，从21世纪初以来开始有所动摇，其开端是中国作家协会主席铁凝的一篇散文《猜想井上靖的笔记本》。这篇文章发表于《人民日报》2007年6月12日的副刊上，占据了将近一半的版面，非常显眼。文章从井上靖在1937年11月25日拍摄于石家庄野战预备医院的一张照片说起，作者没想到“以热爱中国历史文化而闻名、并大量取材中国历史进行创作的著名作家井上靖，原来曾是当年侵华日军的一员”[①]。铁凝想探究的是井上靖在出征中国的4个月期间做了什么、有没有相关的讲述与记录。她询问了日中文化交流协会的常务理事佐藤纯子女士，了解到当年井上靖在华出征的一些情形，比如作为二等兵经常遭到训斥并挨打、有一次弄丢了枪上的刺刀，等等。但是铁凝感兴趣的是，井上靖在离开石家庄前往天津陆军医院时，朝石家庄方向敬礼，并说“石家庄人民，我对不起你们”。还有在20世纪80年代路过石家庄机场时，井上靖坚持不出机场。这些让铁凝认为“1937年石家庄的4个月，井上靖究竟还做了什么呢？他必须看见他从不愿看见的吧，他必须相信他从不敢相信的吧，或者，他也做过他最不愿意做的”。对于井上靖的行军笔记本迟迟找不到，铁凝写道，“当我们不断猜想着井上靖那失踪的笔记本时，井上靖不也一

①铁凝：《桥的翅膀》，北京：商务印书馆2010年版，第96—102页，以下具体页码略。

直在猜想着世人吗？猜想当笔记本公开后世人将对他如何评价。相比之下，也许井上靖心灵的镣铐更加沉重。这是一个作家良知的尴尬，也是一个人永世的挣扎"，她甚至揣测"那个笔记本，它当真存在过吗？"当然，铁凝并没有因此否定井上靖，她说"我无意用那张1937年的照片来抵消一位日本著名作家不可替代的文学史地位"，"我更愿意相信，井上靖本人也已经用一生的时光，反省那几乎是永远无法告知于人的4个月，并且用他的文学、他的影响力呼吁和实践着日中世代友好，直至生命的最后一息。"

铁凝想说的是，井上靖参加过侵华战争，而且很有可能在4个月的出征期间残害过中国军民，因此对中国带有深深的愧疚之情，在战后为了中日的和平友好，积极发挥作用，贡献自己的力量。

这个井上靖的形象具有颠覆性的作用，那个热爱中国、创作大量中国历史题材作品、为中日友好做出巨大贡献的日本作家井上靖原来是出于反省与赎罪的想法，才这样做的。这种塑造应该不仅仅限于井上靖，我国对其他许多经历过战争的日本友人，大概都会发掘出其对战争的反省与赎罪心理。

铁凝的文章可谓是一石激起千层浪，在日本引起很大反响，尤其是日中文化交流协会的佐藤纯子女士，在读到发表于《人民日报》的这篇文章时，非常气愤，据说还亲自带着翻译去找铁凝理论。笔者在2012年采访佐藤纯子女士时，她曾专门就铁凝的文章进行了反驳。

佐藤一再强调，井上靖是辎重兵，不是作战部队，所以不可能杀害中国人。至于他在石家庄机场的事，佐藤是说转机等候期间，井上靖没有进候机大厅，而在外面等待，不像铁凝所说"不想出去看看这个城市"。对于道歉一事，佐藤说："并不是井上靖做了坏事，而是她没有理解井上靖作为一个日本人对中国的心意，这不是自己向中国道歉，而是作为日本人对发动侵略战争的道歉，井上靖先生经常对我们说，侵略是极大的错误，不可能取胜"。至于那本笔记本，从井上芙美夫人的遗物中终于找到，并于2009年12月7日发行的《新潮》第106卷第12号上全文刊载出来，铁凝的猜想自然也就不攻自破了。但是，尽管如此，2010年9月，铁凝的散文集《桥的翅膀》由商务印书馆出版，其中仍旧收录了《猜想井上靖的笔记本》。一方面，从照片猜想井上靖对战争的愧疚与反省心理符合中国文化语境对日本友人的形象塑造，另一方面，铁凝作为一名作家，也想通过追索不同侧面的井上靖来展现人性的复杂性，这与她的随笔集的主题大概是相通的，因此，她在笔记本已经公开后仍然对这篇史实有误的文章不离不弃。

铁凝的文章打破了中国一直以来对井上靖的形象定位，即在中国语境下谈论井上靖时，之前一直是以《天平之甍》为起点，井上靖是中日文化交流的使者，中国人民的老朋友，但是这篇文章的出现将井上靖的认识起点提前至“二战”期间，一个为战争罪行深刻反省，战后积极贡献中日文化交流的井上靖形象由此诞生了。

对于后者，不仅日中文协的佐藤纯子女士强烈反对，中国的一些中日友好人士也不甚赞成，其中最典型的是常年从事中日交流事务的陈喜儒先生。陈先生早年经常去日本进行公务访问，陪同巴金等我国著名作家多次拜访过井上靖，与佐藤纯子女士也熟识。当得知铁凝的文章发表后，便预感到文章可能带来一场风波。2010年，他利用日本国际交流基金在热海从事研究期间，得知了《井上靖中国行军日记》的公开，便立刻找来阅读，之后在《热海浮世绘》上发表了题为《读井上靖的〈中国行军日记〉》的随笔，文中写到“看他的日记，他似乎在负责辎重的后勤部门，没有参加过与中国抗日军民面对面的厮杀”[①]，实际上隐含着对铁凝怀疑井上靖杀害过中国人的否定，接着写到“日记中，未见对侵略战争的狂热赞颂，也没有对战争的批判反省，但厌战之情却处处可见”，这种看法就非常中立了，铁凝笔下的那个愧疚反省的井上靖在此是见不到的。在接下来的文章中，陈喜儒并没有进一步分析《行军日记》，而是通过一个个具体的事例来展现井上靖的伟大精神，比如不怕牵连参加曾被陆军逮捕的野间宏的婚礼；为了悼念老舍，不顾可能招致四人帮的反感，毅然发表了寄托哀思之情的短篇小说《壶》；还说井上靖“从不摆架子，平易近

①陈喜儒：《热海浮世绘》，《中国作家》2012年第4期，具体页码略，以下同。

人”“为人豪爽，讲义气，重友情，德高望重”等等，文字间溢满了对井上靖的赞美之情。

陈先生对井上靖的敬重也源自他对巴金的尊敬与怀念。巴金生前几次出访日本，陈先生都作为翻译伴其左右，深受巴老言行的感染，尤其是巴金与井上靖的交往，陈先生更是看在眼里，记在心头，杂志《作家》2015年4月期上，陈先生发表《巴金与井上靖的友情》，回忆了这段中日文人之间的深厚情谊。

佐藤纯子与陈喜儒对井上靖的看法是相似的，但二人的目的并非完全相同。佐藤陪井上靖16次来访中国，陈喜儒也多次陪巴金出访日本，可以说二人是两位伟大人物的贴身秘书。这种人际关系决定了两人对自我价值的肯定一定程度上来源于他们服务的这位“伟人”，因此他们不允许“伟人”有半点差错，不希望出现有损他们形象的事情出现。

时至今日，陈先生仍在关注一些针对井上靖的言论，并时时加以维护。比如2016年6月16日，有一篇题为《日本教授因何为敦煌下跪》的博文，博文的主旨是认为敦煌在中国，而敦煌学却在日本，以此激励国人加强敦煌学研究。但其开头写道“1979年，一位日本教授试图前往中国西北，去膜拜一处古老的遗迹。在得知申请可能不被批准后，他竟然在中方管理人员面前下跪请求通行，乃至老泪纵横。这个日本教授名叫井上靖，日本文艺家协会理事长，《敦煌》和《楼兰》的作者。他为之下跪的圣地，便是敦煌”。就此，陈先生于第二天就发表文章《质疑：井上靖跪求去敦煌》予以反驳，文中列举了四点理由，既有客观的事实调查，也有主观的个人所见，写道“知道他性情刚烈，自信自尊，属于那种宁折不弯的铮铮铁汉，绝对不是那种为蝇头小利，蝇营狗苟，寡廉鲜耻，卑躬屈膝，有失大丈夫风范的人”。陈喜儒先生还联系了文化部原副部长刘德有先生进行确认，确实无下跪之事。这篇文章后来改题为《井上靖与敦煌往事》发表在《中国社会科学报》2018年1月11日国际月刊上，结尾处稍微进行了调整，但整体内容基本没有变化。陈先生对井上靖的维护由此可见一斑。

佐藤纯子与陈喜儒作为井上靖生前的友人，可以直接使用自身的所见所闻来反驳铁凝的文章。中国学者卢茂君2017年发表的论文《日本作家井上靖对战争的文学反省》则从作品分析的角度，论述了井上靖在诗歌、散文、小说中描述战争、反省战争的方式，驳斥了铁凝认为井上靖对历史是虚无主义态度，而且将战争与文学结合也给井上靖文学作品的解读提供了新的角度。比如，《天平之甍》中留学僧有的回到日本，有的留在中国，甚至沉入大海，这种构思与战争中自己幸运地回到日本，而战友们都死在了战场有一定关系。虽然有些观点还值得商榷，但是这篇文章的意义在于井上靖研究在中国的起点提升至了战争期间。然而，论文只是反驳了铁凝认为的井上靖没有在自己的作品中提及战争，局限在作品分析的层面，至于井上靖是否杀害过中国人，是否有愧疚之情，论文并没有触及。从题目来看，将井上靖与战争反省联系起来与铁凝的观点也有相通之处，也正因为如此，比如《漆胡樽》中有关战争反省的分析就有些牵强附会的感觉。

因为铁凝的文章，对井上靖的认识从《天平之甍》提升至战争期间，对井上靖文学作品的批评也相应提前，开始出现学者卢茂君这样从战争与文学的角度分析井上靖作品的研究。树立一个新的起点，意味着要打破旧的起点，关于这一点，文学批评界也在近几年出现了一些观点新颖的论文。

早在2006年，孙军悦在日本的《日本近代文学》上发表的论文《翻译的历史与“历史”的翻译》①中，通过分析楼适夷译本出现的时代背景，提出了《天平之甍》在越界过程中的双重政治性，一是文章描写的鉴真与遣唐使的故事作为宣传中日2000余年友好文化交流的素材具有重要的象征意义；二是通过鉴真纪念活动这样的民间文化交流来推进中日邦交的恢复。即是说，井上靖的《天平之甍》是被两国政治外交关系利用的素材，而创作目的并非与此相关。文章的第二部分，作者非常思辨地分析了小说原作中隐含的政治性，并指出“文化交流的政治性正是因为未被政治污染的‘文化交流’的纯粹性才得以保证”。论文注意到鉴真与戒融都说过“为了佛法”这句话，通过日本派遣留学僧招请

① 孫軍悦：「翻訳の歴史と〈歴史〉の翻訳——井上靖『天平の甍』の中国語訳について」，『日本近代文学』2006年第74巻。

传戒僧的社会背景（即行基作乱），指出戒融的这句话隐含着对当时日本政治需求的讽刺。而小说最后，当行基已经归顺日本朝廷，国内不再需要外来戒僧时，一直具有政治功利性的招请戒师行为至此变成了纯粹的文化交流，而楼适夷的误译更是实现了这种纯粹的文化交流。论文由此认为原本具有政治隐喻的小说，在译介过程中变成了纯粹的描写文化交流性质的作品，这不仅是作者的最初意图，也是译者误译误打误撞的结果。

然而，如果将戒融的“为了佛法”这句话置于原文语境来观察的话，戒融的“为了佛法”是相对于他推崇的“放浪修行”而言的，他提示的是留学僧的一种生存方式，他认为面对苍生的苦难，“拘泥于经典的一字一句的日本和尚”很是愚蠢，而招请戒僧实在无足轻重，因此这里的 “为了佛法”虽然“略带讽刺”，但不是针对招请戒僧背后的政治性，而是对不同求法方式的不屑一顾。

再说行基，小说中在提及他时是与另一个高僧玄昉并列提出来的，行基周游四方，救苦救难，玄昉深居简出，钻研佛法，小说通过这种对比提示了两种不同的人生态度与生活方式，普照属于玄昉类型，而戒融就属于行基类型。因此写行基作乱实际上并一定是在提示招请戒师的政治因素，而是提示一种生活方式。小说对每一位留学僧的生活方式都没有进行对错的评价，而只是罗列，所以主旨不在于招请戒僧，而是在这一历史事件的过程中呈现出不同的人与不同的生活方式。这种罗列不同生活方式的创作方式在《某个伪作家的生涯》与《澄贤房觉书》等作品中也可见到，因此，笔者认为孙军悦有过度阐释的嫌疑。

但无论如何，孙军悦在铁凝的文章之前就已经意识到《天平之甍》这部作为井上靖在中国起点的作品背后具有的政治性使之偏离了井上靖的创作意图，在打破这个起点的问题上迈出了第一步。但是，作为一篇学术论文，其影响力与知名度远远不及铁凝在《人民日报》上的文章。

铁凝之后，中国国内的文学批评界也开始出现颠覆《天平之甍》的研究，其中最典型的莫过于郭雪妮的两篇文章，《〈天平之甍〉是友好的证言？》

（2012年）与《战后日本文学的“长安乡恋”——以井上靖的长安书写为例》（2013年）。两篇文章观点相仿，前者属于评论，发表在《中国图书评论》上，后者属于文学批评，发表于《陕西师范大学学报（哲学社会科学版）》，后者的考察更加科学细致。郭认为，《天平之甍》中对长安的描写非常模糊，原因可以归结为井上靖对西域的热情冲淡了对长安的关注、日本缺少文学长安的历史素材等，另外更重要的是，井上靖“对‘古人’比‘古都’更感兴趣，也就是说，他更专注于通过挖掘历史人物的精神性以对抗战后的日本现实，对这样的作家或学者而言，其知识储备及敏感点，必然更多地在于‘时间’而非‘空间’”[①]。在2012年的文章中，她说得更为通俗，“井上靖对中国的思考，必然以日本人所属文化的普遍性和中心论为前提，来检验中国影响的有效性”[②]，她还特别关注了荣睿所说的来中国的目的就是“采蜜”，所以“在井上靖看来，长安不过是日本文化与宗教在某一特定时期‘采蜜的场所’，是展现日本精神的舞台，这一态度最终导致其作品中的长安，更多时候只是一个空洞的历史符号”[③]。对作者的创作意图，她也直言道：“与中国学界认为《天平之甍》的重点是写鉴真东渡不同，井上靖更关注的是奔赴长安的日本僧人。他高度赞赏的是荣睿、普照这些为了日本奋斗不息的留学僧，展现他们探求真知的韧性和冷静孤傲的日本精神”[④]。这些观点对《天平之甍》的评价具有一定的颠覆作用。简言之，即井上靖创作《天平之甍》是为了将中国他者化为日本的所需之物，所以没有详细描写长安的意愿与动机，由此动摇了《天平之甍》是中日友好象征之作的文学史地位，起点被打破，结果必然颠覆井上靖在中国的形象。

然而，是否如郭雪妮所论述的那样还有待商榷。井上靖如果出于他者化

① 郭雪妮：《战后日本文学的‘长安乡恋’——以井上靖的长安书写为例》，《陕西师范大学学报》（哲学社会科学版）2013年第5期，第114—115页。

② 郭雪妮：《〈天平之甍〉是友好的证言？》，《中国图书评论》2012年第7期，第76页。

③ 郭雪妮：《战后日本文学的“长安乡恋”——以井上靖的长安书写为例》，《陕西师范大学学报》（哲学社会科学版）2013年第5期，第115页。

④ 同上。

的需要而忽略了长安的描写，那么其他如洛阳、珠江的描写仍然仅仅是寥寥几笔，也可以用这种观点解释吗？再者，从井上靖的创作手法来看，这些描写已经算作充实的，在此仅引用长安的描写：

> 之前的遣唐使都会乘坐指派的官船一路前往长安，到达首都长乐驿站后，会有内使前来迎接，并在此接受第一次宴请，之后骑马进入长安。入住四方馆后，没有时间休息，马上要拜见宣化殿，然后在麟德殿谒见皇帝，随后是皇帝赐宴，最后是在御史院举行盛大的宴会——这些在长安都城举行的豪华活动，广成应该早有耳闻，当然在洛阳也会举行同样的活动，不过日本使节们还是希望能在长安奢华的宫殿里感受大唐盛世的浮世繁华。①

从这段文字可以看出，井上靖对长安的描写不是凭借文学想象对景物进行细致的刻画，而是依据史书来完成的。另外如普照与戒融在珠江边吃饭时的情景，当时的景物描写，经考证完全出自《唐大和尚东征传》，同样《天平之甍》之后创作的长篇历史小说《敦煌》中对开封市场的描写，也与中国典籍《东京梦华录》关系密切，因此井上靖这样描写长安，不一定如郭雪妮所说是他者化的遮蔽，而是他没有去过中国，只能依据史书进行创作的一种写作手法，只有这样才能最大限度地保存历史的原貌。

不过郭雪妮的论文确实颠覆了对《天平之甍》的基本认识，使之不再是中日友好的象征之作，《天平之甍》不再是歌颂鉴真的作品，更多是赞颂留学僧精神的作品。这种还原性分析与操作大概是郭雪妮看到了当作品越界到中国后，原意在中国语境中得不到伸张的尴尬事实。同时，笔者还有一点补充，我们在鉴真与留学僧孰重孰轻的问题上讨论，当站在不同立场上时，结果必然截然相反，但是井上靖本人，即从作家论的角度真的是那样的吗？再者，我们是否过于拘泥于中日的国家关系框架，小说描写的虽然是中日文化交流事件，但在创作之初，井上靖尚未来到中国，他在小说中影射或说隐喻的只是中日关系

① 井上靖：「天平の甍」，『井上靖小説全集』（第15巻），東京：新潮社，1964年，第16頁。

吗？关于这一点，笔者觉得其中也存在着日美关系的影子，因为与本节论述的主题无关，在此不展开论述。

实际上，我从《天平之甍》中读出日美关系，是在尝试摆脱中国语境下的《天平之甍》是否为井上靖形象起点的争论，试图从文本的角度，从更开阔的视野去审视与定位井上靖。这种尝试实际在国内已经开始，其中最典型的莫过于刘素桂的《日本式东方主义文化观逻辑透视——解读井上靖〈苍狼〉中的“狼原理”》。论文对《苍狼》依据的主要史料那珂通世的《成吉思汗实录》进行考察，从那珂通世的注释中判断出所谓“苍狼”与“牡鹿”实际并非动物，而是人名，推导出井上靖有意将该史料进行了误读，构建起自己的“狼原理”。这种结论是惊人的，一直以来纠缠不清的“狼原理”是否合理，是否符合史实的问题，到此得到了解决。随后，作者展开了独到的论述，这种狼原理源于东西方对蒙古的东方主义认知，并与井上靖幼年的独特成长经历有关。最后，作者结合小说创作于20世纪60年代日本安保斗争的背景，指出狼原理实质是战后版的“脱亚入欧”，而日本社会中普遍存在的成吉思汗就是源义经的传说更是使狼原理具有了泛蒙古主义的色彩，成为披着普遍主义外衣的民族中心主义作品。①不得不说该论文的论述非常大胆，给人以深刻的启发。但为什么会是“狼”的问题，论文仅提到西方对蒙古的东方主义认知为“野蛮的”“兽性的”，却未能将这种认知与“狼”形象直接联系起来，由此引发日本东方主义思考便有些缺乏基础的支撑。但无论怎样，将《苍狼》视为日本东方主义思想的体现，无疑颠覆了作家井上靖一直以来与中国友好交往的形象，甚至将井上靖在中国的认知起点进一步提升至明治以来日本的近代化进程，这种时间不断前移的井上靖形象离20世纪60年代和80年代的井上靖形象越来越远，这是否也在间接地反映着中日关系渐行渐远的现实。

国内的这些颠覆井上靖形象的研究具有几个共性，一是主要采用作品论的方法进行研究，作家的言说只是作为辅助论证的作用；二是在某种观点引领

① 参见刘素桂《日本式东方主义文化观逻辑透视——解读井上靖〈苍狼〉中的“狼原理”》，《外国文学》2015年第4期。

下，对文本有过度建构、过度阐释的倾向，苍狼是野性的、诗意的表现，还是东方主义的认知，还值得探讨；三是他们对井上靖的作品进行了解构，但对井上靖本人却不愿直言否定，有“《天平之甍》是友好的吗”这样的发问，却没有“井上靖是友好的吗”这样的质疑。无论怎样，他们都是铁凝《猜想》后井上靖在中国的认知发生变化的文化语境下的产物。

铁凝的《猜想》引起的效应至今仍发挥着作用，它将井上靖复杂化，使之从神坛走下人间，成为任由评说的文学现象。它导致了两股力量的较量，是维护与解构、美好回忆与残酷事实、童年情怀与大人世界的抗衡，是乡愁与现实的撕裂，是中日两国在不同时局下错综复杂关系的一个缩影，这其中充满着多少悲情、愤怒与无奈。

越界中国的井上靖经历上面的认知过程，这种过程远没有结束，在今后很长一段时间内还将继续下去。但是，日本语境中对井上靖与战争的关系是如何认识的呢？仍然会是铁凝所说的愧疚、反省吗？在《中国行军日记》公开发表之后，日本文艺评论家曾根博义写了一系列文章进行解读，代表了目前日本学界对《行军日记》的基本认识。曾根博义所读出的是井上靖作为一个人最基本的欲望——求生，而其他的一切都是在“生”得到保证的前提下的一种奢侈，包括悲伤、同情、内疚、自责。他从中读出了阿道司·赫胥黎对《奥德赛》的评论《悲剧与全部的真实》中的内涵。在地中海漂流的人们在大海的一处险境遇到了恶魔，大多数人都被恶魔吃掉，活下来的人最终逃到安全的小岛，马上开始准备晚饭，当口渴与饥饿得到满足后，大家开始怀念起逝去的同伴，哭泣起来，最后眼含热泪地安静地入睡。这就是井上靖在《行军日记》中所表现的人的全部的真实。曾根写道：“活下来的人要想哀悼死去的人，自己首先要活着。对他人的同情与悼念，只有当活着的自己不再自顾不暇时才能实现。最主要的是自己活着，这是至高无上的命令。”[①]“想活着，不用在意任何人，坦坦荡荡地抱有想活着的意愿，这是一种超越了个人主义的生的欲望。这种欲望

①曾根博義：『井上靖と戦争——従軍日記と戦後の文学をつなぐもの』，『語文』2010年第136輯，第127頁。

在《行军日记》里通过对身体与食物的意识和感觉，非常坦率而生动地得到了体现。只有当自己的生得到了确保，才会产生对他人的同情。离开部队后内疚地想起战友也是在自己生还有望之后。虽说这是理所当然的，但近代的文学却很少描写这种当然。”[①]这里也提到了“内疚”，但不是针对中国人的，而是对于继续奔赴战场的战友，在《行军日记》中，井上靖的眼中也许真的没有中国人。这就是日本对井上靖与战争关系的认知，一种朴素的，更加人性化的认知，曾根博义没有将井上靖置于中日关系中，也没有在意井上靖是否杀过人，他所关注的是日记中表现的战争状态下人的最真实的一面。

或许这种中日之间对井上靖的认知差异很难在短时期内弥合，或许也不需要一致，正是因为差异，才能显出各自的主体性与独到之处。但有一点可以肯定，那就是井上靖在中国的认知起点一变再变的背后是中国对日本文学的批评仍然处于“战后”这个大的历史时空背景的事实。与之相比，至少是就井上靖而言，日本似乎已经超越了“战后”这个大的话语体系，开始回归人的本源，探讨生的价值。

①曾根博義：『井上靖と戦争——従軍日記と戦後の文学をつなぐもの』，『語文』2010年第136輯，第127頁。

附录 I

井上靖作品中国译介年表

序号	作品名	作品性质	译者·编者	出版社·杂志社	出版时间
1	《天平之甍》	单行本	楼适夷	作家出版社	1963年4月
2	《井上靖小说选》	翻译小说集	唐月梅	人民文学出版社	1977年11月
3	历史剧 《天平之甍》	单行本	依田义贤、河原崎长十郎改编，陈德文译	江苏人民出版社	1978年12月
4	话剧剧本、 电影脚本 《天平之甍》	单行本	陈德文、张和平	江苏人民出版社	1978年12月第1版，1980年3月第1次印刷
5	《斗牛》	杂志小说	李德纯	《世界文学》	1979年第3期
6	《天平之甍》	单行本	楼适夷	人民文学出版社	1980年2月
7	《夜声》	翻译小说集	文洁若等	上海译文出版社	1980年1月
8	《日本当代短篇小说选》	翻译小说集	萧萧、高慧勤、文学朴等	辽宁人民出版社	1980年1月
9	《普陀洛伽下海记》	杂志小说	楼适夷	《外国文艺》	1981年第5期
10	《日本当代小说选》（上、下）	翻译小说集	文洁若	外国文学出版社	1981年7月
11	《猎枪》（“漓江译丛”第一辑）	翻译小说集	梁悦译《猎枪》	漓江出版社	1981年9月
12	《孛儿帖赤那》《苍狼》蒙文版	单行本	阿特横译，哈斯校订	民族出版社	1981年7月
13	《井上靖特辑》	杂志特辑		日本文学	1982年第2期

续表

序号	作品名	作品性质	译者·编者	出版社·杂志社	出版时间
14	《敦煌》	单行本	董学昌译，陈志泉校	山西人民出版社	1982年4月
15	《沼中梦》（“漓江译丛”1982年第二辑）	翻译小说集	孙日明、曹阳译《沼中梦》	漓江出版社	1982年8月
16	《日本短篇小说选》	翻译小说集	高慧勤	中国青年出版社	1983年3月
17	《核桃林》	日汉对照本	李思敬	上海译文出版社	1983年4月
18	《北方的海》	单行本	陈奕国译，周逸之校	湖南人民出版社	1983年9月
19	《杨贵妃传》	单行本	林怀秋	陕西人民出版社	1984年1月
20	《再访扬州》	杂志散文		日本文学	1984年第2期
21	《冰壁》	单行本	周明	上海译文出版社	1984年3月
22	《井上靖西域小说选》	翻译小说集	耿金声，王庆江	新疆人民出版社	1984年6月
23	《杨贵妃传》	杂志小说	文兰	文学杂志社《新蕾》	1984第5期(9—10月专号)
24	《杨贵妃传》	单行本	文兰	百花文艺出版社	1984年12月
25	《河川之畔》	杂志散文	张香山	日本文学	1985年第2期
26	《寒冷的早晨》（日本当代小说选）	翻译小说集	吴树文译《猫带来的信》	春风文艺出版社	1985年1月
27	《战国城砦群》	单行本	包容	山西人民出版社	1985年3月
28	《猎枪·斗牛》	翻译小说集	孙海涛	湖南人民出版社	1985年5月
29	《海魂》	单行本	文洁若、文学朴	中国文联出版公司	1985年8月
30	《杨贵妃传》	单行本	周祺、周进堂、李鸿恩	中州古籍出版社	1985年8月

续表

序号	作品名	作品性质	译者·编者	出版社·杂志社	出版时间
31	《西域小说集》	翻译小说集	郭来舜译，戴璨之校	甘肃人民出版社	1985年8月
32	《一代天骄》	小说单行本	陈德文	湖南人民出版社	1985年10月
33	《杨贵妃传》	小说单行本	郝迟、颜延超译，王琳德校	黑龙江人民出版社	1985年10月
34	《敦煌》	单行本	龚益善	新华出版社	1986年4月
35	《爱的奏鸣曲》	单行本	吕立人	中国文联出版公司	1986年8月
36	《苍狼》	单行本	张利、晓明	内蒙古人民出版社	1986年8月
37	《苍狼》	单行本	冯朝阳	世界知识出版社	1987年2月
38	《暗潮、射程》(当代外国文学)	翻译小说集	唐月梅	外国文学出版社	1987年11月
39	《死亡、爱情和海浪》	杂志小说		外国文学大观	1988年第1期
40	《红庄的恶魔》	翻译小说集	施元辉	法律出版社	1988年2月
41	《红庄的悲剧》	翻译小说集	施元辉、孟慧娅	法律出版社	1988年2月
42	《永泰公主的项链》	翻译小说集	赖育芳	作家出版社	1988年3月
43	《索尔贴赤郎》（《苍狼》哈萨克文版）	单行本	巴德木加甫	新疆人民出版社	1988年10月
44	《情系明天》	单行本	林少华	北岳文艺出版社	1988年12月
45	《爱与孤独——日本恋情诗》	翻译诗集	罗兴典	海峡文艺出版社	1989年8月

续表

序号	作品名	作品性质	译者・编者	出版社・杂志社	出版时间
46	《四季雁书》	单行本	仁章	吉林人民出版社	1990年1月
47	《孔子》	单行本	郑民钦	人民日报出版社	1990年4月
48	《孔子》	单行本	王玉玲等	春风文艺出版社	1991年5月
49	《孔子》	单行本	林音、李青、雨辰、王小蒙	三秦出版社	1992年
50	《战国情侠》	单行本	包容	北岳文艺出版社	1992年9月
51	《孛儿帖赤那》（《苍狼》维吾尔文版）	单行本	阿不都瓦・里木克依提	新疆人民出版社	1993年12月
52	《井上靖文集》（全三册）	翻译小说集	郑民钦主编	安徽文艺出版社	1998年4月
53	《孔子传》	单行本	郑民钦	安徽文艺出版社	1998年6月
54	《成吉思汗传》	单行本	陈德文	安徽文艺出版社	1998年6月
55	《杨贵妃传》	单行本	林怀秋	安徽文艺出版社	1998年6月
56	《孔子》	单行本	尹文智	敦煌文艺出版社	2000年5月
57	《考古纪游》	翻译散文集	乔迁选编、译注	新世界出版社	2001年6月
58	《东瀛美文之旅——穗高的月亮》	翻译散文集	郑民钦译，叶渭渠主编	河北教育出版社	2002年6月
59	《苍狼》（井上靖中国古代历史小说选）	翻译小说集	冯朝阳、赖育芳	人民文学出版社	2002年10月
60	《孔子》（井上靖中国古代历史小说选）	翻译小说集	包容、林怀秋	人民文学出版社	2002年10月
61	《敦煌》（井上靖中国古代历史小说选）	翻译小说集	董学昌、楼适夷、郭来舜、赖育芳	人民文学出版社	2002年10月

续表

序号	作品名	作品性质	译者・编者	出版社・杂志社	出版时间
62	《风林火山》	单行本	许宁	重庆出版社	2008年7月
63	《孔子》	单行本	刘慕沙	北京十月文艺出版社	2010年1月
64	《敦煌》	单行本	刘慕沙	北京十月文艺出版社	2010年10月
65	《天平之甍》	单行本	谢献声	南海出版公司	2013年1月
66	《浪人》	单行本	苏枕书	时代文艺出版社	2013年4月
67	《楼兰》	单行本	赵峻	北京十月文艺出版社	2013年6月
68	《孔子》	单行本	刘慕沙	北京十月文艺出版社	2014年1月
69	《敦煌》	单行本	刘慕沙	北京十月文艺出版社	2014年1月
70	《风林火山》	单行本	于安	重庆出版社	2014年1月
71	《我的母亲手记》	单行本	吴继文	重庆出版社	2014年9月
72	《来自明天的情人》	单行本	林少华	青岛出版社	2015年1月
73	《天平之甍》	单行本	谢鲜声	南海出版公司	2015年10月

注：该表只收录中国大陆出版的译本。另外，2019年12月与2020年1月，重庆出版社陆续出版了7部井上靖作品译本，并计划在未来两年继续出版其他译本，故未收录本表。

附录II

井上靖访华记录

第1次中国访问

（1957年10月26日—11月22日）

日本中国文化交流协会第二次访华日本文学代表团第一组

团　长：山本健吉

团　员：井上靖、十返肇

随　员：小畑真一

10月26日　23时45分于羽田机场出发。

10月27日　8时15分抵达香港启德机场。经由深圳至广州，入住爱群饭店。

10月28日　一整天乘火车前往武汉。

10月29日　到达武昌站。上午，参观长江大桥，下午，乘火车前往北京。

10月30日　20时左右到达北京，入住北京饭店[①]。

10月31日　游览北京市内。

11月1日　参观鲁迅博物馆。

11月2日　参观故宫博物院。

11月3日　参观八达岭、明十三陵。

11月4日　访问北京大学，与日语系学生交谈。访问中国作家协会。

11月5日　访问中国作家协会。

11月6日　访问中国文字改革委员会。参观雍和宫。参加在北京体育馆举行的

① 日文记录为“北京駅店”，根据井上靖历次访华情况，疑为“北京飯店”之误。

"伟大的十月社会主义革命40周年庆祝大会"。

11月7日　参观颐和园万寿山。参加在天安门举行的"伟大的十月社会主义革命40周年庆祝大会"。

11月8日　参观中央民族学院、中央戏剧学院。

11月9日　山本健吉在北京大学进行演讲。

11月10日　参加在中国作家协会举行的"关于中日两国文学交流的声明"的签字仪式。在北京饭店为北京广播局面向日本听众召开的座谈会录音。傍晚，从北京站出发。

11月11日　21时左右抵达上海，入住锦江饭店。

11月12日　游览上海市内。

11月13日　参观工人住宅、托儿所、中学等。

11月14日　访问中国作家协会上海分会，进行座谈。

11月15日　在锦江饭店与上海的女性知识分子座谈。下午，从上海站出发。傍晚，抵达杭州，入住杭州饭店。

11月16日　游览西湖及附近景点。

11月17日　晚上，返回上海，入住锦江饭店。

11月18日　游览苏州。

11月19日　早上，从刘华机场出发。下午，抵达广州，入住爱群饭店。

11月20日　参观广州商品展、农民运动讲习所。

11月21日　进入香港，入住新乐酒店。

11月22日　回国。

第2次中国访问

（1961年6月28日—7月15日）

日本中国文化交流协会访华日本文学代表团

团　长：亀井胜一郎

团　员：井上靖　平野谦　有吉佐和子　白土吾夫

6月28日　9时从羽田机场出发。

6月30日　7时从广州乘机出发，经停长沙、武汉，下午4时抵达北京，入住北京饭店。

7月1日　游览景山。中午，出席在四川饭店举行的欢迎宴会，会上与廖承志、阳翰笙、老舍等人畅谈。

7月2日　游览万里长城。

7月3日　上午，在人民大会堂福建厅得到郭沫若的接见，谈及对武则天的再评价问题。下午，参观革命博物馆。

7月4日　访问人民对外文化协会。

7月5日　下午，在人民大会堂会见周扬，谈及对历史人物的再评价问题。

7月6日　游览颐和园万寿山。下午，在北海公园磋商下一届亚非作家会议。

7月7日　上午，参观故宫。

7月8日　傍晚，出席欢送宴会。

7月9日　14时，在人民大会堂得到周恩来的接见。

7月10日　7时，从北京机场出发。因南京天气恶劣，降落合肥，入住稻香楼。

7月11日　中午，抵达上海。巴金等人接机，入住和平饭店。下午，参拜鲁迅墓，参观鲁迅纪念博物馆、鲁迅故居、上海博物馆。晚上，出席上海市市长举办的晚宴。

7月12日　参观彭浦人民公社。中午，受邀在巴金家中共进午餐。晚上，观看越剧《红楼梦》。

7月13日　清晨，从上海机场出发。因广州雷雨天气，降落南昌，住宿。

7月14日　5时出发，抵达广州后入住爱群饭店。乘船欣赏珠江美景。晚上，出席欢迎兼欢送宴会。

7月15日　清晨出发，经深圳、香港回国。

第3次中国访问

（1963年9月29日—10月25日）

纪念鉴真和尚圆寂1200周年 日本文化界访华代表团

团　长：安藤更生

秘书长：宫川寅雄

团　员：佐木秋夫　井上靖　长岛健　长泽元夫

9月29日—10月初　于北京参加国庆庆典，具体日程不详。

10月14日　在政治协商会议礼堂出席“鉴真大师圆寂1200周年纪念大会”，出席人数超1500人。

10月15日　在扬州出席200余人参加的纪念集会。安藤更生在致辞中指出，“中国的法静寺①与鉴真大师在日本主持修建的唐招提寺是日中两国人民友好的象征”。会后，在大明寺参加鉴真和尚纪念堂奠基仪式。

10月15—25日　前往上海、杭州、南京、广州各地访问，具体日程不详。

第4次中国访问

（1974年9月29日—10月11日）

日本中国文化交流协会代表团

团　长：中岛健藏（中岛京子夫人随行）

副团长：宫川寅雄

秘书长：白土吾夫

团　员：岛野武　井上靖　武藏川喜伟　有吉佐和子　佐藤纯子　安田顺惠

9月29日　乘坐中国民航中日首航922航班②从羽田机场出发，经停上海抵达北京。入住北京饭店。

---

①今扬州大明寺。寺名从清乾隆时期开始一直为“法净寺”，1980年改回原名“大明寺”。

②指第1班中日直通航班。

9月30日 上午，参观北京黄城根小学。下午，参观地下战壕。晚上，出席中华人民共和国建国25周年庆祝国宴。

10月1日 上午，出席在颐和园举行的庆祝国庆游园会。晚上，出席庆祝国庆烟花大会，观看体育比赛。

10月2日 上午，与林林、严文井、冰心、李季座谈。下午，参观广济寺，与赵朴初及各位高僧座谈。晚上，欣赏中国中央乐团的音乐会。

10月3日 上午，在人民大会堂湖南厅得到邓小平副总理的接见。中午，在鸿宾楼出席由国家文物事业管理局王冶秋、故宫博物院吴仲超院长主办的午宴。下午，参观故宫博物院。傍晚，得到中日友好协会名誉会长郭沫若的接见。晚上，出席由中日友好协会会长廖承志、中国人民对外友好协会会长柴泽民主办的欢迎宴会。

10月4日 井上靖单独行动，具体日程不详。

10月5日 在各界人士的欢送下，离开北京，前往南京。抵达南京后，受到热烈欢迎，入住南京饭店。下午，参观南京博物馆、现代画展、摄影展。晚上，出席由江苏省革命委员会副主任杨广立主办的欢迎宴会。

10月6日 参观南京长江大桥后前往扬州。途中于青山果树园稍做休息，抵达扬州后入住西园宾馆。下午，参观法净寺、扬州市工艺品厂、扬州市刺绣品厂。晚上，出席晚宴。

10月7日 上午，参观江都水利工厂。下午，游览文峰塔、大运河、瘦西湖。随后返回南京。晚上，欣赏南京市玄武区红卫兵的歌舞表演。

10月8日 上午，参观紫金山天文台、中山陵、无梁殿，游览玄武湖。乘坐火车前往上海，入住锦江饭店。

10月9日 上午，参观鲁迅纪念馆，在瑞金医院观看针灸麻醉手术。下午，关于“批林批孔”运动与王知常教授座谈。参观少年宫。

10月10日 上午，参观复旦大学，关于教育革命进行座谈。参观鲁迅故居、鲁迅纪念馆，参拜鲁迅墓。下午，参观虹桥人民公社、上海博物馆。晚上，出席由上海市革命委员会主办的晚宴。

10月11日 上午，参观上海工业展览会。随后乘中国民航923航班回国。

第5次中国访问

（1975年5月8—27日）

日本作家代表团

团　长：井上靖（井上芙美夫人随行）

秘书长：白土吾夫

团　员：户川幸夫　水上勉　庄野润三　司马辽太郎　小田切进　福田宏年

秘　书：佐藤纯子

5月8日　9时从羽田机场出发，13时抵达北京。入住北京饭店。下午，参观鲁迅博物馆、鲁迅故居。

5月9日　上午，参观故宫。下午，参观地下战壕、天坛。晚上，出席在国际俱乐部举办的欢迎宴会，宴会由中国人民对外友好协会会长柴泽民主办。夜间乘坐火车前往洛阳。

5月10日　正午抵达洛阳，入住洛阳宾馆。下午，参观隋唐时期兴建的大谷仓、含嘉仓以及洛阳博物馆。晚上，出席由洛阳市革命委员会副主任李凤岐主办的欢迎宴会。

5月11日　上午，参观龙门石窟。下午，乘火车前往西安，夜晚抵达。入住人民大厦。

5月12日　上午，参观永泰公主墓。下午，参观汉武帝茂陵及汉代霍去病墓。晚上，出席欢迎宴会，宴会由西安市革命委员会主任孙长兴、对外友好协会陕西分会会长鲁曼主办。

5月13日　上午，参观陕西省博物馆、大慈恩寺大雁塔、荐福寺小雁塔。下午，游览华清池。晚上，观看芭蕾表演《沂蒙颂》《草原儿女》。

5月14日　清晨，乘坐飞机前往延安，入住延安宾馆。上午，游凤凰山，参观位于杨家岭的毛主席故居与革命遗迹。下午，游览枣园，参观位于王家坪的毛主席故居与革命遗迹，参观延安宝塔。晚上，出席由延安地区革命委员会副主任土金璋主办的欢迎宴会并欣赏歌舞表演。

5月15日　上午，参观毛主席在延安领导中国革命纪念馆。下午，乘坐飞机经停太原前往北京。

5月16日　上午，访问中央民族学院。下午，与文学界人士举行座谈会。晚上，参加由国家文物事业管理局局长王冶秋在北京烤鸭店主办的晚宴。

5月17日　上午，访问广济寺。与赵朴初及寺内高僧座谈。下午，继续昨日的文学界人士座谈会。

5月18日　上午，游览万里长城。下午，参观定陵。晚上，井上夫妇与中日友好协会会长廖承志座谈。

5月19日　上午，井上夫妇游览香山。下午，参观北京图书馆与北京动物园。

5月20日　上午，乘坐飞机前往上海，入住锦江饭店。下午，参拜鲁迅墓，参观鲁迅故居、鲁迅纪念馆。乘坐火车前往无锡。入住蠡园宾馆。晚上，出席由革命委员会副主任主办的欢迎宴会。

5月21日　上午，访问无锡太湖工人疗养院。参观蠡园。下午，游览太湖、鼋头渚公园。

5月22日　上午，访问河埒人民公社河埒生产大队。下午，参观无锡市惠山泥塑工厂、锡惠公园。乘坐火车前往上海。

5月23日　上午，参观上海博物馆。下午，前往海门路少年家中访问。晚上，出席欢迎宴会。

5月24日　上午，访问天山工人住宅小区。下午，参观上海机床厂。晚上，欣赏上海乐团演奏会。

5月25日　上午，参观豫园、自然博物馆。乘坐飞机前往北京。下午，参观颐和园、自然博物馆。晚上，在人民大会堂会见中国共产党中央政治局委员姚文元。

5月26日　上午，访问中央五七艺术大学音乐学院。

5月27日　清晨，乘坐中国民航921航班经停上海回国。

第6次中国访问

（1976年11月29日—12月15日）

日本作家代表团

团　长：井上靖（井上芙美夫人随行）

秘书长：白土吾夫

团　员：巌谷大四　伊藤桂一　清冈卓行　辻邦生　大冈信　秦恒平

秘　书：佐藤纯子

11月29日 9时从羽田机场出发，下午抵达北京。入住北京饭店。

11月30日 上午，参观居庸关、万里长城。下午，参观定陵。晚上，出席欢迎宴会。

12月1日 上午，孙平化向日本代表团讲述“四人帮”在政治、经济方面的罪行。下午，参观荣宝斋水印工厂。晚上，乘坐火车前往大同。

12月2日 清晨，抵达大同，入住大同宾馆。参观云冈石窟。晚上，出席欢迎宴会。

12月3日 上午，参观九龙壁、上华严寺、下华严寺、大同市博物馆。下午，参观云冈煤矿。晚上，乘火车返回北京。

12月4日 下午，会见国家文物事业管理局局长王冶秋。参观故宫。晚上，欣赏音乐会《长征组曲》。

12月5日 上午，游览颐和园。出席林林主办的午宴。下午，参观北京市西城区光学器械厂。晚上，欣赏新剧《万水千山》，幕间休息期间，会见了剧作者、中国人民解放军原总政治部文化部副部长陈其通。

12月6日 上午，刘白羽向代表团讲述“四人帮”在文化方面的罪行。下午，参观地下战壕，与日本文学研究者召开座谈会。

12月7日 上午，在人民大会堂得到邓颖超的接见。下午，访问广济寺，与中国佛教协会负责人赵朴初及明真法师等人座谈。晚上，欣赏电影《创业》。

12月8日 上午，参观历史博物馆、天坛。下午，与冰心、严文井座谈。晚上，出席由孙平化主办的晚宴。

12月9日　清晨，乘坐飞机前往杭州，入住杭州饭店。下午，参观花圃、六和塔、虎跑泉。晚上，出席欢迎宴会。

12月10日　上午，抵达绍兴，入住绍兴革命委员会招待所。下午，参观绍兴鲁迅纪念馆、鲁迅故居、秋瑾纪念碑、秋瑾故居，游览东湖。

12月11日　上午，参观绍兴酒酿造厂。返回杭州。下午，参观杭州丝织厂、浙江省博物馆、西泠印社。夜晚，抵达苏州，入住苏州饭店。

12月12日　上午，参观白檀扇子厂、拙政园、狮子林。下午，参观寒山寺、虎丘苏州云岩寺塔、留园。晚上，出席欢迎宴会。会后的书法会上，吴羊牧、谭亚新、井上靖团长、井上芙美夫人、大冈信纷纷挥墨题字。

12月13日　上午，参观网师园、苏州刺绣研究所。抵达上海，入住锦江饭店。下午，凭吊鲁迅墓，参观鲁迅故居、中国共产党第一次全国代表大会会议旧址。晚上，欣赏上海舞蹈学校的歌舞表演。

12月14日　上午，参观马桥人民公社。下午。参观蕃瓜弄新村。晚上，出席欢迎兼欢送宴会。

12月15日　上午，参观上海博物馆。下午，参观孙中山故居。最后，从上海虹桥机场出发回国。

第7次中国访问

（1977年8月12日—9月2日）

日本中国文化交流协会代表团

团　长： 中岛健藏（中岛京子夫人随行）

副团长： 宫川寅雄

秘书长： 白土吾夫

团　员： 井上靖　东山魁夷　藤堂明保　司马辽太郎　团伊玖磨

秘　书： 佐藤纯子　横川健

8月12日　下午从羽田机场出发，夜晚抵达北京，入住北京饭店。

8月13日 下午，参观中国人民解放军建军50周年纪念美术展。晚上，出席欢迎宴会。

8月14日 上午，在颐和园昆明湖的船上举行座谈会。中午，出席在颐和园听鹂馆举办的午宴。下午，参观周恩来总理纪念展。

8月15日 早晨，乘坐飞机前往乌鲁木齐，中午抵达，入住乌鲁木齐迎宾馆。下午，参加维吾尔自治区概况说明会。晚上，出席欢迎宴会，欣赏新疆歌舞团的民族歌舞表演。

8月16日 上午，参观新疆维吾尔自治区博物馆。下午，参观八路军新疆办事处遗址。参拜乌鲁木齐市革命烈士陵园。围绕丝绸之路，与民族研究所研究员座谈。晚上，继续座谈。

8月17日 上午，乘坐飞机至伊宁，入住伊宁革命委员会招待所。参加说明会，了解伊犁地区概况与中苏边境现状。下午，参观伊宁市团结皮鞋厂、围巾毛毯厂、伊犁地区伊宁市工业展览馆以及百货公司等。晚上，出席欢迎宴会。在伊犁剧院欣赏伊犁地区文工团表演。

8月18日 上午，驱车游览赛里木湖。途中参观惠远古城与伊犁将军府遗址。在赛里木湖畔参观中苏边境地区民兵与小学生们的军事训练。在果子沟牧场参观放牧期的哈萨克族牧民们的赛马和叼羊比赛①。在哈萨克族人民的毡房中吃午饭。下午，欣赏哈萨克族牧民的歌曲、舞蹈以及冬不拉等传统乐器的演奏。访问牧民家庭。在毡房中吃晚饭。驾车返回伊宁。

8月19日 下午，参观伊犁毛织厂。访问panjin②人民公社维吾尔族社员的家庭。途中，参观伊犁河、伊犁大桥、清真寺。晚上，出席中苏边境问题座谈会。

8月20日 上午，游览伊犁公园。乘坐飞机返回乌鲁木齐。下午，参观毛泽民烈士故居。得知中国共产党第十一次全国人民代表大会开幕。

---

①叼羊是哈萨克族的传统竞技项目，此处日文记录为“ゴルゴス”，推测为“叼羊”。

②日文记录为“パンジン”，此处按日语罗马字标注。

8月21日　早晨，驱车前往吐鲁番。途中在火焰山脚下的吐鲁番县葡萄人民公社的葡萄架下休息，抵达后入住吐鲁番县招待所。下午，参加吐鲁番县概况说明会。参观五星人民公社的防沙防风林、坎儿井。参观额敏塔、交河故城等遗迹。晚上，参加欢迎宴会。之后欣赏吐鲁番县文工团的歌舞表演。

8月22日　上午，参观高昌故城、阿斯塔那古墓群、柏孜克里克千佛洞。下午，乘车返回乌鲁木齐。

8月23日　早晨，乘坐飞机前往和田。途中在阿克苏稍做休息。正午过后抵达和田。入住和田革命委员会第一招待所。下午，参加和田地区概况说明会。在和田地区手工业办事处，参观玉石陈列室和手工丝绸厂。晚上，出席欢迎宴会。

8月24日　上午，参观和田地区丝织厂。下午，参观和田地区水力发电厂、墨玉河、白玉河以及尚未发掘的古于阗国[①]遗址。晚上，欣赏新玉文工团的歌舞表演。

8月25日　上午，乘飞机前往乌鲁木齐。下午，参加说明会，了解南疆考古发掘状况。

8月26日　游览天池。晚上，孙平化向代表团讲述中国共产党第十一次全国人民代表大会的会议内容。

8月27日　上午，参观乌鲁木齐市红山商场。下午，乘坐飞机前往北京。途中在兰州机场稍做休息，用晚餐。夜晚，抵达北京。

8月28日　下午，出席在北京饭店举办的茶话会，与北京文化界朋友相聚。晚上，出席在北京新侨饭店举办的欢迎宴会。

8月29日　上午，参观中国历史博物馆。晚上，在人民大会堂得到李先念副总理的接见。之后出席欢迎宴会。

8月30日　上午，在北京饭店会见廖承志会长。中午，出席在北京烤鸭店举办的

① 日文记录中遗迹的名称为“サンシビル”。

午宴。下午，在中国人民对外友好协会与刘白羽、张光年座谈，谈到了“四人帮”在“文革”中的破坏、粉碎“四人帮”后中国文化界的现状以及今后的发展方向。

8月31日　上午，乘飞机前往上海。在虹桥机场与巴金相聚。入住衡山宾馆。下午，游览豫园。晚上，出席欢迎宴会。

9月1日　上午，参观上海音乐学院、上海画院。下午，在衡山宾馆同上海文化界友人召开座谈会。晚上，访问上海乐团。

9月2日　上午，启程回国。

第8次访问中国

（1978年5月2日—19日）

井上靖夫妇访问敦煌

同行者：井上芙美夫人　横川健

5月2日　抵达北京。入住北京饭店。

5月3日　晚上，出席欢迎宴会。

5月4日　晚上，在东风剧场欣赏由北京市京剧团表演的新编历史京剧《雏凤凌空》。

5月5日　下午，乘飞机前往兰州，入住友谊饭店。晚上，出席欢迎宴会。

5月6日　上午，游览五泉山公园，市内观光。中午，井上靖生日庆祝宴。下午，参观甘肃省博物馆。

5月7日　早晨，乘火车前往酒泉。傍晚，到达酒泉。参观酒泉的工艺美术厂，入住酒泉招待所。晚上，出席欢迎宴会。

5月8日　上午，驱车前往安西。途中，参观酒泉的钟鼓楼、酒泉公园、嘉峪关。中午，在玉门镇休息，出席在玉门镇招待所举办的欢迎宴会。下午，在途中参观了桥湾城遗址、老风口。傍晚，到达安西。入住安西县革命委员会招待所。晚上，出席欢迎宴会。

5月9日　早上，往敦煌出发。途中，参观瓜州故城，五敦烽火台。正午后抵达敦煌招待所。下午，常书鸿、李承仙夫妇向一行人说明敦煌现状和莫高窟。晚上，出席欢迎宴会。

5月10—11日　参观敦煌莫高窟。

5月12日　参观玉门关、阳关遗址。

5月13日　上午，游览月牙泉。参观沙洲城遗址。下午，参观莫高窟。访问敦煌文物研究所，参观私藏文物与书库。前往常书鸿家中拜访。

5月14日　清晨，驱车前往柳园。乘火车前往兰州。

5月15日　上午，到达兰州。

5月16日　休息。

5月17日　下午，乘飞机前往北京。晚上，抵达北京。

5月18日　休息。

5月19日　井上靖同日本作家代表团汇合。芙美夫人、横川健回国。

第9次中国访问

（1978年5月19日—6月7日）

日本作家代表团

团　长：井上靖

副团长：水上勉

秘书长：白土吾夫

团　员：阪田宽夫　奥野健男　城山三郎　尾崎秀树　三好彻　山田智彦

秘　书：佐藤纯子

5月19日　井上靖结束敦煌旅行返回北京，与日本作家代表团汇合。

5月20日　上午，参观故宫博物院。下午，参观鲁迅故居、天坛。与《井上靖小说选》的译者唐月梅女士座谈。晚上，与《天平之甍》的译者楼适夷先生座谈。

5月21日　上午，参观毛主席纪念堂。前往八宝山革命公墓祭拜艾格尼斯·史沫特莱①。参观碧云寺。晚上，出席在新侨饭店举办的欢迎宴会。

5月22日　上午，参观北京图书馆。游览北京动物园。下午，参观北京第二实验小学。与文物局局长王冶秋、外事处副处长郭劳为座谈。

5月23日　休息。

5月24日　上午，与小说《李自成》的作家姚雪垠座谈。

5月25日　上午，孙平化向代表团讲述中国近期的社会主义建设状况。中午，出席王冶秋主办的午宴。下午，参观在中国历史博物馆举办的“周恩来总理事迹展”。在人民大会堂会见廖承志。晚上，与巴金先生座谈。

5月26日　上午，周扬向代表团介绍“四人帮”在文化方面的破坏活动。下午，出席在劳动人民文化宫举办的“东山魁夷展”。与老舍的夫人胡洁青与女儿舒济座谈。晚上，在北京烤鸭店举办答谢宴。

5月27日　上午，访问四季青人民公社。下午，与冰心、严文井、孟伟哉座谈。

5月28日　上午，参观故宫。下午，游览颐和园、昆明湖。晚上，欣赏中央民族乐团的演奏会。

5月29日　上午，乘坐地铁，参观荣宝斋水印厂。下午，参观北京大学、清华大学、北海公园。与常书鸿座谈。晚上，在民族饭庄举办答谢晚宴。

5月30日　上午，参观故宫。下午，飞往南京。入住南京饭店。晚上，欣赏越剧《祥林嫂》。

5月31日　上午，参观梅园新村、太平天国纪念陈列馆、瞻园。下午，参观南京博物馆、中山陵、无梁殿、灵谷塔、孝陵。晚上，出席欢迎宴会。

6月1日　上午，游览长江。参观南京长江大桥。在青山果树园休息后，驱车前往扬州。入住西园饭店。下午，参观江都水利中心、扬州市博物馆。晚上，出席欢迎宴会。

6月2日　上午，参观扬州漆器工厂。访问法净寺，游览瘦西湖。下午，参观文

---

①Agnes Smedley，美国记者，著有《中国红军在前进》《中国的战歌》《伟大的道路》等。

峰塔后乘车返回南京，游览玄武湖。

6月3日　上午，参拜雨花台人民革命烈士墓，参观雨花台烈士纪念馆。参观太平天国壁画。游览莫愁湖。下午，乘火车前往苏州。入住苏州饭店。晚上，出席欢迎宴会。

6月4日　上午，参观苏州白檀扇子工厂、拙政园、寒山寺。下午，参观西园戒幢律寺、沧浪亭、怡园。傍晚，乘坐火车前往上海。入住静安宾馆。

6月5日　上午，祭拜鲁迅墓。参观中国共产党第一次全国代表大会会址、鲁迅故居。下午，参观孙中山故居、玉佛寺。晚上，出席欢迎宴会。

6月6日　上午，欣赏上海市人民评弹团的评弹。下午，参观豫园。访问彭浦新村的工人住宅。晚上，欣赏京剧《杨门女将》。

6月7日　上午，同上海文学家座谈。下午，回国。

第10次中国访问

（1979年7月24—30日）

慰问电影《天平之甍》剧组

苏州，日程不详。

第11次中国访问

（1979年8月6—27日）

井上靖一行

井上靖　宫川寅雄　园城寺次郎　樋口隆康　佐藤纯子　横川健

8月6日　从成田机场出发，下午到达北京。入住北京饭店。晚上，欣赏内蒙古自治区歌舞团的表演。

8月7日　出席在北京饭店举办的早餐会。上午，在人民大会堂江苏厅会见中国社会科学院院长胡乔木。下午，访问中国人民对外友协、国家文物事业管理局。参观在故宫保和殿举办的“中山国王墓出土文物展览会”。晚上，出席在丰泽园举办的欢迎宴会。

8月8日　上午，与外国文学研究所日本文学研究室的研究员们座谈。中午，出席在北海公园仿膳饭庄举办的宴会。下午，飞往乌鲁木齐。中途在兰州机场吃晚餐。晚上，到达乌鲁木齐。入住乌鲁木齐迎宾馆。

8月9日　清晨，驱车前往吐鲁番。入住吐鲁番县招待所。下午，参观高昌故城、阿斯塔纳古墓、葡萄沟人民公社。晚上，出席欢迎宴会。之后，在葡萄架下欣赏吐鲁番县文工团表演的维吾尔族歌舞。

8月10日　上午，参观吐鲁番文物保管所。之后，前往乌鲁木齐。晚上，出席在乌鲁木齐迎宾馆举办的欢迎宴会。

8月11日　上午，飞往喀什。入住喀什新宾馆。下午，游览市区。晚上，出席欢迎宴会。之后，欣赏喀什地区文工团表演的歌舞。

8月12日　上午，驱车前往阿图什。中途参观喀什郊外的三仙洞。在阿图什参观苏里唐·萨图克·波格拉汗麻扎①和礼拜寺。下午，参观当地商店、毛织品工厂、果树园等。晚上，出席欢迎宴会。欣赏柯尔克孜族歌舞。随后，乘车返回喀什。

8月13日　上午，乘坐吉普车前往叶城。中途，在英吉沙休息，吃午餐。参观英吉沙小刀生产厂。下午，到达叶城。入住叶城县委员会招待所。晚饭后，参观叶城新、老城区。宫川寅雄发烧。

8月14日　上午，参观叶尔羌河与阿尔塔什②工厂。随后，返回喀什，傍晚到达。

8月15日　因高烧，休息。

8月16日　休息。

8月17日　早晨，退烧。下午，参观香妃墓、艾提尕尔清真寺、手工艺品商店、市区露天市场。

8月18日　下午，飞往阿克苏。入住阿克苏第一招待所。晚上，出席欢迎宴会。

---

① 简称“苏里唐麻扎”，指喀喇汗王朝第三代国王苏里唐的王陵。“麻扎”是陵墓的意思。

② “阿尔塔什”为新疆地区地名。日文记录为“アチラース”，推测为“阿尔塔什”。

8月19日　上午，乘坐吉普车前往阿拉尔。在阿拉尔欣赏塔里木河。晚上，返回阿克苏。

8月20日　乘坐吉普前往库车。到达后，参观克孜尔古城、苏巴什古城、克孜尔尕哈烽燧。晚上，欣赏库车县文工团表演的歌舞。

8月21日　上午，返回阿克苏。下午，参观毛毯厂。

8月22日　上午，参观阿克苏河、阿克苏地区第一托儿所。下午，参观新华书店、百货商店。

8月23日　上午，飞回乌鲁木齐。下午，参观新疆维吾尔自治区博物馆。

8月24日　上午，与乌鲁木齐的各界学者座谈。下午，飞往北京。晚上，出席在北京翠华楼举办的宴会。

8月25日　上午，井上与宫川出席NHK联合摄制纪录片《丝绸之路》的开机庆祝会。中午，出席在北京饭店举办的宴会。下午，前往周扬家中拜访。晚上，出席在王府井烤鸭店举办的晚宴会。之后，欣赏历史剧《王昭君》。演出结束后，与作者曹禺、导演及演员们座谈。

8月26日　上午，在人民大会堂江苏厅得到王震副总理的接见。下午，会见司徒慧敏。傍晚，周扬等人来访。晚上，在北京饭店友谊厅举办答谢宴会。

8月27日　上午，访问中国社会科学院考古研究所。下午，井上靖与樋口隆康从北京乘机飞往拉瓦尔品第，开始巴基斯坦访问。

第12次中国访问

（1979年10月4—20日）

NHK纪录片《丝绸之路》摄制组的敦煌取材

特邀嘉宾：井上靖

10月4日　到达北京

10月5日　15时从北京出发，飞往兰州。19时到达兰州机场，在机场吃晚餐。入住兰州迎宾饭店。出席赏月宴，吃月饼。

10月6日 上午，整理行装。下午，前往常书鸿家中拜访。游览白塔山公园。

10月7日 早晨出发。乘火车前往酒泉。一整天都在火车上。

10月8日 2时30分，到达酒泉，入住酒泉招待所，就寝。上午，与常书鸿共进早餐兼午餐。下午，参观夜光杯工厂、鼓楼、酒泉公园。晚上，与NHK摄制组开会。

10月9日 乘坐吉普车前往敦煌。途经嘉峪关、安西，21时30分左右到达敦煌。入住文物研究所招待所。

10月10日 上午，在千佛洞前的道路上散步。在莫高窟入口处出镜拍摄。参观莫高窟北区未开放的石窟。下午，参观北魏石窟。傍晚，与和崎信哉在大泉河对面的道路上散步。

10月11日 参观千佛洞。

10月12日 上午，常书鸿做题为《第130窟前广场的发掘》的特别发表。井上靖与常书鸿一起出镜拍摄。下午，参观第57窟。晚上，参观第130窟。

10月13日 上午，游览鸣沙山。下午，与常书鸿一起在第17窟藏经洞前出镜拍摄。晚上，出席送别会。

10月14日 9时，乘坐吉普车出发。中午，在玉门镇招待所休息，吃午餐。下午4时左右，到达酒泉。

10月15日 早上，参观夜光杯工厂。9时左右，乘坐吉普车前往张掖。中午到达。午饭后，与当地人交谈。下午，参观张掖古城（角乐得故城）。

10月16日 早上，乘坐吉普车前往武威。中午，到达武威。下午，参观博物馆、钟楼。21时30分，乘火车前往兰州。

10月17日 5时30分，到达兰州。下午，参观美术工艺品商场，购买兆砚。

10月18日 早晨，飞往北京。

10月19日 日程不详。

10月20日 回国。

第13次中国访问

（1979年11月24—30日）

慰问电影《天平之甍》剧组

桂林，日程不详。

第14次中国访问

（1980年4月30日—6月1日）

NHK纪录片《丝绸之路》摄制组的南疆取材

特邀嘉宾：井上靖

4月30日　10时50分从成田机场出发。14时30分到达北京。入住民族饭店。晚上，出席欢迎宴会。

5月1日　下午，参观琉璃厂。列席五一劳动节庆祝活动。

5月2日　早上，在机场用早餐。9时40分起飞，前往乌鲁木齐。13时左右到达。入住乌鲁木齐迎宾馆。20时晚餐。太阳还未下山。22时左右，读卖新闻社来电话说，因珠穆朗玛峰下雪，加藤保男[①]已返回。

5月3日　早上，散步。上午，参观博物馆。下午，参观红山塔、市内露天市场。晚上，出席欢迎宴会。

5月4日　早上，散步。上午，前往书店、百货商店和露天市场购物。

5月5日　早上，散步。下午，整理行装。晚上，宴请六名中方摄制组成员。20时，出席NHK主办的宴会。庆祝NHK摄制组吉川先生生日，同时庆祝前一天井上靖先生的生日。

5月6日　早上，飞往和田。经停阿克苏，稍事休息。13时30分到达和田。入住招待所，吃午餐。下午，参观黑玉河。

---

①加藤保男，日本著名登山家，1980年5月3日从东北山脊路线登顶珠峰。此次登顶过程得到日本读卖新闻社的全程记录，读卖新闻社于1980年出版《站在珠峰：日本山岳会登山队挑战珠峰中国路线全纪实》一书。

5月7日　上午，乘坐吉普前往民丰。中途，参观白玉河。中午，到达于田，在招待所休息。17时20分，到达民丰。入住民丰招待所。

5月8日　休息。

5月9日　早上，乘坐吉普车前往距离尼雅遗址最近的驻地——大麻札。途中，在尼雅河支流拍摄。中午，领队车陷入沙地受困，用卡车拖拽出来。13时，换乘到解放军的大卡车，坐进驾驶室。19时左右，到达大麻札生产大队。休息1小时后吃晚饭。中国政府考虑到井上靖的身体状况，送井上靖返程。深夜启程。

5月10日　2时左右，吉普车陷入泥坑，救援的卡车与吉普车相继抛锚，困在戈壁。3时左右，终于得救，继续返程。途中一度迷路，终于在5时30分返回招待所。就寝。中午睡醒，午饭后，再次就寝。傍晚，接到日方团长田川纯三发来的电报。

5月11日　下午，逛周日大集。傍晚，前方发来电报说迷路了。

5月12日　早上，乘坐吉普车前往尼雅河上游。中途，在戈壁滩吃午饭。下午，接到前方发来的电报，内容为已到达尼雅遗址。

5月13日　接到前方发来的电报，内容为今晚返程。

5月14日　等待摄制组消息。

5月15日　中午，迎接顺利返回的中日摄制组。晚上，召开宴会。

5月16日　早上，乘坐吉普车前往且末。中午，换乘卡车。14时左右，在车内吃午餐。晚上，到达且末。

5月17日　日程不详。

5月18日　早上，乘坐吉普车前往阿羌。13时30分左右到达。前往参观哈拉米兰河河畔的引水洞①。晚上，返回阿羌。

5月19日　从阿羌出发前往且末。13时到达。傍晚，前往位于西南方山地的古城遗址。晚上，返回且末。

① 日文记录为“引出洞”，推测为发电用的引水洞。

5月20日　上午，两辆吉普车一起前往若羌。14时30分左右，在人民公社招待所吃午餐，休息。18时30分左右，到达若羌，入住招待所。

5月21日　上午，出发前往米兰遗址。晚上，返回若羌。

5月22日　上午，随一辆吉普车从若羌返回且末。下午，车辆抛锚，困在戈壁。20时左右，在戈壁吃晚饭。22时，且末县派出的吉普车到达，得以脱困。继续返程。

5月23日　0时左右，在戈壁休息。0时30分左右，且末派出的救援车到达。在戈壁稍事休息后，换乘吉普，再次出发。1时半，车轮陷入沙中，困于沙漠。脱困。2时左右，到达且末招待所。同田川纯三、和崎信哉饮酒到4时。7时30分，起床。11时，飞往乌鲁木齐。中途，库尔勒经停50分钟。16时，到达乌鲁木齐。

5月24日　下午，上街买蜂王浆。

5月25日　早上，散步。下午，乘火车前往北京。

5月26日　火车中。

5月27日　火车中。

5月28日　到达北京。

5月29—30日　休息。整理日记。

5月31日　中午，出席王炳南主办的招待宴。晚上，宴请张香山、李连庆、严文井、冰心等人。

6月1日　回国。

第15次访问中国

（1980年8月4—16日）

井上靖会长一行、中岛京子夫人一行

井上靖会长一行：井上靖　井上芙美夫人　浦城朋子[①]

① 井上靖外孙女，长女浦城几世之女。

中岛京子夫人一行：中岛京子　白土吾夫　佐藤纯子

8月4日　上午，从成田机场出发，14时左右到达北京。入住友好宾馆。晚上，出席欢迎宴会。

8月5日　上午，访问文化部、国家出版事业管理局。下午，访问中国科学院。傍晚，在人民大会堂得到李先念副总理的接见。

8月6日　上午，访问中国社会科学院。中午，出席在人民大会堂举办的午宴。下午，在友好宾馆与文化界人士座谈。晚上，出席在北京饭店举办的晚宴会。

8月7日　在友好宾馆进行座谈。中午，出席在康乐饭庄举办的午宴。下午，在故宫漱芳斋座谈。傍晚，前往八宝山革命公墓祭拜老舍、李季。晚上，出席在四川饭店举办的晚宴会。晚上，乘坐21时30分的火车前往包头。

8月8日　13时左右，到达包头。入住青山宾馆。休息后，参观包头地毯厂、包头皮毛厂、包头工艺美术品厂。晚上，出席在青山宾馆举办的欢迎宴会。之后，欣赏包头歌舞团的表演。

8月9日　前往五当召喇嘛庙。参观后，返回包头。

8月10日　上午，前往七里明沙漠、银肯塔拉沙漠。中午，出席伊克昭盟地区达拉特旗举办的午宴。下午，返回包头。中途，渡过黄河。晚上，乘坐火车前往呼和浩特。23时左右到达。入住新城宾馆。

8月11日　前往呼和浩特北部达茂旗乌兰图格人民公社的草原。访问牧民家庭。在蒙古包中休息。骑马和骆驼游览。中午，出席达茂旗举办的午宴。晚上，出席在新城宾馆举办的欢迎宴会。

8月12日　上午，飞往北京。10时30分左右到达。入住北京饭店。晚上，同日本文学研究学者李德纯座谈。

8月13日　与到访的客人座谈。晚上，与友人在仿膳饭庄共进晚餐。

8月14日　上午，访问中华医学会。探望在家休养的冰心。下午，与司徒慧敏座谈。访问中国人民对外友协。晚上，与常书鸿夫妇、巴金等人座谈。

8月15日　上午，飞往上海。入住锦江饭店。下午，参观上海博物馆。晚上，出席在国际饭店举办的欢迎宴会。

8月16日　回国。

第16次中国访问

（1981年9月23—29日）

鲁迅诞辰100周年纪念　日本中国文化交流协会代表团

团　长：井上靖（井上芙美夫人随行）

秘书长：白土吾夫

团　员：岩波雄二郎　堤清二（笔名：辻井乔）　宫本研　北村和夫　佐藤纯子

秘　书：横川健

9月23日　上午，从成田机场出发。下午，到达北京。入住北京饭店。晚上，出席在人民大会堂西大厅举办的鲁迅诞辰100周年纪念宴会。

9月24日　上午，访问中国人民对外友协，进行座谈。之后，参观阜成门内的鲁迅故居和鲁迅博物馆。中午，在天桥鸿兴楼饭庄吃过午饭后，前往琉璃厂。井上靖夫妇接待到访客人。下午，前往周扬家中拜访。访问故宫的漱芳斋，进行座谈。晚上出席晚宴会。

9月25日　上午，出席在人民大会堂举办的鲁迅诞辰100周年纪念大会。下午，与到访客人座谈。

9月26日　上午，访问中华医学会，赠送足立文太郎的著作。傍晚，接待到访的周扬夫妇。晚上，出席在北京饭店举办的欢迎宴会。之后，乘火车前往曲阜。

9月27日　清晨，到达兖州站。入住中国国际旅行社曲阜分社的旅馆。早餐后，参观孔子庙。下午，参观孔府、孔子墓、周公庙、曲阜·鲁国故城遗址。晚上，出席庆祝芙美夫人生日的晚宴会。

9月28日 清晨，乘火车前往上海。晚上到达，入住锦江饭店。

9月29日 上午，参观位于山阴路的鲁迅故居、内山书店旧址、鲁迅纪念馆、鲁迅诞辰100周年纪念摄影展。中午，出席在静安宾馆举办的欢迎午宴。下午，回国。

第17次中国访问

（1982年9月27—29日）

日中邦交正常化10周年纪念庆祝会　以井上靖为总团长的日中六团体联合代表团

总团长：井上靖

顾　问：冈崎嘉平太

团　员：栗原俊夫　冈崎温　萩原定司　中村敬太郎　白土吾夫　片冈清一　井上泉　今村元　小川平四郎　村井隆　横川健

9月27日 到达北京。

9月28日 井上靖团长在人民大会堂致辞。会见中国三大友好团体[①]的领导。慰问住院中的廖承志。

9月29日 得到赵紫阳总理的接见。

第18次中国访问

（1982年11月22日—12月3日）

日本中国文化交流协会代表团

团　长：井上靖（井上芙美夫人随行）

秘书长：白土吾夫

团　员：清冈卓行　绿川亨　大越幸夫　武满彻　佐藤纯子

11月22日 下午，从成田机场出发。傍晚，到达上海。入住静安宾馆。晚上，出

---

①指中国人民对外友好协会、中国日本友好协会和中国国际交流协会。

席欢迎宴会。

11月23日 前往华东医院探望巴金。中午，乘飞机前往北京。入住北京饭店。下午，拜访文化部文物局长孙轶青，进行座谈。之后，在钓鱼台国宾馆得到邓颖超副委员长的接见。会见后，出席欢迎宴会。

11月24日 上午，拜访文化部部长朱穆之。下午，乘飞机前往济南。入住济南饭店。晚上，出席欢迎宴会。

11月25日 上午，乘汽车前往淄博。参观淄川区蒲家庄的蒲松龄故居、望淄文物管理所、齐国城墙遗址。下午四点，出席在淄博宾馆举办的欢迎宴会。傍晚，返回济南。

11月26日 上午，参观山东省博物馆。下午，乘飞机返回北京。

11月27日 上午，在人民大会堂会见廖承志。中午，出席在晋阳饭庄举办的欢迎宴会。下午，拜访中国科学院院长卢嘉锡、中华医学会副会长鲁之俊。晚上，出席在国际俱乐部举办的欢迎宴会。

11月28日 上午，前往曹禺家中拜访。中午，在四川饭店举办答谢午宴。下午，去北京医院探望冰心。晚上，出席欢迎宴会。

11月29日 在宾馆会见中国社会科学院哲学研究所教授、孔子研究专家王明、陈克明。下午，乘飞机去郑州，入住中州宾馆。在花园口眺望黄河，参观市内。晚上，出席欢迎宴会。

11月30日 上午，乘汽车去淮阳。中午，到达淮阳县人民政府招待所。下午，参观弦歌台、太昊陵之后，前往商丘。傍晚，到达商丘，入住豫东宾馆。

12月1日 上午，访问永城县，参观夫子崖、洒书台。中午，返回商丘。下午，参观孔子庙、文雅台、宋国城墙遗址。乘坐火车返回郑州。傍晚到达。

12月2日 上午，参观河南省博物馆。乘飞机返回北京。下午，到达北京。入住友好宾馆。晚上，出席晚宴。

12月3日 上午，回国。

第19次中国访问

（1982年12月29日—1983年1月6日）

在北京过元旦

同行者：井上芙美夫人　井上卓也[①]　浦城义明[②]　白土吾夫　白土英子
佐藤纯子

12月29日　到达北京。

12月30日　下午，前往北京医院探望周扬后，去周扬家中拜访。晚上，出席在四川饭店举办的欢迎宴会。

12月31日　晚上，前往对外友好协会会长王炳南家中拜访，共进晚餐。

1月1日　晚上，得到郭沫若著作编辑委员会在竹园宾馆设宴款待。

1月2日　晚上，邀请对外友好协会的朋友，在东来顺聚餐。

1月3日　上午，拜访廖承志家。中午，在友好宾馆聚餐。晚上，出席由中国作家协会和中国笔会在和平宾馆主办的招待宴会。

1月4日　下午，乘飞机前往上海。晚上，到达上海。入住锦江饭店。

1月5日　上午，前往华东医院探望巴金。晚上，出席在龙柏饭店举办的招待宴会。

1月6日　下午，回国。

第20次中国访问

（1983年6月3—7日）

《人民中国》创刊30周年庆祝会

同行者：白土吾夫　横川健

6月3日　下午，到达北京。

---

①井上靖次子。

②井上靖外孙，长女浦城几世之子。

6月4日　下午，出席在北京饭店大厅举办的庆祝会。井上靖代表日中文化交流协会致辞。晚上，出席由《人民中国》杂志社主办的欢迎宴会。

6月5日　中午，在北京饭店出席中国对外友协和中日友好协会共同主办的欢迎宴会。晚上，在人民大会堂出席由中国国际交流协会主办的欢迎宴会。

6月6日　上午，访问中国社会科学院历史研究所，与所长林甘泉、研究员李学勤、副研究员王贵民、陈可畏、应永深、助理研究员孙开泰等人就孔子生活的时代背景进行座谈。中午，中国社会科学院院长马洪在北海公园的仿膳饭庄设宴款待井上靖一行人。晚上，中国文学艺术界联合会、中国作家协会在北京大三元饭店为井上靖一行人设宴。文联主席周扬及夫人也参加了此次宴会。

6月7日　回国。

第21次中国访问

（1983年6月24—26日）

参加廖承志副委员长追悼会

6月24日　上午，到达北京。下午，参加在人民大会堂举办的廖承志副委员长的追悼会。追悼会后，得到彭真委员长的接见。晚上，出席在北京饭店举办的答谢宴，并致辞。

其他日程，不详。

第22次中国访问

（1983年12月10—23日）

日本中国文化交流协会代表团　祝贺白土吾夫专务理事第100次访华

团　长：井上靖（芙美夫人随行）

团　员：东山魁夷（须美夫人随行）　团伊玖磨（和子夫人随行）

白土吾夫　夏堀正元　佐藤纯子

12月10日 上午，从成田机场出发。下午，到达北京。入住友好宾馆。拜访对外友协会长王炳南家。晚上，出席在北京饭店举办的欢迎宴会。

12月11日 上午，前往中国文学艺术界联合会主席周扬家中拜访。中午，出席在北京饭店举办的招待宴。晚上，出席在北京十五号宾馆举办的宴会。

12月12日 上午，在人民大会堂得到政协主席邓颖超的接见。中午，出席在钓鱼台国宾馆举办的宴会。晚上，出席中国人民对外友好协会主办的欢迎日本代表团暨白土专务理事访华100次纪念宴会。

12月13日 上午，访问文化部、广播电视部。中午，出席在北京饭店举办的招待宴。下午，在宾馆与中国笔会中心的朱子奇、叶君健等人座谈。晚上，出席在鸿宾楼举办的招待宴。

12月14日 早上，出席在钓鱼台国宾馆举办的早餐会。之后，在人民大会堂得到中国共产党中央政治局委员胡乔木的接见。中午，出席在日本大使住所举办的午宴。下午，前往冰心家中探望。晚上，在四川饭店举办答谢宴。

12月15日 上午，乘飞机前往郑州。中午，出席在郑州国际饭店举办的招待宴。下午，乘汽车前往开封。入住开封宾馆。参观相国寺、龙亭、铁塔。

12月16日 上午，参观葵丘。途中，在民权县葡萄酒厂休息。中午，返回开封。出席在开封宾馆举办的午宴。下午，乘汽车从开封前往郑州。晚饭后，乘火车从郑州返回北京。

12月17日 清晨，到达北京。在友好宾馆吃早餐。乘飞机前往成都。中午，到达成都。入住锦江宾馆。晚上，出席在锦江宾馆举办的招待宴。之后，参加书法会。

12月18日 下午，参观成都市内。

12月19日 上午，前往灌县参观都江堰、李冰庙。下午，参观成都的武侯祠、王建墓。晚上，出席在锦江宾馆举办的招待宴。

12月20日 上午，乘飞机前往上海。入住锦江饭店。下午，在市内游览。晚上，在徐汇剧场观赏杜宣创作的话剧《欧洲纪事》。

12月21日 上午，前往华东医院探望巴金。参观豫园。在绿波廊吃午饭。下午，出席上海友协、上海文联主办的茶话会。晚上，出席在国际饭店举办的招待宴。

12月22日 上午，在宾馆与杜宣座谈。下午，启程回国。

第23次中国访问

（1984年11月8—22日）

日本中国文化交流协会代表团

团　长：井上靖（芙美夫人随行）

秘书长：白土吾夫

团　员：铃木治雄（系夫人随行）　竹西宽子　吉永小百合

秘　书：佐藤纯子

11月8日 上午，从成田机场出发。下午，到达北京。入住友好宾馆。下午，在宾馆与苏灵扬（周扬夫人）座谈。晚上，出席欢迎宴会。

11月9日 上午，乘飞机前往乌鲁木齐。下午抵达，入住乌鲁木齐迎宾馆。之后，参观新疆维吾尔自治区博物馆、美术工艺品商店。晚上，出席在下榻宾馆举办的欢迎宴会。

11月10日 上午，参观地毯厂、羊绒厂、露天市场（红山市场）。下午，访问自治区文化厅副厅长马合木提·阿合买提家与副主任居马洪水家。晚上，乘火车前往哈密。

11月11日 早上，到达哈密。入住哈密招待所。上午，参观拉甫却克古城、回王墓。晚上，出席在下榻处举办的欢迎宴会。宴会后，欣赏哈密文工团的歌舞表演。

11月12日 上午，乘火车返回乌鲁木齐。下午到达。

11月13日 上午，参观露天市场（红旗市场）。晚上，在住处接待到访客人，进行座谈。

11月14日 下午，乘飞机经停兰州前往西安。18时左右到达。入住人民大厦。晚上，出席在下榻宾馆举办的欢迎宴会。

11月15日 上午，参观秦始皇兵马俑博物馆。中午，在西安清雅斋吃午餐。下午，在陕西省博物馆参观“陕西省珍贵文物展览”。参观大雁塔。[1]

11月16日 接待文化部部长朱穆之的到访。访问中华医学会。下午，在故宫漱芳斋进行座谈。拜访对外友协会长王炳南家。晚上，出席欢迎宴会。

11月17日 上午，井上芙美夫人在首都医院休养。中午，出席在多味斋举办的午宴。

11月18日 上午，得到中共中央委员会总书记胡耀邦的接见。中午，出席在日本大使馆举办的午宴。下午，前往王冶秋家中拜访、座谈。晚上，出席欢迎宴会。

11月19日 井上靖夫妇、佐藤纯子留在北京，其他团员前往上海。王炳南前往首都医院探望井上芙美夫人。

11月20日 下午，访问社会科学院，与历史研究所的杨升南、应永深座谈。

11月21日 中午，与中国友人聚餐。

11月22日 下午，启程回国。

第24次中国访问

（1985年10月14—19日）

日中友好21世纪委员会第二次会议

同行者：向坊隆　石川忠雄等小西财团与日本外务省的相关人员。

到访北京、大连，具体日程不详。

---

① 推测11月15日晚乘机返回北京。

第25次中国访问

（1986年4月20日—5月1日）

北京大学名誉博士学位授予仪式

同行者：白土吾夫　浦城几世[①]　佐藤纯子　横川健

4月20日　下午，到达北京。入住北京饭店。晚上，出席在人民大会堂举办的欢迎宴会。

4月21日　上午，接待社会科学院的朋友来访。下午，北京大学举行井上靖名誉博士学位授予仪式。参观北京大学校园。晚上，出席在香山饭店举办的庆祝会。

4月22日　上午，在人民大会堂得到中共中央书记处书记王兆国的接见。之后，游览景山公园。中午，出席在大三元饭店举办的欢迎午宴。晚上，出席在钓鱼台国宾馆举办的欢迎宴会。

4月23日　上午，前往对外友协顾问王炳南家中拜访。中午，出席在仿膳饭庄举办的欢迎宴会。下午，得到中共中央委员会总书记胡耀邦的接见。晚上，出席日本大使主办的招待宴。然后，乘火车前往郑州。

4月24日　上午，到达郑州。入住中洲宾馆。下午，访问新郑县，参观战国时代的郑韩故城。晚上，得到河南省省长的接见，出席欢迎宴会。

4月25日　清晨，乘火车前往漯河市。到达后，乘汽车前往上蔡。参观蔡国故城、望河楼。下午，参观位于华皮镇的漆雕开墓、孔子晒书台。晚上，出席欢迎宴会。下榻驻马店西园宾馆。

4月26日　上午，乘汽车前往新蔡。下午，参观蔡国古城墙遗址、孔子庙、汝河。返回驻马店。晚饭后，乘火车返回郑州。

4月27日　中午，在人民会堂得到河南省总书记的接见。出席欢迎宴会。下午，乘汽车前往开封。入住开封宾馆。参观宋朝的铁塔，游览市内商业街。晚上，出席欢迎宴会。

---

①井上靖长女。

4月28日 上午，乘汽车前往濮阳。途中，在兰考三义寨眺望黄河，从东坝头乘船渡过黄河。在封丘县吃午饭。傍晚，到达濮阳。入住濮阳市中原油田招待所。

4月29日 参观子路墓祠、卫国戚城遗迹、会盟台、帝丘。之后，乘汽车前往安阳。在安阳宾馆吃午饭。下午，前往殷墟。参观殷墟陈列馆和发掘现场。晚上，出席安阳市长主办的欢迎宴会。然后，乘火车返回北京。

4月30日 清晨，到达北京。中午，出席在四川饭店主办的招待宴。下午，逛琉璃厂。晚上，出席日本大使馆公使主办的招待宴。

5月1日 上午，逛王府井新华书店等。下午，启程回国。

第26次中国访问

（1987年10月29日—11月8日）

井上靖一行·负函之旅

同行者：岩波刚　白土吾夫　横川健　佐藤纯子

10月29日 下午，到达北京。入住钓鱼台国宾馆。晚上，出席在钓鱼台国宾馆养源斋举办的欢迎宴会。

10月30日 上午，前往琉璃厂的古籍书店。下午，前往文化部部长王蒙家中拜访。晚上，出席在昆仑饭店举办的欢迎宴会。

10月31日 上午，接受《人民中国》总编车慕奇的采访。中午，出席在昆仑饭店举办的招待宴。下午，前往中国文学艺术界联合会副主席夏衍家中拜访。晚上，出席在钓鱼台国宾馆举办的招待宴会。

11月1日 北京市内观光。

11月2日 下午，乘飞机前往郑州。入住河南国际饭店。休息后，在花园口眺望黄河，参观郑州黄河公路大桥。晚上，出席在丽晶大厦举办的招待宴会。

11月3日　上午，乘火车前往信阳。入住信阳浉河宾馆。下午，在信阳地区文物管理委员会副主任欧潭生的带领下，参观信阳县长台乡苏楼村的楚王城遗址（负函），眺望淮河。晚上，出席欢迎宴会。

11月4日　上午，参观罗山县青山乡五里棚村的“子路问津处”遗址。下午，接受当地媒体的采访。

11月5日　上午，鉴赏在信阳地区出土的春秋时期的文物后，与欧潭生、胡捷民等进行座谈会。下午，乘火车返回郑州。晚上，参观河南省博物馆。

11月6日　下午，乘飞机经停石家庄返回北京。

11月7日　上午，前往对外友协前会长王炳南家中拜访。中午，出席在砂锅居饭庄举办的招待宴会。下午，在中南海得到中国人民政治协商会议全国委员会主席邓颖超的接见。晚上，出席在孔膳堂举办的招待宴会。

11月8日　上午，接待文化部副部长刘德有的到访。下午，启程回国。

第27次中国访问

（1988年5月3—12日）

最后一次访华

5月4日　参加北京大学创立90周年纪念大会。

5月5日　出席电影《敦煌》特别试映会。

5月6日　出席在济南举办的井上靖81岁生日宴会。

5月7日　访问孔子故乡曲阜。

其他具体行程不详。

附录III

井上靖海外经历年表

大正十二年（1923年） 16岁 4月，母亲带弟弟们和妹妹波满子前往在台湾工作的父亲身边，居住在台北市内的官邸。 夏天，井上靖前往台湾与父母相聚。
大正十三年（1924年） 17岁 暑假，与姑姑家的长子间宫精一（堂兄弟）一同前往台北，与父母相聚。
大正十五年、昭和元年（1926年） 19岁 3月，从沼津中学毕业，未考上静冈高等学校，住在沼津的朋友家和三津的姑妈家。7月末，前往台北，在当地图书馆学习。8月，父亲调任金泽卫戍医院院长，井上靖随家人前往金泽。
昭和十二年（1937年） 30岁 9月，井上靖被名古屋野炮兵第三联队补充队征收为二等兵（后升为一等兵），编入第四兵站辎重兵①中队，前往中国华北地区。11月，因脚气病住进石家庄野战预备医院。翌年1月回国。
昭和三十二年（1957年） 50岁 10月，第1次访华。
昭和三十五年（1960年） 53岁 7月，作为每日新闻社特派记者，前往罗马报道第17届夏季奥运会。工作结束后，游历欧美各地，11月回国。（7月20日—11月28日）
昭和三十六年（1961年） 54岁 6月，第2次访华。
昭和三十八年（1963年） 56岁 4月，为创作《风涛》赴韩国进行访问考察。（4月13—19日）8月，长篇小说《风涛》在《群像》连载。 9月，第3次访华。

①辎重兵：日本旧陆军兵种之一，负责军需品的补给与陆路运输。

续表

昭和三十九年（1964年） 57岁 5月，受美国国务院邀请，赴美进行创作《海神》的考察访问，长子修一陪同。7月回国。（5月25日—7月25日）
昭和四十年（1965年） 58岁 5月，前往苏联，遍访中亚丝绸之路遗迹，6月回国。（5月5日—6月8日）
昭和四十二年（1967年） 60岁 6月，受邀前往夏威夷大学担任日本文学暑期课程讲师，妻子井上芙美陪同。（6月28日—8月31日）。
昭和四十三年（1968年） 61岁 5月，为创作《俄罗斯国醉梦谭》，与妻子井上芙美等人前往苏联各地进行考察旅行。（5月9日—6月21日）
昭和四十六年（1971年） 64岁 3月，为创作《海神》赴美考察，旅行旧金山等地，在弗雷斯诺市，住宿在日本移民家中。（3月8—21日） 9月，与生泽朗、石原国利等人前往阿富汗、尼泊尔、喜马拉雅一带旅行。（9月20日—10月16日） 11月，为收集创作素材，前往韩国旅行。
昭和四十八年（1973年） 66岁 5月，与江上波夫、平山郁夫等人前往阿富汗、伊朗、伊拉克、土耳其旅行。（5月16日—6月21日）
昭和四十九年（1974年） 67岁 9月，第4次访华。
昭和五十年（1975年） 68岁 5月，第5次访华。
昭和五十一年（1976年） 69岁 2月，参加讲谈社与日本航空联合举办的"欧洲文化演讲会"，与五木宽之、尾崎秀树等人前往伦敦、马德里、斯德哥尔摩、汉堡。（2月21日—3月3日） 6月，应韩国艺术院邀请，与妻子芙美共同访问韩国，为创作《寻访韩国古迹》进行考察旅行。（6月5—16日） 11月，第6次访华。

续表

昭和五十二年（1977年） 70岁 3月，井上靖在芙美夫人的陪同下，与江上波夫夫妇、平山郁夫夫妇等人共同访问埃及、伊朗和伊拉克等地。（3月27日—4月8日）。 8月，第7次访华。
昭和五十三年（1978年） 71岁 5月，第8次、第9次访华。 10月，与樋口隆康、松山善三夫妻等人共同访问阿富汗，探访贵霜王朝遗迹。（10月8日—10月27日）
昭和五十四年（1979年） 72岁 7月，第10次访华。 8月，第11次访华。之后前往巴基斯坦，到访拉瓦尔品第、吉尔吉特、罕萨等地。（8月6日—9月6日） 10月，第12次访华。 11月，第13次访华。
昭和五十五年（1980年） 73岁 3月，与平山郁夫等人访问印度尼西亚，参观婆罗浮屠遗迹。（3月21日—4月4日） 4月，第14次访华。 8月，第15次访华。
昭和五十六年（1981年） 74岁 8月，与妻子芙美、长子修一、次子卓也一同前往荷兰、德国和法国旅游。（8月22日—9月10日） 9月，第16次访华。
昭和五十七年（1982年） 75岁 9月，为出席日法文化会议，与相关人员前往巴黎。（9月10—19日）。随后，第17次访华。 11月，第18次访华。 12月，第19次访华。
昭和五十八年（1983年） 76岁 6月，第20次、第21次访华。 12月，第22次访华。

续表

昭和五十九年（1984年） 77岁 11月，第23次访华。
昭和六十年（1985年） 78岁 6月，**TBS**①策划开播三十周年纪念节目《西伯利亚大纪行》，井上靖为此前往西伯利亚、俄罗斯、德国旅行，芙美夫人陪同。（6月11—25日） 10月，第24次访华。
昭和六十一年（1986年） 79岁 4月，第25次访华。
昭和六十二年（1987年） 80岁 5月，为出席日本文学法译本（2卷本）出版庆祝会，在芙美夫人的陪同下，前往法国。（5月5—24日） 10月，第26次访华。
昭和六十三年（1988年） 81岁 5月，第27次访华。

注：井上靖的战后访华经历略写。

①日本五大民营无线电视台之一，1951年5月成立，1955年4月1日开始电视广播业务。

附录Ⅳ

访谈实录

一、佐藤纯子访谈①

被访谈人：佐藤纯子（日本中国文化交流协会理事）

访 谈 人：何志勇

陪 同 人：户室道子（日本中国文化交流协会事务次长）

顾宁（中国东北大学副教授）

访谈主题：井上靖的中国之旅

访谈时间：2012年3月5日下午、3月6日下午

访谈地点：东京都千代田区有乐町日中文化交流协会事务室

1.日本中国文化交流协会的创立

佐藤纯子：日中文化交流协会创办于1956年。当时正值日中两国没有外交关系，日本政府缺乏长远的政治考虑，只承认台湾，即“中华民国”。但与政治家相比，许多日本文化界人士在日本向自己的文化母国——中国施行侵略的问题上拥有更深刻的认识。

近代以来，日本作家如芥川龙之介、谷崎润一郎等许多文化界人士与中国的田汉、夏衍、鲁迅、郭沫若等文人纷纷前往对方的国家，努力促进双方的文化理解，并对日本的侵略行为感到愤怒。然而，战败后，日本政府仍然承认“中华民国”的政权。因此，努力打开当前局面，推动日中两国回归正常状

① 应佐藤纯子女士的要求，本实录删减了部分访谈内容。

态，即邦交正常化的祈愿在日本文化界悄然兴起。于是，1956年3月，为恢复两国文化交流，日本文学界、戏剧界等各界一流文化人士联合起来，由法国文学家中岛健藏任首届会长的日中文化交流协会便诞生了。

2.井上靖与“我”的初次见面

佐藤纯子：当时井上先生正处于创作高产期。但在交流协会创立之时，井上先生就加入本会，并满怀热情地积极推进两国的文化交流。

我于1957年大学毕业，专业是英语文学。虽然与我的专业没有关系，但是这年3月我进入日中文协的事务局工作。那时，刚好井上先生在为协会的会报创作文章《遣唐船》，我到先生闭关的酒店拿原稿。井上靖先生身着浴袍，袖子高高卷起的写作姿态具有压倒一切的气势。这便是我初次见到井上靖先生的印象。

这年秋天，井上靖初次访华。在羽田机场为访华文学代表团送行时，我第二次见到了井上靖先生。之后，中国作家代表团来日，井上先生在自家招待巴金等人时我也在场，各种聚会上也有碰面。先生开始跟我打招呼，渐渐地我们也能够聊几句。从那之后将近40年，一直接受先生的教诲，我的尊敬之情无以言表。

3.第一次中国访问

何志勇：1957年，井上靖先生作为第二次日本文学者代表团的一员，初次访问了中国。能请您介绍一下当时的情况吗？

佐藤纯子：那次访华的团长为文艺评论家山本健吉。评论家往往从整体看问题，与作家的观点有所不同。再加上当时山本健吉任日中文化交流协会的常务理事，因此被推选为团长。另一方面，井上靖先生当时极其忙碌，虽然为协会的发展提供了助力，碍于时间不够充裕，只希望以会员的身份访问中国。

当时的访中成员中，井上靖先生是最为活跃的，读者数最多，创作的中国题材作品也最多。

日中文化交流协会在那时注重“统一战线”，想法各异的人们为了能够参与中国交流活动做出了相同的努力。所以不仅中野重治、十返肇、本田秋五等左派作家，对左派思想表示理解的井上靖也参与其中，并做出了突出贡献。当时井上靖的《天平之甍》已经出版，由楼适夷译成中文[①]，在中国产生了热烈的反响。

4.中国敦煌艺术展

何志勇：1958年东京举办敦煌艺术展。能否请您介绍一下？

佐藤纯子：艺术展开幕于1958年1月。同年5月发生了长崎国旗事件，使日中关系变得极其恶劣。但1月时，两国关系还是有所进展的，大型的展览会也能够在日本举行。井上靖第一次亲眼观赏敦煌艺术，此后多年仍常提起这次展览使他收获颇丰。展览让自幼便对敦煌抱有兴趣的井上靖对敦煌有了更深的了解。

许多日本人都对敦煌持有一种憧憬。在日本学者之间，敦煌也占据重要地位。不仅有专门的“敦煌学”，京都大学的考古研究团队也对敦煌给予高度评价。所以，我们协会在创立初期怀有一种期望，哪怕摹写的作品也好，希望能够办一场敦煌壁画展。展览期间，时任敦煌文物研究所的所长常书鸿还率团来日本访问。

当时还处于两国邦交未恢复的时期，位于日本桥高岛屋八楼的展厅人满为患，前来观展的人排起了长队，从八楼一直排到一楼，盛极一时。由此可以看出日本人民对中国文化的尊敬和憧憬。当然，前去观展的不只有学者，也有普通民众。但敦煌为更多人所知，还是得益于井上靖的小说。

5.“贫穷”的协会

何志勇：1961年井上靖的第二次访华，日中文化交流协会内部似乎没有留下太多记录。

佐藤纯子：我们协会会报的版面并不多。实际上到现在也是如此。协会没有接受政府或特定团体的援助，仅凭会员的会费维持运营，所以并不富裕。但

① 指楼适夷译《天平之甍》，北京：作家出版社1963年版。

也正因如此，我们才能自由地贯彻自己的政治主张。

6.《壶》中体现的作家良心

何志勇：井上靖于1970年12月在《中央公论》上发表了小说《壶》。您曾写道，这篇小说表达了井上靖对老舍先生的敬爱以及对其人格的称赞。井上靖考虑到在“文革”期间的访华旅行，曾犹豫是否要创作这篇小说。[①]井上靖对“文革”持有怎样的看法呢？

佐藤纯子：对于“文革”，不仅井上靖，以中岛健藏为首的协会领导者们都感到困惑不解。与我们协会最亲近的中国友人，例如被称作“四条汉子”的周扬、田汉、夏衍、阳翰笙这些中国文化界的友人都被打倒了。“文革”究竟是什么？当时的中国到底发生了什么？我们唯一可以确定的是，那是一段极其黑暗的时期。

井上靖担心，因为老舍在中国被批判，所以发表哀悼他的作品，自己可能失去再次访问中国的机会，是否会给协会带来麻烦。他也同中岛健藏、白土吾夫等人谈过，最后还是决定坚守作家的良心，做好了被中国排斥的心理准备，决心要将哀悼老舍的《壶》发表出来。于是，1970年，小说《壶》正式发表。

1974年，日中文化交流协会应中方邀请乘坐日中第一班直通航班抵达了正处于“文革”之中的中国。此时武斗刚刚结束，形式稍微稳定了一些。最初倍感犹豫的井上靖出于对中国的热爱，还是加入了代表团，一同访问中国。万幸的是，《壶》并没有引起不愉快的话题。

以此为契机，热爱文化交流的井上靖在“文革”还未结束的1975年，以及随后的1976年、1977年，每年都到中国进行访问。已退出流行作家第一线的井上靖时间更加充裕了，便出任团长，带领日本文坛的一流人士，如司马辽太郎、水上勉等，组成了阵容庞大的访华代表团。

1976年“四人帮”被粉碎，“文革”结束。第二年8月，井上靖首次访问新疆维吾尔自治区。回到北京后，提出与巴金会面的请求并得到许可，于是改

①佐藤純子：『井上靖先生の中国への旅』，『伝書鳩』2008年第9号，第14頁。

变从北京直接回国的计划，前往上海与巴金会面。这次会面，井上靖将收录《壶》的作品集《桃李记》赠予巴金。曾在日本留学、精通日语的巴金当夜读毕，第二日在机场为我们送行时对井上靖说道："《壶》深深打动了我。"井上靖把我叫到身旁，高兴地对我说"坚守作家的良心进行创作是值得的"，喜悦之情溢于言表。

3年后的1980年，巴金团长带领中国作家代表团访日时，巴金在欢迎宴会上的致辞并不仅仅是出于礼节的套话，而是饱含情感的内容。他讲道："今天站在台上，我感到十分惭愧。究其原因，我们中国的作家竟不能哀悼老舍的离去。而身为外国人的井上靖、开高健及水上勉均创作了相关作品[①]。中国"文革"结束以前，日本作家们抱着极大的勇气，用文字表达了对老舍的悼念，中国人自身却无能为力。这是我作为作家的耻辱"。"文革"时期，巴金身陷囹圄，丧失了写作的自由，知晓情况的日本作家们无不为巴金那真挚的情感所打动。

《壶》就是承载了这段历史的作品。直到现在，《壶》在中国作家当中也很有知名度。

7.电影《天平之甍》的中国外景拍摄

何志勇：电影《天平之甍》于1980年上映。1979年，井上靖先生曾两度前往电影在中国的外景拍摄地慰问演职人员。井上靖先生为何对电影《天平之甍》如此关心呢?

佐藤纯子：将小说《天平之甍》拍成电影倒不稀奇。不过，日本战后首次到中国进行外景拍摄，这具有划时代的意义。

不论是导演熊井启，还是原作者井上靖，都热切希望能够到中国实地拍摄。1977年日中文化交流协会派遣日本电影人代表团到中国访问时，代表团向当时中国电影家协会会长司徒慧敏提出了这个请求，并得到同意。就这样，自1978年开始准备，1979年成功进行了拍摄。

---

①水上勉创作了《促织壶》（「こおろぎの壺」）。开高健创作了《玉碎》（「玉砕ける」），并因此获得川端康成文学奖。

因为是划时代的初次外景拍摄，所以井上靖专程到中国的拍摄现场探班两次。他深知小说与电影的艺术手法有所不同，没有对拍摄做出任何干涉。

今年的4月28日，电影《我的母亲手记》即将上映。这部电影已经在蒙特利尔国际电影节上获奖。役所广司饰演男主角，外景选取在井上靖家中进行。书房、会客室等，全部实景拍摄，役所广司使用的书桌就是井上靖的书桌，真是个幸运的人。那座房子现在已经整体搬迁至北海道旭川了，原地只剩下长子的房子。

1979年，除了慰问《天平之甍》外景摄制组访华之外，井上靖还随NHK纪录片《丝绸之路》的摄制组一同游历敦煌，对于这个引发20世纪80年代初期敦煌热的节目，井上靖曾给予极大帮助。日中文化交流协会协助了NHK，帮助他们取得赴尼雅遗址拍摄的许可。他们在请井上靖先生作为影片的出演嘉宾时，也事先征求了我们的意见。

8.在人民大会堂的演讲

何志勇：可否请您谈谈1982年井上靖在人民大会堂演讲的经过呢?

佐藤纯子：1982年，井上靖作为中日友好七团体的总团长，在人民大会堂日中邦交正常化10周年祝贺会上发表了精彩的演讲。演讲里强调了人类的相互理解，只有以相互理解为基础，才能建立有内涵的、健全的国家关系，并展开论述了文化、艺术界对于促进相互理解发挥的突出作用。这一时期的井上靖时间比较充裕，参加了一些此类的公务活动，在国际舞台上发挥作用。

9.国际笔会东京大会

何志勇：1984年3月举行的国际笔会东京大会的主题是“核武时代的文学”，井上靖在演讲中提及小说《孔子》里描写的“葵丘会盟”。关于这次大会，您能简单讲一讲吗?

佐藤纯子：井上靖为创作《孔子》，曾6次赴中国进行考察旅行。1983年，井上靖对《春秋左传》中记载的葵丘会盟产生兴趣，经询问河南省社会科学院的学者得知葵丘的所在地位于现在的郑州、开封一带。于是在1983年11月访问河南，亲赴葵丘进行实地考察。井上靖对实地探访的情景进行了虚构加工，最终，将葵丘会盟的召集者齐桓公及春秋那个时代都写进了小说。

春秋时期的齐桓公在葵丘会盟上提议，禁止各国利用黄河之水攻打他国，那个时候，黄河水的威力相当于今天的原子弹，齐桓公的提议后来在历史长河中一直得到遵守。井上靖作为国际笔会主办国的会长，发表了题为“核武时代下的文学”的演讲，讲述了中国2500年前的这次伟大的会议，在当时获得了国内外文学家的高度评价。

何志勇：当时巴金是坐轮椅参加的东京大会。

佐藤纯子：是的。巴金作为中国代表团的团长参会，其演讲同样令人赞叹不已。

众所周知，国际笔会不仅可以以国家为单位参加，也可以以地区为单位参会。当时，台湾以“中华民国”的名号加盟会议，中方对此表示抗议，所以一直以来拒绝参会。但随着中国在国际社会的影响力与日俱增，各国希望中国代表团参会的意愿也逐渐强烈。在这种情况下，井上靖积极在国际笔会和中国笔会之间做工作，终于将“中华民国笔会”更名为“台湾笔会”，从而邀请中国笔会前来参会。巴金曾承诺只要身体允许一定到场，所以即使坐着轮椅也坚持来参会了。井上靖亲自到成田机场接机，我当时也在场。

去年11月，我与井上靖的后人同去中国，与居住在上海的巴金的女儿见面，并参观了巴金故居。巴金与井上靖二人的友情是何等真挚啊！

10.小说《孔子》的创作与翻译

何志勇：关于井上靖创作的《孔子》，您能谈谈自己的看法吗？

佐藤纯子：我认为井上靖在《孔子》中最想表现的是孔子与弟子们的流浪之旅。小说在《新潮》连载时，井上靖一边与编辑[①]交流意见，一边创作，那种严肃认真的态度令我很是敬佩。当时他罹患癌症发病，但将书桌搬进癌症治疗中心的病房里坚持写作，实在令人感动。得知井上靖患病的林林先生希望在井

① 《孔子》的责任编辑是岩波刚，他曾陪同井上靖到中国河南的负函进行创作考察。

上靖先生有生之年完成《孔子》中译的工作，于是请郑民钦先生翻译。于是，连载时，每登出一回，我便复印一份寄给郑先生，终于在井上靖先生去世前完成。译本由人民日报出版社出版。

11.井上靖的战争经历

何志勇：2009年，井上靖的《行军日记》刊登在《新潮》杂志，关于井上靖的战争经历，您如何看？

佐藤纯子：《行军日记》的内容意味深长，能够被发现是一件好事。

《行军日记》中展现了战争的惨痛，井上靖没有用高调、夸张的笔触大肆宣扬战争的黑暗，但通读全文，读者便会醒悟军国主义之可悲，便会明白井上靖从未鼓吹过战争。

井上靖曾受到三次征兵，只有第三次真正前往中国，在河北省驻扎了四个月左右。但井上靖是负责搬运物资的辎重兵，并不是与中国人交战的士兵，日记中写得很清楚，我认为《行军日记》是他从军经历的真情自白。

昭和即将结束的1989年1月7日，井上靖回顾了自己的从军经历。碰巧那天我被邀请到井上先生家中做客，听到井上先生讲了许多战争的回忆。

井上靖与其他知识分子一样，对日本的侵略战争持反对态度。但不可能因此逃避征兵。那种人不是没有，但毕竟是极少数。大多数人都无法违背国家的法令，被强行卷入战争之中。

在昭和年代渡过整个青春时期的井上靖，于昭和的最后一天讲述了侵略战争中丧生的士兵们的凄惨故事。在天津陆军医院住院期间，他创作的小说《流转》被拍成电影，电影主题歌深受大家欢迎，井上靖也因而受到众人的关注。好多士兵找到他代写书信，士兵们在信中绝口不提战争的事情，写的都是挂念家人之类的内容。

昭和末期，井上靖创作了许多有关战争与昭和年代的诗。在《山茶花》中，他写道山茶花凋谢时，不是花瓣簌簌凋零，而是像斩首一样，花朵“啪”地一下整个落在地上，令人毛骨悚然。最后写道山茶花是昭和这个昏暗时代的花朵。昭和时代既有战争，又有和平，若问井上靖，他会认为那是一段沾染了浓烈战争色彩的时代，这就是井上靖的战争观。再如《落日》中，他写道从军时与中国男女一同仰望候鸟，欣赏落日并感到十分幸福，井上靖的“毫无防备”中没有丝毫的好战心理，反而是一种冷静的旁观者的视线闪现其中，字里行间中展现着反对战争的想法。有人说，井上靖战争主题的小说很少，的确，从表面上来看确实不多，但他的这些诗作中已经充分展示了他对战争的思考。

12.是绅士，还是凶悍？

佐藤纯子：我非常尊敬井上靖先生。多年来，我陪同他多次去考察旅行，旅途中有时还非常危险。但那种时候最能看出一个人的品格。

日本文坛都赞叹井上靖是一位绅士，但他可不只有绅士的一面，偶尔也很凶悍。他有时也表现得很急躁，甚至必要时不惜使用武力也要贯彻自己的信念。反过来说，这也是井上靖的男性魅力，如果只是绅士的话，魅力可就大打折扣了。比如有一次，驻北京的某日本报社记者与我们协会当时的专务理事白土吾夫在团长井上靖的房间里打了起来。井上靖先让两人打完，之后才介入调和，真不愧是柔道出身，抓住两人的手腕，一下子就把他们的胳膊压下去。井上靖先生就是这样一个拥有激情，换句话说，凶悍的人。

但同时，他绝不会根据身份的高低而差别对待别人。即使是对家里的佣人也用礼貌的语言称呼，夜里回家晚时，一定会让送自己回来的出租车司机把佣人送回家。真是一个既凶悍、又温柔的人。这样的井上靖出任我们协会的会长，为协会带来的发展贡献真是不可估量。因此，从各种意义上来说，我都十分尊敬井上靖先生。

13.与胡耀邦的会面

何志勇：井上靖先生曾去过大连一次，但他一直憧憬的楼兰确实一直没去成。

佐藤纯子：除了大连，井上靖基本没去过东北的其他地方。也没有到西藏访问的念头。一心朝着中国西部走，遗憾的是，他一直憧憬的楼兰终究没能去成。

参观楼兰是在1984年与胡耀邦总书记会面时临时决定的。胡耀邦总书记很有外交家的风度，会见时总是能站在他人立场上与对方亲密交谈，我们都对他抱有好感。胡耀邦总书记在与井上靖会谈的最后，询问井上靖有什么心愿。当时井上靖回答道一是想到楼兰旅行，二是想要开办黄河文明展。胡总书记当场便答应了。提出要求的井上靖也好，立即应允的胡总书记也好，二位交谈时的语气和举止都还历历在目，令人难以忘怀。那一晚大家都非常高兴。

遗憾的是，就在第二天即将动身的时候，楼兰之行突然被迫取消了，不过黄河文明展在此后经过两年的准备，终于顺利召开，并大获成功。

14.“我”读井上靖文学

何志勇：井上靖的历史小说中，您最喜欢哪一部？

佐藤纯子：我最喜欢《狼灾记》。我曾就《狼灾记》向井上靖先生进行了提问。我问他是以什么为题材创作这部小说的？他回答道是以《汉书》中“时有狼出没”这一句话为灵感创作出来的。小说《异域人》也很不错。描写了班超，作品舞台是今天的喀什。具体来说描写了班超驻扎疏勒几十年的生活经历。疏勒即西域[1]最西端的喀什。结尾处，汉朝部队返回祖国时，洛阳民众皆指着主人公说他是胡人的场景发人深思，我阅读时被这个结尾所折服，民众的这个称呼中折射出班超的一生。

15.柔道出身者的耳朵

佐藤纯子：井上靖在金泽度过了高中时代。那时开始喜欢上文学，同时也痴迷于柔道。担任第四高等学校柔道部的队长。由于他身材不太高大，刻苦练习柔道寝技的最后，造成了耳朵的畸形。对于自己精湛的柔道技艺，他是十分自豪的。

16.井上靖与芙美夫人

佐藤纯子：井上靖的夫人虽然比他小3岁，但是腿脚有些不便，不染发，身

①这里指隶属中国范围的西域。

形娇小，所以看起来倒是比井上靖更年长一些，不过年轻时是一位美人。井上靖在思考若有来世，该同怎样的人结婚时，对夫人说道："我会先和你打个招呼吧。" 夫人听后总是这样质问他："仅仅打个招呼而已吗？"（笑）芙美夫人还写有不少短歌集。其中有一首写道丈夫不顾自己的腿疾仍坚持迎娶自己，诗中充满温馨的爱意。他们真是一对恩爱的夫妻。

17.印象最深的旅行

何志勇：最后，请问给您留下最深印象的旅行是哪一次呢？

佐藤纯子：每一次印象都很深刻。不过，有次旅行中井上靖先生患病，令我非常担心，现在想起来也觉得令人怀念。那次是1979年，在喀什。

何志勇：那次旅行，大家都生病了，唯独您平安无事。

佐藤纯子：或许女性更强吧。（笑）

二、井上修一访谈

被访谈人：井上修一（井上靖的长子）

访 谈 人：何志勇

陪 同 人：顾宁（中国东北大学副教授）

井上修一夫人

访谈主题：作为父亲的井上靖和作为作家的井上靖

访谈时间：2012年3月20日14时30分～18时30分

访谈地点：井上修一家中①

1.不流露的自卑感

何志勇：首先想请求您的原谅，为了将井上靖先生作为研究对象，请允许我直呼其名。另外，作为外国人，由于日语能力有不足之处，敬语中的不当之处，还望见谅。

井上靖是作家，而对于您来说，井上靖是父亲，因此主要是想询问一些关于井上靖作为父亲的问题。首先，关于井上靖的自豪感和自卑感，井上靖的内心既有医学世家出身的自豪感，同时在现实生活中，好像又有在乡下成长的贫困、寂寞之处。

井上修一：爷爷是军医，所以并不贫穷。只是父亲一直没有和家人一起住，一个人住宿。虽然军医并不穷，但也绝不是富人，总而言之像个上班族。

何志勇：一方面是出生在医家的骄傲，而自卑感是福田宏年先生提出的，他是井上家的亲戚吧？

井上修一：是的，是我表姐的丈夫。

何志勇：福田先生写有专著《井上靖评传觉》。出版了两本，一本是20世

① 位于东京世田谷区，原井上靖宅邸。

纪70年代左右，另一本是在井上靖去世之后。

井上修一：去世之后不久出版的。

何志勇：其中列举了自卑感这个关键词，关于其自卑感的原因，他总结是在乡下长大的人“对都市事物的胆怯”和多次考试的失利[①]。您眼中的父亲井上靖，更接近“自卑感”，还是“自豪感”呢？

井上修一：首先从普遍意义来说，所有人都有优越感和自卑感。特别是小说家，他们的优等意识和劣等意识很强。大概每个人都有不同的自卑感。但是，我觉得，一个人要想成为成熟的大人，就要克服自己的自卑感，反过来，已经成为有教养的、知识分子的人，则相反，他们需要克服优越感。一般认为作家自卑感特别强，或者自卑感和优越感都非常强，大概是这样吧，不过，我了解的父亲已经克服了自卑感，对自卑感可以自我控制，在我们这些孩子面前没有表现出自卑。他和普通的父亲一样，什么事都自己承担，即使有痛苦的事情，也绝对不会展现在孩子们面前。但是，也有一些时候，我们能看出来。

但是，一般来说，父亲不会展现自卑感给孩子们，反而现实生活中的父亲让人看上去充满斗志，充满干劲。总之，他工作时，在旁人看来，他就像一台推土机，既强有力，又充满激情。（展现一张照片）照片中，父亲豪迈、有力。看这张照片，父亲的表情看上去充满干劲，而不是因自卑而痛苦的表情。

何志勇：确实如此。

井上修一：在这个意义上，对我来说，父亲是像推土机一样的人。但是，读父亲小说的时候，有时候会想：啊，父亲一定是有某种自卑感吧。但是，在现实生活中，他没有把这一面展现给家人。

（看着笔者事先准备好的问题）自豪和自卑、热情和旁观、绅士和凶悍，这几对矛盾的特质，我都认同，但觉得有一点不足，就是生与死。我认为父亲是个只考虑生活的人，着眼于自己人生的现实、现在与未来，强有力地活着。我想父亲是努力、拼搏、不气馁的人，也就是说，是个有活力的人。

① 参见福田宏年『増補井上靖評伝覚』，東京：集英社，1991年，第40-42頁。

但是，曾根先生[1]曾说，井上靖的文学从最初到最后的主题都是死。第一次听到这么说的时候我很吃惊。因为在我的心中，父亲是只考虑生存的推土机。

曾根先生没有见过父亲。虽然父亲在世的时候，曾根先生就开始了对我父亲的研究，但是他怕见到本人会让自己的研究陷入混乱，又因为当时与我父亲一边接触一边进行研究的人已经很多，所以他决定研究过程中不与我父亲见面。因此，他一次也没见过我父亲，只是从文学作品中进行了解。他说这位“父亲”从年轻的时候到去世都一直在考虑死亡。对我来说，真的非常吃惊。不过，被曾根先生说过之后，我读父亲的作品发现真的写了很多关于死亡的事。但是，我一点也不认为父亲平时也考虑死亡的事。所以，虽然在作品中出现过，但在日常生活中却一点儿没有。

父亲好客，非常喜欢和很多客人一起喝酒、唱歌。但是，热闹之后，客人都回家了，父亲回到房间在稿纸上写的却是死亡，写孤独、寂寞、死亡。这很矛盾。因此，我也感到父亲的作品中有一种自卑感，例如，《桧柏物语》是有关克服自卑感的作品，父亲的小说中有好多主人公都具有自卑感。

父亲有一部短篇小说叫《澄贤坊觉书》，写了两个人的一生，一个是在高野山修行，因犯戒而沦落的僧人，另一个是刻苦修行，后来出人头地成为高野山高僧的人；一个从山上下来，走进烟花柳巷成为半个流氓，一个是修行僧人中的精英，出人头地。这两个人晚年的时候相见了。结果，破戒僧人生活得更好，而那个得道高僧只知道修行，对人生什么都不懂。破戒僧从自卑感中获得解脱。还有一部叫《一个冒名画家的生涯》的中篇小说，我比较喜欢看。这个作品中有个叫荒井画伯的日本知名画家。同时还有一个同样苦练日本画，却不像荒井画伯那样知名的不入流的日本画家，这个人一直临摹荒井画伯的画作，画了不少赝品。之后被发现，他被逐出画坛，无法继续从事绘画，最后当了一名烟火师。当时，烟花是没有紫色的。于是，他为了放出紫色的烟花赌上了一生。小说中描写了怀有这种自卑感的冒名画家。父亲虽然没有表现出自卑感，

① 指曾根博义。

但却写了很多带有自卑感的人为主人公的小说。他相当擅长于此。因此，不能认为父亲没有自卑感。

父亲从小学升初中的时候就没考上而复读，晚了一年才上中学。上高中的时候也晚了一年。我想是因为没考上。然后，大学是在京都大学，学美学专业，不过是没有考试的。其实，在去京都大学之前，父亲第一个去的是九州大学的英国文学系，也是不用考试的。父亲高中毕业后，进入九州大学和京都大学，现在都是名牌大学，但当时都是没有入学考试的。因为是文学系，不好找工作，所以基本没人报考，因此没有考试。只有那样的地方，父亲能进去。为什么呢？是因为已经没有参加考试的自信了吧。没有考上的自信吧。因此，在某些地方，不能认为父亲没有自卑感。

从初中和高中的时候开始，父亲都是过着寄宿生活，有时被托付给寺庙，有时被托付给亲戚，和父母一起住只有一年左右的时间，一般都是靠父母寄来的生活费一个人生活，所以吃不上好吃的东西。所以，父亲经常回忆那时候去朋友家吃饭做客的事。比如说，他家的咖喱饭好吃极了，从未吃过那么好吃的东西等等。因此，从这个意义上来说，父亲在现实生活中也存在自卑感。当然，作为世代医家的儿子，父亲也有自豪感。

2.弱者佳乃祖母

何志勇：井上靖最喜欢抚养他长大的佳乃祖母做的咖喱饭，但是芙美夫人却怎么也不会做。

井上修一：是的。不管做多少，我父亲都吃不够。我母亲没吃过，也没有听过做法，所以不知道怎么做。父亲在佳乃祖母的抚育下长大这件事非常有趣，这段经历对父亲的人格塑造确实起到了重要作用。父亲和佳乃祖母的关系非常复杂。对我来说也很复杂。①

父亲的父亲叫隼雄。父亲的祖父叫文次，曾祖父叫洁。井上洁也是医生。

---

① 访谈时，井上修一一边给笔者看《井上靖全集》（别卷）（東京：新潮社，2000年，第718-719頁）上的“井上家家谱”，一边讲解。

这位曾祖父有一个叫弘的正妻，但还有一个叫佳乃的妾室。父亲是由这位妾室养大的。父亲出生的时候，洁已经去世几年了。只不过，佳乃曾祖母年纪非常小，虽然是曾祖父的妾室，但在父亲看来，她并不是曾祖母，而是更接近于祖母的年龄。

洁在临死前，担心自己死后佳乃如何生活。如果是现在的年代，女人能活下去，但在距今将近100年前的年代，在只有几十户人家的乡下，村民都互相熟识，大家都是亲戚或远亲，这时从外面来了一个小妾这样的人到这，而且正夫人还健在，肯定要被欺负，不仅被正夫人欺负，村民也不会理睬她。因此，洁在去世之前，很担心佳乃的将来。

正好井上家族里有个分家，那里没有继承家业的人。洁想让佳乃做分家的主人，但又不能直接让她继承，所以决定收佳乃为养女。佳乃成了洁的女儿后，再让她继承分家。而且，由于妾室佳乃没有孩子，所以把本家叫也惠的女儿作为她的养女。这样一来，即使佳乃上了年纪，但因为有养女，所以会得到养女的赡养。然后，给女儿招了一个当医生的女婿。这样一来，佳乃就有了自己的女儿女婿。这对夫妇因为是军医，所以完全能够照顾她。这样，好歹在村里算作一个稳定家庭。而且，还给了她分家的房子，让她住在那里。

父亲就是也惠的孩子，是也惠和隼雄的孩子。但是，隼雄是军医，工作调动频繁。因为工作调动中既要生孩子，又要照顾孩子，对也惠来说很辛苦，于是，把我父亲井上靖托付给户籍上的母亲照顾。也就是说，佳乃照顾本家的长女的长子，只要抚养他，就能确立在村里的地位。因此很溺爱我父亲。父亲因为被佳乃祖母疼爱，非常依赖祖母，已经不想回到自己母亲身边了。

因此，从父亲的角度来看，自己是被村民们歧视的佳乃祖母养育成人，这让他很自卑，因为受到村民的蔑视。但是，作为本家的长子又很骄傲。所以父亲从小就有自卑感和自豪感这两种感情。

例如，村里有聚会时，父亲一定会从聚会场所的大门走进去。据说是佳乃祖母告诉他：“你是医家的长子，必须从大门进去。”但是，佳乃祖母一定会绕到后面，从后门进去。那是因为有正妻在，害怕被村民议论。虽然她进入了井上家族，暂且得到了认可，但还是受歧视。所以，她自知自己的身份，绝对不从大门进去。而且，在各种聚会的时候，总是坐在角落里，但对我父亲井上靖说：“去坐在正中央。”

所以，父亲经常说，他被佳乃祖母当成了“人质”。只要拥有父亲这个“人质”，村民就不会攻击佳乃祖母，也不会把她赶出村子。因为祖母养育我父亲井上靖，所以父亲的母亲会寄钱来，还有住房。父亲由佳乃祖母从四五岁抚养到十二岁，也就是说，从有记忆的时候到小学结束，一直被佳乃祖母抚养。然后，祖母去世了。因此，我父亲井上靖一直认为自己的作用就是保护佳乃祖母不受亲戚和村民的冷眼相待。

父亲到本家去玩，到了傍晚，本家的弘说，在这吃完再回去吧。但是，父亲在那里吃饭的话，佳乃祖母就没有立足之地了。佳乃祖母就是为了养育我父亲靖而存在的。父亲如果抛弃自己的餐桌，在本家的正妻家吃饭的话，就会让佳乃祖母颜面扫地。所以，父亲绝对不在本家吃饭，一定是在佳乃祖母的地方吃饭。这么做的作用就是保护佳乃祖母。从这个意义上来说，父亲从5岁到12岁，形成了某种人格。

父亲非常喜欢很多客人聚在一起，但是对于没有融入大家、孤零零的人，他非常在意。不管在多么热闹的场合，那种孤零零地坐着的人、不能融入圈子的人、坐在角落的人，父亲一定会注意到。那是因为如果佳乃祖母还活着的话，就在那样的地方待着。父亲是看着佳乃祖母的那种境遇长大的，所以对他人非常关心。特别是对于独自孤零零地坐着的人，基本是条件反射似的走过去。

另外，比如把客人送出门后，家人因为某事突然大笑起来。这时会遭到父亲非常严厉的批评。他说，客人刚出门，门刚关上，屋里的人就大笑起来，客人会觉得你们在笑他，会不愉快。当然，我们并不是嘲笑客人，但总之要考虑到客人，等客人走远了，听不见的时候再笑。这种意义上的为别人着想，父亲一直都这么做。

我想大概父亲曾被嘲笑过吧，有那样的经历深深留在心里。不仅是在佳乃祖母抚养自己的时期经历过，还有在亲戚家、在寄宿家庭、在寺庙，在长期独自的生活中也许都经历过。因此，这个成长过程塑造了父亲的人格。

简而言之，父亲非常在意弱者。有自卑感的人在某种意义上是弱者。所以，父亲写了很多有自卑感的人。但是，因自卑感而被蔑视的人在某种意义上，会将视线投向与自己相同的人。因此，我非常清楚父亲有自卑感，只是，总觉得这种自卑感后来或许转变为一种关怀、一种温柔。

在现实的日常生活中，父亲并不温柔，是可怕的父亲。我在小学、中学的时候，父亲每天就是工作、工作、工作，孩子一闹父亲就会生气。即使我的朋友来家里，父亲也不会改变，所以父亲在家的时候，朋友就不来家里玩了。

3.遁世的井上家

何志勇：井上靖研究中经常出现行动者和旁观者的关键词。我觉得您所说的井上靖充满激情的工作姿态和行动者很接近。

井上修一：现实生活中的父亲就是那样的。

何志勇：对于旁观者的说法，您是怎么看的？

井上修一：父亲经常被说是旁观者，也有描写旁观者的作品。

何志勇：旁观者或者说遁世者。

井上修一：是的，父亲经常说遁世。井上家族中流淌着隐士的血。[①]我的祖父、军医隼雄，在45岁后，不知对哪里感到厌烦，辞去了军医的工作。之后一直在故乡伊豆的汤岛种田，种够自己一家吃的蔬菜，过着这样的生活。至少在父亲看来，除了自己的父亲以外，还有几个亲戚也这样，人生的中途远离尘世，借用父亲的话，就是走下现世，就像下电车一样。他对我说，因为这种血存在于井上家族，所以你要注意。他也提醒我的兄弟姐妹们注意。

父亲提醒我的另一件事是井上家的人不爱动笔，就是不写信。连不写不好的感谢信也不写。父亲说是因为家族中流淌着不爱动笔的血，这点我有切身体会。我就是不爱动笔的人。没有比写信更麻烦的事了。好在现在有电子邮件，所以写起来轻松许多。

---

①井上靖的小说《弃老》描写了井上家族中的隐士之血。

关于旁观者，父亲谈过“走下来”。按父亲的说法，他在报社工作过，从昭和十年（1935年）左右，到昭和二十五年（1950年），一直担任大阪每日新闻的报社记者。只是，自己作为报社记者在竞争中败下来。因此，成为作家，从某种意义上来说，是从报社记者“走下来”。战争结束时，父亲终于获得自由，他说他真的一直在等待着战争的结束。

也就是说，所谓旁观者，就是从现世走下来，成为旁观者，成为隐士。虽说井上家一直流淌着隐士的血，但我有点不太明白，我的兄弟姐妹中，还没有隐士，大家都是工作一直到退休年龄。

4.凶悍绅士的婚姻

何志勇：下面想问一下关于绅士和凶悍的话题。

井上修一：两者都有，我觉得父亲基本是凶悍的，而且有点过分，是非常精力充沛的勤奋用功的那种过分。只是，因为被佳乃祖母抚养长大，父亲也知道生活的艰辛，所以不想对别人失礼，对待别人非常关怀。文学界任性的人有很多，艺术界非常任性的人也有很多，这是为了表现自己的个性。但是，父亲非常在意别人，所以被称为文坛的绅士。但是，不管怎么说，我认为那是外在，内在却是凶悍的。

但是，虽然凶悍，而且在家里非常霸道，但并不是男尊女卑。父亲那辈人中男人都有点男尊女卑的思想，但不可思议的是父亲并没有。而且，父亲喜欢有弱点的女性。我想大概是因为佳乃祖母有弱点，所以，父亲和母亲结婚了。母亲大约在三四岁的时候由于小儿麻痹变成了跛脚，因此母亲从记事起，自己就是跛脚。母亲小学的时候，一下雨就无法走着上学，需要坐人力车上学。母亲的父亲也是医生，是京都大学医学院的教授，家境还算富裕，所以可以雇人力车上学。父亲和母亲虽然有点远亲，但父亲还是娶了母亲，不过，父亲的母亲也惠是个很要强的女人，所以对自己的长子娶了一个跛脚的媳妇并不满意。

顾宁：您父母是相亲结婚吗？

井上修一：不，不是相亲，大概是自然而然就结婚了。

井上夫人：因为两人是远亲。差不多从高中的时候就相识了。

井上修一：因为是远亲所以认识彼此。而且，母亲的家在京都，父亲在京都大学，所以经常去家里。不久就结婚了。

何志勇：从某种意义上来说，是自由恋爱而结婚的吧。

井上修一：我不知道该不该说是自由恋爱，或许他们的关系也起到了作用。但从母亲的角度看，因为是跛脚，不能奢求太多。从父亲的角度看，他当时二十八九岁，还是学生，没有工作，所以也不敢奢求。所以他们的结合有一种找不到对象的两个亲戚结为夫妇的感觉。(笑)

5. “我的母亲”记

何志勇：井上靖曾说过，他对父母使用敬语，有一些见外。[①]在您看来，井上靖是如何对待自己的父母呢?

井上修一：怎么说呢？虽然祖母晚年糊涂了，但父亲从未对祖母大声喊过。我们一家人为了照顾祖母，非常辛苦，但是没有人大声叫喊。我想父亲那一代人，无论谁家里，大概都对父母使用敬语。不像现在这样，用朋友的语气和父母说话。父亲还有其他兄弟姐妹，虽然其他兄弟姐妹也都用敬语跟父母说话，但父亲使用的敬语的程度和其他兄弟姐妹有些不同。其他的兄弟姐妹能很随便地对母亲说“妈，瞧你干了什么呀”，但父亲却从来不会这么说话。因为自从父亲懂事以后，几乎没和他的母亲住在一起过。

何志勇：下个月，电影《我的母亲手记》将要上映了。

井上修一：昨天我看过了。虽然还没有公开，是试映会。4月28日起公映。

何志勇：我想听听被拍成电影的经过。

井上修一；原田真人导演将《我的母亲手记》拍成了电影。原田导演的籍贯是沼津，而且高中也在沼津东高中。沼津东高中的前身是父亲就读的沼津中学。从这个意义上说，对于原田导演来说，父亲是他高中的学长。而且，同

① 参见井上修一『田舎育ちの貴族主義者——父・井上靖の人と文学』，『日本大学文理学部人文科学研究所研究紀要』（平成十四年度人文科学研究所公開講演録）2002年第66号，第118頁。

样是出生于静冈县的伊豆，所以原田导演对我父亲非常有亲切感。另一个原因是，他非常喜欢父亲的文学作品，尤其喜欢出现在故乡伊豆的传记性作品，所以他想把传记性作品拍成电影，于是，作为第一部这样的影片，他拍摄了《我的母亲手记》。

何志勇：这么说来，《绵蚜虫》《桧柏物语》等作品今后也有可能被拍成电影了。

井上修一：我觉得正在考虑拍。只是，如果要拍成电影，可能会存在很多现实问题，比如筹集资金等。昨天是第二次观看。之前，电影杀青后马上就举行了试映会，昨天是制作完成后的试映会，全部做成DVD，数字化，并且在电影院的大屏幕上观看。

何志勇：电影《我的母亲手记》和小说《我的母亲手记》当然有不同之处，您是如何看的?

井上修一：我觉得文艺评论家大村彦次郎的说法很准确。他说，井上靖在《我的母亲手记》中写了一个女性的衰老。也就是说，写的是一个女性。绝不是写老人问题。有吉佐和子的《恍惚的人》、丹羽文雄的《讨人厌的年龄》、谷崎润一郎的《蟹》等，都是描写年老后的丑态，最终引出老人问题。但是，井上靖不是写老人问题，只是写一个女人的衰老。我也是这么认为的。

但是原田导演从小说中读出的是日本的大家庭制度，觉得作品体现了日本大家庭制度的优点。因此，电影《我的母亲手记》的主题是日本家庭制度的优点，一大家人为了一位老母亲，全家人齐心协力，互相帮助，照顾母亲。所以很明显与小说不一样。

在我看来，《我的母亲手记》中的人物虽然是祖母，但祖母后半生的实际生活和父亲在《我的母亲手记》中描写的女性的人生是不同的。虽然是自传性质的，但毕竟是小说。在我看来，我们实际并不是那样，但在作品中却被写成那样。要我说，在小说里，父亲变成了一个非常好的孩子。小说描写了大家辛苦照顾祖母的事，但在现实中，父亲的兄弟姐妹们也许是那样的，但父亲自己却没动过一根手指。因为一直在创作，所以虽然非常担心母亲的事情，但是没有时间腾出手。当然，作品中作为主人公的父亲虽然也没有腾出手，但仍然让人觉得是好孩子。这么说有点过头，但当时在我这个孩子看来，父亲好像是把一切都推给了兄弟姐妹。不过，即便如此，我也觉得是因为父亲忙，心有余而力不足。

因此，现实生活中的父亲和祖母的关系与《我的母亲手记》中的关系虽有相似之处，但也有所不同。原田导演着眼于日本大家庭制度的优点，于是制作了《我的母亲手记》这部电影，这部电影和小说当然不一样，和实际的祖母也不一样。不过，仅就电影而言，原田导演拍得非常好。

6."亲华"的井上靖

何志勇：井上靖的中国题材历史小说中，主人公的父母几乎没有出现。就此，您有什么看法?

井上修一；这是我从来没有想过的。只是，中国的作品几乎都是历史小说。当然，虚构的内容也很多，但是，例如想要写鉴真和尚的父母，如果史书上没有记载的话，或者如果没有父亲能读懂的汉文①的话，是写不出来的。虽然父亲不会读中文，但是勉强能读懂汉文。

父亲非常喜欢中国，如果有人说一句中国的坏话，他会有很大的反应。我上学时，有一次，父亲从中国回来，说："中国一个小偷也没有，一个妓女也没有。"我不服气，说："中国也有吧？"父亲听后大怒，说：" 你连去都没去过，就胡说八道，混蛋！"父亲坚信中国没有。

所以，"文化大革命"发生时，父亲很茫然。因为自己百分之百认可的中国变得奇怪了。但是父亲认为中国在很多方面，尤其是在西欧化方面稍微落后于他国。因此，为了赶上西欧，采取了各种各样的措施，势必会有反对的势力，出现偏差也在所难免。父亲从被下放受苦的人那里听到了许多事情，但是，他认为对于中国来说，要想发展下去，无论如何都要经历一个过程，这是没办法的事。西方人一味批判"文化大革命"，但父亲稍有些不同，他说这就

①指日语中的"汉文"，与"和文"相对。

像孩子在成长过程中经常发烧一样，日本也有很多这种事情。

我选择的专业是西欧文学，其中的一个原因就是讨厌父亲的亲华。例如，父亲在北京饭店住宿的时候，有个开电梯的男服务员。看到那个男服务员正在读书，父亲表扬说："现在日本已经没有那么认真的学生了。但是，中国有。"但是，并不知道那个男服务员读了什么书，可能是推理小说。总之，对待中国，父亲没有好恶之感，而是绝对的尊敬。

但是，那个年代的日本人，很多都这样。虽然确实有过战争，但是比起我这样的战后一代，父亲那一代，实际上去中国参加过战争的人，那些人一直对中国怀有敬意。历史上一直通过中国、朝鲜半岛获取文化，所以很久以来上一代人就有对中国的尊敬之念，近似于信仰，近似于宗教。但是我们完全没有。现在想学习中文的人不是因为尊敬，而是利益驱使。现在学习中文，考虑的是将来不是吗？但是，父亲那一代人不是这样想的。因此，对中国的历史，有一种挚爱般的尊敬。对中国的朋友，如老舍先生、林林先生，父亲都很尊敬。他们能感受到父亲的尊敬，对父亲也非常以礼相待。但是，我不认为那样的一代人今后很长一段时间还会出现，我觉得可能不会再有了。

7.与中国朋友的交往

何志勇：关于井上靖和中国朋友的交往，比如老舍、巴金等，请简单介绍一下。

井上修一：我觉得父亲和巴金先生交往的时间比较长。关于老舍先生，有一次，我参加亚德文学家会议，作为日本的德国文学会会长第一次去北京的时候，老舍先生的二女儿，同时也是北京第二外国语学院的德语老师，她带我去了老舍先生的故居。关于林林先生，井上靖文化财团设置了井上靖文学奖，那个奖的国际奖项只颁发过一次，就是颁发给林林先生的。关于巴金先生，我2011年11月去上海时，与生活在上海的巴金先生的家人见了面。巴金先生的故居现在变成了文学馆，从2011年12月开始对外开放，我有幸参观了即将开放之前的样子。实际上，在此之前巴金先生的故居只向公众开放过一次，没有第二次、第三次，但却允许我参观了两次、三次，真是受到了热情的招待。父亲在日本笔会当会长时，曾举办过世界笔会，当时邀请了巴金先生，但是巴金先生正在病中。尽管如此，巴金先生还是坚持出院，从医院直接来到了日本，令我父亲感到很深的恩情。

8.《行军日记》中井上靖的思绪

何志勇：2009年，井上靖的《行军日记》公开了。

井上修一：战争真的很无聊。父亲写过很多东西，但他一直没有公开这本《行军日记》。所以，我想父亲是有某些想法的。

何志勇：井上靖先生没有公开的原因是什么呢？

井上修一：曾根先生在解说还是什么上面好像写过，虽然是曾根先生的推测，但我想大概是对的。父亲去打仗，9月左右离开日本，11月左右生病，被送去医院，很快就回日本了。但是，很多同伴去了战场，却没能再回来。我想父亲对此有一种歉疚之情，有一种只有自己逃回来的内疚感吧？如果被子弹击中受了重伤而送进医院，那还算体面，但没被子弹击中，只是因为身体弱、生病被送进医院，就那样被送回了国内，总觉得有些不体面，有时还可能被误解成是装病，这让人很苦恼。总之因为内疚，有一种觉得过意不去的心情，所以没有公开。另外，日记中还有一些批判日本军部的内容。写道，发动这样的战争，什么价值都没有，还说希望早点结束。日本还有极少一部分右翼分子，行事激进，如果被他们看到了，可能会被刺杀。父亲或许也有点害怕吧。或许还是因为前者吧。曾根先生写道，因为觉得自己的军队生活太不体面，所以没有公开。

其实，父亲是一个不太关心战争和政治的人。作为文化人，总有点贵族主义的地方，所以对战争中的口号“什么都不要，直到胜利为止”，他很反感。但是，如果宣称反对的话，肯定会被杀害的。战争结束后，可以自由地畅所欲言了。而且已经到了后半生了，从现在开始做自己喜欢的事吧。所以父亲从社会上“走下来”，开始写小说。因此，虽然对军队是批判的，但是战后，没有心情去批判战争中的军队了。他想更自由地生活，想写点什么美好的事物。于是，发表了第一部作品《猎枪》，里面的三角恋爱被描写得非常美，用各种各样的花装饰，用和服装饰，用红叶装饰，用樱花装饰。

9.关于中国题材的历史小说

何志勇：井上靖的作品中，中国题材的历史小说是很特别的一类，关于这些作品，您怎么看？

井上修一：父亲不仅写过中国题材的历史小说，也写过蒙古题材的历史小说。我觉得父亲最好的历史小说大概是韩国题材的《风涛》。我曾跟韩国人提起这部小说，发现韩国的日本文学研究者中也有很多人阅读。《风涛》的着眼点很好。元攻打日本时，从日本的角度来看，受到元的攻击当然是大灾难，这只考虑了日本，但《风涛》着眼于那期间在元的统治下的韩国承受了多少苦难，这是非常新颖的。日语表达也非常沉稳，我觉得是一部很好的作品。

另一方面，父亲看重中国的原因，就像刚才说的那样，父亲那个年代虽然发生了战争，但喜欢中国的人有很多，他们把中国作为文化大国加以特别对待。虽然日本文化也很美，我也很喜欢，但总觉得哪里“小”。日本是小处的美丽。日本菜用小而漂亮的盘子盛，但是这样的菜，在中国和蒙古是不会出现的，因为那里地域很开阔。虽然父亲很喜欢日本文化，但要想表现那种宏大的浪漫，还是中国更为合适吧。

10.关于“苍狼”的论争

何志勇：关于“苍狼”论争，您有什么看法？

井上修一：怎么说呢，关于这个问题有点不好说。父亲最气愤的地方与争论的内容完全无关。说起那场争论，父亲只回应一次就停止了，之后又被大冈升平反驳了一次，但是父亲没有回应，所以普遍认为父亲输了，其实不然，是周围的人阻止父亲继续回应的。我觉得是因为被严厉地阻止，所以父亲才放弃的。也可能是因为想说的话已经说了，觉得已经可以了。

从争论的内容本身来说，我并不认为大冈升平赢了，也不认为父亲赢了，只是觉得双方持有不同的历史小说观罢了。简单来说，父亲写的是浪漫色彩的历史小说。但是，大冈升平却说，事实真的是那样吗？真有那样的事吗？例如，他认为《苍狼》中描写成吉思汗是狼的后裔，这是不可能的。但是，对于父亲来说，我想他很喜欢在蒙古被称为狼的孩子的那种意象，而且还是苍狼。父亲创作就是基于这种视觉上的浪漫。所以说奇怪也很奇怪，但也不至于小题大做。总之，我认为没有胜负。只是，对父亲有一些影响，一般认为，从那以后，父亲写历史小说都紧贴历史，不再随心所欲地根据自己的想法展开任意的想象。但是，我觉得应该再多一些这样浪漫的小说。总之，在那场论争中，我完全不觉得父亲输了，当然，也不认为大冈升平输了，只是两人对历史小说的看法不同而已。

11.对执着人生的致敬

何志勇：井上靖在创作《天平之甍》和《敦煌》时，得到了安藤更生和藤枝晃两位学者的帮助。关于这两个人，您有什么印象？

井上修一：我曾经见过藤枝晃先生。我曾随父亲去京都大学的人文科学研究所拜访藤枝晃先生。藤枝晃先生是个温良谦恭的学者。安藤更生先生我可能也见过，但几乎没有印象了。父亲对这两位学者都很尊敬，经常请两位先生看稿子，让他们看看自己的虚构是否合理。

对于执着于一件事的人，不管对方的权威、成败与年龄，父亲都会表现出敬意。最好的例子就是音乐家小泽征尔，他还没有成名之时，在巴黎留过学，过着流浪的生活。当时，父亲为报道罗马奥运会前往罗马，每日新闻巴黎分局局长角田晃给予了父亲很多帮助，他们夫妇真的非常照顾我父亲。小泽征尔在每日新闻的巴黎分局打工。虽然父亲对音乐一窍不通，但回来后就像表扬那个中国电梯男服务员一样，称赞说："在巴黎遇到了一个很优秀的青年，没见过那么纯粹的青年。"之后不久，小泽征尔一下子出了名。父亲很清楚其中的原因。因为自己也全身心地投入在一件事上。想要出名的人和执着一件事的人稍有不同。想要出名的人总是为了追求利益而行动，而想做一件事的人即使损失也坚定不移。父亲很喜欢后者那样的人。

安藤更生先生和藤枝晃先生都是执着的人，所以父亲非常尊敬他们。我并不是说所有学者，但有一些学者，本来只要一心研究就好了，但还是舍弃了之前的研究，或者为了赚钱而抛弃之前志向的学者，父亲并不喜欢。因此，父亲尊敬的是那些执着于一件事的人。

12.繁忙的公务活动

何志勇： 井上靖先生曾担任日中文化交流协会的会长10年之久，并且在文学领域，还是日本笔会的会长。

井上修一： 父亲还担任过日本文艺家协会的会长。

何志勇： 井上靖先生有各种各样的社会职务，对于他丰富多彩的公务活动，您怎么看?

井上修一： 我觉得很多事情要是不做就好了。这些公务活动只是让父亲变得更忙而已。父亲是绅士，不是那种被人推举后会拒绝的人，是那种如果被人推举就会想着努力做的人。其中也有自不量力的时候。比如他当了世田谷区的“思考未来会”的委员。但是，父亲虽然住在世田谷区，但这里的地址和电话号码都从来没记住过。

父亲还做过各种文学奖的评委。我也觉得那种工作是不是做得过多了。对父亲来说，因为很忙，所以只要不是获奖作品，他是不会读别人小说的。因为时间都用在自己的创作上了。但是，如果答应做芥川奖的评委，那一年出的新人作品最少读5篇、10篇左右，这样可以了解最近年轻人的文学倾向。所以，我觉得也有助于父亲。但是，如果评选很多文学奖的话，就会有人说坏话，什么以权谋私啦之类的话，所以我觉得还是再减少一点比较好。不过，父亲是个公正的人，所以无论了解，还是不了解这个人，父亲都是公平评选。

三、和崎信哉访谈

被访谈人：和崎信哉（WOWO社董事长）

访 谈 人：何志勇

陪 同 人：河村正一（NHK项目经营主管）

访谈主题：丝路旅人——井上靖

访谈时间：2012年10月16日下午1点～2点

访谈地点：东京都港区赤坂WOWO社会客厅

1.初识井上靖先生

何志勇：1979年与1980年，井上靖先生作为NHK特别节目《丝绸之路》的特邀嘉宾，同摄制组一起前往敦煌、南疆，那时和崎先生您与井上靖先生同行，我想了解一下你们相识的经过。

和崎信哉：正如你所了解的，NHK的《丝绸之路》在开拍的十几年前就开始筹划，多次向中国提交拍摄申请，最后得到的回复是，与CCTV共同拍摄，即只要以日中合作的形式，就可以进行拍摄。

当时，我在NHK大阪分社，正在制作比叡山千日回峰修行者的纪录片。修行僧人的苦修内容是在比叡山每个山峰间行走，每日行走40多公里，一直持续1000天。之后，该纪录片作为NHK特辑，在特别节目中播放，这些工作都结束后，安排给我的是拍摄《丝绸之路》的工作。

拍摄获得许可后，接下来就是摄制组人选的问题。这是日中两国的举国合作，而且，当时的条件是NHK做NHK的节目，CCTV做CCTV的节目。可是，原则上拍摄要一起进行，拍摄的素材也要全部共享。在正式开拍之前，还要重新规划一下拍多少集、怎么拍等问题。因此在邀请井上先生之前，专门成立了摄制组。当时的制片人、已经作古的玉井先生[①]为了摄制组的人选煞费苦心。我当时刚刚结束比叡山千日回峰修行的纪录片拍摄工作，因为我做的不是报道工作，而是属于节目制作局，也就是制作节目的，所以被加入到10个人左右的团队中。

这是NHK自创立以来的重大项目。我们的初衷是为了让日本人从各种视角重新认识与思考自古以来的丝绸之路，收集文化人士或学者等多方面的观点与看法，制作一部纪录片。作家的名字在最初的讨论中首先提到的就是井上靖，其次是司马辽太郎，然后是陈舜臣，决定请这三个人。刚巧我主要从事的是文艺节目，所以接受了邀请作家们的工作，于是拜访了井上靖家。井上先生的作品在此之前当然看过，但是没有见过本人。我去先生家中拜访，介绍了一年后要进行拍摄的《丝绸之路》计划，请求他给予大力的协助，这就是我们最初的见面。

随后，NHK成立了《丝绸之路》委员会，委员会除邀请了三位作家，还邀请了国学、历史等各方面的学者，如国学家、当时在九州大学的冈崎教授、早稻田的长泽老师等，这些人组成了委员会。我们讲述想法，然后听取先生们的意见，最后制定出完备的计划。

在这些大家中，井上先生因为是京大毕业，所以是我的学长。他毕业后就职每日新闻，不是负责政治经济方面，而是文化部，工作区域也主要在奈良和京都。正好我的故乡就是京都，所以我们聊得很投缘。因此，节目开拍，一说要去敦煌拍摄，井上先生自然而然地就点名说要带上我。去西域南道的时候也是如此。我和司马先生关系也很亲密，当时要去天山北麓伊犁拍摄，司马先生对我说："你那导演不当也罢，来给我们当主管。"（笑）

在敦煌的时候，我一个多月都陪伴在井上先生身边，为了以防万一，我还带上了《敦煌》的文库本。最令我开心的是，在敦煌莫高窟，先生还给这本已经被我翻得皱巴巴的文库本签了名。真是最幸福的回忆啊！

---

①指玉井勇夫。

2.豪饮与真向法

和崎信哉：拍摄中虽说非常劳苦，过程中也有很多趣事。比如井上先生到达北京，前往敦煌期间，大概要花三天。摄制组一到北京，首先是CCTV主办的宴会，然后我方举办答谢宴，这就有两次宴会。接下来，一到兰州，又有宴会。（笑）井上先生到哪里都是主宾。在当时的中国，属于国宾级别的待遇。我和他一起的话，都不用海关检查。飞机一着地，就有迎接的人等在旋梯下，把护照交给他们，直接从机场出来，一路送我们到宾馆。这正是因为先生享受国宾待遇。

井上先生在当时是出了名的海量。在银座的酒量排行榜中，不是第一就是第二，是个既爱酒又能喝的人。话虽如此，他也不会耽溺其中，身体锻炼之事也未落下。就比如说，先生就经常会做一个叫作真向法的体操。原本先生就练柔道，柔韧性非常好，啪的一下双腿叉开，脑门触地都不在话下，我是根本做不到的。他说那是他保持健康的秘诀。我还记得他还当过真向法的什么协会的顾问。先生每天都做。有一次，在日本的大饭店，当场表演真向法，一下子把在场的人都惊呆了。上海到乌鲁木齐的卧铺车上，还有从兰州到敦煌的时候，我与先生住一个房间，一到晚上就拉着我做操。在敦煌文物研究所的时候也是每天坚持。

3.《敦煌》与敦煌

和崎信哉：实际上，先生写小说《敦煌》时未曾去过实地。在敦煌拍摄时，我问他是如何了解敦煌的，这才知道先生看了很多很多研究者的著作。尤其是关于丝绸之路，京都大学有很多研究这方面的老师，所以，他阅读了京都大学学者们的很多论文，而且全部都认真地做了笔记。

先生的小说就是运用这些知识编织而成，本人没有真正去过。但是拍摄当年的前几个月，先生已去了一趟，拍摄时已是一年内的第二次到访。先生第一次去的时候，进入的洞窟比较少，因为窟内没有照明，只能用手电筒照着。但我们是拍摄影片，和中国的摄制组一起进行，还带着发电机，所以可以把正面都照亮，先生得以仔仔细细地欣赏每一个洞窟的壁画和佛像。那年距先生创作《敦煌》已有20多年。看着先生的样子，我就在想，创作小说时的想法与现实还是有区别的。

我和先生在敦煌一起度过了大约一个月的时间，说实话，到后来我对洞窟已经有些腻烦了。当然，关于每个洞窟的知识，我也学习了很多，并依据知识进行拍摄。但是先生的解说已经超越了知识范畴，对每一个洞窟，尤其是对飞天的解说更是满含爱意。解说结束后，先生往往陷入沉默，沉浸在自己的思想世界当中，就那样很长时间，我都想催促先生去下一个洞窟了，但是先生还在那里，沉浸其中。

“如果事先就参观了莫高窟，小说可能就是另一番风景”，这句话是先生在那个时候说的。先生阅读了斯坦因、伯希和的书籍，还有日本的中国学者或者国学者的论文，形成了自己心中的一个历史形象，据此创作了小说，但当到访实地时，觉得小说应该写得更好，应该会有不一样的表现，这种作家的想法令我深感钦佩。

4.谦虚的记录狂

和崎信哉：我们是电视方面的专业人员，但对敦煌和西域，先生颇有研究，相关知识非常渊博。尽管如此，对于我们所做的丝绸之路调查，他总能侧耳倾听，谦虚对待。还有一次，在北京逗留四五天，先生问我对《天平之甍》的感想。我绝非文艺评论家，但因为一直与先生同行，所以他向我征求意见。这样的细节，让我觉得先生非常具有魅力。

对于自己的作品，会虚心听取意见，或者对于我们讲的话，能侧耳倾听，同时，对自己不知道的事情，先生总会一问究竟。那个时候，先生担任文学奖的评委。在北京期间，日本来消息告知评选出的获奖人，先生并不认识此人，当时就发火了。先生是一个不知道也绝对不会假装知道的人，当然，他作为评委，不可能完全不认识，但是先生对于想了解的事情，有着一种“贪欲”。

摄制期间，井上先生是个记录狂，一天到晚，手里都拿着笔记本，写了不知多少本笔记，每到一地，他都记录各种见闻，只有晚上我们一起喝酒时才放下笔记本，但第二天一早，定会全部再次整理。真是了不起！

5.死里逃生的南道自然

和崎信哉：我最近完全不去西域南道，但在当时，去西域南道你要是待在招待所还好，外面环境实在恶劣。黄沙无处不在，即使在车里也呼吸困难。每个人都戴着口罩，穿着大衣，即使如此，还是饱受黄沙之苦。即使是无沙之处，想要休整休整，大家都须先戴好墨镜再下车。要是没有墨镜，只戴眼镜，前方的路还是看不清。这样的世界无处可逃。因为一旦进入西域南道，绿洲稀少。

先生最遗憾的是，不能一同前往西域南道的尼雅遗址。中国不批准。因为先生是国宾级别的人物，要是有个万一，中国承担不起这个责任。然后承诺带他去其他地方，就这样井上先生先回去了。大家开玩笑说，难道我们这些人遇难就没关系吗？（笑）

但当时确实很危险。2名解放军通信兵、2名解放军军医、50多头大骆驼，20几个人，一半的骆驼驮水，一旦沙漠中骆驼发生骚乱，人就完了，所以我觉得，先生没有同行是对的，但是对先生来说，确实有点遗憾。换句话说，无法救援，因为距离太远了。万一遇险，无法施救，非常危险，所以中国不允许先生去。先生去过很多地方，拥有比我们多得多的知识和经验，但是让他一直感到遗憾的大概就是这个尼雅吧？但当时，中国这么做完全出于对先生安全的考虑。我想这是一种想去而未能全部到达的遗憾，因为先生对想了解的事情一直有“贪欲”。

何志勇：井上靖先生没能前往尼雅遗址，取而代之，他去了其他地方。从若羌返回且末时，车子陷入沙中，困在沙漠中8个多小时。井上靖在旅行日记里写道，当时您在且末非常担心，一直没休息等待消息。

和崎信哉：是这样的。那个时候因为手机、无线设备等都联系不上，所以不知道先生的情况。我与井上先生分开行动仅此一次。后面的行动，包括没有拍摄日程的时候也是在一起。只有尼雅这次，我们分开行动，日程不同。

正因为我们经历了尼雅的自然环境，死里逃生，所以非常担心，因为井上先生似乎也经历了同样的遭遇。虽说有车，但不能保证万全。还可能发生事故，司机开车很猛，往往都是马上就要撞上了才躲开。所以我非常担心。还好没有受伤，平安地返回。虽然本人遭了不少罪，但是他自己并不以为然，只是说困在戈壁，进退维谷。中方很过意不去，但我们联系不上先生，这非常煎熬。不仅没有手机，连无线电也不通。前往尼雅的时候，解放军的通信兵必须在高处架设营地的天线，否则电波就够不到。所以那天真的非常担心。

何志勇：安全回到招待所后，你们还一起喝了酒。命悬一线，死里逃生后，接着喝酒。

和崎信哉：因为有一种得救了、太好了的心情。从尼雅回来时也是如此。整整两天，不间断地撤退。当时的撤退不是奔向绿洲，而是一路向南，别无其他。西域北路朝向天山，南道朝向昆仑，所以命令向南返回。

最开始是因为水没了，骆驼开始骚乱。本来骆驼就算没什么水了，也不会暴躁。塔克拉玛干沙漠的骆驼是双峰驼，峰中间是坚硬的。但是一周、一个月不吃不喝就会变软。那是因为脂肪中的水也消耗完了。在尼雅时，很明显地变软了。那天拍摄结束，回到营地，傍晚时分，骆驼开始骚乱。水罐里装的是人喝的水，骆驼闻到水味，开始暴躁起来。所以最终决定撤退。

当时领队下令，每人分一水壶水，然后不间断撤退，想睡觉的时候也可以睡，但要注意不要从骆驼上掉下来，因为沙漠中起起伏伏。就这样，虽然历经艰险，但是终于设法回来了。这一趟还算不错，在尼雅遗址完成了最基本的拍摄，所以大家都感觉还不错，那么喝酒吧！（笑）中方和我方都很高兴，当时就是那样的状况。

向导是维吾尔族人，指挥驼队前进，但迟迟找不到尼雅遗址。不久就迷路了。于是，每天只供给三次水。但是每人分配的水量很少，不少人就开始觉得不妙，是不是会困死在沙漠里。那个时候，我觉得井上先生没有同来是对的。万一发生意外，就不仅是NHK的问题，也不仅是中国的问题，而是为什么要带先生去那样的地方，这本身就有问题，因为那里是那么危险的地方。

6.消失的河

和崎信哉：井上先生还说过一件不可思议的事，就是河渐渐消失。我和井上先生都是关西人，关西的河流一定是从北流向南方，汇入大海，但是西域南道却是从南流向北方。这南北差异问题尚可理解，南边昆仑山积雪融水流向北边，流经绿洲，水流逐渐变窄，最终消失。河水一般都是一直流淌下去，但是河流逐渐消失的现象真是不可思议，感觉上难以接受。

绿洲的周边有的季节，河水丰沛，但是越往下游，河床越窄，不知不觉就消失了，再往前走点，又露出地面形成水洼，直到全部渗入地底，到达一定的地点则完全消失，再往前只有一望无尽的沙海。道理上能够理解，因为河水流进了沙漠中，在沙漠中消失，但是日常的感觉是，河水越流越宽，最终汇入大海。

何志勇：中国人似乎并不觉得奇怪。

和崎信哉：日本人只知道河流是逐渐变宽，最终汇入大海。塔克拉玛干沙漠周边的河流，不论是发源于天山，还是昆仑山，山的那头可能不一样，但是朝向沙漠这边，不管是北边流出来的，还是发源于南边的，最终都消失在沙漠中。罗布泊也不例外，它被称为游移之湖，原因正在于此。一段时期不见其踪，下个季节，又冒出来了。这真是大自然的奇观。虽然道理上能够理解，但是感觉上仍很奇妙。井上先生好像也有同样的感觉。

西域南道因为炎热，一过六月中旬，就无法进入。所以要想进入，最晚五月之前，最好是二三月份之前进入。那次拍摄过程中，体感温度超过零上50度，由此看出，先生真是很能忍受，虽然年逾70，但是身体很硬朗。

7.引起“丝路热”的节目

何志勇：《丝绸之路》一经播出，就在日本引发了“丝绸之路热”，节目为何能引起热潮，您怎么看?

和崎信哉：我认为丝绸之路这档节目，无论在何种意义上，都将载入日本电视史。每一集的制作水平是一方面，最主要是因为它产生了轰动的社会效应，使日本社会第一次出现了现象级的丝绸之路。

不仅是电视节目，在音乐、美术等各种领域，丝绸之路都得到集中地表现，出现了对西域的一大社会热潮。比如，喜太郎就在他的音乐里，加入了西域当地的音乐元素。节目开播后的三四年间，整个日本都进入了一个丝路狂热的时期，不仅有这套书[①]，还出版了一大批西域、丝绸之路方面的书籍、文库本，引发如此社会热潮的电视节目在日本电视史上绝无仅有，前无古人，虽然不能说后无来者，但是我觉得能引起如此全社会热潮的节目恐怕很难再有了。

再者，以井上先生为首，司马辽太郎先生、陈舜臣先生在其中也发挥了重要的作用。如果仅仅是一部纪录片的话，我想还不能产生轰动的效应。而是通过这些知名的作家们，节目中展现的西域不仅仅是一种知识，也渗透出某种情感、某种思绪，这些情感方面的东西产生了非常大的作用。

8.浪漫的丝绸之路

河村正一：刚刚提到的河流的话题让我想到，我在观看沿着丝路旅行的影像时，感觉到一种追溯日本文化源流的梦想。

和崎信哉：你说得没错。换个说法或许更好理解，就是中国CCTV和日本NHK一起去同一地点，拍摄同样的对象，拍摄内容也实现了共享，但是最后制作完成的节目却截然不同。

日本的节目正如河村你说的那样，描述的是日本人心中的一种浪漫。基本上都是旅行的形式，是以西安为起点，追溯丝绸之路、文化传播之路和宗教传播之路的旅行，所以是一部展现浪漫，表现憧憬的节目。

但是，中方的节目截然不同，展现的是中国如何在西域地区进行统治的历史，比如说明一件文物时会说，这是当时唐朝驻扎在此地的证明等等，反映的是某种支配的权力。

日本的节目在西域寻求日本文化的原点，或者说，寻求日本宗教的原点。

① 指『シルクロード絲綢之路』（第1卷～第6卷），東京：日本放送出版協会，1980年。

每一集中当然也有学术性的介绍，节目中也加入了旅行的艰辛，这些作为纪录影片属于必不可少的事实呈现，但是在根本上，在制作方向上，是浪漫的。所以才引起了强烈的共鸣，深深地打动了观众。

中国的节目表现的不是浪漫，那么一个多民族的、10多亿人口的大国，在漫长的4000年历史里只能用力量去统治，所以节目展现的是这种统治力一直作用于很远的地方。对于日本人来说，重要的是过去1000年、2000年的日本文化的原点，但是中国没有原点意识。不管3000年，还是4000年，总之从很久以前就统治了这片地域，所以没有日本那样的浪漫。我觉得这是文化背景的不同所致。

所以说，拍摄的视角完全不同。虽然我们的前提是以探访丝绸之路为目的，双方组建摄制团队，拍摄所需题材，并互通有无，但是视角完全不同。特别是在当时，中国还不曾有过海外拍摄的经验。比如，当得知某个丝绸之路的文物在波士顿美术馆之后，我们当然会前去拍摄，那个时候，中央电视台也一起去，但是对他们来说是第一次，所以我们双方时刻都在一起拍摄，拍出来的东西也一起使用，但是使用方法却是不同的。

参考文献

一、中文著作

1.［英］奥里尔·斯坦因：《斯坦因中国探险手记》(全4卷)，巫新华、伏霄汉译，沈阳：春风文艺出版社2004年版。

2.［英］奥里尔·斯坦因：《沿着古代中亚的道路：斯坦因哈佛大学讲座》，巫新华译，桂林：广西师范大学出版社2008年版。

3.曹志伟：《陈舜臣的文学世界》，天津：天津人民出版社2008年版。

4.［日］池田温：《敦煌文书的世界》，张铭心、郝轶君译，北京：中华书局2007年版。

5.焦雨虹：《消费文化与都市表达：当代都市小说研究》，上海：学林出版社2010年版。

6.［日］井上靖：《天平之甍》，楼适夷译，北京：人民文学出版社1980年版。

7.［日］井上靖：《天平之甍》，楼适夷译，北京：作家出版社1963年版。

8.［日］井上靖原著，依田义贤、河原崎长十郎改编：《历史剧 天平之甍》，陈德文译，南京，江苏人民出版社1978年版。

9.刘进宝：《藏经洞之谜——敦煌文物流散记》，兰州：甘肃人民出版社2000年版。

10.刘林利：《日本大众媒体中的中国形象》，北京：中国传媒大学出版社2007年版。

11.卢茂君：《井上靖的中国文学视阈》，北京：知识产权出版社2019年版。

12.卢茂君：《井上靖与中国》，北京：九州出版社2011年版。

13.罗华庆：《发现藏经洞》，上海：华东师范大学出版社2010年版。

14.〔宋〕孟元老：《东京梦华录(外四种)》，上海：上海古典文学出版社1956年版。

15.［瑞典］斯文·赫定：《丝绸之路》，江红、李佩娟译，乌鲁木齐：新疆人民出版社2010年版。

16.［瑞典］斯文·赫定：《游移的湖》，江红译，乌鲁木齐：新疆人民出版社2010年版。

17.铁凝：《桥的翅膀》，北京：商务印书馆2010年版。

18.王向远：《王向远著作集第四卷中国题材日本文学史》，银川：宁夏人民出版社2007年版。

19.王向远：《源头活水——日本当代历史小说与中国历史文化》，银川：宁夏人民出版社2006年版。

20.吴光辉：《日本的中国形象》，北京：人民出版社2010年版。

21.［日］西原大辅：《谷崎润一郎与东方主义——大正日本的中国幻想》，赵怡译，北京：中华书局2005年版。

22.［日］羽田亨：《西域文明史概论（外一种）》，耿世民译，北京：中华书局2005年版。

23.诸葛蔚东：《战后日本出版文化研究》，北京：昆仑出版社2009年版。

二、日文文献

1. 陳舜臣：『Who is 陳舜臣』，東京：集英社，2003年。

2. 陳舜臣：『道半ば』，東京：集英社，2003年。

3. 陳舜臣：『敦煌の旅』，東京：平凡社，1976年。

4. ディヴィッド・ジョーダン：『史上最強の勇士たち　フランス外人部隊』，大槻敦子訳，東京：原書房，2008年。

5. NHK取材班等：『シルクロード絲綢之路（一～六巻）』，東京：日本放送出版協会，1980-1981年。

6. 長谷川泉：『井上靖研究』，東京：南窓社，1974年。

7. 長谷川泉：『近代歴史小説の世界』，東京：桜楓社，1975年。

8. 平山郁夫：『永遠のシルクロード』，東京：講談社，2000年。

9. 藤沢全：『若き日の井上靖研究』，東京：三省堂，1993年。

10. 藤澤全：『井上靖——グローバルな認識』，東京：大空社，2005年。

11. 藤澤全：『詩人・井上靖　若き日の叙情と文学の原点』，東京：角川学芸出版，2010年。

12. 福田宏年：『井上靖評伝覚』，東京：集英社，1979年。

13. 福田宏年：『増補井上靖評伝覚』，東京：集英社，1991年。

14. 池田大作：『敦煌を語る』，東京：角川書店，1974年。

15. 井上靖、岩村忍：『西域』（グリーンベルト・シリーズ15），東京：筑摩書房，1963年。

16. 井上靖：『井上靖小説全集』，東京：新潮社，1972-1975年。

17. 井上靖：『わが文学の軌跡』，東京：中央公論社，1977年。

18. 井上靖：『井上靖歴史小説集』（第1-3巻），東京：岩波書店，1981年。

19. 井上靖ほか：『歴史・文学・人生——井上靖対談集』，東京：牧羊社，1982年。

20. 井上靖：『井上靖全詩集』，東京：新潮社，1983年。

21. 井上靖：『敦煌』，東京：徳間書店，1987。

22. 井上靖：『孔子』，東京：新潮社，1989年。

23. 井上靖：『天平の甍』，新潮文庫，1987年第54刷改版，1990年第61刷。

24. 井上靖：「シルクロード紀行」（上），『井上靖歴史紀行文集』（第2巻），東京：岩波書店，1992年。

25. 井上靖：『敦煌』，新潮文庫，1987年第48刷改版，1996年第68刷。

26. 井上靖：『孔子』，新潮文庫，1995年。

27. 井上靖：『井上靖全集』，東京：新潮社，1995-2000年。

28. 石田吉貞：『隠者の文学』，塙新書，1968年。

29. 石川美子：『旅のエクリチュール』，東京：白水社，2000年。

30. 岩波剛：『井上靖　詩と物語の饗宴』，東京：至文堂，1996年。

31. 岩上順一：『歴史文学論』，東京：文化評論社，1947年。

32. 彌永信美：『幻想の東洋——オリエンタリズムの系譜』，東京：青土社，

1996年。

33. 亀井勝一郎：『中国の旅』，東京：講談社，1962年。

34. 勝倉壽一：『歴史小説の空間——鴎外小説とその流れ』，大阪，和泉書院，2008年。

35. 川本三郎：『ハリウッドの黄金時代』，大阪：サントリー株式会社，1987年。

36. 川西政明：『昭和文学史』（下巻），東京：講談社，2001年。

37. 小森陽一，富山太佳夫，沼野充義，兵藤裕己，松浦寿輝：『フィクションか歴史か』，東京：岩波書店，2002年。

38. 子安宣邦：『「アジア」はどう語られてきたか——近代日本のオリエンタリズム』，東京：藤原書店，2003年。

39. 工藤茂：『挽歌の系譜——井上靖の世界』，東京：日験，1983年。

40. 蔵中進：『宝暦十二年版本唐大和上東征伝』，大阪：和泉書院，1979年。

41. 松原新一ほか：『戦後日本文学史・年表』，東京：講談社，1979年改訂増補。

42. 松本昭：『人間復活　吉川英治、井上靖、池田大作を結ぶこころの軌跡』，東京：アールズ出版，2001年。

43. 松岡譲：『敦煌物語』，東京：日下部書店，1943年。

44. 松岡譲：「敦煌物語」，『世界教養全集』（第18巻），東京：平凡社，1961年。

45. 松岡譲：『敦煌物語』，講談社学術文庫，1981年第1刷，1988年第4刷。

46. 松原新一、磯田光一、秋山駿：『増補改訂戦後日本文学史』，東京：講談社，1979年。

47. 三鬼宏：『井上靖の詩の世界』，東京：文芸社，2009年。

48. 宮崎潤一：『若き日の井上靖——詩人の出発』，東京：土曜美術社，1995年。

49. 村上嘉隆：『井上靖の存在空間』，東京：ユック社，1980年。

50. 中野重治：『中国の旅』，東京：筑摩書房，1960年。

51. 奥野健男：『奥野健男作家論集4井上靖』，東京：泰流社，1978年。

52. 奥野久美子：『芥川作品の方法——紫檀の机から』，大阪：和泉書院，2009年。

53. 大岡昇平：『歴史小説の問題』，東京：文芸春秋，1974年。

54. 大岡昇平：『大岡昇平全集』，東京：筑摩書房，1994-2003 年。

55. 大里恭三郎：『井上靖と深沢七郎』，東京：審美社，1984年。

56. 大仏次郎ほか：『大衆文学大系』（別巻），東京：講談社，1980年。

57. 尾崎秀樹：『歴史文学論——変革期の視座』，東京：勁草書房，1976年。

58. 三枝康高：『井上靖——ロマネスクと孤独』，東京：有信堂，1973年。

59. 佐々木基一：『昭和文学交友記』，東京：新潮社，1983年。

60. 佐藤英夫：『井上靖青春記』，沼津：英文堂書店，2004年。

61. 佐藤忠男：『世界映画史』（上），東京：第三文明社，1995年。

62. 佐藤和夫：『映画文庫3. モロッコ』，東京：南雲堂，1981年。

63. 関口安義：『評伝松岡譲』，東京：小沢書店，1991年。

64. 柴口順一：『大岡昇平と歴史』，東京：翰林書房，2002年。

65. 志村有弘：『近代作家と古典——歴史文学の展開』，東京：笠間書院，1977年。

66. 新保祐司・富岡幸一郎：『日本の歴史文学：対談：「夜明け前」と「天皇の世紀」』，東京：朝文社，2001年。

67. 『新潮日本文学アルバム48井上靖』，東京：新潮社，1993年。

68. 白神喜美子：『花過ぎ井上靖覚え書』，東京：紅書房，1993年。

69. 曽根博義：『鑑賞日本現代文学27井上靖・福永武彦』，東京：角川書店，1985年。

70. 高木伸幸：『井上靖研究序説——材料の意匠化の方法』，東京：武蔵野書房，2002年。

71. 高橋英夫ほか：『群像日本の作家20井上靖』，東京：小学館，1991年。

72. 『中国古典文学大系』（第56卷），東京：平凡社，1969年。

73. 和辻哲郎：『風土：人間学的考察』，ワイド版岩波文庫，1991年。

74. 山川泰夫：『晩年の井上靖——「孔子」への道』，東京：求龍堂，1993年。

75. 吉本隆明：『芸術的抵抗と挫折』，東京：こぶし書房，2012年。